www.b-books.co.kr

당

www.b-books.co.kr

DAHYANG ROMANCE STORY

금설 장편 소설

히어로지망

vol. 2

10
첫 데이트

리원의 눈동자가 그 어느 때보다 가장 생기 있게 빛났다. 그럴 수밖에 없었다. 그녀와 태건의 사이에 위치한 커다란 테이블에 각종 산해진미가 멋지게 펼쳐져 있었기 때문이었다. 리원이 멋들어진 상차림을 본능적으로 휴대폰 카메라에 담아내고 있는데, 가만히 그 모습을 지켜보던 그가 싱긋 웃으며 말했다.

"난 리원 씨가 생선회를 싫어한다고 생각했었어요."

그의 말에 그제야 사진 촬영을 멈춘 그녀가 얌전히 자신의 자리에 앉았다. 어째서 그런 생각을 했는지 의문이 들었다. 고개를 갸웃거리며 되물었다.

"어째서요? 저 특별히 가리는 음식은 없거든요. 특히 회랑 해산물은 없어서 못 먹을 만큼 완전 좋아하는데……."

"이전에 식사 자리에서요. 잘 먹지 못하는 것 같아서."

"언제요? 우리가 회를 먹은 적이 있었어요?"

"디자인 박람회 때."

시기를 언급하자마자 빠르게 눈치챈 리원이 감탄사를 연발했다.

"아아! 그때를 기억하고 계시다니 정말 기억력도 좋으시네요."

…그야 그녀밖에 보지 않았으니까.

겉으로 속내를 꺼내 보인 적은 없었지만, 태건이 그날 식사 자리를 급히 마련한 것은 오로지 그녀 때문이었으니까. 그래서 식사 자리 내내 결코 티를 내지는 않았지만 그녀를 끊임없이 살폈었다. 태건은 의미를 알 수 없는 표정을 지으며 당시의 이야기를 은근히 꺼내었다.

"하필이면 근처에 단체 회식 하기 적합한 곳이 거기밖에 없어서 선택하긴 했지만……. 막상 직원들이 잘 먹지를 못하더군요. 그건 리원 씨 또한 마찬가지였고."

리원이 유쾌하게 웃었다. 이토록 환하게 웃는 모습은 잘 볼 수 없었기에, 태건의 두 눈이 크게 확장되었다. 도대체 어떤 부분이 그녀를 저렇게까지 환한 웃음으로 이끌었을까. 그 답을 얻는 데는 오래 걸리지 않았다. 머리카락을 뒤로 쓸어 넘긴 리원이 쾌활한 음성으로 말했다.

"당연하죠! 불편한 상사에다, 곧 우리의 갑이 될지도 모를 회사의 부사장님을 모시고 밥을 먹는데. 어느 누가 음식 맛을 제대로 느낄 수가 있었겠어요? 아마 저뿐만이 아니라 다들 음식이 무슨 맛인 줄도 모르고 먹었을걸요?"

혹시나 하고 예상은 했었지만 리원에게 직접 말로 들으니 꽤 놀라웠다. 저 자신이 누군가에게 그렇게나 불편한 상대일 줄이야…… 특히나 리원에게까지 불편한 사람이었다니 감히 상상조차 하지 못했다. 조금은 충격을 받은 것 같기도 했다.

'음……. 혹시 회장님과 함께 식사할 때의 그런 느낌과 비슷한 건가? 그렇다면 조금은 이해가 가기도 하는데.'

을의 입장이 되어 본 적이 없는 태건이었다. 대략 유추해 보자면 저 자신의 입장에서 그런 느낌과 비슷할 것이라 생각되었다. 그가 가장 어려워하는 사람인 조부 말이다. 과연 그만한 레벨의 상대와 마주 보고 식사를 한다면 저 역시 편하지는 않을 것 같았다. 그가 수긍했다는 듯 심각한 얼굴로 고개를 끄덕이자 리원이 또 한 번 웃음을 터트렸다.

"뭘 그렇게 심각하게 생각하세요? 어째서 본인이 앉아 있는 위치가 그럴 거라고 예상하지 못하셨을까. 아무리 좋은 상사라고 해도 너무 높으신 분과는 같이 밥 먹는 거 불편해요. 가끔 보면 누구보다 많은 것을 알고 있는 것 같으면서도, 의외의 부분에서 아닐 때가 있어서 놀랍다니까요?"

"아직 나란 사람이 많이 부족해서 그런 겁니다. 더 분발해야겠군요."

"글쎄요. 제가 보기엔 부사장님 같은 상사는 또 없을 것 같기도 해요. 사리 분별 명확하시고, 능력 또한 탁월하시고, 매사에 공평한 데다 정직하기까지 한 분이니까."

그건 그가 누구보다 높은 위치에 있기 때문에 가능한 일이었다. 그 누구에게도 지시받지 않고, 주눅 들지 않아도 되고, 마음껏 자신의 재량을 펼칠 수 있는 가장 높은 자리 말이다. 하지만 높은 자리에 있어도 태건만큼 성품이 훌륭한 사람은 흔치 않을 거라고 리원은 진심으로 그렇게 생각했다.

그는 보통의 재벌들과는 조금 다른 느낌이었다. 적어도 그녀가 보기엔 그랬다. 예상치 못한 리원의 칭찬 세례에 여러 번 헛기침을 반복한 그가 자연스럽게 말을 돌렸다.

"어쨌든 당신이 회를 싫어하는 게 아니라서 다행입니다. 사실은 나도 제일 좋아하는 음식이에요."

"정말요? 그러셨구나……. 일단은 우리 식성은 잘 맞는 것 같아 다행이에요. 사실 따지고 보면 제가 싫어하는 음식이 없어서 맞을 수밖에 없겠지만."

"…잘 먹는 여자 매력 있어요. 좋아합니다."

젓가락을 들던 리원의 행동이 우뚝 멈추었다. 그가 마지막에 흘린 좋아합니다라는 말 때문이었다.

"물론 잘 먹는 여자를 좋아한다는 말이니까. 오해는 하지 말아요."

"……."

턱을 괸 채 그녀의 반응을 보던 그가 씨익, 장난스러운 미소를 지었다. 가끔 그와 마주하다 보면 어디까지가 진실이고, 어디까지가 농담인지 구분이 가지 않을 때가 있다. 사뭇 진지해 보이다가도 잠깐 방심하면 금방 장난기 가득한 얼굴이 되어 버리곤 했으니까.

그래서 자주 헷갈렸다. 도대체 그의 마음이 무엇인지.

하지만 리원은 그게 가끔 답답해도 굳이 캐내려 하지 않았다. 왠지 그래야 할 것 같았다. 자세하게 캐내려는 행동 자체가 마치 돌아올 수 없는 강을 건너는 것 같은 느낌이 들어서였다.

"절대 안 해요. 그런 오해 같은 거."

리원은 말려들지 않았다. 그의 장난을 맞받아치듯 오히려 환하게 웃어 보이며 대꾸했다. 그녀의 달라진 반응이 의외로 재미있었던 건지 주고받는 대화가 팽팽하게 이어졌다.

"음…… 너무 단칼에 그렇게 나오니까 괜히 섭섭해지려고 하는데."

"오해해서 당황해 주길 바라는 것 같은 말씀이시네요. 제 반응이 꽤 재미있으신가 본데 이젠 절대 그러지 않으려고요."

"…어째서?"

"그야 저를 놀릴 기회를 드리고 싶지 않으니까요. 이제는 무슨 말씀을 하셔도 진심으로 받아들이지 않을 거예요."

"그건 곤란한데."

리원은 새침하게 고개를 돌렸다. 그가 매사에 장난식으로 나오니 저 또한 똑같이 응수할 수밖에. 하지만 이 순간 리원이 한 가지 잊고 있는 게 있었다. 그가 그녀의 머리 꼭대기 위에 있다는 것을 말이다. 모든 게 태건의 계획대로 흘러간 것은 아니지만, 어찌 됐든 결과적으로는 그가 원했던 방향으로 분위기의 흐름이 바뀌고 있었다. 그녀가 더욱 적극적으로 연인 행세를 해 주길 내심 바라고 있었는데, 그의 장난기 덕분에 단단하게 세워져 있던 벽이 조금은 허물어져 가는 느낌이었다.

"또, 또 봐, 제가 그런 식으로 웃지 말라고 누누이 말했었죠?"

태건은 가끔 스스로가 짓고 있는 표정을 모를 때가 있었다. 바로 지금 이 순간처럼. 그녀가 날카롭게 반응했지만 그는 자신의 표정이 어떤지 보이지 않으니 알 수 없었다.

"저번에도 궁금했는데 도대체 내가 어떻게 웃길래 그럽니까?"

"그렇게 능글능글하게 웃는 거요! 마치 날 갖고 노는 것 같은 웃음이라고요!"

"당신이야말로 오해를 하고 있군요. 단순히 기분이 좋아서 나오는 표정일 테니, 앞으로는 익숙해지는 게 좋을 겁니다."

표정이 어떻건 기분이 좋아서 나오는 것이란 말에는 한 치의 거짓도 없었다. 흑백과도 같은 무미건조한 일상 속에서 유일하게 반짝반짝 빛나는 무지개와도 같은 시간이랄까.

태건에게는 그녀와 보내는 현재의 시간이 그만큼이나 특별하게 느껴졌다. 누군가의 앞에서 가면을 쓰지 않아도 되고, 오로지 있는 그대로의 저 자신을 꺼내 보이는 유일한 시간이었다. 그게 이렇게나 편하고 즐거울 수가 없었다. 젓가락을 든 태건은 생선회의 가장 좋은 부위인 뱃살을 집어 리원의 앞접시에 놓아 주었다.

"많이 먹어요. 강리원 씨."

리원은 자신의 접시에 가지런히 놓인 회 한 점을 잠시 뚫어져라 쳐다보았다. 이건 또 무슨 꿍꿍이지? 눈썹을 찌푸린 채 의미심장한 눈초리로 그를 올려다보자, 예의 그 미소를 지은 태건이 한층 목소리를 낮추었다.

"내 뒤쪽 11시 방향. 파파라치 같은데 혹시 보입니까?"

첫 데이트인데 벌써부터 파파라치라니. 아직 마음의 준비가 안 됐는데…….

조금 긴장한 그녀가 최대한 티가 나지 않게 슬쩍 주위를 둘러보았다. 하지만 그의 말과는 다르게 딱히 수상해 보이는 인물은 없었다. 그녀가 미심쩍은 표정을 지으며 그와 마찬가지로 속삭이듯 낮고 작은 음성으로 대답했다.

"글쎄요? 파파라치라니 저는 잘 모르겠는데요."

"확실합니다. 내 느낌이 그렇게 말하고 있어요."

"…그래서요? 그게 무슨 상관이죠?"

"우리에게 주어진 임무를 가장 확실히 실행해야 할 때가 왔다는 말입니다. 일단, 내가 접시에 얹어 준 걸 맛있게 먹어요."

"그거야 딱히 어렵지 않지만……."

"누가 봐도 진짜 연인처럼 보여야 한다는 걸 명심해야 합니다. 그것도 서로에게 굉장히 푹 빠진 사이를 연기해야 해요."

비장하게 고개를 끄덕인 리원은 다소 긴장한 모습이 역력한 채로 젓가락을 움직였다. 마치 저에게 주어진 미션을 달성하려는 듯한 모양새였다. 마침내 오늘의 스페셜 요리인 생선회 뱃살을 간장에 살짝 찍어 입에 집어넣자, 그녀의 두 눈이 커다랗게 확장되었다. 입 근처를 손으로 가린 리원이 목이 턱 막혀 오는 듯 묘한 소리를 내뱉었다.

"흡!!"

"왜? 무슨 문제 있습니까?"

"아, 아뇨. 별일 아니에요. 맛있게 먹는 걸 연기하려고 했는데 진짜로 너무너무 맛있어서 당황했을 뿐이에요."

흠칫 놀라 일어나려던 그가 털썩, 다시 자리에 걸터앉았다. 안도의 한숨을 내쉬는 태건과 달리, 리원은 진심으로 감동받은 얼굴이었다.

"부사장님. 한번 드셔 보세요. 정말 맛있다니까요? 잠시만 기다려 보세요. 이건 꼭 먹어 봐야 해!"

원래 너무 좋은 것은 좋은 사람과 함께 나누고 싶은 법. 리원은 생선회의 뱃살 여러 점을 두둑하게 집어 상추에 올린 뒤 여러 가지 부재료와 함께 쌈을 쌌다. 그런 다음 의자에서 벌떡 일어났다.

"자, 드셔 보세요."

그의 시선이 그녀에게로 고정되었다. 몸을 일으킨 리원이 상추쌈을 든 채 반대편 테이블 너머에서 이쪽으로 몸을 내밀고 있었다. 밝고 천진난만한 모습으로 한 입 먹어 보라며 권하는데, 본인이 직접 먹여 주려 하는 행동을 의식하고 있는 건지 헷갈렸다.

…당황하게 하려는 장난인 걸까? 그런 그녀를 치켜든 눈으로 빤히 뚫어져라 쳐다만 보고 있자, 한술 더 떠 애교 섞인 목소리로 한마디를 더 던진다.

"입 벌리고 아─"

아무리 장난기가 많은 사람이라 해도 진중한 부분이 많았기 때문에 거부할 줄로만 알았다. 하지만 반대였다. 태건은 의외로 길게 고민하지 않았다. 오히려 매우 적극적으로 덥석, 그녀의 손끝에 걸려 있던 상추쌈을 한입 가득 받아먹었다. 혁, 하는 작은 숨소리가 붉은 입술 사이로 순식간에 새어 나왔다.

'치, 침착하자. 침착…….'

스스로도 모르게 두 눈이 커다래졌다. 가느다란 손가락 끝을, 남자의 반듯한 치아 끝이 살짝 긁으며 빠져나갔다. 아프지는 않았지만 태건에게 물린 것 같은 느낌에 형용할 수 없는 묘한 기분에 빠져들었다.

그게 뭐라고 이상하게 야하다는 생각이 들었을까. 상추쌈을 모두 입에 넣은 그가 날카로운 눈매를 위로 치켜들었다. 일순, 당황한 자신의 내면을 그에게 들켜 버린 것 같았다. 이젠 그가 무엇을 하든 당황하지 않으리라 다짐했는데. 그 다짐을 한 지 얼마나 되었다고 벌써부터 말려들고 있었다. 입 안 가득 들어 있는 쌈을 천천히 씹어 삼킨 그가 차가운 냉수 한 잔을 마신 뒤 무심하게 내뱉었다.

"겨우 이런 걸로 당황하면 되겠습니까?"

"……."

"오늘이 겨우 첫 번째 데이트일 뿐인데."

"…그러게요. 갑자기 앞으로의 수많은 날들을 어떻게 헤쳐 나가야 할지 눈앞이 캄캄해지네요."

"조금 더 나에 대한 면역력을 키워야겠군요. 그러려면 계속 부딪치는 수밖에."

"좋, 좋아요! 그럼 계속 도전!"

"잠시만 기다려 봐요."

이번에는 태건이 상추쌈을 앙증맞게 쌌다. 그가 여러 가지 재료를 넣어 쌈 싸는 것을 조용히 지켜보던 리원의 이마에 식은땀이 맺혀 갔다.

'설마……. 설마. 아니겠지?'

하지만 설마 하는 일이 실제로 벌어지고 있었다. 그녀의 입에 맞을 만한 사이즈로 곱게 싼 상추쌈을 보란 듯이 내민 그가 어디선가 많이 본 장면을 재연하고 있었다.

"자, 맛있게 먹어 봐요. 얼른 입 벌리고."

어쩐지 주위에서 엄청난 시선이 느껴지는데…… 뒤통수가 절로 따가워진다. 주거니 받거니 하며 서로 정답게 쌈 싸 주는 닭살 커플을, 누군가는 불편한 시선으로, 누군가는 굉장히 부러운 시선으로 힐끔거렸다.

태건은 움직이지 않는 그녀에게 얼른 먹어 보라며 더욱 입 가까이 상추쌈을 내밀었다. 결국 살짝 입을 벌린 리원은 그가 내민 음식을 받아먹었다. 작은 입을 연신 오물거리는 그녀의 눈동자가 왠지 모를 경쟁심에 불타오르기 시작했다. 두 사람은 회가 바닥날 때까지 끊임없이 쌈을 싸 서로의 입이 터질 때까지 밀어 넣어 주는 것을 활짝 웃으며 반복했다.

■ ◇ ■

리원은 제 앞에서 걷는 남자의 커다란 등을 바라보았다. 그의 뒤를 조용히 쫓아가면서도 머릿속으로는 이 난관을 어떻게 헤쳐 나가야 할지 끝없이 고민했다.

'그래. 피할 수 없으면 즐기라는 말도 있잖아? 나도 즐기는 거야.'

결론은 단순했다. 제 앞의 남자도 이 상황을 아주 즐기고 있는 것 같은데……. 저라고 그러지 못할 이유가 없지 않은가. 어떤 감정이 느껴지면 느껴지는 대로, 생각지 못한 일이 생겨도 그건 그거대로, 그냥 흘러가는 대로 따르기로 마음먹었다. 오히려 마음먹고 나니 묵은 체증이 내려간 듯 속이 시원해졌다. 한결 편안해진 모습으로 앞서가는 그에게 좀 더 가까이 다가가 물었다.

"부사장님. 지금 우리 어디로 가는 건가요?"

앞서가던 그가 걷는 속도를 줄이며 힐끗, 그녀를 내려다보았다.

"지금 수영하러 가는 길입니다."

"네? 해변을 지나쳤는데 도대체 어디로 가는 건지······."

"저기, 보입니까? 거의 다 왔어요."

그가 가리키는 곳을 아무리 고개를 빼고 둘러보아도 물놀이할 만한 곳은 보이지 않았다. 해변은 이미 지나쳐 왔고, 딱히 수영장 같은 건물도 보이지 않고. 눈 씻고 찾아보아도 보이는 것이라곤 수많은 배들이 정박해 있는 풍경밖에 없었다. 고개를 갸우뚱거려 봤지만 답이 나오는 것은 아니었다.

별수 없이 그의 뒤를 쫓아간 지 얼마나 되었을까. 두 사람이 도착한 곳은 조금 전에 그녀가 멀리서 보았던 수많은 배들이 정박해 있는 작은 항구였다.

"응? 여긴 항구잖아요?"

"맞아요. 저기, 저 요트 보입니까? 가장 끝에 있는 배."

리원의 시선이 이 정박항에 있는 요트 중에서도 가장 사이즈가 큰 요트에 가닿았다. 가장 끝에 정박하여 출항 준비를 이미 끝낸 배에는 한 외국인이 서서 이쪽을 바라보고 있었다. 태건을 발견한 외국인이 활짝 웃으며 연신 손을 흔들어 댄다.

"오늘 우리가 탈 요트예요."

그들의 첫 데이트는 생각보다 더 스케일이 컸다. 매스컴에서 가끔 본 적은 있었다. 바닷가가 있는 곳에서 유료로 요트 체험을 하거나, 고급 리조트에 숙박을 할 경우 이벤트성으로 해 주는 경우가 있었다. 그런 때가 아니라면 요트라는 것을 접할 기회가 없었다. 보통은 부자들의 전유물로 여겨지는 요트를 실제로 타 보는 것은 처음이라 리원은 잔뜩 긴장했다.

"외국인? 아는 사이인가 봐요?"

그를 따라 요트 선착장으로 걸음을 옮기던 리원이 물었다. 태건은 대수롭지 않다는 듯 저 멀리서 아직까지 손을 흔들고 있는 외국인을 힐끗 곁눈질하며 대답했다.

"아아……. 해외에서 유학 생활을 할 때, 알고 지내던 친구예요. 당분간 한국에 있을 거라기에 오랜만에 리원 씨 핑계로 만나게 됐죠."

"그렇군요. 오랜만이라 굉장히 반갑고 좋으시겠어요."

"딱히……. 그렇게까진 친하지 않아서."

그의 표정이 매우 시큰둥해지는 것으로 봐서, 정말 절친까지는 아닌 것 같았다. 그래도 역시나 그가 보통 인물이 아니라서 그런지, 관계를 유지하는 지인 또한 참으로 국제적이라는 생각이 들었다. 조금의 긴장감도 없이 탑승 구역까지 도착한 그때였다. 전혀 예상치 못한 상황이 벌어졌다.

"오! 세상에! 건! 오랜만이야!"

어설픈 한국어와 외국어가 묘하게 섞인 발음이 터져 나온다. 외국인이 보폭이 큰 걸음으로 성큼성큼 걸어와, 태건을 거대한 품 안으로 끌어들여 안으려 했다. 하지만 쉽게 당할 그가 아니었다. 태건은 어떻게든 외국인의 품에 안겨 들지 않기 위해 팔로 상대의 가슴팍을 밀어 내며 버티고 있었다. 덩치 큰 남자들의 힘 싸움을 처음으로 눈앞에서 목격한 리원의 두 눈이 커다래졌다.

"…마티. 이게 뭐 하는 짓이야?"

태건에게서 다소 까칠한 목소리가 나온다. 그럼에도 외국인은 아랑곳하지 않고, 어떻게든 태건에게 조금이라도 더 가까이 다가가기 위해 안간힘을 썼다. 그 묘한 상황에서 리원은, 물끄러미 마티라 불린 외국인을 쳐다보았다.

누가 그랬더라. 사람은 끼리끼리 만난다고.

외국인이라 미의 기준이 조금은 다를 수도 있겠지만, 어쨌든 리원의 눈에 마티는 태건만큼이나 굉장한 미남이었다. 짙은 밤색 머리와 같은 색의 속눈썹이 깊은 눈매를 감싸고 있는 인상적인 모습.

'와. 샤넬 향수 화보에서 방금 튀어나온 것 같잖아?'

마티는 감탄스러울 정도로 대단히 남성적인 얼굴이었다. 게다가 이름이 마티라……. 리원은 그 이름을 듣자마자 그의 이미지와 굉장히 어울리는 이름이라고 생각했다. 리원이 잠시도 눈을 떼지 못한 채 그를 쳐다보고 있자, 신경이 오로지 태건에게로만 쏠려 있던 마티가 급작스럽게 고개를 홱 돌렸다. 뒤늦게 리원을 발견한 듯 그녀와 눈을 마주치고는 민망할 정도로 빤히 쳐다본다.

깜짝 놀란 리원이 어깨를 움찔거리는 순간 씨익, 입가에 악마 같은 웃음을 지은 마티가 그제야 의미 없던 힘 싸움을 끝냈다. 태건은 무척이나 불쾌한 얼굴을 한 채 마티를 밀어 내 버린다. 이런 대우에 익숙하기라도 한 듯 마티는 아무렇지도 않게 리원을 검지로 가리키며 물었다.

"건. 이 사람은 혹시 걸프렌드?"

"그걸 이제야 물어?"

"오……. 그래서 나에게 안기지 않았던 거군. 이거 실례."

두 손을 가슴 앞으로 번쩍 들어 보인 마티가 환하게 웃었다. 그 매력적인 미소를 조용히 쳐다보고 있는데, 태건이 서둘러 리원의 팔을 잡아끌었다.

"쓸데없이 시간만 지나가잖아. 어서 출발해, 마티."

"이런. 쏘리. 정말 그러네? 얼른 출발하자고."

앞장선 마티가 가볍게 요트에 뛰어올랐다. 그가 곧장 조타실로 들어가 출발 준비를 하는 동안 태건이 이어서 요트에 뛰어올라 탑승했다. 분명 두 남자가 타는 것을 보기만 할 때는 굉장히 쉬워 보였는데……. 요트 아래 출렁이는 바닷물을 보고 있자니 덜컥 두려움이 밀려왔다. 선착장과 배 사이의 간격이 생각보다 멀어서 바닷물에 빠질 것만 같았기 때문이었다. 리원이 쉽게 건너가지 못하고 망설이자 앞서 건너갔던 태건이 요트 앞머리 끝에 서서 손을 내밀었다.

"내 손 잡고 건너와요. 위험하니까."

"…아. 막상 건너려고 보니까 틈새가 넓네요."

리원이 한 번에 그의 손을 잡지 못하자, 재차 잡으라는 듯 그가 손을 위아래로 흔들었다. 아랫입술을 꾹 깨문 채 잘근잘근 씹던 그녀가 결국 천천히 손을 뻗었다. 느리게 뻗은 손이 그의 거친 손바닥에 닿았다. 순간 힘주어 당기는 태건의 손에 이끌린 리원은, 폴짝 뛰어 아슬아슬하게 요트에 올라탔다. 하지만 그가 너무 강하게 당긴 탓인지 리원은 그대로 그의 품 안에 뛰어들며 넘어져 버렸다. 작은 비명이 터져 나왔다.

"까악!"

턱, 하는 둔탁한 소리를 내며 태건의 등이 선체에 살짝 부딪쳤다. 깜짝 놀란 리원이 어쩔 줄 몰라 냅다 소리 질렀다.

"괜, 괜찮으세요? 어쩜 좋아! 죄송해요! 다친 건 아니죠?"

"리원 씨. 난 괜찮으니까 진정해요."

그가 리원을 진정시키기 위해 다정한 말을 해 주고 나서야, 아직 자신이 그의 품 안에 있다는 사실을 알아차렸다. 리원의 기다란 머리카락이 살랑거리며 불어오는 바람에 흩날린다. 가까이서 마주 본 남자의 단정한 얼굴에서 시선이 떨어지지 않았다.

태건의 눈동자가 휘날리는 그녀의 머리카락에서부터 새하얀 얼굴까지 빠짐없이 훑어 내렸다. 그가 커다란 손으로, 넘어지려는 가녀린 몸을 지탱하기 위해 허리를 잡고 있는 감각이 느껴졌다. 어쩐지 그가 만지는 곳이 뜨겁게 달아오르는 것 같다는 생각을 지울 수가 없었다. 두 사람이 움직이지 못한 채 서로를 지탱하며 버티고 있던 그때. 어느새 출발한 요트가 선착장을 느리게 벗어나고 있었다.

■ ◇ ■

리원은 선체 끄트머리에 서서 아랫입술을 꽉 깨물었다. 살면서 이 토록 두려운 경험을 해 본 적이 많지는 않았는데……. 지금만큼은 어 딘가로 도망가 버리고 싶을 만치 두려웠다. 곧게 선 그녀의 가녀린 다 리가 후들거리며 떨려 왔다. 리원은 애원하는 시선으로 태건을 바라 보았다.

"못 하겠어요……. 제발요. 수영을 좋아하긴 하지만 이건 너 무……."

드넓은 바다 한가운데 멈춰 있는 요트 아래, 벌써 바닷물에 둥둥 뜬 채 이쪽으로 두 팔을 넓게 벌린 태건이 버티고 있었다.

"리원 씨! 생각보다 위험하지 않으니까, 얼른 뛰어내려요!"

어떠한 재난을 맞닥트린 것도, 딱히 위기 상황도 아니었다. 말 그 대로 그저 수영을 즐기려는 것뿐이었다. 하지만 그 많은 장소 중에 하 필이면 바다 한가운데냐 말이다. 설마 요트 타고 여기까지 나와서 바 다 한가운데서 수영을 하고 놀자는 말을 할 줄은 정말 꿈에도 몰랐었 다. 아무리 강심장이래도 이건 너무 무리 같은데…….

"무, 무서워요. 부사장님……. 진짜로요."

그녀가 거의 울먹이며 말하자, 조용히 두 사람을 지켜보고 있던 마 티가 나섰다. 분명 팔짱을 낀 채 선체에 앉아 있던 그가 어느새 리원 의 뒤에서 불쑥 고개를 내밀었다. 리원이 두려움과의 사투를 벌이느

23

라 정신없던 사이, 유유히 그녀에게로 다가왔던 것이다.

"이봐, 아가씨."

"네, 네?"

"다른 사람은 몰라도 건은 믿어도 될걸?"

무슨 소리냐는 듯 리원이 눈을 크게 뜨며 바라보자, 한쪽 입꼬리를 위로 길게 말아 올린 마티가 말했다.

"건은 웬만한 선수보다 더 수영을 잘해. 나와 마이애미에 있을 때, 물에 빠진 사람을 여럿 구해서 살렸거든. 해상구조대 경험도 있으니 안심하라고."

그의 말을 듣고 나서야 귀가 열리는 느낌이 들었다. 마티의 말이 끝나자마자 바다 아래서 그녀를 기다리고 있는 태건의 외침이 들려왔다.

"날 믿어요! 무슨 일이 있어도 절대 당신만큼은 다치지 않게 할 거니까."

어디서 그런 용기가 생겼을까. 태건이 해상구조대를 했었을 만큼 수영 실력이 뛰어나다는 마티의 말 때문이었을까. 아니면 절대 저를 다치지 않게 하겠다는 그의 말에 믿음이 생겼기 때문이었을까. 리원은 저 자신도 모르는 사이에 두 눈을 꼭 감은 채 요트 위에서 뛰어내리고 있었다. 귀를 찢을 듯한 비명 소리가 그녀의 붉은 입술을 가르고 터져 나왔다.

"까아아아아악—!!"

풍덩! 무거운 것이 물에 푹 빠지는 커다란 소음이 주위에 진동했다. 그것을 지켜보던 마티가 아주 재미있다는 듯 크게 웃음을 터트렸다. 리원은 여러 가지 소리가 섞여 들어 귓가에 울리자 정신없이 머리를 내저었다. 바닷물이 풍덩거리는 소리. 마티의 웃음소리. 꼬르륵하는 물소리와 귀가 멍해지는 소리. 숨이 막힌다고 느낀 순간 누군가의 강인한 힘에 의해 물 위로 끌어 올려졌다. 그제야 막혔던 숨을 깊이 들이쉴 수 있었다.

"푸학!"

"세이프."

태건의 낮은 목소리가 귓가를 파고들자 정신없이 더듬거리며 손에 잡히는 것을 무작정 쥐었다. 거친 숨을 내쉬며 눈을 뜨자 저를 내려다보는 남자의 새카만 눈동자를 마주했다. 태건의 구명조끼를 손에 쥔 채 그에게 매달려 있었다. 단단한 팔이 마치 보호하듯 자신의 몸을 지탱해 주고 있는 것을 확인하고 나서야 안도의 한숨을 내쉬었다.

"잘했어요, 리원 씨. 이제 요트에서 멀리 떨어지지만 않으면 돼요."

"헉……. 헉. 부사장님. 설마 저를……. 받으신 거예요?"

"아니요. 리원 씨가 내 품 안으로 뛰어들어 온 겁니다. 난 나에게 오는 당신을 받아 낸 것뿐이고."

"아……. 진짜 죽는 줄 알았어요……."

"생각보다 별거 아니죠? 지금도 우리 물 위에 잘 떠 있잖아요."

정말 걱정했던 것과는 달리, 일정한 위치에서 크게 벗어나지 않았다. 아마도 그가 저를 받아 내 주었으니 괜찮은 거겠지. 사실은 구명조끼를 입고 있고 구조용 튜브까지 바로 앞에 띄워 놓은 상태라 그리 위험하지는 않았다. 파도가 무척이나 잔잔했고 해상구조대 경험이 있을 만큼 수영을 잘하는 남자가 둘이나 있으니, 바다라 해도 안전 거리만 잘 지키면 될 일이었다.

그녀가 한시름 놓은 표정을 짓고 있을 때, 뒤에서 또다시 풍덩! 하는 거대한 소리가 울렸다. 깜짝 놀라 돌아보자 방금 바다로 뛰어내린 마티가 물개처럼 주위를 헤엄치고 있었다.

드넓은 바다 위에 누워서 쳐다본 여름 하늘은 구름 한 점 없이 맑았다. 얼굴이 타는 것도 개의치 않은 채 차가운 바닷물의 온도를 느끼며 조용한 시간을 보냈다. 물 위에서 유난히도 겁이 많은 리원의 손을 꼭 잡은 채, 함께 대자로 물 위에 떠 있는 태건은 한참이나 말없이 그녀의 곁을 지켰다.

태건은 이상하리만치 여러 가지 모습을 가지고 있는 사람이었다. 그는 오늘따라 더욱 지금껏 그녀가 알던 사람이 아닌 것 같은 착각이 들게 한다. 시선은 그대로 새파란 하늘에 둔 채, 어디선가 은은하게 울려오는 파도 소리를 듣던 리원이 천천히 입을 열었다.

"부사장님은 참 알다가도 모르겠어요."

"…내가요? 내 어디가?"

"그냥……. 그래도 많이 안다고 생각했는데 그게 큰 착각이었던 것 같아요. 알면 알수록 생각지도 못한 새로운 면을 발견한다고나 할까요."

"매력적이란 소린가?"

능글맞은 그의 대답에 리원의 입가에 피식, 짧은 웃음이 지어졌다. 아까까지는 정말 다른 사람 같은 눈빛을 하고 있더니 금세 그녀가 알던 남자로 되돌아온다. 대답 없이 웃고만 있는 리원에게로 고개를 돌린 그가 물었다.

"대답이 없다는 것은 긍정한다는 뜻입니까?"

"마음대로 생각하세요."

새침하게 반응했지만 사실은 대답하기 곤란했다. 정곡을 찔려 버렸다고나 할까. 그에게서 새로운 여러 가지 면을 발견할 때마다 새삼 대단히 매력을 느꼈다. 그 한 예로, 리원은 제가 바다에 뛰어들었던 순간 그의 품 안에서 안도감을 느꼈던 때를 떠올렸다. 태건의 말처럼 무슨 일이 있어도 저를 지켜 줄 것만 같은 단단한 몸에 기대었을 때. 비로소 느껴지는 여러 가지 감정들은 이루 말로 표현할 수 없을 정도로 복잡한 것이었다.

안도감을 느꼈던 것과는 별개로 희한하게 미친 듯 심장이 뛰었던 경험. 그 순간에는 막연한 두려움에 의한 두근거림이라 생각했지만 지금에 와서 떠올려 보면 단지 그 이유 때문만이라는 확신은 없었다.

과연 단순한 두려움과 흥분에 의한 두근거림이었을까? 그게 아니라면……. 혹시 그에게 심장이 나댔던 걸까. 혹시 이게 말로만 듣던 흔들다리 효과라는 것일까?

멍하니 생각에 잠겨 있던 그때, 침묵을 지키던 그가 다시 입을 열었다.

"나도 비슷합니다. 당신의 경우와."

그의 말에 의문을 가진 리원이 눈을 크게 뜬 채 옆을 돌아보았다. 주황색 구명조끼를 입은 채 바다 위에 떠서 하늘을 쳐다보는 남자의 날렵한 옆모습이 시야에 들어왔다. 평소와 스타일이 달라서 그런가. 마치 때 묻지 않은 소년 같은 얼굴이 언뜻 그에게서 비쳤다. 리원은 눈을 깜빡이며 귀를 기울였다.

"제주에서 당신을 처음 봤던 그날. 그날의 당신에 대한 이미지가 너무 강하게 내 안에 박혀 들었어요."

비 내리던 제주도의 밤. 수많은 사람들의 시선 따위 아랑곳하지 않은 채 세상 다 죽어 가는 얼굴로 유유히 도로를 거닐던 리원의 모습을 잊을 수가 없었다. 굉장히 신비롭고, 안타깝고, 그러면서도 어쩐지 말 못 할 그녀의 사연을 궁금하게 만들었다.

우습게도 비에 맞아 엉망이 되었던 그 모습이, 대단히 눈부시다 못해 아름답게 보일 지경이었다. 그렇게나 강렬한 느낌은 처음이었다.

"리원 씨와 재회하게 되고, 같이 일을 하게 되고, 이후로 죽 리원 씨를 지켜보면서 매번 놀랐었습니다. 내 안에 굳어진 당신에 대한 이미지와는 전혀 다른 모습들 때문에."

"…실망했다는 건가요?"

"오히려 그 반대였다는 말이 정확하죠."

두 사람의 시선이 맞닿았다. 조용한 가운데서 서로를 바라보는 눈동자가 사뭇 진지했다. 그가 깍지 끼어 맞잡은 손에 힘을 주었다. 그 커다란 손 하나로 전신을 덮쳐 오던 두려움을 이겨 낼 수 있다니……. 누군가에 대한 믿음이란 것은 굉장한 일이었다.

'그래. 맞아……. 믿음. 나 이 사람을 이렇게나 믿고 있구나.'

그가 자신을 믿고 뛰어내리라 소리칠 때, 어느 순간 거짓말처럼 따르고 있던 자신을 발견했다. 더 이상 길게 설득하지 않아도 그녀의 안에서 저절로 그에 대한 믿음이 솟구치고 있었던 것이다. 새삼 스스로도 모르고 있던 그 사실을 깨달아 버리자, 세상 모든 것이 조금 다르게 보이기 시작했다. 끝이 보이지 않는 넓은 바다의 수평선도, 높다란 하늘도, 저를 바라보고 있는 남자의 검고 깊은 눈동자까지.

가만히 그를 들여다보고 있던 그때. 조용하던 주변이 누군가에 의해 순식간에 소란스러워졌다. 세월을 낚기 위해 낚시를 한다던 마티가 온갖 나라의 언어들을 섞어 가며 유난을 떨고 있었다. 이번에는 다른 의미로 두 남녀가 서로를 의아한 듯 휘둥그레진 눈으로 마주 보았다.

"…뭔가를 낚은 것 같은데. 가 볼까요?"

"네. 궁금해요."

의견이 일치했다. 리원은 그의 손에 이끌려 마티가 요란스럽게 소리 지르고 있는 곳으로 헤엄쳤다. 요트 끄트머리에 서서 낚시를 즐기고 있던 마티의 손에 어림잡아 봐도 30센티는 족히 넘어 보이는 물고기가 들려 있었다.

■ ◇ ■

"맥주? 와인? 아니면 위스키?"

오늘을 위해서 만반의 준비라도 한 걸까. 요트 안의 작은 냉장고에는 여러 종류의 술이 마련되어 있었다. 선택지는 많았지만 역시 이런 더운 날씨에는 맥주가 최고였다.

"저는 맥주요."

리원이 신택한 맥주는 비구니에 챙기면서, 정작 자신의 술은 챙기지 않는다. 아마도 돌아가는 길에 운전을 해야 한다는 책임감 때문에 그렇겠지. 이런 분위기에서 조금은 기분 좋게 취하고 싶을 법도 한데 괜히 미안한 마음이 든다.

"혹시 운전 때문에 일부러 술을 자제하는 거예요?"

"왜요? 신경 쓰입니까?"

"마티와 저만 시원한 맥주를 마시려니까 괜히 미안해져서요."

"그럼 나도 위스키 한 병 할까요? 대신 내가 취하면 여기서 자고 가야 할 겁니다."

그가 느린 동작으로 호박색 위스키를 꺼내 바구니에 담았다. 플라

스틱 컵과 나무젓가락, 마른안주 등을 챙기던 리원의 어깨가 잠시 흠칫 떨렸다. 그것을 날카롭게 캐치한 그가 한쪽 입꼬리를 비죽 올리며 한마디를 더 보탰다.

"참고로 이 요트에 침대는 하나뿐입니다."

샤워를 하기 전에 퀸사이즈 정도 되는 침대를 하나 보긴 했었는데……. 요트 안에 침대가 하나뿐일 거라고는 미처 생각하지 못했다. 위기감을 느낀 리원은 제가 챙긴 것들을 바구니에 와르르 쏟아 담았다. 그러곤 곧바로 위스키병을 꺼내 들어 냉장고에 도로 집어넣어 버렸다.

"제가 잘못 생각했어요. 오늘만 음주를 좀 참아 주시겠어요?"

생긋 웃으며 그리 말한 리원이 몸을 홱 돌려 갑판으로 나가 버렸다. 뭐가 그렇게나 재미있는지 비뚜름한 입술을 한 채 한참을 작게 웃던 그가 바구니를 챙겨 들었다. 갑판에는 배가 흔들려도 움직이지 못하도록 테이블과 의자가 고정되어 있었다. 이미 생선 손질을 모두 마친 마티가 일회용 접시에 회를 단정하게 놓았고, 리원은 마른안주와 과일, 잔을 세팅하고 있었다.

대충 모든 준비가 끝나자 세 사람은 마주 보며 자리에 착석했다. 매우 만족스러운 표정으로 테이블 위의 먹을거리들을 보던 리원이 문득 잔잔한 바다를 둘러보았다. 어느새 해가 뉘엿뉘엿 모습을 감추고, 붉게 타오르는 노을이 지고 있었다.

"우리 너무 열심히 놀았나 봐요. 벌써 저녁이에요."

"시간이 흐르는 줄도 모르고 놀았다는 소린데. 우리 첫 데이트는 성공이군요."

두 사람의 대화를 가만히 듣고만 있던 마티의 미간에 세로로 깊은 주름이 생겼다. 그가 팔짱을 낀 채 믿을 수 없다는 듯 물었다.

"첫 데이트? 두 사람 정말 첫 데이트야?"

"네. 첫 데이트 맞아요."

리원이 해맑게 대답하자 마티는 그제야 알았다는 듯 고개를 내저었다.

"어쩐지 두 사람, 대단히 어색하다 생각했어. 호칭도 이상하다고 느꼈는데 이유가 그거였군. 그래서 사귄 지 얼마나 된 거야?"

"음……. 아직 일주일도 안 됐을걸요?"

계약서를 쓴 지 일주일이 채 안 됐으니까. 계약서에 사인한 그다음 날부터 효력이 발생되니, 아마 그게 가장 정확할 것이다. 두 사람에 대한 궁금증은 잠시 뒤로한 채, 가볍게 각자의 잔을 들어 건배했다. 몇 시간 동안 물 위에서 수영을 하느라 진땀을 뺐더니 허기가 밀려왔다.

"점심때도 같은 걸 먹었는데. 괜찮겠어요?"

"네. 아까도 말했지만 저 회 엄청 좋아하니까 괜찮아요."

식사 메뉴가 겹쳐 신경이 쓰였는지 그가 난처해하며 물었지만 리원은 크게 개의치 않았다. 이미 점심 끼니때 회를 질리도록 먹었음에도 불구하고 낚시로 직접 잡은 횟감은 또 맛이 달라서 먹는 재미가 있었다. 소주가 없는 것이 무척이나 아쉬웠지만, 어두워져 가는 하늘을 보며 하는 저녁 식사는 충분히 넘칠 만큼 완벽했다.

해가 지니 잠자고 있던 바람이 일어났다. 바다 한가운데의 요트에서 차가운 바닷바람을 맞으며 먹는 저녁 식사라니. 누구도 상상하지 못할 경험을 하고 있는 자신이 우스워서 홀로 작게 미소 지었다.

'그러고 보니……. 아무리 계약이라지만 나중에 100일은 예의상으로라도 챙겨야겠지? 진짜 커플로 보이는 게 목적이니까. 할 수 있는 건 다 해야겠어.'

제법 기특한 생각을 하며 차가운 맥주가 담긴 잔을 들어 입으로 가져갔다. 머릿속으로 차분히 날짜들을 정리하며 세고 있는데, 질문 공세를 퍼붓던 마티에게서 전혀 생각지도 못한 폭탄 질문이 튀어나왔다. 그는 쫄깃한 회를 입에 넣고 씹으며, 아무렇지도 않은 얼굴로 초보 커플에게는 금기와도 같은 단어를 내뱉었다.

"두 사람. 일주일도 안 됐으면 섹스도 아직 안 했겠네?"

태건은 눈썹 앞머리를 살짝 꿈틀거렸을 뿐, 딱히 별다른 반응이 없었다. 단지, 자신의 외국인 친구를 금방이라도 죽일 듯 음산하게 노려보았을 뿐이다. 하지만 리원은 침착하지 못했다. 적나라한 단어를 들어 버린 그녀의 눈이 튀어나올 듯 커다랗게 뜨였다.

"푸웁—!!"

입 안에 한껏 머금었던 맥주가 너무 놀란 나머지 그녀의 입에서 터져 나갔다. 그것을 얼굴로 정통으로 받아 낸 마티의 턱에서 뚝, 뚝, 술이 방울져 떨어져 내렸다. 무표정하던 마티의 얼굴이 반쯤 썩어 들어갔다. 묘하게 일그러진 얼굴에서 잔뜩 화가 난 듯한 기운이 풍겼다.

"미, 미안해요. 마티!"

깜짝 놀란 리원이 자리를 박차고 일어났다. 티슈를 찾아 뽑아내 살살 점을 찍듯 마티의 얼굴에서 물기를 닦아 준다. 한동안 말없이 그녀를 흐린 눈으로 쳐다보던 마티가, 리원의 손목을 덥석 잡아 제지했다.

"이만하면 됐어. 그것보다……. 생각보다 반응이 재미있네. 설마 두 사람 벌써 섹스한 거야? 대담하게도."

마치 전부 다 알고 있다는 듯한 그의 음흉한 웃음에 리원은 그만 터질 듯 얼굴이 붉게 달아올랐다. 역시 외국인이라 이런 은밀한 부분까지도 개방적인 걸까? 아무렇지도 않게 그런 이야기를 공개적으로 꺼낼 수 있다는 사실이 놀라웠다. 그녀가 아무런 행동도 취하지 못한 채 안절부절못하자, 그 모습을 차마 지켜볼 수 없었던 태건이 나섰다.

"놀리는 건 그만둬. 리원 씨는 아직 그런 것에 익숙하지 못하니까."

마티에게 잡힌 리원의 손목을 낚아챈 태건이 날카로운 눈동자를 빛냈다. 찢어진 눈매를 내리깐 채 마티를 노려보는 시선에 약간의 경계심이 녹아 있었다. 조금 우스운 상황이 아닐 수가 없다. 리원을 놀리는 것에 도가 튼 사람은 바로 태건이 아니었던가. 그랬던 그가 새삼스러운 말을 하다니.

'뭘까. 날 놀릴 수 있는 사람은 자기밖에 없다 이런 건가?'

묘하게 일그러진 얼굴로 태건과 마티를 번갈아 보던 리원이 아랫입술을 깨물었다. 마티에 대한 경계심을 완전히 누그러트리지 못한 태건은 그 감정을 굳이 숨길 생각이 없어 보였다. 오히려 한술 더 떠 약간의 경고가 담긴 말을 내뱉었다.

"그리고 남의 여자한테 함부로 손대는 거 불쾌해, 마티. 아무리 너라도 조심해 줬으면 좋겠어."

뭐가 그리 즐거운 건지 연신 입가에 가벼운 웃음을 짓고 있던 마티의 표정이 급작스럽게 굳어졌다. 그는 눈을 커다랗게 뜬 채 흔들리는 눈동자로 태건의 기분을 살폈다. 그제야 태건이 진심이라는 것을 깨달은 그가 살짝 입을 벌려 길고도 낮은 탄성을 내질렀다.

"와우……. 이건 정말 놀라운 일인데? 이름이 리원……? 당신 비결이 뭐야? 응?"

"네? 비결이요? 무슨……."

놀라움을 금치 못하며 아주 뜨거운 반응을 보이는 마티와 달리, 리원은 영문을 몰라 어리둥절한 상태였다. 마티가 진심으로 놀라워하고 있다는 것은 알겠는데, 그녀는 도통 그 이유를 알 수가 없어서였다. 리원의 반응에 조금 답답함을 느낀 그가 한껏 음성을 높이며 작게 소리쳐 물었다.

"이 얼음장같이 차갑던 남자를 녹인 비결이 뭐냐고? 지금껏 어떤 여자도 성공하지 못했는데!"

얼음장같이 차갑다고? 지금껏 그녀가 알고 있던 그의 이미지와는 확연히 다른 말에 리원의 두 눈이 커다래졌다. 이해가 가지 않는 항목이었다.

리원에게 있어서 최태건이란 사람은⋯⋯. 굉장히 장난기가 많고 능글거리는 사람이었다. 때론 진지하기도 했지만 둘만 있을 때는 항상 저를 놀리지 못해 안달이 난 사람같이 굴었다. 가끔 냉정하게 느껴질 때도 있었지만 그건 정말 잠깐일 뿐. 결국은 다정하게 다가오는, 결코 미워할 수 없는 남자였다. 그런 그에게 얼음장이란 단어가 과연 가당키나 할까. 리원은 의아하다는 듯 고개를 약간 기울이며 대답했다.

"차갑다니⋯⋯. 부사장님은 전혀 그런 분이 아닌데요? 오히려 그 반대예요."

리원의 대답에 약간 충격을 받은 마티는 앉은 상태로 잠시 휘청거렸다. 이마를 짚으며 현재의 상황을 받아들이려 노력하는 그의 모습에 태건이 냉수가 담긴 잔을 들어 내밀었다.

"벌써 해가 다 졌어, 마티. 오늘 하루가 얼마 남지 않았다고. 이러고 있을 시간 없어."

"그래⋯⋯. 그렇지. 흔히 오는 기회가 아니지. 건은 항상 바빠서 언제 또 이렇게 시간을 낼 수 있을지 알 수 없으니까. 얼른 먹어 치워야겠어. 건배해. 오늘 우리의 만남을 축하하며!"

마티는 쌓여 있는 맥주 캔들을 모조리 마셔 버릴 기세로 덤벼들었다. 분명 다 같이 건배하며 마셨는데, 취기가 올라온 것은 마티 혼자였다. 그는 정말 오늘이 마지막인 것처럼 입에 맥주를 들이붓다시피 했다. 곧 적당하게 술에 취한 마티는 흥분한 상태로 불꽃놀이 세트를 있는 대로 전부 꺼내기 시작했다. 오늘의 대미를 장식할 이벤트를 직접 하기 위해서였다.

■ ◇ ■

휘이이— 펑!! 펑!

연달아 터지는 불꽃 소리가 아플 정도로 세게 귀를 때렸다. 어느새 완전히 새카만 색으로 뒤덮인 하늘에서, 무지개처럼 여러 색깔과 모양으로 터지는 불꽃이 가히 장관을 연출했다. 꽤 요란하고도 설레는 장면이었다. 태건과 나란히 요트의 선미에 누운 리원이 형형색색으로 빛나는 하늘을 유심히 바라보았다.

아무리 봐도 평범한 불꽃놀이는 아니었다. 터지는 모양이나 하늘에 만들어지는 여러 가지 형태들은 감탄사가 절로 터져 나올 만큼 멋지고 크고 아름다웠다. 흡사 축제의 폐막식 때쯤 되어서야 구경할 수 있는 불꽃놀이 행사를 보는 듯한 착각이 들 정도였다. 멍하니 현실감 없는 하늘을 응시하던 리원이 저도 모르게 나직한 혼잣말을 내뱉었다.

"이렇게까지 웅장한 이벤트를 원한 건 아니었는데……."

그냥 작고 소박한 불꽃놀이라도 괜찮았던 건데. 소소하더라도 바닷가에서 예쁜 추억을 만드는 게 중요한 거였는데. 역시 최태건이란 남자의 스케일은 그 누구도 따라갈 수 없었다. 주위가 워낙 시끄러워서 혼잣말을 좀 크게 했을 뿐인데, 그게 그에게 들렸었나 보다. 자신의 팔을 베고 누워 연이어 터지는 불꽃을 감상하던 태건이 시선을 하늘에 고정한 채 리원의 혼잣말에 응답했다.

"그건 명백한 리원 씨의 실수였어요."

"네? 제 실수라니요?"

"난 하나를 하더라도 확실히, 제대로 하는 사람이에요. 아마 그건 리원 씨가 더 잘 알 거고."

그의 말에 리원이 입가에 희미한 웃음을 지었다. 이제는 그녀도 잘 알고 있는 사실이었다. 그는 무엇을 하든 누구보다 크고 확실하게 하는 사람이라는 거. 그게 어떤 분야든지 끝장을 보고야 만다는 거.

"잘 알죠. 부사장님의 스케일이 얼마나 큰지는. 단지 아직은 제가 거기에 익숙해지지 않은 것뿐이에요."

"…이젠 익숙해져야 할 텐데. 나라는 사람과 만나려면."

"그래야겠죠? 그래도 이제 겨우 첫 데이트일 뿐인데."

이제야 우리 계약의 첫발을 내디뎠을 뿐이니까. 그 마지막 말을 깊숙이 삼킨 그녀가 한쪽 입꼬리를 위로 살짝 틀어 올리며 우스갯소리를 했다.

"요트에다 이런 스케일의 불꽃놀이를 준비했을 줄은 몰랐죠. 아무리 대단한 남자라지만 바다를 통째로 선물해 줄 줄 누가 상상이나 했겠어요? 이런 생각을 해 냈다는 자체가 너무 놀라워요."

아무도 없는 바다 중간에서 반나절을 즐기고 놀았다. 그 누구의 방해도 받지 않고 온전히 그들에게만 열린 바다였다. 정말 상상을 초월하는 남자임에는 틀림이 없었다. 바닷가에서 수영하고 싶다는 말, 불꽃놀이를 하고 싶다는 말에 이런 이벤트들을 준비했다니.

"…그래서 지금 날 칭찬하는 겁니까? 아니면 그 반대인가?"

"설마 이런 이벤트를 해 줬는데 칭찬하지 않을 리가요."

"다행히도 신경 쓴 보람이 있군."

"아주 칭찬해요. 백 점짜리 애인이에요."

펑! 하는 소리와 함께 꽃 모양의 거대한 불꽃이 하늘 중간을 수놓았다. 곧 일그러지며 부서진 꽃 모양이 핑크색 가루가 되어 떨어져 내렸다. 반짝이며 떨어지는 불꽃 가루는 마치 찬란한 햇살을 받은 보석처럼 아름답게 빛났다. 그 불꽃만큼이나 새카만 눈동자를 반짝이던 리원의 입가에서 절로 감탄사가 터져 나온다.

"예쁘다……."

"마음에 듭니까?"

"그럼요. 지금의 하늘을 보고 마음에 들지 않을 사람은 없을 거예요."

만개한 장미꽃처럼 활짝, 예쁘게 웃는 그녀의 미소가 무척이나 눈부시다. 태건은 잠깐 동안 그 미소가 하늘의 불꽃보다 몇 배는 더 아름답다고 생각했다. 온전히 누군가를 위해 쓰는 시간이 전혀 아깝지 않다고, 그는 처음으로 그 사실을 인정하고야 말았다.

■ ◇ ■

선착장에 부딪치는 파도 소리가 잔잔하게 울렸다. 기계음을 최소화하여 아주 느린 속도로 선착장에 다다른 요트가 천천히 멈추었다. 조타실에 멀뚱히 서서 태건의 옆을 지키던 리원이 조금 놀라운 듯한 표정으로 그를 올려다보았다.

"도대체……. 못하는 게 뭐죠? 알면 알수록 놀라운 사람 같아요."

만취해 뻗어 버린 마티가 키를 잡을 수 없게 되자, 태건은 자연스럽게 조타실로 올라가 요트를 조작했다. 몸에 밴 듯한 모양새가 하루 이틀 잡아 본 게 아닌 것 같았다. 리원의 물음에 그가 엷은 웃음을 지었다.

"유학 중일 때……. 몇 번 당해 보고 나서야 면허증의 필요성을 느꼈죠. 매번 바다에 나올 때마다 마티가 만취 상태가 돼 버렸으니까."

"아아……. 그래서."

그제야 그의 사정을 이해한 리원이 고개를 끄덕였다. 빠른 손놀림으로 배의 전원을 끈 태건이 높은 조타실을 벗어나 갑판으로 걸음을 옮기자, 그 뒤를 그녀가 부지런히 쫓아갔다. 마지막으로 밧줄로 요트를 단단히 선착장에 고정시키고 난 뒤에야 모든 일이 끝이 났다. 먼저 선착장으로 건너간 태건이 멀뚱히 서 있는 그녀에게 손을 내밀었다.

"잡아 줄 테니까 넘어와요. 이리로."

"잠깐만요. 마티는 어쩌고요?"

"내버려 둬요. 내일 아침은 되어야 깨어날 테니까."

간단하게나마 생활하기 위한 모든 것들이 요트 안에 갖춰져 있으니 태건은 그를 딱히 걱정하지 않는 눈치였다. 잠시 고민하던 리원이 그의 손을 맞잡았다. 확 당기는 힘에 이끌려 건너갔지만 다행히 아까처럼 그의 품으로 쓰러지는 불상사는 생기지 않았다.

태건은 말없이 앞서 걸었다. 선착장을 완전히 벗어나고, 사람들로 북적이는 해변 근처를 걸을 때도 뒤돌아보지 않았다. 그에게 끌려가다시피 뒤따르던 리원이 결국 숨을 헐떡이며 말했다.

"저……. 부사장님. 숨차요. 천천히 좀……."

걸음을 멈춘 그가 뒤돌아섰다. 달빛이 비치는 해변에서 서로를 마주 보고 선 채 그에게 잡힌 손을 꼼지락거렸다. 더운 날씨라 그런지 맞잡은 손에서 땀이 나는 느낌이 들었다.

"그리고 이제는 손 안 잡아 주셔도 되는데……."

그녀가 손을 빼내려던 순간. 스치는 손가락 사이로 와락, 남자의 커다란 손이 모양을 바꿔 리원의 손에 깍지를 끼어 버렸다. 태건은 그녀의 손을 놓아 줄 생각이 없어 보였다. 당황할 틈새도 없었다. 커다래진 눈망울로 깍지 낀 손을 하염없이 쳐다보는 리원의 귓가에 심장 소리가 쿵, 쿵, 울렸다. 덩달아 귀와 볼에도 열이 오르는 것 같고, 가슴 한쪽이 자꾸만 울렁거려 숨쉬기조차 힘들어졌다.

'설마……. 얼굴까지 빨개진 건 아니겠지?'

그깟 손 하나 꽉 잡힌 게 뭐라고 심장이 이리도 나대는 걸까. 솔직히 말하자면 이미 그와는 끝까지 간 사이인데. 새삼스럽게 손잡는 것 하나에 격렬히 동요하는 저 자신이 이해가 가지 않았다. 눈에 띄게 평소와 반응이 달라, 그 변화를 조용히 지켜보는 태건의 눈동자에 한없이 따스한 무언가가 번져 갔다. 차마 그의 얼굴을 올려다볼 수 없어 고개를 숙이고 있었지만, 리원은 그가 깍지 끼어 잡은 손을 놓지 않았다. 침착하게 그녀의 말을 기다리던 태건이 결국 선전 포고 하듯 단호하게 말했다.

"지금 당신이 손을 빼내지 않으니까. 동의한 걸로 받아들일 겁니다."

그의 말에 리원이 고개를 더욱 아래로 떨어트렸다. 찰랑거리며 흘러내리는 여자의 머리카락 사이로 터질 것처럼 새빨개진 귀가 눈에 들어왔다. 태건이 그녀의 손을 당겨 걸음을 옮기기 시작했다. 리원 또한 못 이기는 척 그의 손에 이끌렸다.

'괜찮아. 긴장하지 않아도 돼. 어차피 앞으로 연인 행세를 하려면 손잡는 것쯤이야 얼른 익숙해져야지…….'

입 안이 바짝 말라 가는 긴장감에 리원은 끊임없이 스스로에게 그리 세뇌시켰다. 아까까지만 해도 무언가에 쫓기듯 큰 보폭으로 앞서 가던 그가 그녀의 속도에 맞추어 천천히 걸었다. 이번에는 결코 뒷모습을 보이지 않았다. 그저 깍지 끼어 잡은 손에 더욱 힘을 주고 나란히 걸을 뿐이었다.

수면 위에 비친 반짝반짝 빛나는 달빛이 두 사람을 쫓아 움직이는 듯한 착각이 들었다. 사람들이 옹기종기 모여 앉은 저 멀리서 버스킹 공연을 하는 아마추어 밴드의 노래가 울려 퍼졌다. 아름답게 울리는 사랑 노래가 두 사람을 축복하는 것처럼 들렸다. 마치 연애를 시작한 지 얼마 되지 않은 평범한 연인처럼 그렇게 두 사람은 말없이 해변을 걸었다. 한참 더디게 걷기만 하던 태건이, 대뜸 미안함이 잔뜩 묻어나는 음성으로 사과했다.

"오늘 약속을 다 지키지 못해서 미안합니다."

영문을 몰라 의아함이 가득 담긴 눈빛으로 그를 올려다보았다. 유난히도 노랗게 빛나는 달빛 아래 반쯤 어둠에 잠긴 그의 얼굴이 희미한 미소를 짓고 있었다.

"…약속이요?"

"좀 더 서둘렀어야 하는데……. 시간이 부족했어요."

"뭘 말씀하시는 건지……."

"아쿠아리움."

"아아……."

자연스럽게 두 사람의 고개가 큰길 건너에 우뚝 서 있는 아쿠아리움 건물로 향했다. 시간이 조금만 더 있었다면, 무리하지 않고 아쿠아리움을 볼 수 있었을 텐데. 토요일의 반나절이란 시간은 그녀가 원했던 모든 것을 하기엔 턱없이 짧았다. 아니, 솔직히 말하자면…… 빡

빡한 일정을 정해 놓고 서둘렀다면 아쿠아리움까지 가능했었을지도 모른다.

하지만 두 사람 모두 그러지 않았다. 둘이서 제대로 된 맛을 천천히 음미하며 점심 식사를 즐긴 것도 좋았고, 요트에서 보낸 꿈같았던 모든 것들이 일분일초가 아깝지 않은 시간들이었기 때문이었다. 물론 아쉬운 마음이 들지 않은 건 아니었지만 리원은 오늘 하루 동안 있었던 모든 이벤트들에 대해 상당히 만족했다. 그건 태건도 마찬가지였지만, 약속을 완벽하게 지키지 못해서 그런지 조금 미안해하는 눈치였다.

"앞으로도 시간은 얼마든지 있을 테니까. 다음엔 꼭 같이 들릅시다."

"네. 다음에는 여유롭게 출발해서 천천히 둘러봐요."

처음에는 그리도 떨리더니 시간이 흐를수록 진정되는 느낌이었다. 하루에 몇 번이나 아슬아슬하게 날뛰던 감정이 이제야 겨우 안정을 되찾았다. 무어라 단정 지을 수 없어 애매하던 그와의 관계도, 확실한 정의를 내리지 못해 끝없는 혼란을 야기하던 스스로의 마음도.

비록 두 사람 각자의 목적에 의한 계약이었지만 서로에게 미치는 영향이 좋은 감정으로 발전하고 있다는 걸 깨닫고 나서야 비로소 관계가 깊어지기 시작했다. 마치 서로를 가로막고 있던 두꺼운 벽이 무너진 것처럼, 앞으로 나아갈 수 없게 하던 방해 요소가 사라진 것처럼 말이다. 급속도로 가까워지는 서로의 마음이 차차 자연스럽게 얽혀 들어가고 있었다.

'우린 잘 어울리는 것 같아서 다행이야.'

그런 긍정적인 변화에 대한 이유를 잘 알지 못하는 리원은 그저 현재의 즐거움에 만족하고 있었다. 그와는 의외로 취향이 잘 맞았다. 음식이라든지, 취미라든지, 서로의 일하는 모습에 매력을 느껴 존중해 주는 부분까지도 완벽하게 어울렸다.

'손과 발이 척척 맞는 파트너라서 다행이기도 하고.'

문득 그녀의 뇌리에 프레젠테이션 발표를 하던 당시의 기억들이 스쳐 지나갔다. 열정적으로 설명하던 그녀를 진지하게 바라보던 시선, 오로지 능력으로 판단하던 흔들리지 않는 그의 신념, 아무렇지도 않게 성희롱을 일삼던 임원들에게 일침을 놓던 카리스마. 단 한 번이었지만 그에 대한 무한한 신뢰를 쌓기에 충분했다. 그 한 번으로도 최태건이라는 남자를 일적으로 파악하기엔 무리가 없었으니까. 온화한 미소를 짓는 그녀를 슬쩍 내려다본 태건이 조용히 물었다.

"무슨 생각 해요?"

"별건 아니고, 우리 두 사람 참 잘 맞는다는 생각이요. 환상의 커플이 될 수 있을 것 같아요."

"그건 나도 깊이 공감합니다."

그녀의 의견에 그 또한 동의했다. 서로를 다정하게 바라보는 시선 때문일까. 꼭 잡은 손에서 찌르르 전기가 흐르는 듯한 착각이 든다. 청량한 여름 바다 바람이 두 사람을 감싸 안았다. 점점 멀어지는 음악

소리와 파도 소리를 뒤로한 채 그렇게 걷고 또 걸었다.

손잡고 걷는 이 길이 끝나지 않길 바라는 것처럼.

■ ◇ ■

토요일의 밤은 어디를 가나 사람들로 북적였다. 늦다면 꽤 늦은 시각. 평일이라면 대부분의 사람들이 귀가했어야 할 밤이었지만 마치 대낮의 활기찬 풍경을 보는 것 같았다. 네온사인이 반짝이는 거리에는 온통 환한 웃음을 짓는 얼굴들뿐이었다. 멍하니 차창 밖의 수많은 인파들을 쳐다보던 그때, 신호 대기 중 잠시 운전대를 놓은 그가 이름을 불렀다.

"리원 씨."

"네."

창밖에 시선을 두었던 그녀가 그에게로 고개를 돌렸다.

"확실히 하고 싶은 게 하나 있습니다."

"네. 말씀하세요."

계약에 관한 이야기인 것 같은데…… 어떤 말이 튀어나올지 몰라 약간의 긴장감이 엄습했지만 리원은 차분히 그의 말을 기다렸다. 하지만 긴장했던 것과 달리, 잠시 뜸을 들인 태건에게서 나온 단어는 리원이 전혀 예상하지 못했던 것이었다.

"호칭."

"호칭이요?"

"예. 당신이 날 부르는 호칭이 무척 거슬립니다."

어떤 심각한 이야기인가 싶었는데 겨우 호칭이라니. 별것 아니라 치부하며 대수롭지 않게 여겼던 부분이었는데 태건은 꽤 심각해 보였다. 막상 호칭에 대해 그가 진지하게 이야기하자 리원은 생각이 많아졌다.

하긴…… 남들에겐 완벽하게 서로에게 푹 빠져 있는 연인으로 보여야 하는데 부사장님이란 호칭이 너무 딱딱하긴 하지.

"사실은……. 저도 조금은 느끼고 있었어요. 호칭이 부자연스럽다는 거."

"진짜 연인이라면 사적인 만남에서 그렇게 부르진 않죠."

"인정해요. 우린 진짜 연인처럼 행동해야 하니까……. 부사장님이란 호칭은 사무적이고 딱딱하게 느껴지는 것 같긴 해요."

"…그러니까 불러 봐요."

그 말에 리원이 두 눈을 크게 뜨고 태건을 바라보았다. 호칭을 어떻게 불러 달라는 거지? 그녀가 머릿속으로 스스로에게 질문하기가 무섭게 그가 씨익, 한쪽 입꼬리를 올려 미소 지으며 말했다.

"내 이름으로."

그리고 태건은 상상하지 못한 방향으로 리원을 당황하게 했다.

"이, 이름이요?"

"그래요. 그게 가장 좋을 것 같습니다만. 혹시 더 좋은 생각이라도 있습니까?"

"그게……. 솔직히 이름으로 부르는 건……. 너무 직접적이지 않을까요? 이제 갓 연인이 되었다는 설정인데 좀……."

"난 그나마 이름으로 불리는 게 적당할 것 같은데."

미간에 세로로 옅은 주름을 만든 그가 고개를 한쪽으로 기울였다. 그러고는 예의 그 장난기 가득 담은 얄궂은 표정으로 돌변했다.

"그렇다면 혹시 이런 걸 원하는 겁니까?"

"네? 어떤……."

"자기라든지 여보라든지."

리원은 그야말로 경악을 금치 못했다. 어쩜 저렇게 군더더기 없이 깔끔하게 생긴 남자의 입에서 자기나 여보라는 말이 나올 수가 있는 걸까. 방금 들었으면서도 믿지 못해 눈을 거대하게 뜬 채 잔뜩 찌푸린 표정으로 그를 가만히 쳐다본다. 팔에 온통 돋아난 소름을 숨기지 못해 모공마다 닭살이 솟아올라 있었다.

"그……것보다는 차라리 이름이 낫겠어요."

그사이 신호가 바뀌었다. 그녀의 표정과 반응을 제대로 감상한 그가 다시 운전대를 잡았지만 자꾸만 나오는 웃음을 참지 못했다. 연신 입꼬리를 틀어 올려 피식, 피식, 웃어 댔다. 크게 폭소가 터지려는 것을 애써 참아 내고 있는 것 같았다. 아랫입술을 꽉 깨문 리원이 원망을 가득 담은 목소리로 물었다.

"일부러 놀리신 거죠?"

"나 그렇게 나쁜 사람 아닙니다."

"거짓말."

"어쨌든 결정된 겁니다. 이름으로."

그래. 이름 따위가 뭐라고 그냥 불러 주면 익숙해지겠지. 매번 그에게 부사장님이란 호칭을 붙이다 보니 쉽사리 이름이 입에 오르지 않았다. 비록 그의 꾀에 속아 넘어가 결정된 것이었지만 어쨌든 익숙해져야 했다. 리원은 떨어지지 않는 입을 억지로 오물거리며 노력했다.

"태, 태……. 부사장님."

"그 상태로는 내년이나 되어야 이름을 듣겠군."

그녀는 집으로 올라가는 골목에 도착할 때까지 한참을 아랫입술만 깨물며 망설였다. 이제는 정말 작별 인사를 해야 할 시간이었다.

"들어가요. 전화할게요."

"조심히 들어가세요."

인사가 끝났는데도 안전벨트를 풀지 않던 리원이 제 토트백 손잡이를 꽉 쥐었다. 마치 엄청난 무언가를 굳게 결심한 듯. 그리고 다음 순간, 시선을 오로지 아래의 발치에만 둔 그녀가 모기만 한 목소리로 말했다.

"태건 씨."

태건은 조수석에 앉은 자그마한 여자를 물끄러미 바라보았다. 가끔…… 이 여자는 의외의 면을 보일 때가 있다. 첫인상도 그렇고, 열정적으로 일하는 모습만 봤을 때는 이리도 세련되고 도도하며 도시적인 여자가 있을까 싶은데. 간혹 소녀처럼 볼을 발그레하게 붉히며 부끄러움을 타거나, 깍쟁이처럼 굴 때의 갭이 꽤 신선하게 다가오곤 했다. 바로 지금처럼.

"잘 못 들었는데?"

태건은 부러 능청스럽게 미간을 좁혔다. 방금 전까지는 얼굴조차 들지 못하더니 듣지 못했다는 말 한마디에 그녀가 번쩍, 고개를 들어 그를 보았다. 지켜볼 때마다 매번 느끼는 거지만 표정이 참 풍부해서 재미가 있다. 저도 그러고 싶진 않은데……. 저런 귀여운 얼굴을 볼 때면 자꾸만 괴롭히고 싶어진다. 참을 수 없게.

"한 번 더 말해 봐요."

한 번 더 듣고 싶은 마음이 반, 그녀를 곤란하게 하고 싶은 마음이 반이었다. 리원이 제 이름을 부르는 게 썩 마음에 들었다. 딱딱한 직책으로 불렀을 때는 왠지 모를 거리감이 느껴지곤 했었는데 이름을 부른 것 하나로 부쩍 가까워진 기분이었다. 아마도 그래서 더 재차 확인하고 싶었던 건지도 모른다. 잠시 입을 꾹 다문 채 묘한 표정으로 쳐다만 보고 있던 리원이 결국 조심스럽게 입을 열었다.

"조심히 들어가시라고요."

"거기까진 들었습니다. 그 뒤에."

"…태건 씨."

기어이 그녀의 입에서 그 말이 튀어나오게 만들었다. 태건은 매우 만족스럽다는 듯 피식, 엷게 웃었다. 차마 이쪽을 쳐다보지는 못하겠는지 자신의 발치에만 시선을 둔 옆모습이 퍽 사랑스럽다. 태건은 제 몸을 감싸고 있던 안전벨트를 풀었다. 탁, 하는 소리와 함께 벨트가 풀어지자 리원이 고개를 조금 더 아래로 숙였다.

"리원 씨."

그의 부름에도 대답이 없었다. 결이 좋은 기다란 머리카락이 스르륵 내려와 그녀의 얼굴을 가리자 그가 손을 뻗어 그 머리카락을 귀 뒤로 넘겨 준다. 갑작스러운 손길에 깜짝 놀란 리원이 어깨를 움찔거렸다. 새카만 눈동자을 휘둥그레 뜬 채 눈을 마주치는데 그게 어찌나 예뻐 보이는지.

"키스해도 됩니까?"

순간의 감정을 주체하지 못한 자신에게서 그만 본심이 새어 나갔다. 별수 없었다. 작은 토끼처럼 떨고 있는 모습이 미치게 사랑스러워 돌아 버릴 것 같으니까. 당장에라도 잡아먹어 버리고 싶게 만드니까. 그나마 키스 정도는 많이 참아 준 축에 속했다.

"…네, 네에?"

난데없이 키스하고 싶다는 말이 조금 의외였는지 리원의 두 눈이 더욱 커다래졌다. 금방이라도 튀어나올 것처럼.

"하고 싶습니다."

태건이 다시 손을 뻗었다. 주춤하며 약간 거리를 두는 그녀에게 가까이 다가간 남자의 손이 기다란 머리카락 한 줌을 약하게 쥐었다. 머리카락 끝에 짧게 키스하는 것을 다소 놀라워하는 그녀에게 태건이 애원하듯 말했다.

"허락해 줘요."

여자의 검게 빛나는 동공이 흔들린다. 태건은 그녀와 똑바로 눈을 마주쳤다. 이 순간 자신이 얼마나 그녀를 원하는지. 치솟아 오르는 욕망을 얼마나 애써 억제하고 있는지. 그럼에도 키스만큼은 양보할 수 없다는 뜻을 담아 강렬하게 시선을 나누었다. 잠시 두 사람의 사이에 짧은 정적이 흘렀지만 곧 그녀는 허락의 말을 내뱉었다.

"…네."

태건은 허락이 떨어지자마자 그녀의 입술로 시선을 옮겼다. 결코 의도한 게 아닌 남자로서의 본능이었다. 살짝 벌어진 여자의 도톰한 입술 안의, 새빨간 혀가 긴장감에 응축되고 있는 것이 보였다. 어쩐지 목이 타들어 가고, 입이 바짝 말라 가는 기분이었다. 참을 수 없는 갈증이 일었다. 태건은 조급하게 그녀의 머리를 감쌌다. 이어 턱, 하는 소리와 함께 커다란 남자의 손바닥이 조수석 창문을 밀었다.

"아……."

겁먹은 듯한 리원의 낮은 탄식이 귓가에 맴돌았다. 그녀의 숨소리가 느껴질 만큼 두 사람의 얼굴이 가까이 닿았다. 하지만 곧 그녀의 탄식도, 숨소리도, 모두 그에게 삼켜져 버렸다. 벌어진 입술 사이에 빈 공간이 조금이라도 있는 것을 용서할 수 없다는 듯, 완벽하게 두 입술이 비틀린 채 맞물렸다. 그는 참을 수 없는 갈증을 리원을 통해 해결하기라도 하겠다는 듯 덤벼들었다. 그녀의 모든 것을 빨아들였다. 깊이, 더 깊이, 가장 안쪽으로 침범하는 살덩어리가 목구멍 깊숙이 제 욕망을 찔러 넣었다.

"흐읍…… 음!!"

더 이상 숨쉬기조차 곤란했던 그녀가 주먹을 쥐어 반복적으로 등을 두드리는 것이 느껴졌다.

'너무 거칠었나……. 힘을 주면 부서질 것을 대하듯 조심스럽게 해야 했는데.'

그제야 태건은 강하게 당겼던 힘을 풀고 천천히 입술을 뗐다.

"푸하! 하아."

입술이 떨어지자마자 격하게 숨을 몰아쉬는 여자의 눈동자를 바라보았다. 그녀 또한 믿을 수 없다는 듯 눈동자를 이리저리 굴리며 그를 마주 본다. 비록 입술은 떨어졌지만 닿을 듯 말 듯 한 두 입술의 간격은 매우 짧았다. 리원이 내쉬는 숨결이 적나라하게 느껴질 만큼. 그가 마음만 먹으면 금방 다시 입술을 삼킬 수 있을 만큼.

"미안."

"하아……. 하아. 천천히요……."

짧은 대화가 끝나자마자 다시금 작고 예쁜 입술을 삼켜 버렸다. 이번에는 조금 더 여유롭게 그녀가 숨 쉴 틈을 신경 써 주었다. 마치 맛있는 디저트를 천천히 음미하는 것처럼 부드럽게 입술이 닿았다 떨어지길 반복한다. 고개의 각도를 틀어 입술을 빨아들일 때마다 살점이 붙었다 떨어지는 자극적인 소리가 귓가에 울렸다. 말랑하고도 힘 있는 혀가 입 안쪽을 구석구석 간질이며 훑고 지나가고, 예민한 점막 곳곳을 미끄러져 나가길 수십 번.

어느새 관능적이고도 달콤한 키스에 혼이 날아가 정신을 놓은 리원은 두 팔을 뻗어 그의 목을 포옥 감싸 안았다. 더 깊이 그와의 입맞춤을 느끼고 싶은 본능이었다. 그리고 잠시 후. 한참이나 떨어질 줄 모르던 남녀의 입술이 살짝 떨어졌다. 두 사람의 시선이 아주 가까이서 맞닿았다.

"조금 더……."

완전히 채워지지 않은 무언가가 있었던 걸까. 지독하게 그를 갈망하는 표정이 여실히 드러나자 그게 그를 또다시 뜨겁게 만들었다. 태건은 그녀의 머리를 감쌌던 손을 옮겨 작은 턱을 집었다. 격렬한 키스로 살짝 부어 버린 여자의 아랫입술을 엄지로 둥글게 문지르며 낮게 속삭였다.

"책임져요."

"네……?"

"그만 놓아주려고 했는데."

이쯤에서 멈추려고 했는데. 이렇게 되면 그나마 붙잡고 있던 이성의 끈이 더 이상 버틸 수 없게 되지 않는가. 그녀가 처음으로 저를 원한다는 얼굴을 하고 있는데, 제대로 이성이 날아가 버릴 것 같았다.

"그럴 수 없게 만들었잖아."

미간을 찌푸린 그가 무척 곤란하다는 듯 숨을 크게 내쉬었다. 거친 숨을 내쉬는 남자의 기다란 눈매가 나른하게 풀려 가고 있었다. 꽤 야하고, 꽤 섹시한 눈매로 바라보는 게 이토록 자극적이라는 것이 믿어지지 않았다.

"그러니까 어떻게든 지금 날 책임지라고요."

벌써 세 번째. 완전히 떨어져 나갔던 입술이 또 한 번 그녀의 입술을 찾았다. 아까와는 달리 무척이나 뜨거워진 숨결과 함께.

서로의 열기로 가득 차 버린 자동차 안은 도저히 식을 기미가 보이지 않았다. 오히려 시간이 지날수록 더욱더 격렬하게 불타오를 뿐. 잠깐의 정차를 위해 켜 두었던 비상등은 그 이후로도 한참이나 꺼지지 못한 채 홀로 깜빡이고 있었다.

11
어른의 키스

온통 최고급 자재로 빽빽하게 도배된 오피스텔. 먼지 한 톨 없을 것만 같은 이 집에 나소 어울리지 않는 풍경이 펼쳐져 있었다. 현관에서부터 하나씩, 바닥에 아무렇게나 나뒹구는 옷가지들의 동선이 욕실 입구까지 이어졌다.

자동차 키, 지갑, 얇은 린넨 셔츠, 팬츠에 이어 속옷까지. 필시 한 꺼풀씩 몸에서 거추장스러운 것들을 벗어 가며 욕실까지 다다른 듯 보였다. 수증기로 가득 찬 샤워부스 안에는 오로지 샤워기의 물 흐르는 소리만이 울려 퍼졌다. 그리고 한참 뒤. 꽤 오랜 시간 동안 몸을 씻는 데 시간을 보낸 태건이 샤워 가운을 몸에 걸친 채 침실에 발을 들였다. 그는 젖은 채 헝클어진 머리를 말릴 새도 없이 침대 위로 쓰러졌다.

"하아……."

땅이 꺼질 듯 깊은 한숨을 내쉬고는 엎어져 쓰러진 그대로 멍하니 생각에 잠겼다.

…하마터면 오늘, 제대로 사고를 칠 뻔했다. 도저히 끝낼 수 없는 진한 키스를 이어 가던 어느 순간, 저절로 그녀의 등을 더듬어 올라가던 자신의 손. 미끄러지듯 등을 감싼 손이 부드러운 가슴으로 옮겨 가려는 것을 미친 듯이 참아 냈다. 환장할 노릇이었다. 어디서 그런 대단한 자제력이 나온 건지. 인내심의 끝에 다다랐을 때, 다행히도 리원이 상황을 깔끔하게 정리해 주었다.

'우리 너무 오래 이러고 있었어요. 시간이…….'

살며시 입술을 뗀 그녀가 고개를 살짝 옆으로 돌리며 말했던 것이다. 그제야 반쯤 날아갔던 이성이 돌아왔다.

'그래요. 난 이만 돌아가야겠습니다.'

겉으로는 여유롭고 차분하게 그리 말했지만, 아직도 속은 제대로 가라앉지 않은 채 뜨겁게 타오르고 있었다. 이쯤에서 그녀가 끊어 내 주지 않았다면 과연 어떻게 됐을지……. 식지 않는 정염을 속에 품은 채 집으로 돌아온 그는 급히 욕실로 직행할 수밖에 없었다. 그리 스스로를 달랜 후에야 하루 동안 적지 않게 쌓였던 피로가 물밀 듯이 밀려왔다.

"…피곤하군."

갈라진 목소리로 혼잣말을 내뱉는다. 머릿속으로는 여러 가지 해야 할 일들을 떠올리면서. 거실에 널브러진 옷가지와 물건들을 대충이라도 정리해야 하는데. 주말이지만 업무적인 메일이나 급한 연락이 온 게 없었는지도 체크해야 하고. 가장 중요한……. 그녀에게 하루를 마감하는 전화를 해야만 하는데.

하지만 감기고 있는 눈을 억지로 뜨게 할 기력이 도저히 남아 있지 않았다. 종일 운전을 한 탓에 평소의 몇 배나 되는 피로감이 그의 정신을 짓눌렀다. 결국 꽉 닫혀 버린 두 눈은 오랜만에 그를 깊은 잠의 세계로 빠져들게 만들었다.

■ ◇ ■

리원은 밤새 잠을 제대로 이루지 못했다. 어제 늦게까지 태건과 시간을 보냈고, 귀가한 이후로는 도통 깊이 잘 수가 없었다. 잠들었다 깨길 수십 번 반복하다 보니 어느새 아침을 알리는 해가 떠오르고 있었다.

"…하. 주말이 아니었으면 정말 큰일 날 뻔."

꽤 초췌해진 상태의 얼굴. 찬물로 세수하고 거울에 비친 자신을 바라보던 그녀가 작게 한숨을 내쉬었다.

'내가 미친 게 틀림없어.'

평소의 저답지 않으니 그런 생각이 드는 것도 이상하지 않았다. 처음에는 그와의 키스가 자꾸 떠올라 잠을 이룰 수 없었고, 그 이후로는 오지 않는 전화를 기다리느라 꼴딱 밤을 새웠다.

겨우 그 전화 한 통이 뭐라고.

어느 정도 시간이 흐른 뒤에는 늦은 새벽이라 전화가 오지 않을 것을 알면서도 통 깊게 잘 수 없었다. 그렇게 수많은 감정 변화와 고뇌을 겪으며 보낸 지난밤의 시간이 어찌나 길게 느껴지던지. 힘들게 일하고 맞이하는 주말은 일분일초가 소중한데, 시간이 더디게 가는 고통을 정말 오랜만에 몸소 체험했다. 리원은 타월로 젖은 얼굴을 톡톡 닦아 내며 화장대에 앉았다. 거울에 비친 벽시계가 오전 7시를 가리키고 있었다.

'계약서상 주말에 약속된 모닝콜 시간은 7시인데……. 전화를 해야 할까? 어제 종일 운전대를 잡아서 많이 피곤할 텐데.'

교통사고로 인한 약간의 트라우마 탓에, 운전대를 잡은 날은 죽은 듯이 쓰러져 잠든다고 했다. 그다음 날 아침에도 일어나기 힘들 정도라고 했고. 잠시 그를 이대로 더 자게 놔둬야 하나 고민했지만 금방 생각을 고쳐먹었다. 일요일은 각자의 스케줄대로 움직이는 날. 태건에게 중요한 스케줄이나 약속이 있을 수도 있으니 어쨌든 전화를 해야만 했다. 그리 결심하고 휴대폰을 든 순간. 조용하던 휴대폰에서 난데없이 벨 소리가 요란하게 울려 대기 시작했다.

"헉. 깜짝이야!"

액정에는 태건의 이름과 번호가 찍혀 있었다. 제가 전화를 걸기 위해 폰을 들었는데 오히려 작전이라도 짠 것처럼 그에게서 전화가 걸려 온 것이다. 리원은 놀란 가슴을 진정시키며 전화를 받았다.

— 리원 씨.

전화를 받자마자 낮게 그을음을 내는 듯한 음성이 귓전을 울렸다. 아침이라 목이 잠긴 태건의 음성이었다.

"네. 전화받았어요."

— 잘 잤어요?

아니요. 밤새 전화 기다리느라 한숨도 제대로 못 잤어요. 게다가 자꾸 키스했던 기억이랑 감촉이 떠올라서 이불 차느라 미쳐 버리는 줄 알았다고요. 차마 그에게 그 많은 말들은 꺼내지도 못한 채 속으로만 우렁차게 질러 댔다. 그러곤 알량한 자존심에 조금 창피하기도 해서, 아무렇지도 않은 척 대답했다.

"네. 푹 잤어요."

— 그렇군요. 다행입니다. 혹시나 내 전화 기다렸을까 봐 미안해지려던 참인데.

"괜찮아요. 몸이 피곤했는지 집에 들어오자마자 뻗어 버렸거든요. 전화 통화야 그렇게 큰 문제가 아니니까 신경 쓰실 필요까진 없어요."

누가 보지도 않는데 얼굴에 약한 웃음기까지 띠며 말했다. 그녀의 대답을 듣고만 있던 그가 돌연 아무런 말도 하지 않자, 의아해진 리원은 귀를 휴대폰에 더욱 바짝 붙였다.

왜 이렇게 조용하지? 통화 시간은 계속 올라가고 있는데 평소의 그답지 않게 아무런 말도 없고. 설마 다시 잠이 들기라도 한 건가? 아니면 내가 무슨 말실수라도 한 걸까. 1분도 채 되지 않는 정적이 익숙하지 않아 별의별 추측이 난무하고 있던 그때, 이윽고 듣기 좋은 저음의 목소리가 속삭이듯이 들려왔다.

─ 좀 섭섭해지려고 하는데.

"네? 뭐가요?"

─ 나에겐 아주 큰 문제거든요. 당신과의 전화 통화.

…오늘따라 유난히, 그의 이런 말들이 진정성 있게 느껴진다. 언제나 장난기 가득한 음성으로 툭툭 던지곤 했는데. 아직 이른 아침 시간이라서 그런지, 가라앉은 그의 목소리가 침착하게 들려왔다. 리원은 사뭇 진지해져 버린 분위기 탓에 일순 할 말을 잊어버렸다.

─ …그래서 혹시나 당신이 내 전화를 기다리다 잠들었을까봐……. 아침에 눈뜨자마자 그게 가장 걱정이었어. 내가 먼저 이 시간에 전화를 건 것도 그런 이유입니다.

"아아……. 그래서 먼저 전화를 주셨군요. 사실은……. 정말 깜짝 놀랐어요."

계약서상 모닝콜을 해 줘야 하는 사람이 저였기에. 그에게서 전화가 걸려 오리라곤 전혀 예상치 못했던 것이다. 하지만 그것이 참 희한하게도……. 놀라움과 동시에 조금은 마음이 설레었다. 이른 아침, 정리되지 않은 잔뜩 갈라진 목소리의 누군가에게 전화를 받는다는 것이 이런 기분이었구나. 리원은 오늘 처음으로 그가 느꼈을 감정을 제대로 공유했다.

그리고 또 하나. 평소와 달리 진심을 가득 담아 저에게 솔직한 마음을 내비친 태건에게 결코 거짓을 말할 수 없었다. 리원은 아랫입술을 꽉 깨물었다. 제가 이렇게까지 솔직하지 못했던 사람이었던가. 이렇게까지 자존심을 내세우던 사람이었던가. 지금까지 그는 항상 저에게 진실한 사람이었었는데.

"사실은……."

자신의 있는 그대로의 감정을 그에게 내비치는 거. 그게 뭐라고 이렇게나 어렵게 느껴지는지 모르겠다. 떨어지지 않으려 하는 입을 겨우 연 리원은 진실을 담아 그에게 차분히 말했다.

"잠을……. 잘 못 잤어요. 밤새 깊이 자지 못하고 뒤척였거든요."

— …….

"…그리고 기다렸었어요. 태건 씨의 전화."

훗, 하고 엷게 웃는 소리가 들려온다. 마치 그럴 줄 알았다며 예상대로라는 뜻이 담겨 있는 것 같은 기분이 들었다. 그 웃음소리 때문인지 리원의 얼굴이 뜨겁게 달아올랐다. 화끈거리는 기운이 머리끝까지 타고 올라오자, 잔뜩 일그러진 표정으로 연신 손부채질을 해 댄다. 저도 모르게 새어 나온 한숨 소리까지, 숨김없이 전부 휴대폰을 타고 전달되었다.

— 이제야 조금 솔직해지는군요.

목소리 톤만 들어도 그가 제법 기분이 좋아진 상태라는 것을 알 수 있었다. 누구보다 다정하게 귓가를 파고드는 음성. 태건은 전화 목소리가 정말 멋진 남자였다. 새삼스럽게 그것을 깨달은 리원의 볼에 발그레하게 홍조가 떠올랐다. 그리고, 이른 아침에 시작된 그들의 통화는 시간이 흐르는 줄도 모르고 한참이나 계속되었다. 각자 할 일이 있었다는 것을 뒤늦게 깨닫게 되기 전까지.

■ ◇ ■

화창한 정오의 햇살이 사람 키보다 몇 배나 높은 창밖에서 비쳐 들어온다. 근처 번화가에서 가장 인테리어가 고급스럽기로 소문난 카페의 창가. 오늘따라 유난히도 예쁘고 단정하게 차려입은 미영은 제 앞에 놓인 아이스카페라테 한 모금으로 입술을 살짝 적셨다. 그녀는 미리 챙겨 두었던 쇼핑백을 테이블 위에 올리고, 슬며시 맞은편의 남자에게 밀었다.

"빨리 전해 드리고 싶었는데……. 우리 서로 바쁘다 보니 만나기가 쉽지 않았죠?"

앉은 뒷모습만 봐도 운동으로 잘 다져진 몸에, 딱히 잘 차려입지 않는데도 옷태가 남다른 남자가 들고 있던 잔을 내려놓으며 대답했다.

"그렇죠. 여러 번 메시지를 했는데도 도통 서로 스케줄이 맞지 않으니."

오늘 미영과 함께 자리한 남자는 오랜만에 한가로운 주말 시간을 보내고 있는 김 비서, 바로 동호였다. 항상 그의 슈트 차림만 봐 와서 그런지 미영에겐 오늘 동호의 모습이 꽤나 매력적으로 다가왔다. 잘 빠진 근육질이라 슈트발도 제법 괜찮았지만, 그는 심플한 화이트 티셔츠에 청바지 차림이 의외로 잘 어울렸다. 대화를 하는 도중에도 미영의 시선이 자꾸만 반팔 아래로 드러난 울퉁불퉁한 팔뚝을 힐끔거렸다. 훔쳐보고 싶지 않은데 워낙 눈에 띄는 부분이라 어쩔 수가 없었다.

"이렇게라도 만나게 되어 다행이에요, 김 비서님. 옷 감사했습니다. 깨끗하게 세탁해서 보관했어요."

"감사할 정도의 일 아닙니다. 당연한 거였으니까."

"어쨌든 도움을 받은 건 사실이잖아요. 커피값은 제가 계산하겠습니다."

웃으며 그리 말하는 미영을 그가 빤히 쳐다본다. 저번부터 느낀 거지만 은근히 단호하게 끊어 내는 구석이 있는 여자였다. 얼굴은 분명 웃고 있는데 말투와 행동에서 철벽이 느껴졌다.

조금 우스운 점이 있었다. 두 사람 모두 웃지 않으면 다소 차가워 보이는 인상이라, 딱히 이어지는 대화 없이 각자의 찻잔을 든 분위기가 마치 싸우기라도 한 것처럼 찬바람이 불었다. 모르는 사람들이 본다면 반드시 그렇게 착각하고 말리라.

"그럼 밥값은 제가 계산하도록 하죠."

뜬금없이 밥값을 계산하겠다는 말에 미영이 무심한 시선을 그에게로 옮겼다. 미간을 살짝 찌푸린 채 한쪽으로 고개를 기울이는 것이 무슨 말이냐 묻고 있는 것 같았다. 미영의 제스처를 재빠르게 캐치한 그가 조근조근 말을 이었다.

"딱히 대가를 바라고 한 일이 아니었는데……. 굳이 커피값을 계산한다고 하시니까요. 난 빚지고 사는 성격이 못 되어서 밥을 사겠다고 말씀드린 겁니다."

"음……. 사실은 저도 빚지고 못 사는 성격이라서요."

"…커피 다 마셨습니까?"

묘하게 핀트가 어긋나 대화가 제대로 이어지지 않는다. 동호의 물음에 미영이 반사적으로 고개를 끄덕였다. 그는 마치 기다렸다는 듯이 미영이 내밀었던 쇼핑백을 들고 자리에서 일어났다.

"그럼 어서 나갑시다. 자리 옮기죠."

"예? 어디로……."

"밥 사겠다고 했잖습니까. 입구 바깥에서 기다릴 테니 얼른 나오세요."

그는 미영의 대답도 기다리지 않은 채 유유히 카페를 벗어나 문밖으로 나가 버렸다. 투명한 유리문 너머로 입구를 서성이며 안을 살피는 그가 보였다. 정말로 그녀가 나오기를 기다리는 눈치였다. 당황스러움에 눈을 크게 뜬 미영은 그만 실소를 터트렸다. 적극적이라고 해야 할지, 제멋대로라고 해야 할지 갈피를 잡을 수 없었다. 결국 더는 고민할 틈도 없이 미영 또한 자리에서 일어났다. 어쨌든 저도 그에게 호감이 있는 상태고, 기다리게 하기도 싫으니까, 딱히 식사하자는 제안을 거절할 이유가 없었다.

■ ◇ ■

테이블 위의 전골이 보글보글 끓는 소리를 내며 맛있는 냄새를 풍겼다. 새빨간 국물과 함께 갖가지 재료가 푸짐하게 들어간 전골은 아직 맛을 보지 못했음에도 입 안에 절로 군침이 돌게 만들었다. 하지만 미영은 그런 음식에는 시선조차 두지 않은 채 정말 놀라워하는 눈빛으로 제 앞의 남자만 쳐다보는 중이었다. 분명 생긴 건 전형적인 상남자 타입인데……. 딱딱하게 굳은 무표정을 하고서는 앞치마를 단정하게 걸친 채, 전골을 국자로 저어 가며 열심히 끓이는 데 몰두하고 있었다.

'굉장히 반전이 있는 타입이네. 이런 면이 더 매력적인 것 같기도 하고.'

딱딱한 얼굴에서 나오는 의외의 다정함. 흔하지 않은 타입이라 더 호감도가 높아져만 간다. 하긴 이 정도의 미남이 모든 여자에게 친절하면 그건 그것대로 훨씬 피곤할 것 같긴 했다.

'내 여자한테만 잘하면 되지, 뭐.'

음흉한 속내를 최대한 드러내지 않기 위해, 그와 마찬가지로 무표정을 유지했다. 미영은 커다란 눈을 부러 흐리게 뜬 채 은근히 그의 상체 곳곳을 곁눈질로 살폈다. 처음 봤을 때부터 눈여겨보아 익히 알고 있었지만, 역시나 숨길 수 없는 훌륭한 몸매였다. 몸에 밴 운동으로 오랜 시간 동안 다져진 단단한 근육들과 떡 벌어진 어깨는 지금껏 봐 왔던 그 누구보다 완벽했다.

'게다가 저 굵직하고 멋진 팔뚝. 아까도 감탄했었지만 저건 정말……'

그저 버너 위에서 끓고 있는 전골을 휘휘 젓고 있을 뿐인데 팔에 힘을 살짝 줄 때마다 꿈틀거리는 힘줄이 무척이나 도드라졌다. 그걸 훔쳐보느라 입이 살짝 벌어진 것도 모른 채 풀린 눈으로 멍하니 그에게 빠져들던 그때. 어느새 그릇에 야채와 고기를 적당히 섞어 퍼 담은 그가 미영의 앞에 그것을 가지런히 놓았다.

"앗……. 감사합니다."

정신을 반쯤 놓고 있느라 깜짝 놀란 미영이 어깨를 흠칫, 떨며 토끼처럼 눈을 크게 떴다. 그는 여전히 시크한 얼굴로 제 그릇에 담은 전골을 크게 한 숟갈 퍼먹기 시작했다. 한데 예상외로 어찌나 음식을 맛있게 먹는지 식욕이 없던 사람조차도 절로 침이 꿀꺽 넘어가게 만들 정도였다. 먹는 것을 빤히 쳐다보게 만드는 재주가 있는 남자였다. 그리 몇 숟갈을 뜨던 그가 어느 순간 먹는 것을 멈추고 눈을 위로 치켜떠 그녀를 마주 본다. 그녀의 따가운 시선을 느낀 것이다.

"…남이 먹는 모습을 그렇게 빤히 쳐다보는 건 예의가 아닌 것 같지 않습니까?"

"아아……. 죄송해요. 너무 맛있게 잘 드셔서요."

"보고만 있지 말고 식기 전에 어서 먹어요. 여기 정말 맛있으니까."

알겠다는 듯 고개를 끄덕인 미영이 별안간 오른손을 번쩍 들어 크게 소리쳤다.

"이모! 여기 소주 한 병이요!"

미영의 주문이 떨어지자마자, 지금껏 표정 하나 변하지 않던 그의 미간이 찌푸려졌다. 묘하게 일그러진 얼굴로 그녀에게 묻는다.

"대낮부터 술을 마신다고요?"

"네. 내일이 월요일이니까 낮부터 마셔야 정답이죠. 밤에 마시면 출근하는 데 지장이 있잖아요."

"하……."

참 독특한 생각을 가진 여자군. 말을 하지 않아도 그의 반응을 봐서는 아마도 그런 생각을 하고 있는 것 같았다. 미영은 그런 반응에 전혀 개의치 않았다. 언제부터 남의 시선 따위 신경 쓰고 살았다고. 남이 내 인생 대신 살아 줄 것도 아닌데.

홀 서빙을 하는 아주머니가 부산스럽게 소주와 잔을 가져와 테이블에 가지런히 놓아 주었다. 할 일이 끝났는데도 아주머니는 호기심 가득한 눈초리로 두 사람을 번갈아 보고만 있을 뿐 자리를 떠날 생각을 하지 않았다.

"총각. 드디어 여자 친구 생긴 거야? 이렇게 인물 훤칠한 청년이

매번 혼자 오거나 새카만 남자만 끼고 와서 안타까웠는데 참 잘됐다. 애인이 너무 예쁜 거 있지?'

이 식당에 들어올 때부터 반갑게 맞아 주더니, 상황으로 봐서는 꽤 오래된 동호의 단골집인 것 같다. 누구든 친해지면 오지랖을 부리게 되어 있나 보다. 하지만 그것조차도 용서되지 않는다는 듯 그가 불쾌하게 인상을 구긴 채 발끈했다.

"애인 아닙니다, 아주머니."

"또 이렇게 까칠하게 군다. 척 보면 척이지 뭘 그래? 혹시 요즘 애들 말로 썸인가? 그거 타는 거지? 부끄러워하긴."

"하……. 정말입니다. 아무 사이도 아닌……."

"됐고. 소주 한 병은 서비스! 애인 생긴 기념으로 계산에서 빼 줄 테니까 좋은 시간 보내."

역시 오랜 단골이 확실하다. 정색하며 예민하게 구는 동호의 등을 가볍게 한 대 후려친 아주머니는 익숙한 듯 여유롭게 웃으며 주방으로 사라졌다. 다소 재미있는 광경이어서 나름대로 포커페이스를 유지하던 미영의 얼굴이 살짝 풀려 버렸다. 최대한 웃음을 참아 내던 미영은 경쾌하게 소주병의 뚜껑을 땄다. 스스로 잔에 술을 따르려던 순간, 반대편에서 갑자기 건너온 커다란 남자의 손이 술병을 확 빼앗아 들었다.

"맞은편에 있는 사람이 자작하면 3년 동안 애인 안 생긴답니다."

"아……. 한 잔 주시게요? 그럼 저야 감사하지만."

의아한 듯 고개를 한쪽으로 살짝 기울인 채 올려다보는 미영에게 그가 소주병을 기울이며 말했다.

"오해하지 마시길. 3년이나 솔로로 지내긴 싫어서 주는 거니까요."

"네, 네. 어련하시겠어요."

쪼르르륵.

투명하고 작은 소주잔에 술이 적당하게 채워졌다. 오늘따라 유난히도 투명한 술이 청량하고 깨끗하게 느껴진다. 당장에라도 한 잔 비워 내고 싶을 만큼. 미영은 잔을 받은 뒤 곧바로 소주병을 넘겨받았다. 그녀는 자연스럽게 그를 향해 병의 머리를 살짝 눕히며 물었다.

"혼자 마시기 외로운데, 비서님도 한잔하실래요? 첫 잔만 받아 주세요. 잔도 안 받아 주는 건 정이 없잖아요?"

잠시 미영이 내민 초록색 술병을 쳐다보던 그가 고민하는 듯 연신 헛기침을 해 댄다. 그럼에도 끈질기게 술병을 내려놓지 않고 오히려 더 내밀자, 결국 못 이기는 척 남은 소주잔을 들었다. 투명한 잔 가득 술이 꽉 채워지자 그녀가 입가에 희미한 웃음을 지으며 잔을 부딪쳐 왔다. 쨍, 하는 경쾌한 소리가 울렸다.

"건배! 첫 잔은 원샷!"

■ ◇ ■

내내 집에 틀어박혀 있었는데도, 리원은 오늘 하루 그 누구보다 바빴다. 부동산에 집을 내놓은 상황이라 종일 집 보러 오는 손님을 치러야 했던 것이다. 빽빽하게 약속을 잡았던지라 오후 늦은 시간이 되어서야 제대로 된 첫 끼니를 해결할 수 있었다. 주말 뉴스를 보며 한창 식사하고 있는데 하루 내내 고생했던 그녀의 휴대폰이 또다시 시끄럽게 울린다. 부동산에서 온 전화였다.

"…네. 아까 정오에 보고 가셨던 분이요? 네. 그렇게 해 주세요, 감사합니다."

전화를 끊은 리원은 조용히 휴대폰의 화면을 응시했다. 벌써 계약하겠다는 사람이 나타났다. 물론 주변에서 가장 가성비 좋고 집주인이 양심적인 투룸으로 소문이 나 있어서, 금방 나갈 거라 예상은 했지만 이 정도로 빠를 줄이야……. 묘하게 섭섭한 마음이 밀려왔다.

'그래도 재계약해서 3년을 넘게 이 집에서 살았는데…….'

곳곳에 리원의 손때가 타 있는 방이었다. 들어올 때 주인에게 허락받아 직접 페인트칠까지 했던 흔적이 고스란히 남아 있었다. 아기자기하게 꾸며 놔서 어디 하나 예쁘지 않은 곳이 없는 집이었다. 어쩔 수 없이 이사를 해야 하는 상황만 아니었다면 몇 년은 더 이 집에서 거주할 생각이었기에 아쉬움이 더 컸다.

"하아……. 그래. 차라리 다행이다. 일이 바빠서 여유도 없는데 이사에 신경 쓸 시간이 줄어들었으니."

낮은 한숨을 내뱉으며 스스로를 달랜 그녀는 휴대폰을 들어 조금 전 통화했던 부동산으로 다시 전화를 걸었다.

"다음 주부터는 제가 이사 갈 집을 보려고 하는데요. 최대한 빨리 이사할 수 있는 곳으로요. 네. 거리가 좀 더 멀더라도 저렴한 곳이면 좋겠어요."

이미 입맛이 떨어져서 먹던 음식들은 뒷전이었다. 식탁 위의 찌개가 서서히 식어 가고 있었다.

■ ◇ ■

"3차!! 3차느은 노래방에서어어 맥주! 맥주우 콜?"

동호의 표정이 어둡게 굳어졌다. 제 앞에서 끊임없이 3차를 외치는 미영을 어떻게 해야 하나 고민하는 모습이 역력했다. 이대로 각자 귀가하는 것이 최선책일 텐데. 만취해서 말이 통하지 않는 미영을 두고 어떻게 해야 할지 골치가 아팠다. 그것보다 더욱 큰 문제는 그 역시 꽤 취한 상태라는 것이다.

'미치겠군. 취해서 두통까지. 나도 누굴 챙길 만한 상태가……. 아닌데…….'

이마를 짚으며 잠시 눈을 꾹 감았다 뜨던 그때. 발랄하게 자리에서 폴짝폴짝 뛰던 그녀가 휘청이며 넘어지려 하는 것이 눈에 들어왔다. 동호는 반사적으로 그녀에게 다가가 손목을 잡았다. 제 쪽으로 당기자 너무나도 쉽게 품 안에 포옥 들어온다. 그 덕분에 다행히 그녀가 넘어지지 않았지만 다소 어색한 상황이 연출되었다.

"…하마터면 크게 넘어질 뻔했지 않습니까."

"……."

술에 취해 새빨간 얼굴을 하고는 크고 동그란 눈으로 빤히 그를 올려다본다. 취해서 더 그런가. 잠시도 시선을 피하지 않고 뚫어져라 쳐다보는 미영의 눈빛에, 그가 슬쩍 고개를 다른 쪽으로 돌렸다. 눈을 오랫동안 마주치니 뭔가 묘하게 이상한 기분이 들어서였다.

"우우웅? 어딜 봐아? 날 봐야지이이."

하지만 곧바로 미영에게 양 볼을 제대로 잡혔다. 동호의 양 볼을 손바닥으로 턱 잡은 그녀는 힘주어 그의 고개를 정면으로 돌렸다. 어찌나 힘이 센지 버티다간 목이 꺾일 것만 같아 어쩔 수가 없었다. 다시 마주친 두 사람의 눈동자. 묘한 공기의 흐름을 느낀 미영이 미간을 잔뜩 찌푸린 채 고개를 한쪽으로 갸웃거리며 말했다.

"이상하다아?"

"뭐가……. 말입니까?"

"분명히……. 내 이상형이랑으은……. 거리가 아주 먼데에……."

이 여자가 도대체 무슨 이야기를 하려는 걸까. 만취한 사람의 말은 귀담아들을 필요가 없다며 스스로를 달래던 순간, 전혀 의외의 말이 그녀의 입술을 가르고 새어 나왔다.

"근데 왜 자꾸우……. 잘생겨 보이지이이?"

잘생겼다는 말에 오히려 동호의 얼굴이 딱딱하게 굳어졌다. 그런 그의 표정을 풀린 눈으로 뚫어져라 노려보던 미영의 미간이 잔뜩 찌푸려졌다.

"재섭써……. 그거어."

"뭐가요?"

"내가 칭찬을 해 주는데에……. 왜 표정이이 썩는 거야아……."

미영이 꼬이는 발음으로 다짜고짜 따지고 들자 그에게서 낮고도 깊은 한숨이 새어 나왔다. 분명 그녀가 대놓고 반말을 해 대는데도 개의치 않고 넘기는 것을 보니, 아마도 그는 만취한 사람의 말은 술주정으로 적당히 넘기는 것 같았다. 동호는 팔에 반쯤 안겨 있다시피 한 그녀의 등을 살짝 힘주어 밀었다. 은근히 조심스럽고 다정하게, 미영이 똑바로 설 수 있도록 등을 반듯하게 세워 준다. 그러면서도 냉정한 표정과 냉정한 말투를 끝까지 유지하며 차갑게 대응했다.

"난 원래부터 술에 취한 사람과는 길게 대화하지 않습니다."

"왜요오? 기부니가 살짜악 나쁘려고 하네에……. 왜 그런 건데에?"

"대화가 길어져 봤자 답이 없으니까요. 어차피 말이 안 통할 테니까. 어쨌든 당신은 취했고, 비틀거리고, 혀도 꼬였으니 나에겐 지금의 상황 자체가 피곤할 수밖에 없지 않겠어요?"

"뭐어어? 그럼……. 지금의 내가 무슨 짓을 하드은 전부 다아아 마음에 안 든단 소리이이?"

"당연한 소리. 칭찬이든 뭐든 당신 술주정 받아 주는 거 자체가 무척이나 피곤합니다."

그의 말에 삐친 듯 미영의 입이 오리처럼 쭉 튀어나왔다. 그런 그녀의 반응을 모른 척하는 건지, 신경을 안 쓰는 건지, 그는 연신 손목시계로 시간을 체크했다. 일하면서도 시계를 자주 보는 터라 일상생활에서도 그만 버릇이 되어 버린 것이다. 그게 상대를 무척 기분 나쁘게 한다는 사실을 모르는 것 같았다.

"이러다 시간만 늦어집니다. 집이 어딥니까?"

저러니까 여태껏 솔로지. 지금껏 수많은 여성들을 만나 왔겠지만 저리 행동한다면 어느 여자가 기분 나빠하지 않을까. 하지만 미영은 보통 여자들과는 달랐다. 그의 행동들에 속으로 혀를 끌끌 차면서도 무심한 모양새가 내심 마음에 들어 버렸던 것이다.

"택시 잡아 줄 테니 얼른 각자의 집으로……."

끊임없이 말을 내뱉던 그가 일순 할 말을 잃어버렸다. 폴짝, 뒤꿈치를 들어 뛰어오른 미영이 순식간에 그의 안경을 낚아채 버렸던 것이다.

"으훗……. 괜차나……. 까칠하니까 더어어 잘생겨쒀……."

졸지에 그녀에게 안경을 빼앗겨 버린 동호의 인상이 더욱 험악하게 일그러진다. 하지만 이미 까칠하게 구는 모습에 매력을 느껴 버린지라, 그의 짜증조차 그녀에겐 통하지 않았다.

"지금 뭐 하는 겁니까!"

"안겨엉……. 벗으니까 더 잘생겨쒀어……. 환상적이이야아……."

주머니에 안경을 집어넣은 미영이 그의 양 볼을 덥석 잡더니 아래로 끌어 내렸다. 얼굴이 맞닿을 듯 말 듯 아주 가까운 거리까지 끌어

내리자 그의 두 눈이 크게 확장되었다. 투명하게 빛나는 남자의 갈색 눈동자. 안경을 벗기자 마치 마법에라도 걸려 버린 사람처럼, 갈색으로 빛나는 눈동자가 가로등 아래서 얼마나 예쁘게 보이는지. 미영은 볼이 빨개진 채 저도 모르게 감탄사를 내뱉었다.

"우와아아……. 눈동자가 갈색이야아. 넘므 예쁘다아아……. 브라운아이즈으으."

"하……. 미치겠군. 좀 놔 주시겠습니까?"

"예쁘다아. 좋아아."

겉으론 짜증을 내는 것 같으면서도 동호의 시선에는 미묘한 따스함이 서려 있었다. 그것은 착각이 아니었다. 미영이 활짝 웃으며 연신 눈동자가 예쁘다는 말을 반복하자, 그녀의 얼굴을 물끄러미 바라본다. 얼굴을 잡은 손을 걷어 낼 만도 하건만 그는 그러지 않았다.

방심했다고 생각한 걸까. 미동도 없이 가만히 바라보던 그 틈을 놓치지 않고 눈 깜짝할 사이 미영의 공격이 이어졌다. 눈을 꼭 감은 채 동호의 도톰한 입술에 짧은 입맞춤을 쪽, 소리 나게 해 버린 것이다. 잔잔하게 가라앉았던 그의 두 눈이 또다시 커다래졌다.

"에헤헤. 비서니임 내 꺼. 찜."

"……."

그가 눈을 크게 뜬 채 멍하니 쳐다보고만 있자, 홀로 신난 그녀가 두 번, 세 번, 네 번, 연속으로 입술에 쪽쪽 뽀뽀를 해 댄다. 그리고 어느 순간.

"아앗!"

와락 그녀의 몸을 당겨 안아 버린 그가 아주 깊고도 진하게 입을 맞춰 왔다. 미영이 걸어온 장난스러운 키스가 흑심이 가득 담긴 어른의 키스로 변해 버린 것은 순식간에 벌어진 일이었다. 목이 꺾일 만큼 열정적인 키스에 숨이 머리까지 차오른다. 한참을 퍼붓듯이 입을 맞춰 오던 그가 입술을 떼고는 휘청거리는 미영의 몸을 꼬옥 부둥켜안았다. 가녀린 그녀의 어깨에 머리를 푹 기대고는 거친 숨을 내쉬었다. 그러곤 그녀에게만 들릴 정도로 조용히 속삭였다.

"…곱게 보내 주려고 했는데. 왜 이렇게 사람을 자극해서 일을 만듭니까? 책임도 못 질 거면서."

"책이임? 나 오늘……. 집에 안 들어가도오……. 되는데에……."

"아……. 그래요? 그거 잘됐군요. 사실은 나도 만취 상태라 집에 들어가기 곤란합니다."

부드럽게 등을 쓸고 올라가는 남자의 커다란 손. 그녀의 어깨, 쇄골, 목덜미를 지나 턱에 가볍게 키스하더니, 이내 말랑한 입술을 찾아 겹쳐 온다. 다시 시작된 진한 키스는 이전보다 훨씬 더 오래도록 지속되었다. 마치 지금부터 시작되는 두 사람만의 밤을 위한 전야제처럼.

■ ◇ ■

공활한 거실에 무겁게 발을 들여놓는 소리가 울려 퍼졌다. 오목조목 예쁘게 정돈된 정원을 지나면 만날 수 있는 고풍스러운 저택. 중세 유럽풍으로 디자인된 저택에 발을 들여놓으면 가장 먼저 맞닥트리는 곳이 이 커다란 거실이었다. 대가족이 살아도 차고 넘칠 만큼 큰 이곳의 주인이, 단 2명으로 이루어진 소가족이라면 과연 누가 믿을 수 있을까.

"아무리 봐도 이 집은 너무 크군요."

집의 관리를 총체적으로 맡고 있는 도우미 아주머니에게 혼잣말처럼 내뱉자, 입이 무거운 그녀가 인상 좋게 씨익 웃어넘긴다. 오늘 태건이 본가를 방문한 이유는 한 달에 한 번은 꼭 참석해야 하는 가족 식사가 있어서였다. 매달 마지막 주 일요일의 저녁 식사. 해외로 장기 출장을 간 게 아니라면 어떻게든 참석해야 한다는 불문율이 있었다.

물론 태건에겐 반갑지 않은 자리였다. 조부와 딱히 사이가 좋지 않은 것도 한몫을 했고, 가장 큰 이유는 별로 마주치고 싶지 않은 이복 동생과의 만남 때문이었다. 가족임에도 남보다 못한 사이이다 보니 껄끄러운 것은 결코 숨길 수가 없었다.

"그러니까 네가 들어와 살아야지."

그 잠깐새 멍하니 생각에 잠겨 있던 그에게, 낮고 침착한 목소리의 여성이 말을 걸었다. 거실 반대편의 끝에서 중년의 여성이 유유히 그에게로 다가오고 있었다. 누가 봐도 귀티 나고 아름다운 외모에 걸음걸이마저 백조처럼 우아했다. 매일 아들들의 걱정을 달고 사는 태건의 어머니였다. 굳어 있던 얼굴이 한결 풀어진 태건이 부드러운 음성으로 그녀를 불렀다.

"어머니."

"집이 크다고 말만 할 게 아니고 어서 결혼해서 들어와. 예쁜 손주도 안겨 주고. 가족 숫자가 늘어나면 이 삭막한 저택에도 활기가 돌지 않겠니?"

"아시잖아요. 저 아직은 결혼 생각 없는 거."

"할아버지께서 들으시면 경을 치실 말인 거 알지? 너 이미 결혼 적령기 한참 전에 지났잖아."

태건에게 다가온 차 여사는 애교 있게 아들의 팔을 끌어당겼다. 자연스럽게 두 사람은 서로에게 팔짱을 낀 채 목적지인 식당으로 걸음을 옮겼다.

"아직 결혼하기엔 제 자신이 너무 준비가 안 되어 있어서요."

"준비는 무슨. 태준이는 벌써부터 약혼녀를 데리고 왔는걸?"

"태준이가……. 말씀이십니까?"

문득 대화 중 이복동생의 이름이 거론되자 태건의 미간이 은근히 찌푸려졌다. 그런 태건의 표정을 조심스럽게 살피던 차 여사가 살짝 입꼬리를 올려 미소 짓는다.

"그럼. 걔 성격은 네가 더 잘 알잖니. 걔는 얼른 자리 잡고 싶어 하는 애야. 어릴 때부터 좋은 집안의 여자 만나서 행복하고 이상적인 가정을 이루는 게 꿈이라고 말하고 다녔잖아."

"…그랬었죠."

그렇다 해도 이렇게까지 빨리 짝을 찾을 거라곤 생각하지 못했다.

그냥 지나가듯 하는 이야기라고 생각했었는데, 그의 이복동생은 나름 대로 인생 계획이 철저한 부류임에 틀림이 없었다. 게다가 완벽한 조건의 환경을 갖추기 위해선 사랑 없는 결혼도 나쁘지 않다 여기는 사고방식 또한 전혀 변하지 않았다.

이래서 전혀 맞지 않다고 여겼던 것이다. 삶의 방식도, 가치관도, 사고방식조차 뭐 하나 비슷한 곳이 없었다. 오히려 태건이 극도로 거부하는 전형적인 재벌들의 가치관을 가졌으니, 어떻게 보면 출신의 문제가 아니라도 조부에게 더 예쁨받는 것이 당연할지도 모른다. 상류사회의 독특한 이단아라면 단연 태건 저였으니까.

"넌 정말 만나는 여자도 없니?"

곁에서 깊게 한숨을 내쉬던 차 여사가 별생각 없이 툭 던진 말이었는데,

"…있어요. 있습니다. 만나는 사람."

조금도 기대하지 않았던 태건에게서 의외의 대답이 들려오자 그녀의 두 눈이 커다랗게 떴다. 가던 걸음조차 멈춘 채 그를 올려다보며 채근하기에 이르렀다.

"뭐? 정말이야? 언제? 어디서 만났니?"

"궁금하시겠지만 차차 말씀드릴게요. 이제 겨우 시작 단계라서."

"거참……. 희한하네. 사귀는 사람도 있으면서 결혼 생각은 왜 없니? 정말 이상하지."

고개를 갸웃거리며 의아해하던 그녀가 혹시나 하는 눈빛으로 새침

하게 그를 흘겨보았다. 태건이 결혼 생각이 없는 이유를 유추하다 어떤 결정적인 생각에 도달한 것이다.

"혹시 너……."

"저 배고파요. 점심도 건너뛰었거든요. 얼른 식사하러 가시죠, 차 여사님."

태건은 곤란한 상황을 모면하기 위해 일부러 말을 돌렸다. 어머니의 양어깨를 부여잡고는 몸을 뒤로 홱 돌려세운 후 앞서가라는 듯 끊임없이 등을 밀어 댔다.

"아니! 잠깐! 너 뭔가 수상……."

떠밀려 가던 그녀가 어떻게든 대화를 이어 보려 했지만, 결코 쉽지 않았다. 기다란 복도에는 소란스럽게 실랑이를 벌이는 모자의 수군거림이 울려 퍼졌다.

■ ◇ ■

길고 넓은 대리석 식탁 위에 잔치라도 벌이듯 수많은 종류의 음식들이 나열되어 있었다. 놀랍게도 이 많은 양의 음식을 먹는 사람은 단 다섯 명뿐. 요리를 하고 식탁을 세팅하는 사람이 총 세 명인 데 비해 음식의 양은 너무 많았고 먹는 속도나 양을 봐서는 딱히 대식가는 없어 보였다. 음식들 이것저것에 한 젓가락씩 손을 대던 차 여사가, 특유의 애교가 섞인 음성으로 상석의 노인을 흘겨보았다.

"아버님. 오늘 예비 손자며느리 왔다고 식탁에 너무 힘주신 거 아니에요?"

"손자며느리? 그렇지, 그렇지."

차 여사의 손자며느리라는 단어 선택이 매우 마음에 들었는지, 최 회장의 얼굴에 웃음꽃이 한가득 피었다. 최 회장은 둘째 손자인 태준의 곁에 다소곳이 앉아 있는 여성에게 아주 다정하게 미소 지었다.

"그래. 윤지 양. 우리 손자 녀석 선보라고 내보내기만 했지, 설마 서로 마음이 통해서 이렇게 약혼 이야기까지 나오게 될 줄은 몰랐다네. 그 유명한 윤지 양을 실제로 보게 되다니 감회가 남다르구먼."

"저야말로 회장님과 재회하게 되어서 무척이나 기쁩니다."

최 회장을 향해 애살 있게 웃어 보이는 여성. 그녀는 워낙 유명인이라 최 회장까지도 잘 알고 있는 사람이었다. 요즘 최고로 핫한 인플루언서 경윤지. 그녀가 유명해진 이유는 재벌 3세임에도 불구하고 일부 사생활을 SNS를 통해 공개한다는 점이었다. 화려한 재벌의 삶을 들여다볼 수 있는가 하면, 의외로 소박하고 평범한 면이 잘 조화되어 수많은 화제를 몰고 다녔다. 하지만 그만큼 구설수나 사건 사고에 휘말리는 경우도 많아서 일명 한국의 '패리스 힐튼'으로 불리곤 했다. 그런 화제의 인물이 떡하니 식탁 앞에 버티고 앉아 있는 것이다. 그녀의 발랄한 대답에 최 회장의 눈이 반달 모양으로 휘어졌다.

"재회라니? 혹시 우리가 예전에 만난 적이 있던가?"

"그럼요, 회장님. 정확히 기억하는걸요. 제가 열한 살 때 킹스 호텔에서 특별히 주최한 성탄절 행사에서 처음 뵀고요. 그 이후로는 제가 유학을 떠나는 바람에 뵙지 못했지만 열아홉 살에 귀국한 직후 참여한 CM 그룹 영화 사업본부 설립 축하 행사에서도 뵀었답니다."

"오오. 이런. 이 늙은이가 기억력이 좋지 않아서 미안하네. 자네는 어찌 그걸 다 기억하고 있었나?"

최 회장의 질문에 윤지는 단정한 단발머리를 귀 뒤로 쓸어 넘기며 얼굴을 붉혔다. 제법 다소곳해 보이는 것이 외모로만 보면 어른들이 참 좋아할 타입이었다. 말투 또한 얼마나 조근하고 얌전한지 누구라도 좋아할 수밖에 없는 사람이었다.

"그럴 수밖에 없었어요. 어린 나이에 보기에도 회장님이 참 멋있으셨거든요. 나도 어른이 되면 저런 분과 비슷한 남자를 만나야겠다, 막연히 그렇게 생각했었는데……. 그 바람이 현실로 이루어질 줄은 저도 몰랐답니다."

분명 타고난 여우임에 틀림이 없었다. 어찌나 듣기 좋은 말만 쏙쏙 골라서 하는지, 조용히 지켜보던 차 여사마저도 보통이 아니라며 속으로 혀를 내두를 정도였다. 윤지의 애교스러운 대답에 그저 허허 웃던 최 회장이 흐뭇한 표정으로 되물었다.

"현실로 이루어졌다니?"

"우리 태준 씨. 회장님을 무척 닮았잖아요. 저희 아버지께서 그러시는데, 태준 씨가 회장님 젊은 시절 모습과 그렇게 닮았다고 하셨어요. 바꿔 생각하면 전 제 이상형을 만난 거나 다름없죠."

본디 어떤 상황에서도 아들 자랑은 한국 어머니들의 자존심 아니었던가. 차 여사는 이번에야말로 윤지의 말이 마음에 쏙 들었는지, 덩달아 최 회장을 보며 말을 보탰다.

"그건 그래요, 아버님. 저도 몰랐는데 사람들이 하도 태준이가 아버님 젊은 시절을 쏙 빼닮았다고 하기에, 궁금해서 앨범을 한번 본 적이 있었거든요? 어머나, 세상에! 정말 도장 찍어 내듯이 똑 닮은 거 있죠?"

최 회장의 시선이 살짝 미소 지으며 분위기를 파악 중인 둘째 손자에게 가닿았다. 그는 태준의 얼굴을 찬찬히 뜯어보더니 턱을 매만졌다.

"그래……? 내가 젊을 적에 저런 얼굴이었단 말이지?"

"그럼요! 정말 많이 닮으셨어요."

태건의 외모가 남다른 만큼 그의 이복동생인 태준 또한 같은 유전자를 받아서인지 보통 인물은 아니었다. 어디 내놔도 절대 빠지지 않을 정도였다. 그것을 누구보다 잘 아는 최 회장이 아주 흐뭇한 표정으로 식탁 앞에 둘러앉은 모든 이들을 둘러본다.

"우리 집안이야 뭐 하나 빠지는 데가 없지."

그리고 그의 얼굴에서 웃음기가 싹 가시는 순간, 조용히 식사에 집중하던 태건에게 시선이 가닿았다. 이어, 짧은 질문이 이어진다.

"그래. 너는 요즘 만나는 사람 있느냐?"

그리고 태건이 고개를 들어 조부를 쳐다보기도 전에, 차 여사가 얼른 나서며 너스레를 떨었다.

"없긴요, 아버님! 어디 태건이도 보통 인물인가요? 얘가 보는 눈이 좀 높아서 까다로워서 그런 거지, 만나는 아가씨가 있다나 봐요."

전혀 예상치 못했던 말을 들어 버린 최 회장의 한쪽 눈썹이 위로 휘어져 올라갔다. 이 상황에 조금 놀란 것은 단연 최 회장뿐만이 아니었다. 평소 태건의 성격을 잘 아는 태준 또한 자신의 이복형에게 여자가 생겼다는 소식에 생소한 표정으로 그를 바라본다.

"형님이 웬일이십니까? 어쨌든 매우 축하할 일입니다."

"그렇지? 나는 우리 태건이가 이러다가 평생 혼자 늙어 죽으면 어떻게 하나, 얼마나 고민했었는지 모른다? 정말 잘된 일이지 뭐야?"

차 여사까지 합세한 소란스러운 반응은 어찌 보면 무척이나 당연한 것이었다. 태건이 여자에 관심을 가지는 걸 본 적이 없었으니까. 태건은 엷게 억지 미소를 지어 보였다.

"이제야 내 마음을 움직이는 상대를 만났을 뿐, 별다른 일은 아니야."

급작스럽게 모든 화제가 태건의 여자에게로 집중되었다. 그중에서도 유독 태건의 연인을 궁금해하는 최 회장이 목을 가다듬으며 대화를 이어 나갔다.

"흠, 흠. 그래, 네 어미 말이 사실인가 보구나."

"예, 할아버지. 최근에 좋은 감정으로 만나기 시작한 사람이 있습니다."

"잘했다. 오래간만에 무척 마음에 드는 소식이구나."

태건을 바라보는 최 회장의 시선에서 실로 오랜만에 선한 기운이 느껴졌다. 언제나 메마른 사막의 모래바람을 보는 듯한 느낌이었는데……. 그 작은 스캔들 하나가 뭐 그리 중요하다고 이렇게나 분위기를 훈훈하게 만드는 건지. 씁쓸한 웃음을 짓는 태건에게 최 회장이 은근히 기대에 찬 말투를 흘렸다.

"조만간 데려와 보거라. 저녁 식사라도 하자고. 어떤 아가씨인지 한번 보고 싶구나."

"예. 이야기는 꺼내 보겠습니다."

"그래. 꼭 한번 보고 싶다고 전해 주렴. 참 오랜만에 기분 좋은 저녁 식사구나."

"그럼요, 아버님! 우리 사고뭉치 아들들한테 저마다 좋은 짝이 생겼으니, 저도 덩달아 너무 기분이 좋네요."

"그리고 윤지 양? 오늘은 우리 가족이 될 윤지 양을 위한 자리니 마음껏 들게."

멍하니 정신을 놓은 채 다른 생각에 잠겨 있던 윤지가 저를 부르는 소리에 퍼뜩 정신을 차렸다. 그녀는 언제 그랬냐는 듯 생기 있는 눈동자를 빛내며 조신하게 대답했다.

"네. 정말 감사합니다."

"음식이 입에 맞을지 모르겠군. 그래도 우리 집 여사님들이 다른 건 몰라도 손맛은 최고라네."

"당연히 전부 맛있어요. 회장님 말씀대로 음식 솜씨가 너무 좋으신데요? 수고 많으셨어요."

살짝, 눈웃음을 흘리며 일하는 사용인들에게까지 감사의 표시를 한다. 어쨌든 하는 말투와 행동 하나하나가 가정교육을 잘 받은 티가 났다. 최 회장은 그 자체만으로도 매우 흡족해했다. 외모 백 점에 국내 10대 기업의 반열에 들어가는 집안의 아가씨다 보니 무엇 하나 예쁘지 않은 부분이 없었다. 이른 저녁에 시작된 식사는 그 이후 후식까지 겸하며 장장 세 시간 동안이나 끝나지 않았다.

■ ◇ ■

오지 않을 것 같던 아침이 밝았다. 다사다난했던 주말이 반복적으로 지나고 여러 사람들이 수많은 일을 겪었던 어제까지의 날들이, 마치 아주 예전이었던 것처럼 느껴지는 새로운 아침이 도래했다. 그리고 새롭게 맞이하는 어느 월요일의 이른 아침부터, 누군가는 정해진 약속을 지키기 위해 졸린 눈을 비비고 일어나 전화를 들었다.

— 안녕. 잘 잤어요? 아침이에요.

이제는 달달하게까지 들리는 목소리에 금방 잠을 깬 태건이 눈을 느리게 깜빡였다. 바로 얼마 전까지만 해도 이렇게 침착한 음성은 아니었는데. 어느새 친숙해진 건지 아침마다 들려주는 그녀의 목소리가 분위기 있고 침착하게 가라앉아 있었다. 귀에 부담되지 않을 정도로, 딱 소곤거리는 느낌이 들 만큼만.

두 사람이 계약 연인이 된 지도 벌써 5주 차. 그동안 여덟 번의 데이트를 하고, 몇십 번의 사적인 통화를 나누다 보니 이제는 각자의 일상에서 당연한 듯 서로의 흔적이 고스란히 묻어나고 있었다.

"···아니. 사실은 잘 못 잤지만. 아침부터 상쾌한 목소리가 듣기 좋군요."

농담조가 약간 섞인 말투로 부담스럽지 않게. 그 정도를 마음에 깊이 새기고 항상 조심하는 것이 이제는 일상이 되어 버린 그였다. 조금이라도 부담 주면 그녀가 도망갈 것 같으니까. 진심을 내뱉으면서도 결코 진심 같지 않게 응대했다. 그의 말에 수화기 건너편의 그녀가 살짝 웃는 것 같은 소리가 들린다. 귀 가까이 휴대폰을 갖다 대고 그 미세한 소리까지 가늠하던 그 역시 입가에 피식, 약한 웃음이 서렸다.

— 저 곧 이사할 것 같아요. 지금 집보다 조금 멀리······.

그리고 난데없는 그녀의 폭탄 발언에 조용히 눈을 감은 채 목소리를 음미하던 그가 번쩍 두 눈을 크게 떴다. 침대 위에 벌떡 일어나 앉자, 그의 상체를 가리고 있던 새하얀 시트가 스르르 아래로 떨어진다. 항상 그랬던 것처럼 상의를 탈의한 채 잠을 자는 버릇이 있던 터라 태건의 예쁘게 잡힌 잔근육들이 가감 없이 드러났다.

"이사? 그게 무슨 말입니까? 나한텐 그런 이야기 일절 하지 않았잖아요."

약간의 놀라움과 걱정이 담긴 그의 말투. 태건은 이마를 가리고 있던 머리카락을 손으로 빗어 넘겼다. 잠이 확 깨는 기분이었다.

리원은 조금 놀랐다. 이사 문제에 대한 태건의 반응이 생각과는 무척 달라서였다. 그녀의 입장에서 보면 그저 단순히 집안 문제로, 돈이 필요해서 이사하는 것일 뿐인데……. 어째 풍기는 분위기만 보아도 이 문제를 그가 심각하게 받아들이는 것 같았다. 리원은 당황해 하며 변명 아닌 변명을 그에게 늘어놓았다.

"저기, 부사장님. 정말 별일 아니라서 놀라실 필요까진 없으세요. 그냥 이사할 때가 되어서 이사하는 거예요. 지금 회사 일이 바쁘다 보니 여유롭게 집을 구할 시간도 없고 해서……. 그냥 적당히 구해서 가다 보니 그리된 거고요."

— 부사장님 말고.

"네?"

— 이름으로 불러 주면 좋겠어요.

리원이 눈을 크게 깜빡였다. 중요한 화제는 그게 아니었던 것 같은데……. 지금 이 순간의 그는 앞서 걱정한 이사 문제보다 호칭이 더 중요해 보였다. 리원은 자신의 볼이 붉어지는 것도 모른 채 손가락으로 머리카락을 배배 꼬았다. 오물거리는 입에서 마치 혼잣말과도 같은 작은 목소리가 흘러나온다.

"저……. 아직은 많이 낯설어서……. 이름 부르는 게."

— 강요하는 건 아니지만 그래도. 진짜처럼 보이려면 호칭만큼은

꼭 바꿔야 합니다.

"네. 알고 있어요……. 노력하고 있으니까 조금만 더 기다려 주세요……."

— 오래는 못 기다려요. 난 인내심이 없어서.

정말 이상했다. 이름 부르는 것 따위 정말 아무것도 아닌데. 어째서 사석에서 그의 이름을 부르는 것만큼은 못 하겠다는 생각이 매번 드는지 알 수 없었다. 잠시 말을 줄였던 그가 자연스럽게 화제를 전환했다.

— 이사는 어디로 갑니까?

"말씀드렸다시피 지금 사는 곳보다는 좀 더 멀어요. 출퇴근하는 데 한 20분쯤? 더 걸릴 것 같아요. 그런데 왜요?"

— 명색이 계약상의 연인 사이인데, 어디 사는지 정도는 알아야 하지 않겠습니까?

"그건 틀린 말은 아니네요. 정확한 주소는 메시지로 전달해 드릴게요. 그리고 제가 이사한다는 걸 말씀드린 이유는……. 이번 주 주말 데이트를 못 할 것 같아서예요."

— …혹시 그날이 이삿날입니까?

"네. 맞아요. 일 때문에 이사할 시간이 주말밖에 없네요."

리원은 대답이 떨어지길 기다렸지만, 왜인지 그는 말이 없었다. 얼굴을 볼 수 없으니 대답이 없는 이유를 가늠할 수가 없었지만 어쨌든 데이트는 미뤄야 했다.

"어쨌든 평일에라도 데이트를 한 번 더 하든지……. 해야 할 것 같아요."

물론 그렇게 되면 미친 듯이 피곤해지겠지만. 계약은 계약이고 그 계약서에 서명을 한 데다 보수까지 받고 있으니, 일이나 마찬가지라고 여겼다. 횟수를 채우는 것은 매우 중요했다. 리원이 그리 결심을 굳혔을 때, 말없이 듣고만 있던 그의 목소리가 귓전을 울렸다.

— 그럴 필요 없을 것 같습니다.

"네? 무슨 말씀이신지……."

— 일단 이사는 그날로 결정했다니 진행하도록 해요. 나머지는 차차 이야기하도록 합시다.

어쩌자는 건지 매우 어리둥절하긴 했지만, 출근 시간이 다가와 길게 전화통을 붙잡고 있을 시간이 없었다. 리원은 대충 고개를 끄덕이며 그러겠노라 대답해 버렸다.

■ ◇ ■

평소보다 몇 배나 고요해서 눈을 뜨기가 쉽지 않다. 그럼에도 항상 기상하는 시간이 정해져 있었기에 몸이 저절로 그것을 기억했다. 미영은 떠지지 않는 눈을 억지로 밀어 올렸다. 흐린 눈을 끔뻑이며 푹신한 베개에 얼굴을 부빈 뒤, 주위를 둘러보기 위해 눈동자를 이리저리 굴렸다.

음……. 인테리어가 아주 고급스럽고, 최신식이군.

온통 새하얀 벽지에 고풍스러운 느낌의 유럽식 옷장과 화장대. 침대 옆의 작은 테이블 위의 무드 등이 유난히도 은은한 빛을 내고 있었다. 그리고 그 아래 덩그러니 놓여 있는 메뉴판……. 메뉴판? 미영의 두 눈이 커다랗게 번쩍 뜨였다.

"헉!"

메뉴판 위에 반듯하게 적힌 글씨를 본 순간, 너무 놀란 나머지 숨이 턱 막혀 왔다. '메리어트 호텔'이라는 진한 글씨는 그녀의 잠을 순식간에 달아나게 하기에 충분했다. 미영은 누워 있던 자리에서 벌떡 일어나 앉았다. 스스륵, 옅은 소리를 내며 새하얀 침대 시트가 아래로 미끄러져 내려간 순간.

"허어억! 미친!"

자신이 옷을 하나도 걸치지 않은 상태라는 것을 깨달았다. 황급히 몸을 가리기 위해 침대 시트를 바짝 당기는데, 이상하게도 무거운 무언가에 짓눌린 듯 당겨지지 않는다. 미영은 시트를 당기다 말고 옆을 돌아보았다. 웬 낯선 남자의 우람한 등이 마치 그림처럼 눈앞에 펼쳐져 있는 것을 보고는 그녀가 동작을 일순 멈추었다. 눈을 커다랗게 뜬 채 잠시 모든 사고가 정지되었다.

'어떻게 된 거지? 이게 무슨 일…….'

관자놀이에서 식은땀이 주르르 흐르던 그때. 마치 영화의 한 장면을 보는 것처럼 어젯밤의 일들이 머릿속을 스치고 지나갔다. 잔뜩 만취가 된 채 혀까지 풀려서는 마치 다른 사람이 된 것처럼 술주정을 부리던 장면들.

'분명히……. 내 이상형이랑은으은……. 거리가 아주 먼데에……'

'근데 왜 자꾸우……. 잘생겨 보이지이이?'

결코 기억해 내고 싶지 않은 악몽들.

'우와아아……. 눈동자가 갈색이야아. 넘므 예쁘다아아……'

'에헤헤. 비서니임 내 꺼. 찜.'

맨 정신이라면 죽었다 깨어나도 하지 않을 말들과 행동들.

'책임? 나 오늘……. 집에 안 들어가도오……. 되는데에……'

마지막으로 그에게 던졌던 과감한 유혹까지.

하나라도 기억에서 지워졌으면 좋으련만 안타깝게도 사소한 것 하나까지 빠짐없이 기억에 고스란히 남아 있었다. 미영은 머리를 쥐어뜯으며 속으로 절규했다.

'미친……. 미친! 아무리 술이 떡이 되어도 그렇지 무슨 그딴 실수를……. 진상을……. 내 이미지……. 으아아아악!!'

그러길 수십 분. 가까스로 가슴을 쓸어내리며 안정을 되찾은 미영은 힐끗 제 옆에 누운 남자의 등을 훔쳐보았다. 몸매부터가 남달라서 결코 숨길 수 없었던 울퉁불퉁한 근육들과 떡 벌어진 어깨. 규칙적으로 고르게 오르내리는 몸이 아직 그가 깊은 잠에 빠져 있다는 것을 증명했다.

"휴……. 어쩌지. 내가 미쳤지, 미쳤어. 어쩌자고 이런 사고를 쳐서……. 아아……. 진짜 돌아 버리겠네."

흐으으응. 작게 돌고래 같은 소리를 내며 머리를 감싸 쥐는데.

"…잘 잤어요?"

급작스럽게 귀를 파고드는 남자의 낮은 목소리. 번쩍 눈을 뜬 미영이 천천히 고개를 돌려 옆을 바라본다. 분명 조금 전까지 잠들어 있는 것을 확인했는데……. 어떤 이유에선지 그새 잠에서 깬 동호가 스르륵 일어나 앉았다. 그녀처럼 그 역시 실오라기 한 장 걸치지 않은 몸이었지만 딱히 신경 쓰지 않는 듯했다.

미영의 두 눈이 금방이라도 튀어나올 듯 커다래졌다. 대단히 혼란스러운 저에 비해 그는 상대적으로 무척이나 평온해 보였다. 그게 어이가 없어서 미영은 머리를 감싸고 있던 손을 거둬들이며 그에게 물었다.

"저, 저기……. 우, 우리 설마……. 아니죠?"

무슨 소릴 하느냐는 듯 그가 고개를 살짝 한쪽으로 기울인다. 그러곤 미세하게 미간을 찌푸리며 오히려 그녀에게 되묻는다.

"혹시 기억이 안 납니까? 어젯밤 일."

"네……. 기억이 잘……."

"하……."

기억이 잘 나지 않는다는 그녀의 말에 오히려 그 쪽에서 어이없다는 듯 당황한 표정을 지었다. 미영은 차오르는 민망함에 그의 시선을 피하며 침대 시트를 잡아당겼다. 최대한 몸을 가린 채 입을 작게 오물거리며 정확하게 다시 말했다.

"사실은 어제 우리 키, 키스한 것까지는 기억이 나요……. 그런데 그 이후로 어떻게 여기까지 왔는지……. 어제 우리가 여기서 뭘 했는지까지는 기억이 잘······."

조용히 그녀의 말을 경청하던 그의 갈색 눈동자가 잔잔하게 가라앉았다. 그나마 미영이 거기까지라도 기억하는 게 다행이라 여겼던 걸까. 흘러 내려온 앞머리를 손으로 빗어 넘기더니 무심하게 놀라운 사실을 툭 던지듯 내뱉는다.

"끝까지 갔어요, 우리."

"네에?"

"직설적으로 말해 줘야 하나······."

그가 이마를 짚은 채 미영을 살짝 돌아본다. 특유의 짙은 갈색 눈동자가 은은한 무드 등의 조명에 비쳐 무척 투명하게 빛나 보였다. 그 신비로운 색깔의 눈동자로 빤히 쳐다보자 미영의 얼굴이 뜨겁게 달아올랐다. 원체 부끄러움이나 내숭이 없는 그녀였지만, 지금은 상황이 상황이니만큼 얼굴이 화끈거리는 것을 도저히 주체할 수 없었다.

"섹스했어요."

"네에? 섹······."

"그것도 아주 뜨겁게."

"뜨겁게······."

"밤새 몇 번이나."

"허억······."

"그걸 기억하지 못하는 게 그저 안타까울 뿐입니다."

"······."

95

결국 할 말을 잃은 미영이 고개를 아래로 떨어트렸다. 솔직하고 시원시원한 성격이 참 매력적인 그녀인데. 이렇게 여성스럽게 부끄러움을 타는 모습 또한 새롭고 매력적으로 다가온다. 턱을 괸 채 잠시 그런 그녀를 지켜보던 그가 의아한 듯 물었다.

"아침에 일어나자마자 눈치챈 거 아니었습니까?"

"네……. 그러긴 했지만 설마 하는 느낌이었죠……."

"…혹시 후회하고 있습니까?"

"후회……. 안 한다면 거짓말이겠죠. 하지만 뭐……. 어쩌겠어요. 이미 내 의지로 저질러 버린걸요. 만취한 상태라 하더라도 결국은 내 선택이었으니까."

동호와는 진지하게 천천히 관계를 발전시키고 싶었는데. 그놈의 술 때문에 전혀 예상치 못했던 관계로 발전해 버리게 되어 조금 상심했다. 미영이 쓴웃음을 지으며 근처에 널브러져 있던 속옷들을 주섬주섬 찾아 챙겼다.

"저기, 잠시만 뒤돌아봐 주시겠어요? 옷을 입어야 해서."

그가 여전히 시선을 거두지 않은 채 미영을 그윽하게 바라본다. 물끄러미 그 시선을 받아 내던 그녀가 조금 생각하는 듯하더니 다시 말을 이었다.

"아니면 먼저 씻으러 가셔도 되는데……."

그리고 다음 순간. 과감하게 몸을 일으킨 그가 그녀의 양어깨를 탁 잡더니 도로 침대 위에 눕혀 버렸다. 얼떨결에 그에게 덮쳐진 미영이 눈을 크게 뜨고는 동호를 바라보았다. 특유의 감정 없는 무표정한 얼굴의 동호가 나지막한 음성으로 물었다.

"우리, 한 번 더 할래요?"

"혁……. 방금 뭐라고……."

설마 잘못 들었나 싶은 마음에 미영이 되물었다. 자신의 얼굴이 잘 익은 복숭아처럼 빨개져 있다는 사실도 알지 못한 채 커다란 눈동자만 끔뻑였다. 어쩜 그런 말을 꺼내면서도 그는 얼굴 색깔 하나 변하지 않는 걸까. 원래부터가 워낙 냉정하고 이성적인 스타일이긴 했지만 이런 상황에서는 조금이나마 표정이 부드럽게 풀려야 정상이 아닐까. 잠시 미영의 앳된 얼굴을 훑어보던 그가 손을 뻗어 그녀의 볼을 부드럽게 쓰다듬었다.

"아침부터 미안하지만, 이런 차림의 당신을 눈앞에 두고 참을 수가 없어서 그럽니다."

뺨을 만지는 그 손길이 어찌나 다정한지. 어젯밤에서부터 오늘 새벽 시간까지 그가 저를 얼마나 소중히 대해 줬을지, 대략적으로 느낄 수 있었다. 마치 조금만 힘줘서 만지면 깨질 것 같은 유리공예품을 대하듯 아주 소중하게 어루만졌다.

"저, 저기, 저는 집에 들렀다 출근해야 해서……."

"나도 마찬가지지만, 아직 시간은 충분합니다."

"그, 그래도 아침부터 좀……."

"…내가 싫습니까?"

어쩐지 아래로 내리깐 그의 속눈썹이, 그의 투명하게 빛나는 갈색 눈동자가, 조금은 슬퍼 보이는 듯한 착각이 든다. 미영은 무엇에 홀린 것처럼 고개를 세차게 내저었다. 베개 위라 머리카락이 마구잡이로 헝클어졌지만 지금 그녀에겐 결코 그를 싫어하지는 않는다는 의사표 시가 훨씬 더 중요했다.

"아니요. 당신이 싫은 건 절대 아니에요. 그런데 왜 그렇게 생각하세요?"

"어젯밤 일을 후회한다고 했으니까요."

"아……. 그건. 우리가 너무 쉽게 같이 밤을 보낸 것 같다는 생각이…… 들어서요."

"난 당신을 쉬운 여자라고 생각하지 않는데?"

"그게 아니라……. 우리는 아무 사이도 아니잖아요. 보통 이런 건 연인 사이에 하는 일이지 않나요?"

약간 시무룩하게 말끝을 흐리는 모습이 낯설다. 동호는 그녀의 뺨을 만지던 손을 거둬들이며 푹신한 침대 위에 앉았다. 위에서 제 몸을 누르고 있던 그의 무게가 사라지자, 미영 역시 조심스레 일어나 앉았다. 새하얀 시트를 당겨 몸을 덮는 것도 잊지 않았다.

"그럼 연인이 되면 괜찮겠습니까?"

"네?"

"물론 순서가 좀 뒤바뀌긴 했지만 난 그것도 좋을 것 같습니다."

뜻밖의 말에 미영의 시선이 빠르게 그에게로 옮겨졌다. 동호는 진지한 눈빛으로 그녀에게 다시 한번 물었다.

"어때요? 난 당신과 만나고 싶은데. 우리 사귈까요?"

가장 듣고 싶었던 말이다. 결국은 원하던 대로 된 건가? 하지만 이런 전개를 원한 것은 아니었는데. 미영이 얼떨떨한 표정으로 말을 제대로 잇지 못하자, 그가 대답을 재촉하듯 고개를 한쪽으로 기울였다. 여기서 더 망설일 필요가 있을까. 미영은 아랫입술을 꽉 깨물며 강한 긍정의 표시로 세차게 고개를 끄덕였다.

"네. 저도 그러고 싶어요. 사귀고 싶어요!"

"좋아요. 그럼 우리 오늘부터……!!"

동호는 말을 끝까지 내뱉지 못했다. 그의 반응을 살필 새도 없이, 그녀가 기쁨을 감추지 못하며 달려든 탓이었다. 품속에 가득 안겨 오는 미영을 넓은 가슴으로 안아 주려다 그만 세차게 밀고 들어오는 무게에 짓눌려 벌러덩 뒤로 넘어가 버린다.

그럼에도 두 사람은 전혀 개의치 않았다. 이젠 서로 눈치를 볼 필요가 없었으니까. 사귀기로 합의를 본 후 미영은 더 이상 망설이지 않았다. 이번에는 거침없이 그녀가 먼저 그를 덮쳐 버렸다. 거친 숨소리와 사랑을 나누는 밀담들로, 아침부터 후끈한 열기가 방 안 가득 번져 가고 있었다.

12
사랑한다는 걸 깨달을수록

시기상으로는 가을의 초입이었지만 아직 늦여름의 더위가 가시지 않았다. 막바지 늦더위가 기승을 부리는 탓에, 낮에는 아직까지 찜통 더위가 계속되었다. 과연 이런 날씨에 이사를 한다는 것은 거의 고문과 다름없었다.

"우와악! 정말 죽을 것 같네요. 밤엔 시원해지는데 낮에는 진짜 찜통!"

"가장 일교차가 심해지는 시기잖아. 다 되어 가니까 조금만 힘내자!"

서로를 응원하며 이삿짐을 나르는 현장. 이곳에는 이미 익숙한 모습의 사람들이 분주하게 움직이고 있었다.

"모두들 정말 미안해. 날씨도 완전 더운데⋯⋯. 이래서 그냥 내가 알아서 한다니까!"

괜스레 제 이사 때문에 사서 고생 하는 팀원들을 보자, 미안한 마음이 든 리원이 주절주절 늘어지게 말을 내뱉었다. 비용의 압박 때문에 포장 이사는 진작 포기했고 최소한의 비용만 들여 이사를 하려고 했는데, 미영이 작정하고 그 사실을 팀 내에 퍼트리는 바람에, 팀원들 모두가 소매를 걷고 나선 것이다.

"여러 명이서 하니까 시간이 그리 오래 걸리지도 않네요, 뭘."

"팀장님! 대신 점심은 맛난 걸로 시켜 주셔야 해요?"

흐르는 땀을 닦을 시간조차 없이 부지런하게 짐을 옮기며 저마다 한마디씩 거든다. 어쨌든 이들 덕분에 단단히 고생할 각오를 했던 이사가 한 방에 해결된 것은 틀림이 없었다. 리원은 고개를 끄덕이며 나름대로 비장하게 물었다.

"그래! 당연하지! 뭐 사 줄까? 뭐 먹고 싶은데? 오늘 대충 정리 끝나면 내가 비싼 거 쏠게!"

"오우……. 진심이세요? 뭐 사 달라고 할 줄 알고 그러세요? 겁도 없으셔."

"뭐든 어때? 소고기? 특수 부위? 말만 해. 설마 내가 그 정도도 못 해 줄까."

"저는……. 편하게 배달시켜 먹을 수 있는 자장면."

"저는 짬뽕."

"저는 잡채밥!"

의외의 메뉴에 리원이 조금 당황했다. 어떤 비싼 음식이라도 사 줄 의향이 있는데 그녀의 입장을 생각해 점심 식사까지 저렴한 것으로 선택하는 배려가 눈물겨울 정도였다.

"아니 왜? 정말 더 비싼 것으로 골라도 괜찮아!"

"에이……. 다 같이 이 날씨에 땀 엄청 흘려서 상태도 엉망인데, 그냥 편하게 시켜 먹는 게 낫죠."

"맞아요. 힘들어서 식당까지 가지도 못해요."

"원래 이삿날에는 중국집이 진리죠."

결국 리원은 팀원들의 배려를 받아들일 수밖에 없었다. 대신 배가 꽉 찰 만큼 많이 먹는 쪽으로 작전을 변경했다.

"그래. 어쩔 수 없지. 그럼 각자 1인 1메뉴. 양은 곱빼기에 탕수육 대짜 두 개! 거기에 배달 빙수까지 책임질게."

대단히 많은 양이었지만, 워낙 더운 날에 힘을 쓰다 보니 접시까지 씹어 먹을 기색이었다. 모두가 환호하는 가운데 이삿짐이 거의 바닥을 드러낼 무렵. 낯선 자동차 한 대가 저 멀리서 굉음을 내며 달려오고 있었다. 신경 쓰지 않을 수 없을 정도로 굉장한 소리였다. 대부분의 시선이 화려한 자태를 뽐내는 자동차에 집중되었다. 상자를 들어 옮기려던 팀의 막내 직원까지 눈을 동그랗게 뜨고 그쪽을 바라본다.

"우와. 저 차 뭐야?"

그리고 끝까지 관심 없다는 듯 트럭 뒤에서 상자를 내리던 마지막 직원마저 결국 거칠게 달려오는 자동차로 시선을 옮겼다.

"뭐야? 무슨 일인데?"

"와……. 저기 저 차 보이세요? 저거 페라리 같은데."

"오. 맞네. 페라리. 그런데 저거 페라리 중에서도 엄청 고가 라인인데……. 타고 다니는 사람이 많지 않은 걸로 알고 있어."

"예? 그런 차가 왜 여길……. 에이, 설마 지나가는 길이겠죠?"

"뭐, 그럴 만한 사정이 있겠지. 신경 끄고 짐이나 마저 옮기자."

"아아……. 그렇겠죠? 워낙 보기 힘든 차종이라."

일제히 시선을 거두고 다시 이삿짐을 옮기기 위해 몸을 숙인다. 하지만 지금 이 순간 가장 긴장한 상태로 여전히 자동차에서 시선을 떼지 못하는 이가 있었으니.

'설마……. 아니겠지?'

태건의 자동차를 유일하게 알고 있는 사람. 리원이 눈을 크게 뜨며 마른침을 꿀꺽 삼켰다. 그녀의 머릿속이 찰나의 순간 빠르게 회전되었다.

'아냐……. 고가라 보기 힘든 차잖아. 그렇다면 저건 부사장님의 차가 맞단 소리인데…….'

거의 확신에 가까웠다. 문득 그녀의 뇌리에 이전에 그와 나누었던 통화 내용이 떠올랐다. 주말 데이트를 나중으로 미뤄야겠다는 말에,

ㅡ 그럴 필요 없을 것 같습니다.

라고 대답을 했었지. 이삿짐을 싸느라 너무 바빠서 만날 때도 간단히 식사만, 모닝콜이든 뭐든 통화는 짧고 간결하게, 서로 생사 확인만

할 정도로 간단히 끝냈었다. 고로, 그때의 통화 내용에 대해 자세히 물어볼 여유가 없었던 것이다. 그리고……. 정말로 설마 했던 일이 벌어졌다. 그저 스쳐 지나가거나 이 도로 끝까지 오지 않을 거라 의심치 않았던 직원들의 시선이 다시 고급 스포츠카로 집중되었다. 속도를 줄이며 바로 앞까지 달려온 자동차가 떡하니 그들의 눈앞에 멈춰 선 것이다.

"헐?"

"어어?"

은색의 스포츠카에서 내린 것은 아주 익숙한 인물이었다. 이전에도 여러 번 본 적 있는.

"부, 부사장님?"

"부사장님께서 왜……."

얼떨떨한 표정으로 멍하니 그를 바라보는 시선들. 멋들어지게 운전석에서 내린 태건이 바지 주머니에 손을 찔러 넣으며, 그 잘난 얼굴에 은근한 미소를 지었다.

"모두 수고가 많으시군요. 지나가는 길에 잠시 들러 봤습니다."

"아……. 예."

부사장이란 직책이 그렇게나 시간이 남아도는 건가? 아니면 주말이라 그도 업무 없이 휴일을 즐기고 있는 건지도 몰랐다. 그런데 왜? 업무적인 것 이외엔 일절 마주칠 일이 없는 유명인이 무엇 때문에 떡하니 이 장소에 나타났을까. 모두의 머릿속에서 같은 의문이 일었다.

그 가운데서 누군가는 돌아가는 상황을 눈치 빠르게 파악하고 리원을 묘한 눈빛으로 바라보았고, 누군가는 아직까지도 답을 찾지 못한 채 의아한 듯 고개만 갸웃거렸다.

"이사는 끝나 갑니까? 시간이……."

태건은 미간을 살짝 찌푸리며 소매를 걷었다. 은색의 손목시계를 확인하니 시간은 정확히 오후 1시를 넘어서고 있었다. 식사를 하기엔 이미 조금 늦은 시간. 태건은 잠시 주위를 둘러보며 상황을 살폈다. 아직 트럭의 짐칸에 남은 박스들이 쌓여 있었지만, 대부분 정리가 끝나 가는 것으로 파악되었다.

"그런데 부사장님! 여기엔 어쩐 일이세요? 일도 많이 바쁘실 텐데……."

그때, 천진난만한 막내 직원이 나서서 직설적으로 묻자 태건이 입꼬리를 위로 올려 싱긋, 장난스럽게 웃었다.

"내 여친 챙기러 왔습니다."

깜짝 놀란 리원의 두 눈이 튀어나올 듯 거대해졌다. 또다시 장난기가 올라온 걸까. 그가 팔을 뻗어 리원의 어깨에 걸친 뒤 급작스럽게 자신의 품으로 와락 당겨 안았다. 장난기 그득한 태건의 모습이야 익숙한 풍경이었지만, 오늘따라 그런 게 아니라며 바락바락 우겨야 할 리원이 웬일로 조용하다. 많은 사람들이 보는 앞인데도 그가 제 어깨를 안는 것을 가만히 내버려 두는 것이 심상치 않았다. 평소와 사뭇 다른 반응에 태건 역시 그녀의 생각이 조금은 궁금해지려던 찰나.

"휴……. 그래. 이렇게 밝힐 의도는 아니었는데……. 어쩌다 보니 그렇게 됐네."

리원이 너무나도 쉽게 인정해 버렸다. 순간 견딜 수 없는 정적이 흘렀다. 이 상황에서 자꾸만 싱글거리며 웃는 사람은 태건 한 사람뿐이었다. 의외로 리원의 얼굴은 평온해 보였다. 5주라는 기간 동안 나름 마음의 준비를 한 것도 있었고, 어차피 곧 밝힐 예정이었으니까.

물론 그가 이런 식으로 직접 밝히기 전에 언론에서 먼저 기사가 날 거라 여겼는데 어쩐 일인지 매스컴은 조용하기만 했다. 그게 조금 의문이었지만 처음 계약서를 쓴 날부터 어차피 각오했었던 일이었다. 발랄하게 직설적인 질문을 꺼냈던 막내 직원이 어안이 벙벙한 모습으로 되물었다.

"와아아. 반전……. 진짜 반전. 도대체 두 분 언제부터……."

놀라움을 금치 못하는 막내를 뒤로한 채 태건은 가로로 길게 찢어진 눈으로 원룸 입구 쪽을 살폈다. 그때 마침 건물 안에서 나오던 미영과 눈이 딱 마주친다. 미영이 그를 발견하고는 눈을 동그랗게 뜬 채 자리에 멈춰 섰다. 아무래도 바깥의 분위기가 묘하게 흘러가는 것을 빠르게 눈치챈 것 같았다. 갑자기 등장한 태건도 그렇고, 그의 고급스러운 차도 그렇고. 눈치 백 단인 미영은 금세 분위기를 파악했다.

'음……. 결국 그렇게 된 거군?'

싱긋, 속을 알 수 없는 묘한 웃음을 머금은 미영이 팔짱을 낀 채 그들에게로 다가오며 말했다.

"휴……. 하여간. 진작에 눈치챈 사람들이 한둘이 아닌데 그걸 이제야 밝히나요?"

"그러게요. 그동안 몰래 만나신다고 참으로 고생하셨습니다."

팀의 막내는 대수롭지 않게 그리 말하는 사람들을 보자 더욱 당혹감에 휩싸였다. 저는 리원과 태건의 사이를 한 치의 의심도 없이 바라봤는데, 대부분의 직원들이 이미 눈치를 채고 있었다니……. 그게 어떻게 가능한 건지 이해가 되지 않았다. 본인이 그런 부분에서 많이 둔하다는 사실을 모르고 있는 것 같았다.

"그러니까 어, 얼마나 되셨는데요? 만나신 지……."

"으음……. 만난 기간이라……. 리원 씨?"

그가 다정하게 위에서 리원을 내려다보았다. 여전히 장난기가 가시지 않은 얼굴로 활짝 웃어 보이며 그녀에게 묻는다. 마치 함께 장단 맞춰 이 연극을 완벽하게 완성해 보자는 듯이.

"우리가 만난 지 얼마나 되었냐는 질문이 들어왔는데. 어떻게 대답해야 정확합니까?"

리원이 힐끗, 눈꼬리를 위로 추켜올리며 그를 올려다본다. 그래, 뭐. 쿵짝 맞춰 완벽한 연기력을 펼쳐 주길 바란다면 응당 그에 걸맞은 보답을 해 줘야겠지? 난 내 역할에 누구보다 충실해야 하는 입장이니까. 리원이 엄지로 톡톡, 입술을 두드리며 머리를 굴렸다. 그러고는 앞뒤를 적당히 짜 맞춰서 두 사람이 만나게 된 기간을 대략적으로 계산했다.

"으음. 알게 모르게 썸 탄 건 이미 훨씬 전부터이고……. 사귄 지는 정확하게 5주째. 이렇게 말하면 원하는 대답이 될까요?"

"우와……. 진짜 배신감."

막내를 포함하여 전혀 두 사람의 관계를 눈치채지 못한 직원 하나가 격하게 몸을 부르르 떨었다. 그 외 나머지는 각자 솟아오르는 궁금증을 참지 못해 달려들었다. 뻔하지만 이미 예상했었던 질문들이 끊임없이 쏟아져 나온다. 아마도 평소에 모른 척해 주느라 꾹 참고 있었던 궁금증들이 이제야 폭발하는 것 같았다.

"우와! 누가 먼저 고백했어요?"

"고백은 어떻게 한 거예요? 사귀자고 했어요? 아니면 사랑한다고?"

"팀장님! 그럼 평소에 데이트는 어떤 식으로 하세요? 역시 평범하지는 않죠?"

"진짜로 드라마나 영화에 나오는 것처럼 막 놀라운 이벤트도 하고 그러나요?"

"저도 이거 궁금해요! 백화점이나 놀이공원을 통째로 빌린다든지, 한 끼 식사를 위해 전용기를 타고 당일치기로 해외로 갔다 온다든지! 정말 그렇게 데이트하나요?"

마지막 질문에 그만 웃음이 터져 버렸다. 물론 태건의 이벤트 스케일이 남다르긴 하지만, 사람들이 저렇게까지 재벌 3세에 관한 환상이 있다는 사실을 새삼 실감했다.

잠시 리원의 머릿속에 그와 함께했던 시간들이 스쳐 지나갔다. 레스토랑에서 식사를 한 경우가 대부분이었고, 그 외에는 드라이브를 가거나 영화를 보는 등 남들과 딱히 다르지 않은 데이트였다. 조금 특별했던 기억이라면 얼마 전 첫 데이트 때 요트를 탔던 것, 영화를 볼 때는 항상 전용관을 빌린다는 것 이외에는 딱히 별다른 건 없었다. 물론 요트 데이트나 전용 영화관을 빌리는 건 아무나 즐길 수 없는 아주 새로운 경험이긴 했지만 말이다.

　"음? 모두들 너무 환상에 잠겨 있는 것 같은데……. 우리 데이트는 가끔 특별할 때도 있긴 하지만 대부분은 평범해."

　리원이 어깨를 으쓱하며 사실을 이야기하자, 그런 그녀를 바라보던 태건의 미간이 미묘하게 찌푸려졌다. 별생각 없이 한 이야긴데 그는 그게 나름대로 신경 쓰이는 것 같다.

　"글쎄……. 나야 특별한 이벤트를 준비해 주고 싶지만 내 여친이 워낙 바쁜 사람이라. 나에게 도통 시간을 내 주지 않습니다."

　아쉬운 듯 그렇게 이야기하는데, 리원이 약간 버럭 하며 대꾸했다. 그녀의 말투에는 제법 진심이 담겨 있었다.

　"네? 제가요? 진짜 너무하시네요! 제가 얼마나 없는 시간 쥐어짜내면서 부사장님을 만나고 있는 줄 아세요? 잠자는 시간까지 줄였다고요!"

　"잠자는 시간까지? 진짭니까?"

　"제가 뭐 하러 없는 말을 하겠어요? 혓바늘이 몇 개나 났는지 알고 나 하시는 소린지 모르겠네요!"

리원이 으르렁거리며 냅다 소리 질렀지만 태건은 오히려 그런 그녀의 반응을 즐기는 것처럼 보였다. 뭐가 그리 좋은 건지 연신 싱긋, 싱긋, 웃어 대더니 별안간 그녀의 머리를 살살 쓰다듬어 준다. 누가 봐도 애정이 그득하게 담긴 시선과 아주 다정한 손길로.

"알고 보니 기특하군요. 이제 와서 이야기지만, 난 당신이 날 사랑하긴 하는 건가⋯⋯. 내 나름대로 무척 고민이 많았는데. 그럴 필요가 없었군요."

리원이 두 눈을 부릅떴다. 사랑⋯⋯? 방금 정말로 사랑이라는 단어를 쓴 건가? 남들이 다 보는 앞에서 그런 행동과 그런 말들을⋯⋯. 그녀의 모든 행동이 정지되었지만 그는 멈출 생각이 없어 보였다.

"리원 씨가 나한테 했던 고백은 진심이었군요. 확신이 없어서 얼마나 불안했었는지. 정말 다행입니다."

"헐? 뭐라고요? 고, 고백?"

무슨 말도 안 되는 소릴⋯⋯. 경악한 리원이 입을 쩍 벌린 채 그를 노려보자 태건이 과할 정도로 활짝 웃어 보인다.

'또 장난! 그래도 이건 진짜 아니지!'

실제로도 먼저 연애하자는 이야기를 꺼낸 것은 그가 아니었던가. 물론 결과적으로는 계약 연애에 대한 것이었지만 말이다. 다른 것은 다 제치고라도 이것만큼은 도저히 그냥 넘길 수 없었다. 리원은 재빠르게 그의 재킷을 양손에 움켜쥐며 매달렸다.

"그게 무슨 말이냐고요! 먼저 고백한 사람은 부사장님이잖아요?"

"내가요? 리원 씨가 아니고?"

"우리 연애합시다, 라고. 이런 표정으로 딱 이런 말투로 저한테 말씀하셨잖아요! 설마 그날을 잊으신 건 아니겠죠?"

조각 같은 얼굴이 미묘하게 일그러진다. 어째 장난기 어린 모습이 천진난만해 보이면서도 저렇게나 매력적으로 그려질까. 리원은 잠깐 그의 얼굴에 혼이 나갈 뻔했지만 도리질 치며 정신을 차렸다.

"내가 그랬던가?"

"기억해 내세요. 기억해 내셔야만 한다고요."

팔짱을 낀 채 옥신각신하는 남녀를 조용히 관찰하던 미영이 피식 웃었다. 저야 두 사람이 계약에 의한 관계라는 것을 익히 들어 알고 있지만, 그럼에도 불구하고 실제 연인이 사소한 말다툼을 하는 것으로 보였다. 오히려 투닥거리는 것이 귀여워 보인다고나 할까. 풋풋하다는 단어가 어울릴 만한 나이는 지났지만, 이상하게도 이 커플을 보고 있으면 풋풋하다는 말 외에는 달리 표현할 방법이 없었다. 미영은 그런 자신의 의견을 전혀 숨길 의지가 없었다.

"누가 먼저 고백했든 그게 무슨 상관이래요? 어쨌든 두 사람이 이렇게나 예쁘게 사귀고 있다는 사실이 중요하죠. 티격태격하는 것이, 누가 봐도 정말 귀여운 커플 아닌가요?"

"그러게요. 워낙 두 분의 비주얼이 뛰어나셔서 처음부터 잘 어울릴 거라 생각했거든요."

"맞아요. 예상했던 대로 선남선녀 커플이세요. 계속 예쁘게 만나셨으면 좋겠어요."

마치 이런 열렬한 반응을 기다렸다는 듯, 태건은 재빠르게 화제를 전환했다.

"맞습니다. 지금은 우리가 이런 걸로 말싸움하고 있을 때가 아니죠. 모두에게 가장 중요한 것이 있으니까."

가장 중요한 것? 또 무슨 꿍꿍이인지 그 속을 알 수가 없어 리원이 고개를 갸웃거렸다. 태건은 자신의 스포츠카로 다가가 트렁크를 열어젖혔다. 겹겹이 쌓인 채 짐칸 한편을 차지하고 있는 플라스틱 상자들. 상자가 제법 두껍고 무게도 나가 보였는데 언뜻 보기엔 흔히 음식점에서 쓰는 도시락 형태의 느낌이 났다. 태건과는 다들 어려운 사이라, 그에게 다가가 직접 트렁크를 살피는 이는 없었다. 단지 리원만이 팔짱을 낀 채 그것을 살피며 태건에게 물었다.

"이건 혹시……. 도시락인가요?"

"맞습니다. 세종 한식집에서 포장해 온 수라상 코스 도시락인데……. 혹시 이미 식사를 했습니까?"

"아니요. 짐이 얼마 남지 않아서 다 정리되는 대로 하려던 참이었어요."

"잘됐군요."

세종 한식집이라면 모르는 이가 없을 정도로 유명한 곳이었다. 게다가 가장 고가의 수라상 코스라니! 이미 그가 포장해 온 도시락의 메뉴에 감동을 받은 모든 이들의 눈빛이 반짝이고 있었다.

■ ◇ ■

식사 시간까지 포함해서 이사는 겨우 네 시간 만에 끝이 났다. 옷가지나 소지품들 여러 집기 외에는 딱히 짐이 많지는 않아서, 점심 식사를 끝내자마자 직장 동료들을 돌려보낼 수 있었다. 소란했던 집 안이 아주 조용해진 가운데 리원과 태건 두 사람만이 남아 방 안을 서성이고 있었다.

"휴……. 힘들었네요. 직원들 도시락까지 신경 써 주셔서 정말 감사했어요. 덕분에 시간을 많이 절약했네요. 게다가 다들 엄청 좋아하는 눈치였고요."

"도움이 됐다면 다행입니다."

"이렇게 갑자기 나타나실 줄은 몰랐는데, 설마 도시락만 챙겨 주러 온 건 아니시죠?"

"정답입니다. 그저 궁금했어요. 당신의 새집."

"그다지 볼 건 없는데……. 아직 갖춘 살림살이가 별로 없어서요."

그녀의 말처럼 좁은 집 안임에도 불구하고 갖춘 것이 없어서 무척이나 휑해 보였다. 집을 찬찬히 둘러보던 태건이 의아한 듯 그녀에게 물었다.

"가구가 거의 없군요. 가전제품도 그렇고."

있는 거라곤 오래도록 아끼며 사용하는 화장대와 2인용 식탁, 이동식 옷걸이가 전부였다. 그 탓에 쌓여 있는 옷들을 담아 놓을 곳이 없어 박스째 방치된 상태였다.

"네. 전에 살던 집은 풀 옵션이라 가구랑 가전제품이 딱히 필요치 않았었거든요. 그런데 이 집은 그렇지 않아서요."

"새로 사들여야 할 물건이 많겠군요."

"어차피 집이 작아서 많이 넣지도 못해요. 꼭 필요한 것만 적당히 살 예정이라 괜찮아요."

리원은 가구점과 전자제품마트 딱 두 곳만 들러 저렴한 제품들로 고를 생각이었다. 이미 구매 목록을 작성해 놓은 상태라, 쇼핑하는 데는 그다지 시간이 걸리지 않을 것이다. 리원은 새삼스럽게 앞으로 살아갈 자신의 보금자리를 둘러보며 말했다.

"이제야 정말 끝이 보이네요. 이사 때문에 정말 걱정이 많았는데 그래도 어떻게든 해결하고 나니 역시 마음이 한결 편안해졌어요."

"끝이 보인다라……. 설마 아직도 할 일이 남은 겁니까?"

분명 완벽하게 정리됐다고 여겼는데 아직 끝이 아니었던 것이다. 리원에게는 제 나름대로 중요한 마지막 작업이 남아 있었다.

"네. 저기 한쪽 벽면에 페인트칠만 하면 정말로 끝이에요. 주방은 다 정리됐으니까, 남은 옷들은 먼저 가구를 들이고, 살면서 매일 조금씩 정리하면 될 것 같고……."

리원이 쌓여 있는 박스들을 뒤적이며 혼잣말을 중얼거릴 때, 태건이 잔뜩 일그러진 얼굴로 되물었다.

"페인트칠? 어디다가?"

"왼쪽이요. 큰 창문 벽면 거기요. 일부러 비워 놨거든요."

"설마 직접 하려는 건……."

"당연히 직접 칠할 건데요?"

뭔가 문제가 있나요? 리원이 눈을 끔뻑이며 그를 바라보는데 딱 그렇게 말하는 표정이었다. 그가 험악하게 일그러진 얼굴로 자신의 턱을 매만졌다. 페인트를 직접 칠하다니 도대체 어떻게? 입 밖으로 아무런 말도 꺼내지 않았는데 리원은 금방 그가 하려던 말을 알아차렸다.

"무슨 생각을 하시는지는 잘 알겠는데, 걱정하지 마세요. 이사 오기 전에 살던 집도 제가 혼자 벽에 페인트칠 다 했었거든요."

새롭게 알게 된 사실이었다. 이미 작업해 본 경험이 있다니 딱히 걱정할 필요는 없겠지만 도대체 그녀의 능력이 어디까지인지 궁금해지는 대목이었다. 그의 시선을 뒤로한 채 리원은 페인트를 칠하기 위해 비워 뒀던 벽을 손바닥으로 쓸어내렸다.

"사실 페인트 냄새도 그렇고 말리는 시간도 필요하거든요. 그래서 이사할 집이 정해지면 미리 들러서 칠해 놔야 하는 건데……. 이번엔 너무 급작스럽게 이사가 이뤄졌어요. 뭐, 이것도 어쩔 수 없는 상황이었으니까요."

"그래서 오늘 혼자 그걸 다 하겠다고요?"

"네. 한쪽 벽면이라 그렇게 오래 안 걸려요."

"얼마나?"

"음……. 저기 창문이 시작되기 전의 부분부터 현관까지 한쪽 벽면을 전부 다 칠해야 하니까……. 대략 두세 시간 정도?"

"후……."

얼마 안 걸리는 게 아닌데……. 리원은 잘 모르겠지만, 초조하게 기다리는 입장에서는 너무나도 긴 시간이 아닐 수가 없었다. 눈을 질끈 감은 그가 결국 낮은 한숨을 내쉬었다. 분명 이러려고 찾아온 게 아니었는데, 딱히 다른 선택지가 없었다.

"같이합시다."

뜻밖의 말에 리원이 뒤를 돌아보았다. 다른 사람도 아닌 최태건이 벽에 페인트를 칠한다고? 물론 그가 사람들이 생각하는 재벌 3세의 이미지와 사뭇 다르긴 했지만 그래도 이건 상상조차 하지 못했던 제안이었다. 왠지 그에게 실례인 것 같아서 손사래를 치며 확실한 거부 의사를 밝혔다.

"아니요! 그러실 필요 없어요! 저 혼자서 충분히 가능해요! 한두 번 해 본 것도 아니고……. 저 진짜 잘할 수 있거든요."

"알아요. 아는데……."

태건은 미간을 손으로 짚으며 잠시 망설였다. 결국 다른 변명거리를 찾지 못했는지 허리춤에 손을 올린 채 솔직하게 이곳에 찾아온 목적을 털어놓았다.

"오늘 당신 팀원들의 점심을 미리 주문해 온 것도……. 지금 당신을 도와주려고 하는 것도. 전부 이유가 있어서 그럽니다."

"무슨 이유요?"

"…이사를 빨리 끝내고 싶어서."

"도와주신 덕분에 직원들 점심 식사 시간도 많이 줄었고, 이사도 예정보다 더 빨리 끝냈어요. 목적을 달성하신 것 같은데……."

"아니, 그게 아니라."

눈을 동그랗게 뜬 채 그의 다음 말을 기다리고 있는데, 별안간 제 입 근처를 손으로 감싼 태건이 시선을 엉뚱한 곳으로 돌렸다.

'응? 설마 시선을 피하는 건가?'

흔치 않은 모습인데? 지금껏 보지 못했던 그의 모습에 리원이 신선함을 느끼고 있을 때, 그가 마지못해 말을 이었다.

"빠른 시간 안에 전부 끝내고……. 나에게 시간을 내 줬으면 좋겠어요."

"아……."

그제야 그의 의중을 알아차렸다. 평소 그렇게나 눈치 빠르기로 유명하면서 어찌된 게 자신의 일에만 이렇게나 둔해 빠졌을까. 태건은 그녀가 또다시 거절의 말을 내뱉을까 봐 미리 자신의 의견을 강하게 어필했다.

"분명 도와주겠다고 했습니다. 그러니까 나와 실랑이할 시간에 힘을 합쳐 단 1분이라도 빨리 끝냅시다. 같이 갈 데가 있어요."

"설마 데이트인가요?"

"경우에 따라서 데이트가 될 수도 있겠군요. 어차피 함께 시간을 보내는 거니까."

이왕 이렇게 된 거, 리원은 부담 없이 그의 도움을 받기로 결정했다. 모든 것은 이미 준비된 상태였다. 충분한 양의 페인트, 여유분의 롤러와 붓. 심지어는 높은 위치를 칠할 때 쓸 사다리까지 빌려 두었다. 하지만 의외의 문제가 숨어 있었으니…….

"도와주신다면야 감사하지만 먼저 옷을 갈아입으셔야 해요. 혹시 작업할 때 입을 여별 옷이 있으신가요? 옷에 페인트가 묻을 거라서 작업이 끝나면 버리는 게 나을 거예요."

뭔가 대책이 있어서 도와준다며 나선 거겠지. 리원은 당연하게도 그렇게 생각하며 물었지만 조금은 당황스러운 상황이 일어났다. 그가 입고 있던 슈트의 재킷을 벗어 쌓여 있는 박스 위에 올린 것이다. 은색의 손목시계까지 풀어 화장대 위에 놓은 그가 드레스 셔츠의 소매를 접어 올리며 말했다.

"평소 비상시를 대비해 여별 옷을 회사에 두고 다니긴 하지만……. 여기서 회사까지는 너무 멀군요. 어쩔 수 없는 비상사태니 지금은 이대로 작업합시다."

"네? 지금 그…… 차림새로요?"

"조금 불편하긴 하겠지만 문제 될 건 없습니다. 옷이야 새로 사면 되니까."

분명 '버릴 옷'을 입어야 한다고 말했는데⋯⋯. 아무리 봐도 그가 입은 슈트 세트는 상당히 고가의 상품 같아 보였다. 옷의 원단부터 시작해서 재단까지, 결코 흔히 볼 수 있는 형태나 재질이 아니었다.

"오전에 본가에 들를 일이 있어서 갖춰 입었던 건데. 이럴 줄 알았다면 편한 복장으로 올 걸 그랬군요. 당신이 불편해하는 걸 보니까 내 마음도 편치 않아서."

"정말 괜찮으시겠어요?"

"리원 씨."

"네."

"혹시 잊었습니까? 나, 돈이라면 차고 넘치는 남자란 거."

리원의 미안함을 조금이나마 달래 주기 위해 그런 소리를 한다. 그것을 잘 알고 있으니 더 장단을 맞춰 줘야겠지?

"좋아요. 단단히 각오하셔야 될 거예요. 그럼 얼른 시작할까요?"

말이 끝나기가 무섭게 두 사람은 분주히 움직였다. 바닥에 신문지를 깔고, 사다리를 타고 올라가 가장 위에서부터 시작해 차츰 아래로, 결이 못나지 않게 한 방향으로 예쁘게 페인트를 칠했다. 태건은 페인트를 처음 칠해 보는 사람치고 정말 완벽하게 잘해 냈다. 최대한 작업을 빨리 끝내기 위해 잠시도 쉴 틈 없이 움직인 지 어느덧 1시간 30분째. 원래는 리원 혼자서 했어야 했던 작업이 사람이 하나 늘어났다고 생각보다 빠른 시간 안에 끝이 났다.

"와! 다 했다!"

리원이 환호성을 지르며 바닥에 벌러덩 대자로 눕자, 그도 덩달아 그녀의 옆에 드러누워 버렸다. 잠시 천장을 보며 휴식을 취하던 그가 처음으로 경험한 새로운 일에 대해 감상을 꺼내 놓았다.

"생각보다 힘들긴 한데. 생각보다 재미있기도 하군요."

"재미있었어요? 정말?"

"의외로 적성에 맞나 봅니다. 지금 하는 일 그만두고 적성을 살려 이쪽으로 이직할까요?"

"헉. 진심이세요?"

물론 진심이 아니란 것을 알았지만, 하도 진지하게 이야길 꺼내는 바람에 리원이 깜짝 놀라 그를 돌아보았다. 누운 채 서로를 지그시 바라보는 눈동자가 마주쳤다. 그의 얼굴에 일순 미묘한 장난기가 스쳐 지나가는 것을 본 리원이 픽, 하고 웃음을 터트렸다. 한참 작은 소리로 그렇게 웃어 대는데 문득 리원의 볼에 묻은 페인트 자국을 발견한 태건이 손을 뻗었다. 스윽, 미끄러지듯 엄지로 작은 페인트 자국을 문질렀지만 이미 말라 버린 건지 지워지지 않았다.

"안 지워지네요."

"버터를 발라야 지워져요."

"…그렇군요."

새카만 눈동자가 마주쳤다. 아직 그녀의 볼을 닦던 손을 거두지 않은 채 그윽하게 바라보는 시선. 사뭇 진지해진 분위기를 틈타 그가 점점 다가온다. 어스름한 붉은 노을이 창밖에서 비쳐 들어와, 가까워지는 남자의 입술을 붉은빛으로 물들였다. 자연스럽게 의도를 알아챈 리원은 그를 거부하지 않았다. 눈을 스르르 감아 허락의 뜻을 내비치자, 잠시 후 따뜻하고 말랑한 태건의 입술이 닿았다.

그의 키스는 여전히 부드럽고 달았다. 맛과 감촉이 마치 푹신한 마시멜로우를 입에 넣어 살살 녹여 먹는 것과 비슷했다. 얕게 입술의 겉면을 빨아들이기도. 넌지시 떠보는 것처럼 혀끝으로 점막을 약하게 스치기도 했다.

"하아."

잠시 입술을 뗀 틈을 타 깊게 숨을 내쉬자, 태건이 상체를 벌떡 일으켰다. 말로 하지 않아도 그가 자세를 바꾸고 있다는 것을 저절로 알았다. 그의 시선이 여전히 리원의 입술에 머물러 있기 때문인지도 몰랐다. 윗몸을 일으킨 태건이 그녀의 머리맡 어딘가의 바닥을 턱, 하고 손바닥으로 짚었다. 그렇게 몸의 무게를 지탱한 채 위에서 내리누르는 남자의 입술을, 똑바로 누워 받아 내었다.

조금 전보다 몇 배는 더 농도가 진한 입맞춤.

촉촉한 입술을 비비다가도 거침없이 빨아 당기고, 닫힌 틈새를 열어 깊숙이 집어넣는 혀의 움직임이 무척이나 매끈했다. 입을 맞추는 이 행위를 나누는 동안에는 신비롭게도 서로의 감정이 자연스럽게 전달되었다. 지금 이 순간만큼은 당신을 원한다고, 어디에서부터 시작됐는지 알 수 없는 절실함 같은 것이 묻어났다.

'참 이상하기도 하지.'

리원은 희한하게도 오늘 그의 모습이 가장 마음에 와닿았다. 평소의 깔끔하고 단정한 티끌 하나도 용서치 않을 것만 같던 완벽한 차림새보다도, 저를 위해 값비싼 셔츠의 소매를 걷어 올린 채 페인트 자국을 묻힌 모습이 더 좋았다. 사는 세상이 달라 조금은 멀게 느껴지던 최태건이란 남자가 한없이 평범하고 친근하게 느껴졌다. 스킨십이란 게 이렇게 누군가에 대한 친밀감이 커질 때마다 강도나 횟수 같은 것도 함께 늘어나는 것 같았다. 리원은 저도 모르게 키스에 심취해 단단한 태건의 팔을 부드럽게 더듬어 내렸다.

"흐음……."

그 별것 아닌 작은 터치조차도 한층 예민해져 있는 남자의 욕구를 자극하기엔 충분했다. 작게 신음을 내뱉으며 괴로운 소리를 내던 태건의 손이 어느새 리원의 허리 부근에서 미끄러지고 있었다. 티셔츠의 아랫단을 들춰 납작한 배 주변을 배회하더니 매끄러운 피부를 천천히 쓸며 올라간다.

일순 감겨 있던 리원의 두 눈이 번쩍 뜨였다. 태건의 손끝이 브래지어의 아래에 닿았을 때, 그의 손목을 황급히 붙잡아 더는 위로 올라오지 못하도록 제지했다. 결국 그가 입술을 떼고 멀찍이 떨어져 그녀를 조용히 내려다보았다.

"안 돼요……."

리원은 아랫입술을 꽉 깨문 채 연신 도리질 쳤다. 하마터면 분위기에 휩쓸릴 뻔했다. 하룻밤의 일탈은 한 번으로도 충분했다. 게다가 그와는 더 이상 그런 관계로 얽히기 싫은 마음도 있었다. 리원의 거센 반응에 태건의 얼굴이 마치 감정 없는 마네킹처럼 딱딱하게 굳어졌다. 그가 손을 걷어 내며 리원에게 사과했다.

"미안해요. 이성적이지 못했어요."

태건이 물러나자 그녀는 황급히 누운 자리에서 일어났다. 그녀가 옷매무새를 가다듬는 동안, 태건은 깊은숨을 들이쉬며 마른세수를 했다.

"다시는 이런 실수, 하지 않겠습니다."

"…이러면 안 되잖아요."

조용히 자신을 응시하는 시선이 느껴졌지만 차마 그를 마주 보지 못해, 애꿎은 신발 끝만 쳐다보았다. 입술 사이로, 그와의 관계를 확실하게 정의하는 말이 흘러나온다.

"우리는 계약 관계니까."

그녀와의 관계를 발전시키려는 마음에 계약 연애를 제안한 거였는데. 아이러니하게도 마지막까지 두 사람을 가로막는 벽의 원인이 되어 버렸다. 그저 자연스럽게 흘러가도록 나둬야만 했었던 걸까. 시간이 흘러 언젠가 돌아봐 줄 때까지 참고 기다렸어야 했던 걸까. 마치 억지로 인연을 만들려던 것에 대한 대가를 이런 식으로 돌려받는 기분이 들었다. 쓴웃음을 짓는 태건의 고민이 한층 더 깊어져 갔다.

토요일 밤의 도시가 형형색색의 불빛들로 온통 아름답게 빛났다. 일과 책임감에 대한 부담일랑 모두 떨쳐 버리고, 오로지 즐겁고 행복한 일들만을 선택해 자유를 누릴 수 있는 시간. 사랑하는 이들과 함께하는 누군가에겐 축복이겠지만, 그럴 수 없는 누군가에게는 밤이 화려할수록 잔인하게 가슴을 파고든다.

"예약은 취소했어?"

차창 밖에 시선을 둔 태건이 무심한 목소리로 운전석의 누군가에게 물었다. 이어, 운전대를 잡은 젊은 남자에게서 묵직한 음성이 흘러나온다.

"그래. 잘 처리했어."

김 비서는 그에게 저녁 식사와 마사지 숍의 예약을 취소한 이유를 묻지 않았다. 굳이 물어보지 않아도 알 것 같아서 대충 어림잡아 짐작만 할 뿐이었다. 태건은 턱을 괸 채 깊은 생각에 잠겨 있었다. 조금 전 그녀와 있었던 모든 일에 대해 되감기하듯 상황을 다시 떠올렸다.

'말한다는 걸 잊었는데……. 다음 주 토요일도 만나지 못할 것 같아요. 피치 못할 사정이 생겨서…….'

리원은 또다시 약속을 지키지 못하는 이유를 조용히 읊조렸다. 태건이 물끄러미 그런 그녀의 기분을 살폈다. 여전히 마주치지 못하는 시선. 어색하게 말끝을 흐리며 이리저리 흔들리는 눈동자. 마치 헤어지자 말하는 연인을 보는 것 같은 착각이 들 만큼 분위기가 우울하게 가라앉아 있었다.

그 정도로 두 사람의 사이가 한순간에 어색해져 버렸다. 의도하지 않았던 상황이었지만 한 주 동안은 만나지 못한 채 서로 생각할 시간을 갖는 수순이 되어 버렸다.

'곤란하군. 다음 주는 나도 며칠간 해외 출장이라. 결국 한 주 동안 못 보게 됐군요.'

자신이 맡고 있는 한음 리조트 리모델링 프로젝트 이외에 영광 기업의 부사장으로서 해야 할 일들이 많았다. 사실 몸이 두 개라도 모자를 지경인데도 그는 일주일에 꼬박 두 번 리원과 시간을 보냈던 것이다. 굳이 그 사실을 세세하게 밝히지 않았고, 스스로의 선택으로 없는 시간 쪼개어 만나는 거라 딱히 말할 이유도 없었다. 하지만 그녀에게 생긴 그 피치 못할 사정에 대해서는 무척 알고 싶었다. 아니, 사실은 그녀의 모든 것을 알고 싶었다. 지금 무슨 생각을 하는 건지, 저에 대한 그녀의 마음이 어떤 건지, 사랑한다고 말하면 받아 줄 수 있을지…….

'무슨 사정인지 물어봐도 됩니까?'

'자세히는 말씀 못 드리지만 그냥 집안 사정이에요. 부모님께 들러야 해서요.'

그리 대답하는 리원의 표정이 문득 어두워지는 것 같은 느낌이 들었다. 마음 같아선 좋은 이야기든 나쁜 이야기든 전부 그녀의 입으로 직접 듣고 싶지만, 그게 과한 욕심이라는 것을 잘 안다. 그녀에게 있어 저라는 존재는 딱 그 정도였으니까. 태건은 씁쓸한 표정을 지었다.

'그럼 일주일간은 얼굴을 못 보겠군요. 출국해야 해서 가끔 통화가 어려울 수도 있습니다.'

'네, 괜찮아요. 계약서상 해외 출국 시에는 연락이나 데이트에 관하여 예외를 둘 수 있다고 나와 있으니까요. 그 정도는 당연히 이해해요.'

'당연히 이해해요' 라는 말이 어째서 아프게 와닿았던 걸까.

그때 그녀의 얼굴과 표정, 말투, 분위기 모두 뇌리에 남아 자꾸만 기억나서 그를 후회하게 만들었다. 어떻게든 참아 냈어야 했는데……. 아무리 그녀가 사랑스러워 미칠 것 같아도, 소유하고 싶은 욕망이 고개를 쳐들었어도. 평소처럼 참아 내고 기다리는 게 원래 자신이 해야 할 일인 것처럼, 두 사람 사이를 가로막고 있는 선을 절대 넘어서는 안 되는 거였는데……. 단 한 번의 실수로 전부 망쳐 버렸다.

"하아……. 시간이 갈수록 더 힘들어지는군. 내 욕심이 커져서."

태건은 스쳐 지나가는 차창 밖의 가로등을 흐리게 응시하며 나지막하게 혼잣말을 내뱉었다. 정말로 혼잣말인 건지 아니면 김 비서에게 자신의 속내를 조금이나마 털어놓는 건지 그 의도를 정확하게 알 수는 없었다. 단지 핸들을 꺾던 김 비서의 손이 흠칫 떨려 왔다.

"사랑한다는 걸 깨달을수록 참을 수 없어서 괴로워."

뭐라 정확하게 정의를 내릴 수 없었던 그의 마음은 어느새 사랑이라는 단어로 명확하게 구분되어 있었다. 못 들은 척 운전에 집중하고 있는 김 비서가 속으로 얼마나 놀랐는지 그 누구도 알지 못할 것이다. 물론 최근 들어 태건이 보이는 행동들부터 반전의 연속이었지만 그의 입에서 사랑이라는 단어가 언급된 것을 난생처음 들어 버린 탓이었다.

평소 힘들어도 겉으론 전혀 내색하지 않던 태건이었다. 그런 성정을 잘 알아서 입 밖으로 터져 나온 그 말들이 그가 지금 얼마나 혼란스러운 상태인지를 대변해 주었다. 김 비서는 조심스럽게 태건의 의중을 살폈다.

"안 바쁘면 한잔하자."

분명 이사 중인 리원에게 혼자 차를 끌고 갔던 것을 알고 있었다. 그의 직속 비서이니만큼 직원들의 포장 도시락을 미리 주문해 둔 것도 김 비서였으니까. 그랬던 태건에게 몇 시간 후, 정장 한 벌을 챙겨 오라는 연락을 받았다. 분명 저녁 데이트 코스가 줄줄이 예약되어 있었기에 귀가한다는 연락을 받자마자 분위기가 심상치 않음을 직감했었다.

'참 어려운 관계야. 좀 단순해질 수 없나?'

좋으면 좋은 거고, 싫으면 싫은 거지. 무엇을 그리 복잡하게 생각하는 건지 모르겠다.

그는 새삼 미영과 저의 관계가 얼마나 일사천리로 빠르게 진행되었는지 실감했다. 알고 보면 참으로 심플하고 단순하기 그지없는 것이 남녀 관계인데 말이다. 스스로의 감정을 빠르게 인정하고 헤어지든 연인으로 발전하든 결정하면 그만 아닌가? 그에 비해 태건과 리원의 관계는 너무나도 복잡하고 어렵게 돌아가는 기분이었다.

"최태건. 듣고 있어? 마침 나도 할 말이 있었고 너도 저녁 식사 취소되었으니까. 밥 한 끼 하면서 한잔……."

"그래. 그러자. 오랜만에 독한 걸로 한잔하자. 맨정신으론 못 있겠어."

최근 음주를 자제하던 태건이 선뜻 김 비서의 제안을 수락했다. 독한 걸로 마시자는 말에 김 비서는 금방 태건의 뜻을 알아차렸다. 독한 술을 한 자리에 앉아 진득하게 마시고 싶을 때 항상 찾는 단골 룸바가 있었다. 김 비서는 새롭게 정한 목적지인 룸바가 있는 번화가 쪽으로 다시 핸들을 틀었다. 일교차가 심한 초가을의 쌀쌀함은 유일하게 속내를 털어놓을 수 있는 오랜 친구와 한잔 기울이기에 딱 좋은 온도였다.

■ ◇ ■

적당히 희석시킨 호박색 양주가 작고 투명한 위스키 잔에 담겼다. 태건은 스트레이트 잔에 담긴 양주를 마시기 위해 잔을 들었다. 저녁 식사도 거른 채 빈속으로 연거푸 술을 마시는 모습에 문득 걱정이 된 동호가 그의 손목을 잡아 제지했다. 살짝 풀린 나른한 눈으로 친구를 바라보는 시선에 무엇이 문제냐는 듯한 물음이 담겨 있다. 동호가 고개를 내저으며 쓰고 있던 안경을 테이블 위에 내려놓았다.

"식사도 걸렀잖아. 빈속에 그렇게 급히 마시면 속 다 버려."

"…오늘만큼은 나 자신을 놓고 싶어서 그래. 어차피 취하려는 게 목적인데 뭐가 문제야?"

"그래도 안주는 챙겨 먹으면서 마셔. 우롱차도 틈틈이 마시고."

태건의 입가에 피식, 엷은 웃음이 지어졌다. 그는 이마를 짚은 채 약간 충혈된 눈으로 동호에게 물었다.

"지금 날 걱정해 주는 거야?"

"당연하지. 곁에서 널 책임지고 챙겨 줘야 하는 게 나의 역할이잖아. 네가 술이 세긴 하지만, 이런 속도로 들이부우면 답이 없어."

"…그놈의 계약 관계."

태건의 마지막 말에 동호의 짙은 눈썹 끄트머리가 움찔거렸다. 아마 태건은 동호가 내뱉는 말을 비서로서 상사를 챙기기 위해 한 말로 받아들인 것 같았다. 동호는 태건의 앞에 놓여 있던 잔을 빼앗아 들어 자신의 입으로 술을 한 번에 털어 넣었다. 낮은 한숨을 내쉰 동호는 비어 버린 스트레이트 잔을 태건의 앞으로 밀어 내 돌려주었다.

"비뚤어져 있군. 주종 관계의 입장에서 한 말이 아니야. 친구로서 너를 걱정해서 하는 말인 거 잘 알잖아."

"그래……. 누구보다 잘 알지. 너만큼 나를 걱정해 주는 사람이 없다는 거."

"그러니까 술만 퍼마시지 말고 털어놔. 다 쏟아 내 버리고 잠깐이라도 편안해지라고."

태건은 정작 속 깊은 이야기는 털어놓지 않는 게 문제였다. 물론 가슴속에 수많은 고민거리들과 고통을 묻어 둔 채 살아가는 남자들이 많다고는 하지만, 태건은 그 정도가 매우 심한 편이었다.

어릴 적부터 그랬다. 평범하지 않은 가정사였고 그 가운데 분명 마음고생을 심하게 했을 텐데도 절친인 동호에게조차 입을 닫는 경우가 부지기수였다. 그렇게 모든 것을 묵묵히 참아 내며 속으로만 묵히고 있으니 너덜너덜해져 엉망이 될 수밖에.

"최태건. 너 그러다 병나, 인마."

걱정 그득한 눈빛으로 진심을 담아 이야기했지만, 태건은 다시 잔을 채운 뒤 단숨에 그것을 들이켰다. 조금 흐트러진 모습이 낯설다. 항상 누구의 앞에서든 깔끔하게 머리를 넘기고, 칼날처럼 날카롭게 다림질된 옷을 입던 사람이 맞는지 의문이 들 정도였다. 술을 마실 때조차도 만취된 것을 단 한 번도 본 적이 없을 만큼, 정신 줄을 끝까지 붙잡고 이성적으로 행동하던 그였다.

그랬던 태건이 오늘만큼은 그야말로 엉망진창이었다. 소년처럼 이마를 덮은 머리와 단추가 열린 드레스 셔츠, 넥타이는 처음부터 아예 착용하지도 않았다. 괴로운 듯 아프게 찌푸린 표정으로 술에 의지하는 모습이 안쓰러울 정도였다. 접은 검지 마디로 미간 사이를 누르던 태건이 눈을 질끈 감은 채 조용히 입을 열었다.

"어떻게 해야, 도대체 어떻게 해야……."

드디어 깊은 속내를 내비치는 걸까. 잠시 말끝을 흐리는가 싶더니, 결국엔 곪아 있던 고름이 터져 나오듯 그의 진심들이 하나둘 바깥으로 튕겨져 나온다.

"나를 바라보게 만들 수 있을까. 요즘은 종일 그 생각만 해."

"…그럴 거라고 대충 예상은 했었어."

"처음부터 내가 뭘 잘못한 걸까. 좀 더 다르게 접근했다면 지금의 우리 사이가 훨씬 달라져 있었을까? 내가 너무 성급하게 굴어서 겁먹고 도망칠까 봐 그게 너무 괴로워."

"도망칠 것 같았다면 벌써 그렇게 했겠지. 그녀도 어느 정도 너에 대한 호감이 있었기에, 계약을 받아들인 거겠지."

게다가 스킨십에 대한 조항까지 협의되어 있으니……. 그건 정말 싫어하는 상대와는 할 수 없는 것이었다. 개인적인 사정에 의해 돈이 필요했을지언정, 지금까지 보아 온 리원의 스타일로 가늠해 보자면 오히려 마음이 있었기에 계약까지 했을 가능성이 높아 보였다. 게다가 그녀의 절친인 미영에게 언뜻 전해 들은 내용까지 있다 보니 동호는 그것을 거의 확신했다. 태건은 이마에 늘어진 머리카락을 뒤로 쓸어 넘겼다. 그러곤 그녀에게조차 고백하지 못한 자신의 마음을 오랜 우정에게 털어놓았다.

"솔직히 더는 참을 수가 없었다. 내가 지독하게 사랑하고 있다는 걸 가끔 절절하게 느껴서……. 그럴 때면 그저 가만히 지켜보기만 하는 게 잘되진 않더라. 내 머리와 이성이 따로 노는 느낌이야. 어느 순간 사랑이라는 걸 깨닫게 되고 나서부터는 모든 게 엉망이야."

역시 사랑이라는 단어를 함부로 쓸 태건이 아니었다. 그의 입으로 직접 듣는 그녀에 대한 감정은 예상했던 것보다 더, 훨씬 더 깊고 애절한 느낌이었다. 아무리 개인사가 복잡해도 일에 있어서는 무척이나 냉철하게 판단했고, 자신의 사생활에 대한 감정들은 일절 그에게 사소한 영향조차 끼칠 수가 없었다. 물론 리원을 만나기 전까지 말이다.

감정보다 이성을 앞세워 어느 정도 스스로를 절제할 수 있었던 것은, 태건이 제대로 된 상대를 만나지 못해서 그랬던 것이 분명했다. 아니, 어쩌면 처음이자 마지막일지도 모른다. 최태건이라는 남자가, 생활이 흔들릴 만큼 한 여자에게 이렇게까지 빠져 버리는 것은.

'마치 첫사랑에 빠진 소년 같군.'

봇물처럼 밀려오는 스스로의 감정을 조절할 수 없어, 어찌할 줄을 몰라 혼란의 늪에 빠져 버린 소년. 적어도 동호가 보기에는 딱 그런 느낌이었다. 안쓰러우면서도 조금은 다행이라는 생각을 했다. 어찌 저런 상황에서조차 자신의 감정을 절제하고 냉철한 머리를 가질 수 있을까라는 생각을 했던 적이 수십 번이었다. 가끔은 친구로서 걱정이 되기도 했었다. 혹시나 일부 감정을 제대로 느끼지 못하는 병에라도 걸린 건가 싶을 때가 한두 번이 아니었으니까.

하지만 오늘부로 그런 생각은 일체 날려 버렸다. 최태건은 분명 누군가를 지독하게 사랑할 수 있는 평범한 남자라는 사실이 드러났다.

"혹시 무슨 원인 제공이라도 했던 거야? 무슨 일이 있었던 건데?"

"본능을 참지 못했어. 최대한 아껴 주고 싶은 마음이 분명 있었는데……. 그와 상반되게 함께 있으면 가끔 참을 수 없을 만큼 강렬한 욕구가 치밀어 올라서 미치겠어."

"그건 당연한 거 아닌가? 사랑하면 할수록 안고 싶고, 키스하고 싶고, 나만 보게 만들고 싶고. 남자든 여자든 상관없이 아주 건강한 욕구라고 생각해, 나는."

"…어쨌든 현재 상황이 좋지 않아. 아직 누군가를 완전히 받아들일 준비가 되지 않은 상대를 너무 몰아붙였어. 마음이 통한다고 느꼈었는데……. 그건 착각이었던 것 같아."

"그만큼 했으면 넘어와 줄 법도 한데 너만큼 답답한 사람이다, 강리원 씨는. 자, 한 잔 해."

두 사람은 말없이 서로의 잔을 채워 주고, 자연스럽게 스트레이트 잔을 부딪쳤다. 목구멍으로 넘어가는 독한 술의 향기에 머릿속이 아찔하게 마비되는 것 같은 감각을 느꼈다. 입 안 가득 퍼져 나가는 알코올 향에 반쯤 취해 있던 태건이 눈을 꾹 감은 채 한탄과도 같은 소리를 내뱉었다. 저 스스로가 우습게 느껴져서였다.

"하. 우습군. 내 꼴이."

"원래 사랑이란 게 그런 거야. 스스로가 바보가 된 것처럼 느껴지거든."

"나라는 사람이 이렇게나 변할 수 있다는 사실이 놀라워."

"그건 동감이야. 이제야 네놈이 좀 사람처럼 보인다."

동호의 마지막 말에 꿈틀, 태건의 짙은 눈썹이 미세하게 움직였다. 지금껏 다른 이들이 저를 어떻게 보고 있는지 관심조차 없었던 그가 절친의 말에는 제법 반응을 보인다. 인상을 구기며 동호를 돌아본 그가 피식, 한쪽 입꼬리를 위로 올리며 가볍게 웃었다.

"그럼 그동안은 내가 사람 같지 않았었나?"

"어. 그걸 몰랐었어? 몰랐다는 게 더 대단하다."

심각했던 분위기가 한층 풀어졌다. 가볍게 시작된 웃음은 남은 시간 동안 내내 두 사람 사이에 좋은 분위기로 작용했다. 깊은 토요일의 밤이 흘러가고 있었다.

■ ◇ ■

새벽 시간이었지만, 리원은 잠을 이룰 수 없었다. 오후에 있었던 일들이 자꾸만 머릿속을 맴돌며 괴롭혀서 잠들기 위해 눈을 꼭 감은 상태임에도 태건이 떠올랐다. 결국 눈만 뜬 채 멍하니 어두운 천장을 바라보다 생각에 잠긴다.

'생각해 보면 나도 참 우습지. 키스는 다 받아 줬으면서……. 그 상황에서 계약 관계라 안 된다니 말이 앞뒤가 안 맞잖아.'

그것과는 별개로 마지막 선을 넘지 않은 것만큼은 정말 잘한 일이라 생각했다. 서로의 감정에 확신이 없는 상태에서 하는 섹스만큼 나쁜 것은 없으니까. 아직 그에 대한 자신의 감정이 어느 정도인지를 잘 모르겠다. 분명, 그와 키스할 때마다 좋다고 느꼈고 데이트도 꽤 만족스러웠다. 정말 좋은 사람이고, 장난기가 다분하긴 해도 한없이 다정할 때도 있고, 계약 연인이긴 하지만 나름의 최선을 다하고 있다는 것도 잘 알겠다. 하지만 딱 거기까지였다.

"그 사람을 잘 모르겠어……."

자신을 매력적인 여자로 보고 있는 것 같고, 호감도 있는 것 같은데……. 얼마나 좋아하는 건지, 그 마음의 크기가 어느 정도인지 도대체 감이 잡히지를 않는다. 정작 좋아한다거나 사랑한다는 말은 하지 않으니까. 관계에 대한 확신이 없으니 선뜻 모든 것을 허락하기가 두려웠다. 또다시 누군가에게 버림받는 고통을 당하고 싶지는 않으니까.

'잘했어……. 분명 잘한 일이야.'

스스로를 다독이는 와중에도, 이유를 모르겠지만 자꾸만 생각난다. 제가 그의 손길을 거절했을 때 무표정으로 딱딱하게 굳어지던 얼굴이. 그는 과연 그 순간 무슨 생각을 했을까. 아무리 시간을 들여 생각해 봐도 답이 없는 고민은 며칠 동안이나 리원을 힘들게 했다.

13
언젠가는 했어야 할 일

"팀장님. 팀장님!"

누군가가 부르는 소리에 리원이 퍼뜩 정신을 차렸다. 또 이런다. 요 며칠 동안 자신도 모르게 멍하니 벽시계에 시선을 둔 채 쳐다만 보는 일이 늘어났다. 처음에는 눈치채지 못했던 팀원들도 어느 순간부터 리원의 상태를 하나둘씩 알아차렸다. 사람이 혼이 나간 것처럼 틈만 나면 시계만 쳐다보곤 했으니까.

"혹시 누구 기다리세요? 팀장님이 점심시간이나 퇴근 시간을 기다리실 리도 없고."

직설적인 팀원의 질문에 리원이 어깨를 흠칫 위아래로 움직였다. 스스로도 이유를 잘 몰랐었는데, 그녀의 말을 듣는 순간 알았다. 그의 연락을 기다리고 있다는 사실을.

"설마 남친 연락 기다리시는 거 아녜요?"

"그러게. 부사장님께서 출장이라도 가셨을까?"

"에이, 아니지. 사랑싸움이라도 하신 걸 거야. 화해하자는 남친의 연락을 기다리시는 거고."

처음 질문했던 팀원의 기세에 힘입어 너도나도 은근히 한마디씩 보태며 농담을 던졌는데, 우습게도 그들의 말이 전부 맞아떨어지고 말았다. 일순, 사무실 내 분위기가 싸하게 식어 버렸다. 분명 상황을 적당히 회피하려 한다거나 얼굴이 빨개진 채 웃는 모습을 기대한 거였는데, 어쩐지 리원의 표정이 심히 딱딱하게 굳어 버리니 모두 할 말을 잃어버렸다. 어딘가 우울해 보이는 것 같기도 해서, 숨소리조차 제대로 내지 못할 만큼의 묘한 정적이 흘렀다.

"오늘 점심 뭐 먹을까? 왕돈가스와 정식집 중에서 투표합니다!"

마침 얼어붙을 것만 같은 분위기를 어떻게든 넘기기 위해 미영이 나섰다. 그녀는 자리에서 벌떡 일어서며 만인의 관심사인 점심 메뉴를 화제로 던졌다. 그리고 팀원들은 기다렸다는 듯 소란스럽게 점심 식사 메뉴를 정하느라 분주했다. 다행히 미영의 센스로 인해 곤란한 상황은 자연스레 무마되었다.

'어째서 웃지 못하는 걸까. 나 조금 이상해.'

평소 팀원들의 이런 장난쯤이야 아무렇지도 않게 받아치던 그녀였는데. 모두가 그녀를 좋아하던 이유가 벽이 없는 그런 성격 때문이었는데⋯⋯. 요 며칠 동안의 그녀는 누구보다 까칠한 것이 마치 다른 사람 같았다.

"하아……."

낮은 한숨을 내쉰 리원은 책상 위로 고개 숙인 채 이마를 짚었다. 약간의 두통이 밀려왔다. 미간을 잔뜩 찌푸린 채 눈을 꼭 감자 그와 연락하지 않은 날짜까지 세고 있는 자신을 발견했다.

벌써 나흘째. 관계가 소원해진 사건이 있었던 지난 토요일로부터 나흘이나 두 사람은 연락을 하지 않았다. 미리 논의했다고는 하지만 정말로 전화 한 통, 문자 한 통도 없었다.

그새 익숙해져 버렸던 걸까. 일이 많아 바쁘다고, 신경 쓸 틈이 없다고 무조건적으로 피곤하게만 생각했었던 주제에……. 이렇게나 바쁜 와중에도 집중할 수 없을 정도로 그를 떠올리고 있었다. 인정하지 않으려 했는데, 결국 인정할 수밖에 없었다. 그를 이토록 신경 쓰고 있다는 사실을. 그리고 그 순간, 업무상의 연락 외에는 울릴 일이 없었던 휴대폰의 진동이 울렸다.

"……."

책상 위에서 흔들리는 휴대폰을 커다랗게 뜬 눈으로 가만히 쳐다본다. 그녀의 심장이 터질 듯이 두근거렸다. 혹시……. 혹시나 하는 마음에 더디게 손을 뻗어 잡은 순간.

'뭐지? 모르는 번호?'

등록되지 않은 생전 처음 보는 휴대폰 번호가 찍혀 있는 것을 확인했다. 작은 기대감이 아직도 리원의 가슴속 어딘가에 남아 있었다. 약간은 긴장감에 들뜬 목소리로, 조심스럽게 전화를 받았다.

"여보세요?"

한데, 전화를 받았음에도 상대는 말이 없었다. 신경 써서 귀를 기울여 봐도 아주 조용한 가운데 잡음 하나 나지 않았다.

"…뭐지? 끊겼나? 여보세요?"

리원은 휴대폰을 들어 화면을 확인했다. 여전히 시간이 올라가는 것으로 보아 분명 통화는 잘 되고 있는 것 같은데. 의아한 듯 고개를 내저으며 전화를 끊으려던 찰나.

— 여보세요. 나야.

왠지 익숙한 누군가의 목소리가 들려와 리원은 다시 휴대폰을 귓가에 갖다 대었다.

"누구세요? 모르는 번호인데……. 전화 잘못 거셨어요."

— 나야, 리원아. 주경훈.

"…주경훈?"

딱히 듣고 싶지 않은 옛 연인의 이름을 들어 버린 리원의 얼굴이, 한순간 험악하게 일그러졌다.

■ ◇ ■

리원이 이 장소에 나와 앉아 있는 이유는 단 하나였다. 마지막 연결고리를 확실하게 끊어 내 버리고 싶어서였다.

'이런 일로 연락받는 것 자체가 싫으니까.'

당연한 이야기겠지만 이제는 제법 시간이 지난 상태라 경훈에게 지난 미련 따위 갖고 있지 않았다. 여름의 끝 무렵에는 전혀 그를 떠올리지 않을 정도로 잊혔으니까.

처음에 그의 전화를 받고 만나자는 말을 들었을 때는 그렇지 않아도 불편했던 심기가 더욱 불편해졌다. 허튼수작 부리지 말고 닥치고 전화 끊으라며 소리 질러 볼까 생각도 했지만 곧 생각이 바뀌었다. 직접 만나서 너의 새 애인에게 잘하라고, 그리고 누군가와 이별할 때는 전화로 통보하지 말고 이렇게 얼굴을 보고 하는 게 최소한의 예의라고. 이전에 하지 못했던 말들을 잔뜩 퍼부어 줄 생각이었다.

"그동안 잘 지냈어? 얼굴 좋아 보인다."

그동안 무슨 일이 있었는지 몰라도 경훈의 얼굴이 눈에 띄게 수척해져 있었다. 조금 불쌍해질 정도였다. 갖은 욕이란 욕은 다 퍼붓고 물세례까지 받게 할 작정으로 약속 장소에 나왔건만…… 가엾게 느껴질 정도로 살이 빠진 것을 보니, 전투 의지가 그만 하락해 버렸다. 리원은 깊은 한숨을 푹 내쉬며 테이블 위의 레모네이드를 한 모금 마셨다.

"어, 보다시피 난 잘 지냈어. 일도 많이 바빴고, 뭐 그렇지."

"일…… 그랬구나."

"넌 연애한다고 나랑 헤어졌잖아. 고신혜는 잘 지내?"

이제는 모두가 공공연히 알고 있는 사실이었다. 전 남친이었던 주경훈과 직접 일을 가르쳐 키운 고신혜 두 사람이 뒤통수쳤다는 거. 다

지난 일이라 해도 대수롭지 않게 그 사실을 입 밖으로 꺼낼 수 있다는 사실이 조금은 우스웠다. 바람났던 새 애인은 잘 지내냐는 리원의 직설적인 질문에 씁쓸한 웃음을 지은 경훈이 어색하게 화제를 돌렸다.

"그 이야기는 하지 말자. 그것보다 이거."

그는 빈 의자에 두었던 네모난 상자를 테이블 위에 올려 리원 쪽으로 밀어 주었다. 전화로 이야기했던 그녀의 물건들이 든 상자였다. 지금껏 연락 한번 없다가 갑자기 두고 간 물건이 많다며 돌려주겠다니……. 누가 봐도 만나기 위한 핑계에 불과했지만 상대가 제 물건을 보관하고 있다는 사실도 찜찜해서 직접 받아 없애기로 결정했던 것이다.

"이걸 왜 아직까지 가지고 있었던 건데? 새 여친이 생겼으면 다 버렸어야지."

"그러게……. 이상하게 버리지는 못하겠더라. 그냥 서재 구석에 박아 놓고 있다 보니 시간이 이렇게나 지나 있더라고."

무슨 물건들이었는지 전혀 기억이 나지 않아 상자 뚜껑을 열어 보았다. 한창 사귈 때 그의 집을 오가며 두고 왔던 여러 물건들이 들어 있었다. 작은 드라이기와 헤어 아이론, 커플 사진이 인쇄된 머그컵, 화장품 몇 가지와 잠옷을 포함한 외출복들, 편하게 들고 다녔던 가방까지. 언제 샀는지도 기억나지 않는 자신의 흔적들이 그 안에 고스란히 담겨 있었다. 길었던 연애 기간 동안의 수많은 역사가 담긴 물건들을 보니 새삼 감회가 새로웠다.

"생각보다 이것저것 많았네? 네가 가지고 있는 것도 좀 찜찜하니까 내가 직접 다 파기해야겠다."

"그래…… 그렇게 해."

어쩐지 경훈의 모든 대답에 힘이 빠져 있다. 그는 왜 이제 와서야 이런 약한 모습을 보이는 걸까. 어째서 아파야 할 사람은 자신인데 오히려 저를 버렸던 그가 더 아파 보이는 걸까. 그것을 보는 것만으로도 에너지를 빼앗기는 기분이 들었다. 무슨 일이 있는지 모르겠지만, 굳이 저에게 와서까지 저런 약한 모습을 보이는 이유를 모르겠다. 리원은 서둘러 상자를 포함한 짐들을 가져가기 쉽게 정리했다. 그러고는 약간 짜증 섞인 목소리로 경훈에게 말했다.

"이제 볼일 다 끝났지? 가 봐야 해서. 찻값은 내가 계산할게."

"…저기 잠시만, 리원아."

숄더백을 어깨에 메고 일어서려던 리원의 손목을 그가 붙잡았다. 앉은 채 올려다보는 그 시선에 왠지 모를 어떤 애절함 같은 것이 담겨 있었다. 그녀의 미간이 절로 잔뜩 구겨졌다. 리원은 그의 손을 냉정하게 뿌리쳤다.

"이건 좀 놓고 말해 줄래? 기분이 별로 좋지 않아서."

"미안. 네가 그냥 가 버릴까 봐. 사실은 이건 핑계고. 너한테 할 말이 있어서 만나자고 했던 거야."

물론 알고 있다. 짐을 돌려주겠다는 말은 그저 핑계일 뿐이란 거. 다른 목적을 이루기 위한 교묘한 말장난이었다는 거.

어떤 말을 하는지 한번 지켜보자는 심정으로 리원은 다시 자리에 앉았다. 팔짱을 낀 채 경훈을 매섭게 노려보며 물었다.

"그래? 그럼 해 봐. 무슨 이야기인지. 들어나 보자."

"…너는."

그런 리원을 물끄러미 쳐다보던 그가 쓴웃음을 지으며 시선을 살짝 아래로 내렸다.

"여전히 차갑구나. 예전에도 그렇고 지금도……. 항상 그랬어."

"그래서. 무슨 말이 하고 싶은 건데?"

리원은 다른 이야기는 다 고사하고 그저 결론을 듣고 싶었다. 과정이야 어쨌든 현재 그녀에게 중요한 이야기는 전혀 아니었으니까. 그가 어떤 말을 꺼낼지 대략적으로 감이 오긴 했지만 말이다.

"그때는 너무 괴롭고 힘들었어. 우린 처음 시작부터 너를 향한 내 짝사랑으로 시작했었으니까 더 그랬었지. 연애하는 그 긴 시간 동안에도 마음 편했던 적이 단 한 번도 없었어."

분명 듣고 싶지 않는데……. 이상하게도 리원은 경훈의 말을 조용히 경청하고 있었다. 경훈은 사귀는 5년 동안 단 한 번도 자신의 솔직한 마음에 대해 말을 꺼내지 않았었다. 그의 입장을 처음 들어 봐서 그런 걸까. 한 가지씩 과거의 이야기를 꺼낼 때마다 리원에게는 적지 않은 충격으로 다가왔다. 그건 단지 시작에 불과할 뿐이었다.

"5년 동안 나 혼자만 너를 사랑한다고 생각했었어. 짝사랑하는 기분으로 하루하루를 버티는 게 너무 힘들어서……. 시간이 지날수록 포기하게 되더라."

"왜? 무엇 때문에 짝사랑이라고 생각한 건데?"

"넌 나보다 더 중요한 게 많은 사람이었어. 너라는 여자에게 난 단한 번도 1순위가 아니었잖아. 애인에게 사랑받지 못하는 그 비참한 기분을 넌 아마 모를 거야."

"어떻게 그래? 싫은 상대랑 5년이나 사귈 수 있는 사람은 없어. 싫은 사람과 결혼 약속 같은 건 누구도 하지 않아. 사랑받지 못했다고 생각했다는 게 난 더 이해가 안 돼."

주거니 받거니 실랑이를 벌이다 보니 지금 도대체 뭘 하고 있는 건가라는 생각이 들었다. 참 우습고도 묘한 광경이었다. 이제 와서 과거의 감정들을 쏟아 내며 서로의 입장을 주장해 봤자 얻는 게 무엇이냐말이다. 이미 두 사람은 끝나 버린 사이인데…….

"리원아."

더 이상 이 대화에 큰 의미 부여를 할 수 없음을 느낀 리원이 입을 꾹 닫자, 그가 나지막한 음성으로 그녀를 불렀다.

"사랑은 그런 게 아니잖아. 사랑하는 사람에 대한 일이라면 원래이성이란 거 전부 날아가 버리는 거잖아. 보고 싶어서 못 참겠고, 일도 손에 잡히지 않고, 불안하고, 전전긍긍하고. 그게 사랑 아냐? 연인에 대한 일에 있어서 본능보다 이성이 먼저 움직인다면 그건……. 사랑도 무엇도 아닌 무관심이잖아."

경훈의 말에 리원의 두 눈이 튀어나올 듯 커다래졌다. 물론 누구나사랑하는 방식이 다르겠지만 전혀 틀린 말은 아니었기 때문이었다.

어디선가 많이 보던 상황이라는 것을 뒤늦게 깨달았다.

'어째서……. 갑자기 그 사람의 얼굴이 떠오르는 걸까.'

리원은 태건과 있었던 일들을 하나씩 곱씹기 시작했다.

처음 인테리어 박람회에서 그를 우연히 마주쳤던 날.

굳이 하지 않아도 될 저녁 식사까지 초대하며 챙겨 줬던 일.

한낱 말단 직원일 뿐인 저의 연락처가 적힌 명함을 주고받았던 일.

계약 연애를 하자며 제안해 놓고는 대답이 늦어지자, 참지 못하고 리원의 집 근처까지 달려왔던 일.

운전에 대한 트라우마가 있다면서 데이트를 위해 자가용을 끌고 나타났던 일 등.

잘 생각해 보면 고백만 하지 않았을 뿐……. 그는 충분히 리원에게 이성보다는 본능적으로 행동했던 경우가 많았고, 과할 정도의 관심을 표현했었다. 그것을 대수롭지 않게 넘긴 것은 바로 저 자신이었던 것이다. 그녀가 대답이 없음에도 경훈은 그동안 쌓아 놓았던 말들을 아낌없이 터트렸다.

"그런데 넌 단 한 번도 그랬던 적이 없어. 언제나 일이 더 중요했고……. 네가 일 때문에 바빠서 만나지 못하는 날이 늘어만 갔지."

"……."

"항상 일이 바쁘다, 시간이 없다, 바쁘니까 데이트 대신 저녁 식사나 하자, 아니면 다음에 하자……. 너에게 수백 번도 더 들었던 말이야. 가끔 하는 전화나 문자조차도 그저 의무적인 행동으로만 느껴졌어. 나를 귀찮아하는 건가라는 생각을 어찌나 많이 했었는지."

이어진 경훈의 말 또한 리원을 지나간 기억에 사로잡히게 만들었다.

태건과 연애 계약서를 작성하던 날 일이 바빠서 일주일에 두 번으로 정한 데이트 횟수가 너무 많다며 불만을 토로했던 것.

일이 많아 피곤하다는 핑계로 어떻게든 문자나 통화 횟수까지 줄여 보려 노력했던 것.

그가 반쯤 장난스럽게 애정과 호감을 표현했을 때, 매번 정색하며 거절했던 수많은 과거들.

게다가 계약 연애를 하기 직전, 자신이 그에게 했던 말.

'제가 부사장님을 이용하려는 목적으로 그 제안을 받아들인다면……. 어떻게 하시겠어요?'

스커트 자락을 쥔 리원의 손이 부들부들 떨려 왔다. 만약 좋아하는 상대에게 그런 말을 들어 버린다면……. 과연 어떤 기분일까.

"수도 없이 비참함을 느꼈었어, 리원아."

깜짝 놀란 리원의 양쪽 어깨가 위아래로 들썩였다. 저에게 거절당하던 태건의 기분을 떠올리던 절묘한 타이밍에 경훈이 당시의 솔직한 기분을 내뱉었던 것이다. 마치 비참했다는 그 말이 태건이 느꼈을 기분인 것 같아 물밀듯 죄책감이 밀려왔다.

"그런데 얼마 전, 우연히 알게 됐어. 너의 집안 사정."

아랫입술을 꽉 깨문 채 버티던 리원이 번쩍 고개를 들었다.

"집안 사정이라니?"

"네가 그렇게까지 일에만 매달렸었던 이유……. 너희 아버지께서 진 사업 빚 때문이란 거. 난 몰랐었어. 물론 우리가 서로의 개인적인 부분에 대해서 대화가 없던 커플이긴 했지만. 그래도 이야기를 해 줬었다면 널 오해하지 않았을 거야."

이번에는 반대로 리원이 비참함을 느꼈다. 그런 개인사를 알게 됐다는 사실이 창피하고 비참했다. 그런 이유로 굳이 당시의 연인이었던 경훈에게조차 말하지 않았던 것이었다.

"굳이 그런 걸 밝힐 필요는 없잖아? 아무리 연인 사이라고 해도. 딱히 좋은 이야기도 아니었고."

"…그래서 우린 안 됐던 거야. 보통은 내 연인에게 힘든 일이 생긴다면 다 털어놓고 기대길 원해. 말로 표현하지 않으면 깊은 사정을 알 수 없기 때문에 오해만 쌓이는 거야."

"프러포즈를 받아들였기 때문에……. 이야기를 할 예정이긴 했었어. 결혼하는 사람한테는 털어놔야 하니까. 그 전에 네가 먼저 나를 배신했지만."

"그 부분에 대해서는 나도 할 말이 없다. 나 또한 비겁하게 너한테 상처받기 싫어서……. 내 모든 복잡한 속내를 숨기고 버텨 오다 신혜를 만나는 횟수가 늘어나게 된 거니까. 걔한테는 편하게 다 털어놓을 수 있었어. 그러다 이 지경까지 온 거고."

"…지금에 와서 이런 이야기 해 봤자 뭐 해? 이미 다 지나간 일인데."

"그래. 맞다⋯⋯. 이제 와서 이런 이야기 좀 우습지? 진작 너에게 솔직했어야 하는 건데. 차이는 게 두려워도 다 털어놨어야 하는 건데. 그랬다면 우리가 좀 달라졌었을까? 우리 두 사람 모두 다 그걸 왜 그때는 몰랐을까."

수많은 치부와 단점들을 애써 숨기며 스스로의 자존심을 지키기에만 급급했었지, 단 한 번도 기대고 싶다는 생각을 했던 적이 없었다. 결국은 자존심 따위 다 내려놓을 만큼 사랑하지 않았던 것이다. 상대에게 상처받을까 봐 미리 벽을 만들고 그 안에서 안정감을 찾는 것은 그 사람보다 나 자신을 더 사랑한다는 증거였다. 그만큼 이기적인 사랑이 또 있을까.

'하지만⋯⋯. 그 사람은 달랐어. 그 사람만큼은 자신보다 나를 위해서⋯⋯.'

자존심이 상하는 일이 몇 번이나 있었을 텐데. 만약 그가 정말 저를 많이 좋아한다면 철벽을 쌓는 저에게 얼마나 상처받고 힘들었을까. 포기하고 싶을 때도 있었을 것이다. 그럼에도 항상 장난기 다분한 소년처럼 웃으며 제 곁을 떠나지 않았다.

조금씩, 조금씩, 천천히. 저에게 다가오기 위해 노력하던 태건의 마음을 이제야 조금은 이해할 수 있었다.

'난 변한 게 없었어⋯⋯. 여전히 같은 짓을 반복하고 있었구나⋯⋯.'

상대만 나쁘다고 생각하고 상대의 마음도 제대로 들여다보지 않으려 하면서. 저 자신만 생각했었다. 그것을 너무 늦게 깨달았다. 리원의 쓸쓸한 웃음에 경훈이 고개를 갸웃거렸다.

"무슨 일 있어?"

"아니. 누가 좀 생각나서."

"…그래. 어쨌든 리원아. 내가 하고 싶은 말은……."

잠시 뜸을 들인 경훈이 시선을 피하며 목을 가다듬었다. 마치 굉장히 어려운 이야기를 꺼내려는 사람처럼 무척이나 긴장한 듯 보였다.

"우리 다시 시작하자. 이번에는 서로 노력하면서, 배려해 주면서 그렇게……."

"미안."

그의 말을 끝까지 듣지도 않았는데 리원이 단칼에 자르고 나섰다. 경훈의 두 눈이 휘둥그레졌다.

"네 나름대로 이유가 있었다는 건 알겠어. 하지만 경훈아. 바람은 어떤 이유로도 용납될 수 없다는 거……. 네가 알았으면 좋겠다."

"리, 원아……."

"그런 이유였다면 바람을 피울 게 아니라, 나와 깔끔하게 이별을 먼저 했었어야지. 안 그래? 굳이 그렇게까지 나에게 상처를 줬어야만 했니?"

"……."

그녀의 해답에 경훈은 할 말을 잃은 채 고개를 살짝 숙였다. 혹시 용서받을 수 있으리라 여겼던 걸까? 그렇게나 그에게 강리원이라는 여자는 쉬운 존재였나 보다.

"그리고 나 좋아하는 사람 있어. 너 때문에 많이 힘들었을 때 가장 날 위해 줬던 사람이야."

다른 사람이 생겼다는 그녀의 말에 경훈의 얼굴이 아프게 일그러졌다. 하지만 리원에게는 그런 옛 연인의 표정이나 감정 따위 전혀 중요하지 않았다. 그저 오늘 이 시간을 계기로 많은 것을 알게 된 이후, 너무나도 많이 보고 싶어졌다. 최태건이라는 남자가.

■ ◇ ■

술이라도 한잔 거하게 마시고 싶은 기분이었다. 단지 태건이 지금 술을 입에 댈 수 없는 이유는, 내일 있을 세계적인 행사 때문에 정신을 똑바로 차려야 하기 때문이었다. 아무리 요즘 들어 그가 자제심을 많이 잃었다 해도 세계 각국의 유명인들이 모여 나누는 행사를 망칠 수는 없었다.

"어릴 적부터 여러 차례 그런 일이 반복되었던 것 같아. 가족 전체가 생활고에 시달리는 일도 있었고……. 더 자세히 말하긴 그렇지만 여기저기 숨어 지내기도 했던 것 같고."

동호는 황색 서류 봉투에서 여러 장의 A4용지를 꺼내어 테이블에 놓았다. 태건의 눈동자가 저절로 새하얀 서류의 가장 윗면에 가닿았다. 이제는 눈을 감아도 기억해 낼 수 있는 여자의 사진. 어디서 입수

한 건지는 몰라도, 리원의 앳되어 보이는 증명사진이 박힌 오래전의
이력서 사본이 놓여 있었다.

그녀의 이력서는 무척이나 화려했다. 공부에 집중해야 할 10대 때
부터 대학을 졸업하는 그 순간까지, 해 보지 않은 아르바이트가 없을
정도로 많은 내역이 빼곡하게 적혀 있었다.

"그리고 가끔 리원 씨를 기억하는 사람들이 있었다고 해."

"어땠지? 과거의 강리원 씨는."

"너도 어느 정도 예상은 했겠지만……. 잠자는 시간까지 줄여 가
며 아르바이트를 두세 개씩 병행했다고 해. 게다가 그들이 하나같이
입 모아 말하기를."

동호의 목구멍으로 마른침이 꿀꺽 넘어갔다. 그는 마치 굉장한 이
야기를 꺼내기라도 하려는 것처럼 잠시 뜸을 들이더니 말을 이었다.

"끼니조차 빵이나 김밥으로 대충 때울 정도로 돈을 아꼈음에
도……. 항상 가난했다더라. 그런 리원 씨에게 가끔 아버지가 찾아왔
대. 너무 충격적이어서 아직도 못 잊는다며 해 준 이야기야."

"…어떤?"

"리원 씨의 아버지란 분이 마치 수금하듯……. 월급날이 되면 돈
을 받아 갔다는 거야."

태건은 잠시나마 제 귀를 의심했다. 혹시 뭔가 잘못 들은 건가 싶
어 되물었다.

"잘……. 못 들었어. 그녀의 아버지가……."

"리원 씨의 월급 때마다 찾아와서 돈을 요구했다고."

"아직 학생 신분인 딸의 아르바이트비를?"

"…그래."

조금 충격적인 이야기였다. 대체적으로 보면 밝고, 자기주장 확실하고, 그러면서도 남의 의견을 수용할 줄도 아는 넓은 아량을 지닌 당당한 여성이라 느꼈는데……. 화목한 집안에서 평범하게 가정교육 잘 받고 모나지 않게 잘 큰 사람으로 보여서 정말 그런 줄로만 알았다. 여러 가지 사정을 알게 되니 그녀가 이토록 어려운 상황에서도 꿋꿋이 잘 버티면서 예쁘게 성장했다는 것이 그저 놀라울 따름이었다.

"그렇다고 딱히 어머님이 딸을 위해 희생하는 타입도 아니신 것 같았고……. 블라썸에 입사한 뒤로도 집안의 빚을 갚느라 고시원 생활을 오래 했더군. 연장 근무와 야근, 주말 특근을 가장 많이 한 직원이었어."

태건은 조용히 동호가 줄줄이 꺼내어 읊는 이야기들을 경청했다. 들을수록 가관인 사실들의 향연 속에서 어떻게 반응해야 옳을지, 그것조차 알 수 없을 정도로 침통한 심정이었다.

"그리고 가장 최근의 일인데……."

허공을 멍하니 떠돌던 태건의 새카만 눈동자가 저절로 그에게 집중되었다. 가장 최근의 일이라면 저 또한 연관되어 있을 가능성이 높으니까.

"그나마 리원 씨가 빚을 갚았던 5년 동안에는 큰 문제가 없었던 것 같아……. 문제는 그 이후에 벌어졌지. 이번 연도 7월 말, 리원 씨 본 가 주택이 가압류된 이력이 있어."

"…7월 말."

그즈음이면 리원과 그의 계약 연애가 성사되기 직전이었다. 태건의 얼굴이 딱딱하게 굳어 갔다.

"최근에는 리원 씨가 채권자들을 일일이 다 찾아가서 만난 것 같아."

"……."

역시나 이런 소식들을 꺼내 놓는 것이 썩 편하지 만은 않은지 동호는 팔짱을 낀 채 몸을 소파 깊숙이 눌러 기댔다. 태건 또한 할 말을 잃어버린 채 시선을 멍하니 아래로 떨어트렸다. 문득 계약 연애를 최종 결정 하던 그날, 그녀가 했던 말이 태건의 머릿속을 스쳐 지나갔다.

제가 부사장님을 이용하려는 목적으로 그 제안을 받아들인다면……. 어떻게 하시겠어요?

의문으로 남았던 그때 당시의 말을 이제야 어떤 뜻인지 알 것 같았다. 마치 마지막 조각이 맞춰져 완성된 퍼즐처럼 그동안 보아 왔던 그녀의 모든 행동들이, 말이, 얼굴이……. 아주 작은 사소한 것들까지 떠올라 상황에 맞춰지며 생각에 잠기게 만들었다.

그땐 그래서 그랬던 거구나.

그땐 그래서 나를 이용하겠다는 말을 했던 거구나.

그땐 그래서 스스로가 가장 소중하다고 했던 거구나.

그땐 그래서 회의를 앞두고 비상구 계단에서 눈물 쏟고 있었구나.

그땐 그래서……. 스스로의 주제를 누구보다 잘 알고 있다고 했던 거구나.

리원은 마치 아무 일도 아닌 것처럼 그런 수많은 말들을 내뱉었겠지만, 오히려 그래서 태건의 마음이 더욱 아파 왔다.

'그게 어떻게 아무렇지 않을 수가 있어?'

누구보다 힘들고 아팠을 텐데.

아무렇지도 않아질 때까지 얼마나 수없이 같은 상황을 직면한 걸까. 익숙하지 않아야 될 것에 익숙해져 버린 리원의 슬픈 감정들은 도대체 가슴속 어디에 묵혀 둔 걸까. 세상 앞에 내던져진 채 홀로 힘겹게 버티고 있을 때, 손 내밀어 주는 사람 하나 없다는 게 얼마나 외롭고 슬펐을까. 갖가지 의문들과 복잡한 심경들이 뒤얽히는 바람에 지끈거리는 두통이 밀려올 지경이었다.

"감정 이입하는 건 좋은데……. 너무 깊게 파고들지는 마."

그런 태건의 상태를 기민하게 눈치챈 동호가 조언했다. 그가 그렇게 말하는 이유를 누구보다 잘 안다.

"그렇지……. 어차피 리원 씨 앞에서는 아무것도 모르는 척 행동해야 하니까."

"…기다리는 수밖에 없지 않겠어? 본인이 직접 말해 줄 때까지."

태건의 심정이야 당장 어떻게든 그녀를 구제해 주고 싶었지만 쉽게 그럴 수는 없었다. 복잡한 사정이 있어 보였고, 알고 싶었고, 도와

주고 싶은 마음에 리원에 대한 조사를 부탁했었지만……. 괜한 짓을 한 게 아닌가 하는 우려마저 들었다. 그 어떤 사람이 남에게 자신의 치부를 보여 주고 싶어 할까.

"…후회되는군. 정말 모르는 채로 있어야 했던 건가……."

"난 그렇게 생각하지 않아. 사정을 알게 되고 난 뒤에는 더 배려할 수 있게 되니까. 상대에 대한 오해도 쌓이지 않을 거고."

태건은 몸을 일으켰다. 바지 주머니에 손을 찔러 넣은 채 사람 키의 두 배쯤 되는 거대한 창가 앞에 섰다.

세계적으로 아름답기로 손꼽히는 뉴욕의 월스트리트. 그가 머무는 호텔은 월스트리트의 아름다운 야경을 한눈에 내다볼 수 있는 야경 명소였다. 시야가 화사하게 탁 트인 전망을 응시하면서도 어쩐지 마음이 즐거워지지 않는다. 오히려 시간이 갈수록 더 차분하게 가라앉을 뿐.

'…얼마나 됐지? 연락하지 않은 지…….'

대략적인 날짜를 세어 보았다. 한국을 떠나온 지는 벌써 사흘째. 지난 주말 이후로 연락을 주고받지 않은 기간이 벌써 닷새째라는 사실을 새삼 깨달았다. 급작스럽게 그걸 깨달아서 그런 걸까. 아니면……. 그녀의 깊은 속사정을 알게 되어서 그런 걸까. 못 견딜 만큼 미치도록 보고 싶다. 미치도록 안아 주고 싶고.

그럼에도 선뜻 전화를 걸어야겠다는 결심은 하지 못했다. 만약 지금 전화를 걸어 리원의 목소리를 들어 버린다면, 저도 모르게 이성을 잃고 한국으로 달려가 버릴 것 같았으니까. 조금만 참자. 스스로에게 다짐했다. 내일이면 마지막 스케줄을 마치고 그녀에게 달려갈 수 있을 테니까.

■ ◇ ■

리원은 몇 번이나 망설였는지 모른다. 자신의 집으로 돌아갈까, 다음에 기회를 봐서 다시 들를까, 수십 번 발길을 되돌렸다 다시 원점으로 돌아오길 반복한 지 벌써 한 시간째.

'안 돼…… 나약해지지 말자. 끊어 내야 해. 그렇게 결심했잖아.'

이른 아침부터 수많은 사람들을 직접 만나 머리를 조아리고 아버지의 채무를 변제했다. 살면서 제 아버지를 위하여 누군가에게 무릎을 꿇고 빌거나 머리를 조아리는 일이 더는 없을 줄로만 알았다. 이제는 정말 마지막이라고 생각했었던 게 벌써 5년 전의 일이었다. 그랬던 리원이 다시금 반복되는 이 지긋지긋한 과정을 되풀이하면서도 마냥 부모님을 증오하지 못했던 것은, 그래도 이 세상에서 유일하게 저와 피를 나눈 가족이기 때문이었다. 그 불행했었던 과거에도 소소하게 즐거웠고 행복했던 기억들이 있었기에 더욱 그녀를 괴롭게 만들었다.

'우리 예쁜 딸! 아부지가 술을 좀 먹었다!'

두 칸짜리 월세방을 전전하며 근근이 살아가던 어린 시절. 만취되어 빨개진 얼굴로 술 냄새를 풍기며 들어오는 날이면, 꼭 잠이 들려던 리원을 깨워 안으려는 아버지가 너무 싫을 때도 있었는데…….

'으악. 술 냄새……. 아빠 싫어, 저리 가!'

'이 녀석! 그래도 아빠가 딸 생각 해서 시장에서 차린 사 왔는데?'

'정말? 진짜? 나 먹을래! 먹을래!'

아버지는 술을 마시면 항상 검은색 봉지를 손에 쥐어흔들곤 하셨
다. 그 검은 봉지에는 마치 요술 주머니처럼 매번 다른 음식들이 들어
있었다. 그때그때의 지갑 사정에 따라 메뉴는 천차만별이었다. 리원
은 아버지의 모습이 싫으면서도 가끔 검은 봉지를 기다렸다. 그땐 그
래도 아버지가 저와 엄마를 생각해 줬다는 그 사소한 사실이 왜 그렇
게 좋았었는지…….

"하아……."

어쩐지 눈물이 나오려는 것을 꾹 참고는 아랫입술을 꾹 깨물었다.
예전의 기억일랑 모두 집어치우고 이제는 현실을 봐야 할 때였다. 리
원은 눈을 질끈 감은 채 불행했던 10대 시절을 떠올렸다.

'리원아, 돈 가진 거 좀 있냐?'

열일곱 살에 패스트푸드점 아르바이트를 시작했을 무렵. 염치없이
미안하다시며 찾아온 아버지가 처음으로 담뱃값과 술값을 가져가셨
다. 그땐 집안 사정이 어려우니 용돈이라도 드리자는 기분이었다. 하
지만…….

'사장님! 제 월급은요? 저만 월급이 안 들어와서요…….'

'응? 리원이? 너 아버지께 못 들었어? 어제 신분증 들고 찾아오셨더라. 네
가 제출했던 등본이랑 신분증상의 내용이 일치해서 아버님 통장으로 입금해

드렸어.'

어느 순간부터 미성년자인 자신의 월급은 고스란히 아버지의 통장으로 입금되었다. 반대로 아버지에게 아르바이트비를 용돈처럼 타 써야 하는 입장이 되어 버린 것이다. 리원이 스무 살이 되자 아버지는 일하는 장소로 찾아오기 시작했다. 매번 찾아오신 건 아니었지만 종일 근처에 자리 잡고 앉아 리원이 목돈을 한꺼번에 쥐여 줄 때까지 몇 시간이든 떠나지 않았다.

"…그래. 내가 벗어나기 위해 얼마나 노력했는데……."

취직이 결정되자마자 집을 나와 고시원 생활까지 하면서 죽은 듯이 일만 했다. 지옥 같은 상황을 벗어날 방법은 그것밖에 없었다. 리원에게는 선택의 여지가 없었다. 그저 죽지 못해 일말의 희망만 바라보며 살아가는 것밖에는.

'그 수많은 날을 내가 어떻게 견뎠는데……. 남들처럼 평범하고 조용한 일상, 자유, 그 사소한 것들을 얼마나 가지고 싶었는데…….'

이대로 끊어 내지 못한다면 평생 저를 옥죄는 사슬이 될 것임에 틀림이 없었다. 누군가는 응원할 것이고, 누군가는 손가락질하면서 욕하겠지.

하지만 이만하면 내 선에서 최선을 다했다고. 이제 그만 내 인생을 살 때도 됐다고. 리원은 그리 스스로를 다독이며 다시 한번 결심을 굳혔다. 손에 쥔 황색 서류 봉투가 미세하게 떨리고 있었다. 리원은 오래되어 녹이 슨 본가의 철문을 살며시 열어젖혔다. 둔탁한 소리가 나며 열리는 낡은 대문을 넘어, 좁은 마당으로 들어섰다.

"어머! 우리 리원이 왔니?"

얼굴 가득 웃음꽃이 핀 어머니가 그녀를 보며 반갑게 활짝 웃었다. 그것을 마주하니 심장 한쪽이 지독하게 아려 온다. 그러나…… 언젠 가는 했어야 할 일이었다.

"옆집에서 직접 담근 매실차야. 소화도 잘되고 좋은 거니까 어여 마셔 봐."

엄마는 안방에 마주 보고 앉은 리원과 아버지에게 따뜻한 매실차 를 내어 왔다. 쟁반을 두 사람의 사이에 밀어 주며 연신 밝은 표정으 로 한 자리 차지하고 앉았다.

리원은 잠시 쟁반 위에 놓인 찻잔들을 바라보았다. 김이 모락모락 나는 차가 담긴 찻잔은 제가 블라썸에 입사했을 당시 회사 창립 기념 일을 맞아 전 직원들에게 지급된 기념품이었다. 별생각 없이 본가를 찾았을 때 가져왔던 건데 그 별것 아닌 물건을 엄마는 너무나도 좋아 하며 아끼셨다. 그래도 딸이 조금이나마 이름 있는 큰 회사에 들어갔 다고, 그렇게나 동네 어르신들을 불러 이 찻잔으로 차를 대접하셨다 고 한다. 어쩐지 목이 메어 와 차마 잔을 들지 못하고 있었다.

"네 엄마가 내준 건데 성의를 봐서라도 한잔해라."

아버지의 묵직한 한마디에 리원은 콧등을 훔치며 고개를 끄덕였 다.

"네……. 잘 마실게, 엄마."

"그래. 자연산 매실로 정성 들여 담근 거야. 맛이 다를걸? 옳지, 얼른 쭉."

리원은 따뜻한 매실차를 단 두 모금 만에 비워 버렸다. 뜨겁지 않고 향이 좋아서 목 넘김이 무척 수월했다. 리원이 큰 불만 없이 맛있게 차를 마신 반면, 아버지는 차를 한 모금 입에 대시더니 단번에 성을 내셨다.

"뭐야? 물이 미지근하잖아!"

"어머나! 그래요? 그새 물이 식었나……."

"어허, 사람도 참……. 정신머리를 어디다 두고 다니는 거야? 얼른 다시 해 와."

"예. 잠깐만 기다려 보세요."

엄마는 부산스럽게 일어나 다시 쟁반을 들고 나갔다. 무릎 관절이 좋지 않으셔서 앉았다 일어나는 게 보통 힘든 일이 아닐 텐데. 리원은 그런 엄마가 못내 마음에 걸려 신경 쓰였다. 옛날 사람이고 가부장적이라, 아버지의 입이 조금 험하다는 것을 알았어도 지금까지 크게 별말 하지 않았었는데……. 오늘만큼은 도저히 그냥 넘길 수가 없었다.

"아버지. 엄마한테 좀 잘해 주시면 안 돼요? 왜 그렇게 구박만 하세요?"

평소 그런 부분에 대해 전혀 언급하지 않던 딸이었다. 리원의 도전적인 눈빛과 화난 듯한 말투에 조금 놀란 아버지의 눈이 커다래졌다.

그래도 자식 앞에서 부끄럽고 미안한 마음은 들었는지 목을 가다듬으며 리원의 시선을 피했다.

"내가 짜증이 좀 많아서 그렇지, 평소 때는 잘한다. 쓸데없는 걱정하지 말아."

"그러지 마세요. 두 분 이제 젊은 나이도 아니시잖아요. 아버지께서 먼저 엄마를 이렇게 홀대하는데, 엄마가 어디 가서 대접을 받겠어요? 제발요……. 아버지를 보면 결혼하고 싶은 마음이 싹 사라질 것 같단 말예요!"

속 안에 쌓인 응어리를 내뱉듯 작게 소리친 말들은 이제야 꺼내 보인 리원의 본심이었다. 정체성과 미래에 대한 불안으로 하루에도 수십 번씩 마음이 변하던 사춘기 시절. 정도가 심하지는 않아도 가끔 손찌검을 하거나 엄마를 함부로 대하는 아버지를 보면서 결혼에 대해 무척이나 회의적이었던 적이 있었다.

'여자는 평생을 저렇게 살아야 해? 크게 잘못한 게 없어도 항상 눈치 보고 핀잔 듣고, 자존감을 깎아내리는 말을 하루에 수십 번 들으면서도 참아야 하는 거야?'

당시의 시대상이 그랬듯, 리원의 가족이나 주위 사람들 대부분이 엇비슷했다. 가부장적인 아버지와 눈치 보며 숨죽인 채 살아가는 어머니, 그 탓에 함께 일찍부터 눈칫밥을 먹어서 나이에 비해 꽤 성숙했던 아이들.

리원은 그게 너무나도 싫어서 결혼 따위 절대 하지 않으리라 마음먹었었다. 물론 첫사랑인 경훈을 만나 연애하면서, 누군가를 좋아하게 된다면 결혼에 대한 기대감을 품게 된다는 사실도 알게 되었지만 말이다. 그 언젠가 사이좋던 아버지와 멀어지게 된 계기이기도 했던 날들을 회상하던 그때. 누군가 탁! 하는 소리와 함께 리원의 등을 매서운 손바닥으로 후려쳤다. 그녀의 몸이 앞으로 약간 휘청거렸다.

"이놈의 계집애. 아버지한테 말 좀 가려서 해. 그런 식이면 엄마 편 들어 주는 거 하나도 안 기쁘다."

엄마의 손바닥에 맞은 등판이 약간 화끈거렸다. 하지만 리원은 곧 제가 너무 흥분했다는 사실을 인정하고는 입을 꾹 다물었다. 웬일인지 아버지는 더 이상 아무 말씀도 없으셨다. 평소 같으면 버르장머리가 없다며 한 소리 들었을 텐데. 그저 조금 침체된 얼굴로 엄마가 다시 내온 매실차를 마시고 있을 뿐이었다.

'우리 부모님……. 많이 늙으셨구나.'

문득 바라본 부모님의 얼굴에 주름살이 눈에 확 띨 정도로 많이 늘었다. 흰머리도 많아졌고. 최근 여러 가지 힘든 일을 겪으면서 걱정이 많아져서 그런 거겠지. 어쩔 수 없이 부모님이 낳아 준 자식이라, 그런 세세한 부분들을 발견하게 되곤 한다.

세상에서 가장 힘이 세고 무슨 일이든 다 해낼 것 같았던 아버지는 할아버지 티가 났고, 어떤 무서운 일을 겪어도 포근한 품으로 안전하게 보호해 줄 것만 같았던 어머니는 할머니 티가 났다. 그게 너무나도 가슴 아프게 다가왔지만, 리원은 아랫입술을 꾹 깨문 채 황색 서류 봉투를 내밀었다.

"응? 이게 뭐냐?"

"열어 보세요."

아버지는 스스럼없이 봉투를 열어 안의 내용물을 꺼냈다. 호기심이 충만한 엄마 또한 아버지의 옆에 꼭 붙어 앉아 봉투 안에서 나오는 서류를 유심히 응시했다. 두 사람의 커다래지던 눈동자에 희망의 빛이 반짝인 것은 순식간이었다.

"리원아……. 이건!"

"입금증이랑 채무 변제 확인서들이에요."

아버지는 급히 엄지와 검지에 침을 묻혀 서류들을 하나하나 넘겨 보았다. 꽤 소박한 금액에서부터 평소 만지기 어려울 만큼 큰 금액까지, 양식에 정확히 맞춰 작성한 확인서들에는 채권자들의 도장과 사인이 정확하게 찍혀 있었다.

"오늘부로 모두 해결했어요. 그 서류 공증까지 받은 거니까 최대한 오래 잘 챙겨 두세요. 채권자들이 말을 바꿔서 나중에 어떻게 나올지 모르니, 증빙서류로 써야 할 경우도 생긴다고 하니까……."

"……."

부모님은 아무 말도 꺼내지 않으셨다. 그저 감동받은 듯 채무 변제 확인서들을 확인하고, 또 확인하는 것을 멈추지 않았다. 그것을 잠시 아련하게 지켜보고 있던 리원은 마지막으로 제 가방에서 두꺼운 봉투를 하나 꺼내어 내밀었다. 바닥에 놓인 새하얀 편지 봉투를 가만히 쳐다보던 아버지가 물었다.

"이게 뭐냐?"

"제 전 재산이에요. 제가 살던 월셋집 보증금 빼고, 한 달 치 생활비 최소한으로 빼고 남은 전 재산이요."

아버지의 눈썹 끄트머리가 꿈틀거리며 위로 올라갔다. 잠깐의 고민도 없이 부리나케 손을 뻗어 봉투를 열고 내용물을 꺼내 본다. 제법 묵직한 두께의 지폐들이 만져졌다. 세어 보지 않아도 절대 적은 돈이 아님을 알 수 있었다.

"그 많은 빚을 갚고도 돈이 남았니? 이 돈은 또 어디서 난 거야?"

걱정스러운 엄마의 질문에 리원이 씁쓸한 웃음을 지었다. 그나마 제 주머니 사정을 걱정해 주는 것은 역시 엄마뿐이었다.

"돈이 남은 게 아니야. 나 사실은 평수까지 줄여서 훨씬 저렴한 변두리 원룸으로 이사했거든. 이번에 빚 갚으려고 사내 대출 제도도 이용했고…… 이제 앞으로는 대출을 갚으면서 살아야 하니까 일도 더 열심히 해야겠지……."

그리고 부모님께 자세히 말씀드릴 수는 없지만, 태건과의 연애 계약에 대한 계약금과 보수들까지 탈탈 털어서 보태 빚을 갚았다. 그 금액이 생각보다 꽤 커서 실로 많은 도움이 된 것도 사실이었다. 리원이 돈을 마련한 상세 내역을 전해 듣자 부모님 두 분의 표정이 딱딱하게 굳어 갔다.

"집을 이사했어? 대출까지 냈고?"

어떻게든 리원이 돈을 마련할 거라 생각하긴 했지만, 막상 딸의 입으로 직접 상세한 내용을 전해 들으니 조금 놀라신 것 같다. 엄마는 손으로 입을 막은 채 더 이상 말을 잇지 못하셨다. 연신 지폐를 둘러보던 아버지는 봉투를 다시 바닥에 내려놓으며 리원에게 물었다.

"그래. 어쨌든 집이 넘어갈 뻔한 걸 구제해 준 건 정말 고맙게 생각한다. 고맙다, 리원아."

"네……."

"그런데 이 봉투 안에 든 돈은 무슨 의미냐?"

예전부터 눈치가 무척 빠른 분이었다. 여러 번의 반복된 사업 실패로 빚이 생길 때마다 리원과 갈등을 일으키던 사이였는데. 뜬금없이 전 재산을 털어 꽤 묵직한 돈 봉투까지 꺼내니 여간 꺼림칙한 게 아니었던 것이다. 아버지의 직설적인 질문에 깜짝 놀란 엄마가 떨리는 음성으로 만류하고 나섰다.

"원이 아버지! 그게 무슨 말이에요? 방금 애 말 못 들었어요? 1억 가까이 되는 빚 갚으려고 이사에 대출까지 냈다잖아요!"

"어허, 거참. 노파심에 묻는 거니까 거 가만히 좀 있어 봐."

"빚 갚느라 밤낮 고생하는 애한테 어쩜 말이 그래요? 당신도 말을 좀……."

웬만하면 이런 상황에서는 말을 보태지 않던 엄마가 웬일로 아버지에게 쏘아붙이려던 찰나. 리원이 부모님의 거친 대화를 단 한마디로 종결시켰다.

"맞아요, 아버지."

참을 수 없을 만큼 지독하게 불편한 정적이 실내를 감쌌다. 엄마의 두 눈은 휘둥그레졌고 아버지의 얼굴은 험악하게 일그러졌다. 정확하게 무슨 말을 하는 건지 알아들을 수는 없었지만, 대충 리원에게서 퍼져 나오는 분위기만으로 의도를 파악한 것이다.

"아버지 생각이 맞는다고요."

"너……. 너 혹시……."

"이번이 정말 마지막이에요. 지금껏 제 모든 걸 쏟아부었어요. 이제 제 나이 곧 서른세 살이 되고, 저도 더 이상은 엄마 아버지께 끌려다니면서 불행하게 살 수는 없어요……. 솔직히 전 할 만큼 충분히 최선을 다했다고 생각해요."

충격받은 엄마의 눈동자가 마치 무너져 내리기라도 할 듯 격하게 흔들렸다. 리원은 아래를 내려다보고 있던 고개를 똑바로 들었다. 약간 물기에 젖은 눈으로 수십 번도 더 되뇌었던 말을 결국 입 밖으로 꺼내었다.

"이제 더는 절 찾지 마세요. 남이라고 생각하세요."

"리원아……."

"저 같은 딸자식, 그냥 처음부터 없었다고 여기고 기억에서 지워 버리세요. 그 돈은……. 마지막으로 드리는 작은 성의 같은 거예요."

'마지막'이라는 말이 마치 비수처럼 모두의 가슴에 아프게 꽂혀 들었다.

부모와 자식 간의 연은 끊고 싶다 하여 쉽게 끊을 수 있는 것이 아니다. 인위적으로 만들어 낸 관계가 아닌 하늘이 정한 천륜이기 때문이다. 부모나 형제, 자식이 도리를 다하지 못한다 하여 혈연적 관계를 끊을 수 있다면 세상에 얼마나 많은 이들이 혼자가 되었을까. 물론 리원도 그 사실을 누구보다 잘 알았다. 아마도 모르는 사람은 없을 것이다.

'혈연적 관계를 끊을 수 없다면……. 그저 남남처럼 사는 수밖에.'

종종 본 적이 있다. 각자의 여러 가지 속사정으로 인해 혈연과의 관계를 모두 정리하고, 마치 세상에 혼자인 것처럼 살아가는 사람들을. 어떻게 저렇게 냉정할 수 있을까 싶으면서도, 아주 가끔은……. 그들의 용기가 부러운 때도 있었다. 하지만 그 사람들과 같은 전철을 밟게 될 거라곤 꿈에도 생각했던 적이 없었다. 그런데 참으로 우습게도 세월이 이렇게나 많이 지난 지금에 와서야, 용기를 내어 천륜을 거스르는 죄를 자행하려 하고 있는 것이다.

"리원아……. 그게 지금 무슨 말이니? 아버지 엄마가 지금 얼마나 놀랐는지 알아? 그래. 네가 잠깐 화가 나서 이러는 건 잘 알겠는데 그래도……."

"엄마. 아니야. 그거 아니야."

"리원아……."

"난 진심이야. 이전에도 여러 번 결심했었다가 용기가 없어서, 겁이 나서 그러지 못했었어. 막상 아버지 엄마 얼굴 봐 버리면 마음이 자꾸만 약해져 버리더라……. 그런데 있잖아, 엄마……. 이제는 더 이상 내가 버티지를 못하겠어."

"리원아……."

누가 들어도 무척이나 안타깝게 들리는 음성으로 엄마가 연신 리원의 이름만 불러 댔다. 반면 아버지는 아무런 말도 없이 묵묵히 바닥에 놓인 하얀 돈 봉투만 바라보았다. 리원은 입술을 터질 듯이 꽉 깨물었다. 연약하게 떨리는 엄마의 부름도, 망연자실한 것처럼 보이는 아버지의 얼굴도, 귀를 막고 눈을 가린 채 아무것도 모르는 것처럼 무시했다.

"두 분 건강하세요. 오늘을 끝으로 이제는 이 집에 올 일은 없을 거예요."

목이 아플 정도로 메어 왔지만 최대한 아무렇지도 않은 척 마지막 말을 내뱉었다. 눈물이 터질 것 같았지만 애써 참아 냈다. 코끝을 손등으로 살짝 훔쳐 내며 가방을 정리하고 앉은 자리에서 일어서려던 찰나.

"그래서 너는……. 평생을 키워 준 부모한테 이딴 돈이나 먹고 떨어져라, 이런 말인 게야?"

낮게 깔린 아버지의 음성이 이 장소를 벗어나려던 리원의 발목을 붙잡았다. 아버지의 검게 그을린 손등이 부들부들 떨려 오고 있었다. 마치 폭발 직전의 화산을 보는 것처럼.

"자식 된 도리로서 부모에게 할 소리가 맞다 여기는 게냐? 천륜을 거스르겠다는 말이 그렇게 쉽게 나와?"

리원은 조용히 아버지를 응시했다. 그녀가 더는 입을 열지 않는 것은, 이 상황에서 어떤 이야기를 한들 의미가 없을 거라는 걸 잘 알기 때문이었다. 어차피 천륜을 끊기 위해 찾아온 것이다. 어떤 변명도 필요치 않았다. 말이 길어질수록 시간만 끄는 격이니까.

"왜 말을 못 하는 게야? 응? 이 아비의 말에 왜 한마디도 하지 못해!!"

시선을 들어 올린 아버지가 똑바로 자신을 응시하고 있는 리원과 눈을 마주쳤다. 서로를 가만히 쳐다보고 있는 상황에서도 팽팽한 긴장감이 감도는 게 느껴졌다. 결국 무덤덤한 리원의 눈빛에 인내심을 잃은 아버지의 화가 폭발해 버렸다.

쨍그랑! 짜악!

유리가 깨지는 커다란 소리와 함께 얼굴에 강력한 통증이 느껴졌다. 리원의 다리에 쏟아진 뜨거운 찻물이 바닥을 적시고 찻잔의 파편들이 여기저기에 나뒹굴었다.

"네년만 잘 살자고 부모를 버려? 이 더러운 년! 오만방자한 년!"

눈앞이 새카맣게 암전하며 노랗게 번개가 번쩍이는 듯한 착시 현상이 일어났다. 분명 눈을 크게 뜨고 있는데 아무것도 보이지 않는다. 귀가 먹먹해져 소리가 멀어진 것처럼 작게 들리고 삐— 하는 이명이 머릿속까지 울렸다. 얼얼한 뺨에선 마치 감각이 모두 사라진 것처럼 딱딱한 이물감이 느껴졌다.

"짐승도 제 부모를 이렇게 내다 버리지는 않아! 어디서 배운 버르장머리야? 응?"

한 번이 아니었다. 연속으로 두 번, 세 번 후려쳐지는 바람에 도대체 정신을 차릴 수가 없었다. 엄마가 몸을 던져 구타의 중간에 끼어들고 나서야 리원은 아버지의 손에 머리채까지 잡혔다는 사실을 깨달았다. 몸은 반쯤 바닥에 쓰러진 채였고 입가에서는 정체를 알 수 없는 무언가가 느리게 흘러내리고 있었다. 두피의 통증이 극에 달했을 때쯤, 엄마의 제지로 아버지의 손아귀에 잡힌 머리채가 겨우 놓여났다.

"이 짐승만도 못한 년이!"

"원이 아버지! 아무리 화가 나도 그렇지 애 얼굴을……!!"

"원이 아버지는 무슨 개뿔의 아버지야!! 방금 저년이 한 말 못 들었어? 호적을 파고 싶다잖아!"

리원은 손등으로 입가를 닦았다. 약하게 핏자국이 묻어나는 걸로 봐서는 입가에 상처가 난 것 같다. 아마도 아버지가 항상 끼고 다니시는 반지에 피부가 약간 쓸린 것 같았다. 마치 혼이 빠진 사람처럼 잔뜩 헝클어진 머리에, 엉망이 된 얼굴을 하고는 부모님이 실랑이하는 것을 듣고만 있다. 그리고 그나마 조금 목소리가 가라앉았을 때쯤 아버지에게 들릴 만큼 정확한 발음으로 말했다.

"…더 하세요."

"뭐……. 뭐야?"

"때리실 거면 더 하시라고요."

짧게 내뱉은 리원의 말에 일순 아버지의 눈동자에서 초점이 사라졌다. 깜짝 놀란 엄마가 기겁을 하며 비명과도 같은 소리를 내질렀다.

"리원아! 너 도대체 왜 그래? 그만해!!"

누구보다 불같은 아버지의 성정을 잘 알면서……. 리원은 마치 스스로에게 벌을 주는 심정으로 아버지를 자극했다. 제발 이 천륜이라는 숨 막히는 사슬이, 이렇게 자신을 내던져서라도 끊어질 수 있기를 바라며. 입가에 비죽 경멸의 미소까지 지으며 똑바로 제 아버지를 노려보았다.

"…화가 풀릴 때까지 하세요. 이왕이면 두 번 다시 아버지를 보고 싶지 않을 만큼, 더 정떨어지게 만드시라고요."

"저……. 저, 미친년이 정신 못 차리고 지금 뭐라고 지껄이는 거야!! 이……. 독한 년이!"

그래……. 제 아버지의 말이 맞다. 이 순간이 오기 전까지 리원은 제가 이렇게까지 지독한 사람인 줄 몰랐다. 이렇게까지 해 줘야, 굳이 그래야만 부모님 입장에서도, 미안해서라도 더는 저를 찾지 못하겠지. 그래서 꿋꿋이 이 자리에 버티고 앉아 있는 것이다.

이 가슴 아프고 두려운 상황에서조차 그리 철저히 머릿속으로 계산하는 저 자신이 징그러울 정도로 싫다. 몸과 마음이 아파서 너덜너덜한데도 이상하게 눈물이 나지 않는 것은, 커져만 가는 저 자신에 대한 혐오감 때문인지도 몰랐다.

14
자꾸만 그가 생각난다

쨍그랑!

바닥에 떨어진 동전이 맑은 소리를 내며 바닥을 굴렀다. 리원은 천천히 고개를 내려 굴러가는 동전을 멍하니 쳐다보았다.

어딘가……. 묘하게 이상한 구석이 있었다. 평소와는 다르게 혼이 빠진 듯한 눈동자도 그렇고, 모르는 사람이 봐도 고개를 갸우뚱거릴 정도로 느릿한 행동도 그랬다.

"내가 뭘……. 하려고 했었지……."

반사적으로 500원짜리 동전을 주우며 제가 여기서 뭘 하려고 했었는지를 떠올렸다. 지금 그녀는 어렵게 찾아낸 공중전화 부스 앞에 서 있었고, 손에 쥔 휴대폰은 화면이 완전히 부서져 버려 전원이 들어오지 않았다. 동전을 찾아낸 것은 아마 누군가에게 전화를 걸 목적이었던 것 같다.

잠시 전화를 걸려고 했던 대상이 누군지 떠올리려다가, 생각나는 번호가 딱 하나밖에 없다는 것을 깨달았다. 10년째 바뀌지 않는 절친 미영의 전화번호였다. 수화기를 들어 동전을 넣고 기억나는 대로 침착하게 번호를 꾹꾹 눌렀다. 통화 연결음이 몇 번 채 울리지도 않았는데 마치 기다리고 있었던 사람처럼 재빠르게 전화를 받는다.

— 여보세요?

"…미영아. 나야."

— 뭐지……? 너 혹시 리원이니?

"으응."

역시 오랜 친구라서 그런지 단번에 통화 목소리를 알아듣는다. 그 사소한 사실에 새삼 마음이 편안해져서 리원의 입가에 살짝 엷은 미소가 지어졌다.

— 뭐야? 너 하루 종일 전화 안 되던데 어떻게 된 거야? 오늘 본가 간다고 그러지 않았어? 부모님하고는 어떻게 됐어? 너 괜찮은 거 맞지?

질문이 너무 많다. 리원이 피식, 웃었다가 가장 간단한 것에 대한 질문부터 대답을 했다.

"폰이 완전히 망가져서 전원이 안 들어와. 새로 사야 할 것 같아. 그리고 본가에는 지금 막 다녀오는 길이야……."

— …너 목소리 왜 그래? 무슨 일 있었지?

"일은 무슨……. 나 괜찮아."

말은 그렇게 해도 솔직히 괜찮지 않다. 이런 일이 있을 거라 충분히 예상했고, 어느 정도 각오까지 했던 것이 사실이었다. 그럼에도 견디기 힘들고 많이 아프다. 누군가를 만나지 않고는 못 버틸 것 같았다. 그래서 제 사정을 가장 잘 알고 있는 미영에게 전화를 걸어야겠다고 생각했던 것이다.

— 리원아. 지금 어딘데? 당장 얼굴 보자.

애가 타는 듯한 절친의 음성에 리원이 주위를 둘러보았다. 저 스스로조차 자신이 어디 있는지 몰라서 한참이나 주변을 관찰해야 했다. 그러고는 곧 지금 있는 이 장소가, 이사하기 전까지 살았던 제 투룸 근처의 공원이라는 것을 깨달았다.

■ ◇ ■

공원 앞의 벤치에 앉은 리원은 이제 막 켜지는 가로등으로 시선을 옮겼다. 주황색 불빛이 들어오는 가로등 아래, 예쁘게 물들기 시작한 단풍잎을 바라본다. 계절이 변했다는 것을 알려 주는 단풍이 서글플 정도로 아름답다. 저 자신의 마음이 울적하고 슬플 때일수록 아름다운 것을 보면 이상하게도 가슴 한쪽이 아리게 슬퍼 오곤 한다.

그 대상이 아름다우면 아름다울수록 더 강하게.

"예쁘다, 정말로."

얼굴 표정을 여전히 딱딱하게 굳힌 채 입으로는 나름대로의 감상이 담긴 감탄사를 내뱉는다. 벌써부터 떨어지기 시작한 단풍을 보며 그리 오래되지 않은 좋은 기억을 떠올렸다.

'이렇게 날 달려오게 만든 사람은 강리원 씨가 처음입니다.'

눈부신 자태로 나타나 다정하고 로맨틱한 말을 해 주었던 그가 떠올랐다. 계약 연애에 대한 리원의 대답을 듣기 위해 직접 찾아왔던 태건과 만났던 장소가 바로 여기였다. 그와의 기억이 서려 있는 장소에서 그를 떠올리니 못 견딜 만큼 심장이 아프게 죄어 온다.

"보고 싶어……."

처음으로 그 말을 꺼내는 순간, 태건에 대한 그리움은 배가되어 리원의 심장을 묵직하게 눌렀다.

■ ◇ ■

저녁 시간이라 그런지 지독하게 차가 막혔다. 더 이상 정체 구간을 버틸 수 없었던 건지 성질 급한 승객 하나가 택시에서 급히 내렸다. 왕복 4차선 도로에서 하차한 그녀는 손을 번쩍 들고는 바삐 인도로 뛰어갔다.

초가을이었지만 일교차가 심했다. 저녁 기온이 제법 쌀쌀한데도, 미영은 얇은 반팔 티셔츠와 반바지 차림으로 인도를 내달렸다. 신발은 슬리퍼와 샌들을 짝짝이로 신은 채였으나 본인은 그 사실을 전혀 모르는 눈치였다.

"헉……. 헉, 헉."

뭐가 그리도 급한 건지. 조금 천천히 와도 괜찮을 텐데 이마에 땀까지 줄줄 흘리며 육상 경기를 하는 선수처럼 쉬지 않고 달렸다. 그렇게 한참을 달리던 그녀의 시야에 목적지인 미정 가족 공원이 들어왔다. 그리 대단히 큰 규모의 공원은 아니라서 미영은 금방 리원이 있는 장소를 찾아내었다.

이사하기 전 리원이 살던 집 방향으로 죽 걸어가면 나오는 벤치. 가끔 리원과 미영 두 사람이 저녁 시간에 앉아 커피를 마시거나 맥주를 한 캔씩 했던 적이 있는 장소였다. 얌전히 앉아 있는 친구의 익숙한 뒷모습을 미영은 단번에 알아보았다. 벤치까지 몇 걸음 남겨 두고 나서야 뛰던 다리에서 힘을 뺐다.

"헉……. 헉. 많이……. 기다렸어?"

천천히 걸어가며 벤치에 앉아 있는 리원에게 말을 걸었다. 구역질이라도 나올 것처럼 목 끝까지 차오른 숨을 고르며 몸을 아래로 숙였다.

"어? 아니. 금방 왔네."

반갑게 미영을 맞아 주는 리원의 음성이 약간 잠겨 있었다. 연신 가슴팍을 탁탁 두드리며 겨우 숨을 고른 미영이 상체를 번쩍 들어 올리자, 가까운 거리에서 리원과 정면으로 얼굴을 마주쳤다.

그리고 그 순간. 다소 충격적인 절친의 모습을 마주한 미영이 말을 더듬으며 소리쳤다.

"헉……. 헉? 자, 잠깐만! 고개 돌리지 말고 나 좀 봐 볼래? 헐!!
이, 이게 도대체 무슨 일이야? 야!! 너 얼굴이 왜 이래?"

"응? 얼굴? 아아……."

리원은 자신의 얼굴 상태를 전혀 자각하지 못하고 있었던 건지 미
영의 심각한 표정을 보고 나서야 살짝 고개를 숙였다. 이제는 통증조
차 느껴지지 않아서 입술 끝이 심하게 쓸려 피가 흘렸다는 사실을
잊고 있었다.

"상처 심하게 났어?"

거울 없이는 볼 수 없는 자신의 상처를 손끝으로 살살 만지던 리원
이 물었다. 불편할 정도로 얼굴을 험악하게 구긴 미영이 그런 리원을
쳐다보며 한참을 씩씩거리다가 물었다.

"설마 네 아버지야?"

"……."

리원은 차마 그 질문에 대답하지 못하고 입을 꾹 다물어 버렸다.
그 반응을 보니 대답을 듣지 않았음에도 충분히 유추 가능했다. 빠드
득, 하는 소리를 내며 이를 갈던 미영이 바지 주머니에서 휴대폰을 꺼
내 들었다. 부지런히 숫자를 누르던 그녀에게서 곧 화가 난 음성이 쉴
새 없이 터져 나온다.

"여보세요? 거기 경찰이죠? 다른 게 아니고 가정 폭력 신고……."

"야! 임미영!"

소스라치게 놀란 리원이 벤치에서 벌떡 일어나 단숨에 미영의 휴대폰을 빼앗아 들었다. 한순간에 자신의 전화를 빼앗긴 미영과 리원 사이에 잠깐 동안의 실랑이가 벌어졌다.

"강리원, 빨리 안 내놔!? 왜 남의 전화를 빼앗고 그래?"

"너 지금 뭐 하는 거야! 정신 차려! 이건 날 위한 일이 아니라고!"

"네가 바보 천치같이 구니까 보다 못한 내가 답답해서 나서 주는 거잖아! 왜 맞고 다녀? 어? 네가 뭘 그렇게 잘못했다고 이렇게 등신같이 맞고 다니냔 말이야!!"

리원은 미영의 전화를 받아 경찰 콜센터 직원에게 전후 사정을 설명했다.

"네. 죄송합니다. 그런 게 아닌데 친구가 오해를 좀 해서요. 네. 정말 아닙니다. 괜찮습니다."

전화를 끊고 나서도 리원은 미영에게 바로 휴대폰을 돌려주지 않았다. 손아귀에 꼭 쥔 채 담담한 얼굴로 미영에게 확인을 받기 위해 물었다.

"신고 안 한다고 약속해. 그럼 돌려줄게."

"내 전화야. 얼른 돌려 달라고! 남의 물건으로 뭐 하는 건데!"

"미영아. 제발. 네가 이러면……."

차마 끝까지 말을 잇지 못한 리원이 얼굴을 잔뜩 찌푸렸다. 그 표정이 너무나도 아프게 일그러져 보여서, 일순 어떻게든 리원을 이겨 먹으려던 미영의 말문이 그만 턱 막혀 버렸다.

"내가 두 배로 더 힘들어져. 너마저 날 힘들게 하면 나는 도대체⋯⋯."

어떻게 해야 할지 모르겠어. 지금도 너무 힘든데⋯⋯. 이대로 다 끝내고 이제 그만 조용히 쉬고 싶은데. 또 사고를 만들어 버리면 나는 도대체 어떻게 해야 하는 걸까.

그저 가만히 촉촉하게 물기가 맺힌 눈동자를 굴려 미영을 바라만 본다. 하지만 어쩐지 그 마음이 깊이 전해져 말로 하지 않아도 대충 어림짐작할 수 있었다. 한풀 기세가 꺾인 미영이 덜덜 떨리는 입술을 꾹 깨물었다.

"안 할 테니까 그만 돌려줘. 진심이야."

리원은 그제야 미영에게 휴대폰을 돌려주었다. 두 사람은 조용히 벤치에 앉아 시간을 보냈다. 서로 아무 말도 하지 않은 채 오늘따라 유난히도 예쁘게 빛나는 별을 보기도 하고, 가끔 지나가는 사람들을 조용히 지켜보기도 했다. 이제는 제법 시간이 지나 두 사람 모두 감정이 차분하게 가라앉았다는 확신이 들었을 때, 미영 쪽에서 먼저 가장 걱정했었던 것을 물었다.

"⋯정말 부모님과는 확실하게 담판 짓고 온 거야?"

뭔가 크게 사건을 벌였으니 이렇게나 상처투성이에 엉망인 모습으로 나타났겠지만⋯⋯. 그래도 혹시나 그 과정에서 아버지에 대한 두려움으로 인해 일이 흐지부지되지는 않았을까 그게 걱정이 됐다. 하지만 걱정과 달리 리원은 어처구니없다는 듯 작게 실소를 터트렸다.

의외의 반응에 조금 놀란 미영의 눈이 커다래졌다. 분명 상대가 웃을 만한 포인트가 전혀 없었는데 도대체 어느 부분에서 리원이 실소를 터트린 건지 알 수 없었다.

"미영아."

"응. 왜?"

"나 말이야. 진짜 제대로 작정하고 덤비니까 엄청 독한 년이더라."

"뭐? 그게 무슨 소리야?"

"아버지한테 맞아서 너무 아프고, 너무 비참한데…… 반면에 어떤 반항심이랄까, 아니면 독기랄까, 그런 게 치솟아 오르더라고. 하마터면 눈이 뒤집힐 뻔했어."

"네가? 진짜로?"

미영은 쉽게 리원의 말을 믿을 수 없었다. 제가 평생 동안 알아 온 절친의 모습은 절대 그렇지가 않았기 때문이었다. 물론 리원은 누구나 인정할 정도로 똑 부러지고 똑똑한 사람이었다. 부모님에게 마냥 주눅 들지 않고 제 할 말은 다 하는 성격이기도 했다. 하지만 보기와는 달리 마음 약한 구석이 있어서, 결국엔 부모님이 원하는 대로 다 이루어지고 마는 그런 불행한 상황의 연속이었다. 지금껏 그리 살아온 리원에게 독기라니 말도 안 되는 소리였다.

"못 믿는 눈치네? 진짠데."

굳이 자세한 상황까지 설명할 생각은 없었지만 어쨌든 불안해하는 미영에게 확실한 쐐기를 박았다. 다시는 저 때문에 걱정할 필요가 없다는 의미에서였다.

"전 재산 다 털어서 만든 목돈 드리고 왔어."

웃으며 그리 말하는데, 의도와는 전혀 다르게 오히려 미영의 속만 긁어 놓은 격이었다. 어처구니가 없다는 듯 미영이 한쪽 입꼬리를 비죽 위로 올려 희한하게 웃었다.

"그리고 너는 이제 대출이나 뼈 빠지게 갚고? 내가 이걸 칭찬해 줘야 되나? 말아야 되나? 도대체가 구분이 가질 않네."

"큰 목적을 이루려면 작은 희생 정도는 있어야지."

"그게 어디 작은 희생이야? 하여간 긍정도 병이다! 너 정도면."

"그래도 자유를 얻은 대가치고는 괜찮았다고 생각해. 이제야 마음이 편해졌거든."

까칠하게 주고받는 대화 속에는 묘한 애정이 담겨 있었다. 겉으로는 구박하는 것처럼 보여도 그게 아니라는 것을 두 사람 모두 잘 알고 있었다. 풀어진 얼굴에 잔잔한 미소를 가득 채워 웃고 있던 리원의 분위기는 어느 순간 급작스럽게 침체되었다.

"왜……. 자꾸 그 사람 얼굴이 떠오르는지 모르겠어."

"누구?"

"부사장님."

"아……. 그분. 그분의 얼굴이 떠오른다고……? 그거 보고 싶단 소리?"

"그런 것 같아."

예상치 못했던 절친의 고민 상담에 만사 관심 없는 사람처럼 굴던 미영의 눈동자에 오랜만에 진지함이 묻어났다. 태건에 대한 마음을 항상 애매하게 둘러말하고, 그에 대한 화젯거리를 피하기만 하던 평소 리원의 모습과 사뭇 달라 보였다.

"부사장님이 보고 싶으면 만나. 지금 해외 출장 중이지? 김 비서님께 듣기로는 주말엔 귀국한다고 그랬었는데……. 곧 돌아온다고 했으니까……."

"…우리 연락 안 한 지 며칠 됐어. 부사장님이 출국하기 직전부터 오늘까지……. 서로 전화 통화는커녕 문자 한 통조차 하지 않았거든."

냉전 중인가? 미영은 미간을 살짝 찌푸리며 친구의 모습을 전체적으로 죽 훑어 내렸다.

'이건 아무리 봐도 사랑에 빠진 여자의 모습 그 자체인 것 같은데……?'

본인은 스스로의 모습이 어떤지 상상조차 못 하겠지만 남이 보기엔 그렇게나 이전과 달라 보였다. 심각하게 어떤 남자에 대해 고민하는 모습은 영락없이 사랑에 빠진 모습이었다. 손가락을 반복적으로 꼼지락거리며 그에 대해 털어놓는 것을 조용히 바라보는데, 리원은 저 자신의 고민에만 빠져 주위 상황을 전혀 인식하지 못하고 있었다.

"처음엔 몰랐었는데……. 지금에 와서 생각해 보면 내가 그 사람을 너무 힘들게 한 것 같아서, 못 할 짓을 너무 많이 한 것 같아서 자

꾸 미안해져. 내가 그 사람한테 너무 매몰차게 했던 것 같아. 다시 만
난다 하더라도 어떻게 하면 좋을지……. 솔직히 모르겠어."

확실히 둘 사이에 무슨 일이 있긴 있었군. 눈치 빠른 미영은 단번
에 그것을 알아챘다.

"이제 와서 이러는 내 자신이 우습지만."

이다음에 이어질 말이 어떤 내용일지 대충 짐작이 가긴 하지만, 미
영은 그저 조용히 리원 스스로 결정적인 한마디를 꺼낼 때까지 기다
렸다.

"나 그 사람 좋아하는 것 같아."

■ ◇ ■

미영은 상태가 좋지 않은 리원이 무척이나 걱정되었다. 그녀를 어
떻게든 집까지 데려다주고 귀가해야 마음이 놓일 것 같았지만, 리원
은 오히려 괜찮다며 먼저 잡은 택시에 미영을 억지로 밀어 넣었다.

"어휴. 그만 좀 밀어! 네 상태를 좀 보라니까? 그 꼴을 한 사람을
어떻게 혼자 두고 가?"

"다음 택시 잡아서 타고 가면 돼. 내가 어린애야? 무슨 걱정을 그
렇게 해? 너 집 멀어서 택시비 많이 나오니까 잔말 말고 먼저 가."

벌써 30분째 의견이 맞지 않아서 실랑이를 한 결과였다. 리원은 자
신의 상태보다 친구의 택시비 걱정을 했다. 그깟 택시비 따위가 무슨

상관이라고. 미간을 잔뜩 찌푸린 미영이 무어라고 하기도 전에 리원이 먼저 선수를 쳐 버렸다.

"아저씨! 제 친구 집까지 잘 데려다주세요. 부탁드릴게요!"

뒷좌석이 문이 탁 닫히자마자 택시가 출발했다. 차창 너머로 싱긋 웃으며 손을 흔드는 리원의 모습이 점점 멀어져 갔다.

"하아……."

낮은 한숨을 내쉰 미영은 택시 뒷좌석에 기댄 채 멍하니 차창 밖을 내다보았다. 아직 해가 완전히 지지 않았던 저녁 시간에 외출했는데 돌아가는 길에는 깜깜한 어둠이 내려앉아 있었다. 리원과 만났던 장소에서 제집까지는 거리가 꽤 있는 편이라 금방 도착하지는 않을 것이다. 리원의 말처럼 왕복 택시비를 합하면 꽤 나오겠지만, 가장 친한 친구에게 바로 달려가야 했기에 그런 것 따위 전혀 중요하지 않았다. 다만 지금 이 순간까지 미영을 울적하게 만드는 것은 결코 잊을 수 없는 리원의 무덤덤한 표정이었다.

'차라리 내 앞에서 펑펑 울어 버리지……. 그랬다면 좀 나았을 텐데.'

마치 눈물을 잃어버린 사람처럼 멍한 표정을 짓다가도, 자신이 당한 일이 아무것도 아닌 것으로 치부하며 웃어 버리니 그게 너무 속상하고 슬펐다. 얼마나 오랜 시간 동안 그런 환경 속에서 살았으면 그게 아무것도 아닌 게 되는 걸까.

그렇게나 엉망으로 망가졌으면서. 부러진 채로 웃고 있는 관절인

형을 보는 것 같아서 얼마나 끔찍했는데.

"나쁜 계집애……. 그렇게 다 망가진 얼굴로 아무렇지도 않은 척……. 왜 자꾸 웃기만 하냔 말이야……."

원래 눈물이 많은 타입은 아니었다. 게다가 리원과 헤어질 때는 두 사람 모두 활짝 웃으며 주말 잘 보내라는 인사까지 나눴다. 하지만 리원의 앞에서 억지로 참고 있던 눈물은 시야에서 그녀가 사라지자마자 서서히 차올랐다.

'그렇게 아프고 힘든 본인도 잘 참고 있는데…….'

어떻게 당사자도 아닌 내가 눈물 흘릴 수가 있겠어?

연신 코를 훌쩍거리는 소리가 좁은 차 안을 울렸다. 미영은 차창에 턱을 괸 채 소리 없이 줄줄 흘러내리는 눈물을 손등으로 닦아 내었다. 새카만 밤의 어둠 속에서 비치는 불빛들이 너무나도 영롱하게 빛나서 참 예뻐 보이는데……. 왠지 그게 슬프게 다가와 더욱 감정이 북받쳐 올랐다. 게다가 마치 맞추기라도 한 것처럼 이별택시라는 노래가 흘러나오고 있었다.

— *어디로 가야 하죠 아저씨, 우는 손님이 처음인가요.* [1]

어째서 노래 가사가 자신의 상황과 비슷하게 들리는 걸까. 구슬픈 음을 들으며 목구멍에서 터져 나오려는 울음을 참아 내다가, 결국 운전에 집중하고 있던 기사 아저씨에게 말을 걸었다.

---

1) 윤종신, 『이별택시』, 2013

"아저씨."

"아아, 예. 손님."

"저 남자한테 차인 거 아니거든요?"

"예? 내가 뭐라고 했어요? 나 아무 말도 안 했는데……."

"이 노래 아저씨가 튼 거 아니에요?"

"아니요. 이거 라디오인데……."

잠시 두 사람 간의 대화가 끊어졌다. 어색한 정적 속에서 연신 눈물 콧물을 훌쩍이는 미영에게 택시 기사 아저씨가 티슈를 몇 장 뽑아 건네주었다. 그 사소한 다정함에 감동받아 더 집에 들어갈 수 없는 기분이 되어 버렸다. 미영은 티슈로 얼굴의 물기를 닦아 내고, 코까지 시원하게 푼 뒤, 빨개진 얼굴로 말했다.

"오해했다면 죄송해요. 그런데 제가 지금 집에 들어갈 기분이 아니라서요. 한 시간 정도만 야경 좋은 데로 좀 달려 주시겠어요?"

"…쓰읍. 야경은 한강이 최곤데……."

"네. 그럼 거기 들러서 한 바퀴 죽 돌고 처음 말씀드린 목적지로 가 주세요."

"예, 알겠습니다, 손님."

이제 막 경로를 변경해 내달리는데, 바지 주머니에 넣어 둔 휴대폰이 요란하게 울려 댄다. 빨개진 코를 비비며 휴대폰을 꺼내 발신자를 확인했다. 누구보다도 반가운 상대의 전화였다.

■ ◇ ■

— 연결이 되지 않아 삐 소리 후 소리샘으로……

태건은 휴대폰을 귀에서 떼고는 미간을 잔뜩 찌푸리며 화면을 쳐
다보았다. 뭔가 느낌이 이상하다. 수신음이 가긴 하는데 평소보다 짧
고 그 이후 연결이 되지 않는다는 멘트가 나왔다. 몇 번을 걸어도 똑
같았다. 공항에 도착하자마자 리원에게 연락을 했으나 이처럼 전화
연결이 되지 않으니 그저 답답할 뿐이었다.

"네. 미영 씨. 지금 막 공항에 도착했어요."

반면, 무척 밝아 보이는 김 비서의 목소리에 태건의 시선이 저절로
그쪽을 향한다. 딱히 듣고 싶지 않아도 귀가 열려 있는 이상 들릴 수
밖에 없었다. 게다가 김 비서의 목소리가 워낙 커서 대략적인 통화 내
용까지 유추할 수 있었다.

"왜 울어요! 무슨 일 있어요?"

김 비서의 외침에 태건의 어깨도 덩달아 흠칫 반응했다. 아무래도
그녀의 절친이라 그런지 통화 내용이 무척이나 신경 쓰였다.

울고 있다라……. 설마 그녀에게 무슨 일이라도 터진 건 아니겠지.

전화는 연결되지 않고 절친은 울고 있다. 묘하게 등골이 서늘한 느
낌에 태건은 가던 걸음을 멈춘 채 김 비서를 빤히 쳐다보았다. 김 비
서 역시 태건에게 잠시 멈추라는 듯 손짓하더니 심각한 표정으로 통
화를 이어 갔다.

"…리원 씨가요?"

결국 그의 입에서 리원의 이름이 거론되자 참을 수 없었던 태건이 김 비서의 전화를 빼앗아 들었다.

"임 대리? 나 최태건입니다."

수화기 저 너머로 연신 훌쩍이는 소리가 들려온다. 대답이 곧바로 들려오지 않아 태건이 조심스럽게 물었다.

"임 대리. 리원 씨가 연락이 되질 않아요. 혹시 리원 씨에게 무슨 일…… 있습니까?"

마음속으로는 제발 아무 일도 없기를 바라며.

— 지금 많이 아파요…….

"리원 씨가요? 어디가……."

잠시 말을 잇지 못했다. 숨이 턱 막혀 오는 듯한 기분이 들었다. 이마를 감싼 채 울음소리를 듣고만 있는데 잠시 후 미영의 가라앉은 음성이 들려왔다.

— 몸도 마음도 많이 아파요……. 부사장님이……. 가서 좀 안아 주세요……. 불쌍한 우리 리원이 좀…….

태건의 입이 꾹 다물려졌다. 제가 없던 며칠 동안 도대체 무슨 일이 있었던 걸까. 혹시……. 그녀의 개인적인 집안 사정과 연관이라도 있는 걸까. 마음이 조급해졌다. 초조한 심정을 최대한 꾹 누른 채 묵직한 음성으로 물었다.

"강리원 씨 지금 어디 있습니까?"

■ ◇ ■

얼마나 시간이 지났을까. 휴대폰이 망가져 버렸으니 시간을 가늠하기가 어려웠다. 미영을 보내고 나서도 한참이나 지난 뒤. 리원은 마치 버림받아 갈 곳을 잃은 강아지처럼 벤치에 앉아 시간을 보냈다. 어쩐지 집으로 돌아가고 싶지 않은 기분이었다.

"그래도 집에는 들어가야지……. 여기서 밤을 샐 수도 없고."

돌아갈 장소라곤 제 보금자리인 작은 월셋집이 전부였으니까. 리원은 벤치에서 일어나 옷매무새를 가다듬었다. 그러곤 뒤늦게 제 옷의 상태를 깨달았다. 그야말로 머리끝부터 발끝까지 엉망진창이었다. 입고 있는 흰색 린넨 재킷의 아래쪽엔 온갖 오물이 묻어 있었고, 단추는 이미 떨어져 나간 지 오래였다. 게다기 찻물에 덴 건지 무릎 위에는 경미한 붉은 화상 자국이 있었고, 허벅지 안쪽 부위조차 온통 날카로운 무언가에 긁힌 자국이 난무했다.

'이래서 미영이가 경찰서에까지 전화를 했던 거구나.'

이 상태로 어떻게 여기까지 온 건지 생각해 보니 스스로도 대단하다 여겨졌다. 또한 굳이 집으로 데려다주겠다던 미영의 말과 택시 운전기사가 '병원으로 갈까요?'라고 먼저 물어봤던 이유도 깨달았다. 입가의 상처 이외에는 딱히 눈에 띄는 게 없는 줄 알았는데. 이런 상태로 정신 줄 놓고 멍하니 돌아다녔으니 다른 사람들 눈에 얼마나 이상하게 보였을지 대략 짐작이 갔다.

"돌아가자, 집에⋯⋯."

이 꼴을 하고는 어딜 그리 돌아다녔는지. 리원은 길가로 천천히 걸어 나가며 주변을 살폈다. 이 근처는 차량 통행이 잦지 않은 곳이라, 평소 땐 항상 앱으로 콜택시를 불렀었다. 오늘은 휴대폰이 망가져 먹통이라 지나가는 택시를 잡아야 했는데⋯⋯. 생각보다 그게 쉽지는 않아 보였다. 그리 한참을 기다렸지만 역시나 시간만 버렸다. 두어 번 빈 택시를 발견했지만 다른 사람에게 우선순위를 빼앗겨 버리는 바람에 절로 어깨에 힘이 빠진다.

"버스라도 타고 가야겠지. 그런데 여기 버스 정류장이 어디 있더라?"

정류장 위치가 바뀌었는지 찾을 수가 없어서 그냥 무작정 걸었다. 아까 근처로 버스가 지나갔으니까 도로를 따라 올라가다 보면 언젠가는 나오겠지. 그런 심정이었다. 혹시나 많이 걷게 되더라도 그런 것 따위 문젯거리조차 되지 않았다. 오늘은 토요일이고, 일요일인 내일은 종일 내 시간을 가질 수 있을 테니까.

'내일은 뭘 해야 하지?'

문득 시간적 여유가 생겨 버린 리원은 조금 놀랐다. 평소 주말에 제가 뭘 하고 지냈었는지 기억이 잘 나지 않았다.

'주말. 주말이라면⋯⋯.'

그동안 주말에 있었던 일들에 관하여 떠올리는데, 역시나 가장 먼저 떠오르는 것은 최근 주말마다 했던 태건과의 데이트였다. 첫 데이트를 제외하곤 누구나 할 수 있는 평범한 데이트라 여겼는데……. 시간이 지난 지금에 와서 생각해 보면 매번 특별했었다. 그 사람과의 추억을 쌓아 가는 과정인데 어떻게 평범할 수 있을까. 새삼 그걸 깨닫고 나니 작은 기억 하나하나가 떠올라 가슴을 뭉클하게 만들었다.

코끝이 찡해 온다. 애써 넘치려는 감정을 통제하고 있던 그 순간.

"어어?"

툭, 투둑. 피부에 닿는 차가운 물방울에 놀라 눈을 크게 떴다. 아래로 떨어지는 물방울의 개수가 점점 많아졌다. 리원은 하늘을 올려다보았다. 밤이라 먹구름이 잔뜩 끼어 있다는 것도 몰랐는데, 하늘에서 점점 많은 양의 비가 내려오기 시작했다.

'우산……. 없는데. 택시도 없고…….'

망연자실한 사람처럼 차갑게 세상을 적시기 시작한 가랑비를 그저 맞으며 서 있었다. 근처에 건물 하나 없고 인적도 드문 4차선 도로 옆의 인도. 보이는 것이라고는 인도와 도로 사이를 메우는 키 큰 가로수들뿐이었다. 리원은 이 답답한 장소에서 그만 길을 잃어버렸다.

"아앗! 이런……."

앞으로 넘어질 뻔한 것을 가까스로 중심을 바로잡아 모면했다. 대신 구두가 벗겨져 맨발로 축축한 바닥을 디디고 섰다. 리원은 뒤를 돌아보았다. 제 발에 신겨 있어야 할 구두가 맨홀 뚜껑의 구멍에 굽이 박힌 채 빗물을 받아 내고 있었다.

"휴우……."

절로 한숨이 나왔지만 별수 없었다. 왔던 길을 절뚝거리며 돌아가 맨홀 앞에 쭈그려 앉았다. 세차게 쏟아져 내리는 빗물이 눈가에 맺혀 마치 눈물이 주르르 흐르는 것처럼 흘러내린다. 속눈썹에 맺힌 물기 탓에 앞이 잘 보이지 않을 때마다 손등으로 눈가를 반복적으로 훔쳐 냈다.

'이게 무슨 꼴이야……. 운도 더럽게 없지, 정말.'

리원은 구두를 맨홀 구멍에서 빼내기 위해 애썼다. 하지만 깊게 박혀 버린 구두는 좀처럼 빠져나올 기미가 없어 보였다. 그동안 악재가 겹치는 상황 속에서도 묘하게 침착했던 그녀였는데……. 지금은 속에서 짜증이 슬슬 솟구쳐 오르기 시작했다.

"아……. 짜증 나, 진짜."

비는 오지, 차림새는 엉망이지, 젖은 채라 한기까지 들어서 여간 힘든 게 아니었다.

"왜 너까지 말썽이니? 나 힘들어 죽겠단 말이야."

애꿎은 구두에게 한탄하듯 혼잣말을 토해 내다가, 아랫입술을 피가 나도록 꽉 깨물었다. 숨쉬기가 버거울 정도로 답답하다. 화가 나서 미쳐 버릴 것만 같다. 마치 그동안 속으로 삼켜 냈던 모든 분노가 한꺼번에 터져 나오려는 것처럼, 그녀의 안에 있는 뭔가가 폭발하기 일보 직전이었다. 리원은 한 손으로 바닥을 짚고 나머지 한 손으론 구두를 더욱 힘주어 꽉 잡은 채 안간힘을 썼다.

"흐으……!!"

이가 부서져라 온 힘을 다하던 그때. 탁! 하는 소리와 함께 구두가 빠져나왔다. 너무 강하게 힘을 준 나머지 하마터면 앉은 자세 그대로 뒤로 넘어질 뻔했지만, 제때 손으로 바닥을 짚었다. 다행이라는 생각이 든 동시에 구두의 상태가 좋지 않다는 것을 깨달았다. 믿을 수 없다는 듯 눈을 크게 뜬 리원은 입을 살짝 벌린 채 구두를 이리저리 돌려 보며 확인했다.

…굽이 부러져 버렸다. 요령이 없어서 너무 힘주어 뺀 나머지 구두가 견디지 못했던 것이다.

"하. 진짜 왜 이래? 왜 자꾸 이런 일이……."

구두 굽이 부러지는 게 그다지 흔한 일도 아닌데. 어째서 저는 그런 수모를 두 번이나 겪느냔 말이다. 너무 화가 났다. 오늘따라 어쩜 이렇게 풀리는 일이 하나도 없는 건지. 쭈그려 앉은 채 잠시 감정을 추슬렀다. 얼굴에 덕지덕지 붙어 있던 젖은 머리카락마저 거추장스러워, 손으로 머리카락을 빗어 넘겼다.

'왜 그래요? 발에 문제가 있습니까?'

눈을 꾹 감은 채 터져 나오려는 감정을 절제하고 있는데, 마치 지금 이 장소에 함께 있기라도 한 듯 귓가에 태건의 음성이 울려온다. 지난 기억이 어제의 일처럼 떠오르고 있었다. 상황이 비슷해서 그런 걸까. 그와 제주도의 호텔에서 함께 시간을 보냈던 다음 날. 엘리베이

터의 문 틈새에 구두가 끼어 굽이 빠졌던 적이 있었지.

'미안합니다. 힘 조절에 실패해서 그만.'

난처한 표정으로 부러진 구두를 가만히 지켜보면서 그리 말하던 태건의 모습이 떠올랐다. 그때는 그가, 오늘은 제가, 똑같이 힘 조절에 실패해서 멀쩡한 구두를 두 조각으로 나눠 놓았다. 당시에는 속상하기만 했었는데 지금은 그것조차 추억이 되어 버렸다.

이 상황에서 왜 갑자기 웃음이 나오는지 모르겠다. 어차피 보는 사람도 없는데 굳이 참을 필요가 있을까? 그래서 작은 소리로 숨죽여 웃었다. 웃는데 목이 꽉 막혀 오는 건 무슨 조화인지 알 수 없었다. 어쩐지 코끝이 찡해져 오는 느낌에 대충 손등으로 콧등의 물기를 닦아낸 뒤 신고 있던 나머지 구두 한 짝을 벗었다. 맨발로 걸을 작정이었다.

철벅철벅.

벗은 구두를 손에 달랑달랑 들고 가던 길을 재촉했다. 발에 닿는 젖은 길의 감촉이 생각보다 나쁘지 않았다. 이미 흠뻑 젖은 상태라서 그런지 비를 계속 맞는다 해도 여기서 더 나빠질 것은 없었다.

그런데…….

"흑……. 흑. 흐윽……."

어째서 눈물이 나는 걸까.

코끝이 간지러워 몇 번 훌쩍였을 뿐인데 눈물샘에서 제멋대로 눈물이 터져 나오기 시작했다. 한번 터진 눈물은 봇물처럼 솟아올라 스스로도 제어가 되지 않을 만큼 울컥 넘쳐흘렀다. 울음소리가 점점 커져만 갔다.

"어흐윽……. 흑."

다행이다. 비가 너무 많이 내려서 울고 있는 게 티가 나지 않을 테니까.

솔직히 저조차도 눈을 가리고 있는 것이, 얼굴을 타고 미친 듯이 흘러내리는 게, 눈물인지 빗물인지 구분이 가지 않았다. 단지 버릇처럼 손등과 소매로 연신 걷어 내고 있을 뿐이었다. 꺽꺽거리며 자꾸만 목구멍을 치고 올라오는 소리 때문에 숨을 쉬기가 힘들어 걷던 중 몇 번이나 비틀거렸는지 모른다.

어느 순간부터는 얼굴을 닦아 내는 것조차 포기했다. 걷던 걸음은 느려지고, 앞은 보이지 않고, 힘들어서 이대로 쓰러질 것만 같고……. 결국 리원은 가던 걸음을 멈춰 선 채 천천히 몸을 숙였다. 다시 바닥에 쭈그려 앉은 채 어린아이처럼 처량하게 목 놓아 울었다.

"어엉……. 어흑. 엉엉."

벌을 받는 걸까.

그 사람이 이렇게나 보고 싶은데. 지금 이 순간 그 사람에게 안겨서 펑펑 울어 버리고 싶은데. 괜찮다며 지금껏 잘해 왔다고 위로받고 싶은데……. 하지만 이토록 누군가의 체온이 절실하게 필요할 때 그는 제 옆에 없었다.

'상처받기 싫어서 그를 밀어내지 말걸. 언제나 그 사람은 내 옆에

있을 거라고……. 그렇게 오만한 태도로 안도하지 말걸.'

자신의 마음이 그에게 끌리는 걸 부정하지 말았어야 했는데. 왜 이 전에는 그렇게까지 그에게 가슴속의 작은 방 한 칸조차 내주고 싶지 않았던 걸까.

환상이라도 좋으니까 눈앞에 나타났으면 좋겠다.

환청이라도 좋으니까 그의 목소리를 듣고 싶다.

귀가 아플 정도로 찢고 들어오는 빗소리에 오열하며 눈물짓는 소리가 조금씩 파묻혀 갔다.

■ ◇ ■

태건은 너무 초조한 나머지 반쯤 미쳐 버릴 것 같은 기분이었다. 벌써 한 시간째다. 그는 한 시간째 그녀를 찾아다니는 중이었지만 어디에도 보이지 않았다. 공항에 도착한 뒤 미영과 나누었던 통화에서는 조금 전 그녀와 헤어졌다는 말을 들었다. 헤어진 장소가 이사하기 전 리원의 집 근처 가족 공원이었으니 아마 집으로 향했을 거라 했다. 또한, 리원의 휴대폰이 전원이 들어오지 않을 만큼 심하게 망가져 연락이 되지 않을 거라는 말도 덧붙였다.

"하아……."

답답함을 이기지 못한 그의 꾹 다문 입술 사이로 깊은 한숨이 내쉬어졌다. 이사한 새로운 집, 회사 앞, 마지막으로 헤어졌다던 가족 공원까지 가 보았지만 그 어디에도 그녀는 없었다. 차의 시동을 건 지 한참이나 됐지만, 더 이상 어디로 찾아가야 할지 알 길이 없어 이 장소를 벗어날 수 없었다.

'다시 한번 돌아보는 게 낫겠지. 아니면 다시 리원 씨의 집으로……'

간발의 차이로 길이 엇갈렸을 수도 있지 않을까. 생각이 거기까지 미치자 그저 가만히 앉아 기다릴 수만은 없었다. 이렇게 손 놓고 있느니 할 수 있는 일이 있다면 최대한 노력하는 게 나았다. 우선은 그녀가 어느 장소에 있든 결국은 집으로 돌아올 테니까. 연락조차 되지 않아 당장 찾을 수 없다면 집 근처에서 대기하는 쪽으로 결정을 내렸다. 태건은 운전대를 잡았다. 돌아갈 방향을 설정한 뒤 자동차를 움직인 지 얼마 되지 않았던 그때.

투둑, 투둑.

제법 굵은 빗줄기가 내려오기 시작했다. 그의 미간이 잔뜩 일그러졌다.

"젠장."

비라니. 비가 내리는 밤의 운전은 누구에게나 어렵지만 특히 태건에게는 더욱 부담으로 다가왔다. 그렇지 않아도 현재 초긴장 상태로 운전대를 잡고 있었건만…….

사고 이후 매번 이랬다. 전신의 근육이 과도하게 긴장한 상태. 과도한 정신 집중 상태. 피로감을 호소하며 병든 사람처럼 쓰러져 잠이

들 수밖에 없는 이유였다. 태건은 비상등을 켠 채 평소보다 훨씬 느린 속도로 운전했다. 억수같이 쏟아지는 빗물 탓에 시야 확보가 되지 않아 그를 제외하고도 가끔 지나가는 도로 위의 모든 차들이 서행하는 중이었다.

그리 더딘 속도로 4차선 도로의 끝으로 천천히 나아가던 그의 시야에, 인도에서 비틀거리며 걸어가는 하얀 무언가가 목격되었다. 그의 두 눈이 번쩍, 선명하게 뜨였다.

'혹시……?'

설마 하는 마음에 차를 인도에 최대한 붙여 정차하고 조수석의 창문을 내렸다. 그리고 손등을 입가에 가져와 괸 채 백미러를 뚫어져라 노려본다. 조금 더 그 하얀 사람의 형태를 더 자세히 보기 위해 눈을 흐리게 떴다. 아무리 봐도 사람의 형태, 그것도 머리가 길고 마른 여자의 모습이었다. 더는 확인이 필요치 않았다.

태건은 운전석 문을 열고 나가 두꺼운 장우산을 폈다. 마치 데자뷰를 보는 것 같다. 인적이 드문 거리를 추적추적 쏟아지는 비를 맞으며 정처 없이 걸어오는 여자의 모습이.

노란 가로등에 비친 그녀의 그림자가 길에 늘어졌다. 금방이라도 무너져 내릴 것만 같은 가녀린 몸이 아슬아슬하게 비틀거렸다. 강렬하게 세상을 때리는 빗줄기가 조금 더 굵어지고, 그의 머리 위에 단단하게 씌워진 우산이 쏟아지는 빗줄기에 연신 떨려 왔다.

천천히 가까워지는 여자의 그림자를 가만히 바라보던 그가 기어이

걸음을 옮겼다. 느리게 뗐던 걸음이 조금씩, 조금씩, 빨라졌다. 혹시나 그녀를 놓칠까 봐, 혹시나 정말 무너져 사라지기라도 할까 봐. 그리고 조금 더 가까이 다가가 그녀의 전신을 훑어 내렸을 때, 커다래진 남자의 눈동자가 격렬하게 흔들렸다.

"도대체가……."

말을 이을 수가 없었다. 그녀는 어째서 저런 상태로 비를 맞으며 걷고 있으며, 어디서 무슨 일을 당했기에 저렇게까지 엉망이 된 걸까. 태건의 놀라움이 사라지기도 전의 어느 순간. 비틀거리며 걸어오던 리원이 그만 바닥에 쭈그려 앉아 버렸다. 그녀의 손에 들려 있던 구두가 바닥에 아무렇게나 떨어져 굴렀다. 그제야 리원이 맨발이었다는 것을 알아차렸다.

"어엉……. 어헉. 엉엉."

그리 멀지 않은 거리라서 그런가. 오열을 삼키는 소리가 너무나도 선명하게 들려온다. 파란 우산 아래에서 잠시 그녀를 지켜보며 서 있던 그의 가슴으로, 지독한 슬픔에 잠겨 버린 여자의 울음소리가 아프게 스며들어 왔다.

마음속에서……. 빗물과 함께 그녀가 흘러내렸다.

■ ◇ ■

인기척이 들렸다. 혹시 빗소리와 착각한 걸까? 지금까지도 지나가던 사람이 거의 없었는데 이 장대비에 사람이 있을 리가.

그럼에도 혹시나 싶은 마음이 들었다. 그럴 리 없다고 생각하면서도 리원은 숙였던 고개를 천천히 들었다. 약간 들린 시선 앞에 남자의 검은색 구두가 보였다. 움직이지 않고 제 앞에 가만히 마주 보고 서 있는 남자의 신발.

'설마…… 아니겠지? 그렇지만…….'

떨리는 입술. 눈을 크게 뜬 채 구둣발 끝에서부터 위로, 점점 위로 시선을 들어 올렸다. 멍하니 바라보는 초점 없는 눈동자가 쏟아지는 빗물에 힘없이 깜빡였다. 눈물인지 빗물인지 알 수 없는 물줄기가 쉼 없이 그녀의 얼굴을 타고 흘러내린다.

아……. 이것은 분명, 예상이 맞는다면 그 사람이다.

날카로운 각을 살린 슈트를 몸에 딱 맞게 갖춰 입고, 유난히도 세련된 커프스를 구김 없이 잘 다려진 흰색 드레스 셔츠와 매치했다. 우산을 들고 있는 손목에 찬 은빛 시계가 가로등 불빛에 반짝이자 그 눈부심에 잠시 리원의 두 눈이 흐려졌다. 완전히 고개를 들어 남자의 얼굴을 확인하자 그 조각 같은 얼굴에서 자신의 이름 석 자가 내뱉어졌다.

"강리원 씨."

"……."

튀어나올 듯 커다래진 그녀의 눈에서 오래전에 맺혀 있던 물기가 눈물이 되어 또르르 볼을 타고 흘러내렸다. 턱 아래로 톡톡 떨어지는 눈물방울을 보던 태건의 미간이 불편한 듯 잔뜩 일그러지는 것 같은 착각이 든다.

지금 제 앞에 서서 이름을 부르고 있는 게 정말로 그 사람일까?

혹시 몸이 너무 힘든 나머지 헛것을 보기라도 하는 걸까.

제가 여기 있는 걸 어떻게 알고……. 그가 저를 찾아낼 수 있을 리가 없다. 그런 영화나 드라마에서나 나올 법한 일이 실제로 일어날 리가 없다. 그러므로 눈앞의 저 형체는 실체가 아닌 환상일 뿐이라고 그렇게 스스로를 세뇌했다.

"도대체……. 여기서 뭘 하고 있었던 겁니까?"

환상 속의 그는 무척이나 걱정이 그득한 얼굴로 화를 냈다. 마치 잃어버린 무언가를 겨우 찾아낸 사람처럼. 리원은 대답할 생각조차 하지 못한 채 제 앞에 나타난 태건의 환영을 조용히 바라보기만 했다.

"왜 당신은……!!"

격앙된 음성을 내뱉던 그가 눈을 꾹 감고는 입술을 짓씹었다. 마치 터져 나오려는 격한 감정을 애써 삭여 내는 듯한 모습이었다. 그가 자신의 앞으로 조금 더 다가와 바닥에 한쪽 무릎을 접어 앉았다. 남자의 익숙한 향수 냄새가 세상이 온통 젖은 냄새 사이로 훅, 코끝에 날아 들어온다.

리원의 눈이 더욱 크게 확대되었다. 태건은 그녀의 손을 잡아당겨 손가락을 펴게 한 뒤, 제가 들고 있던 우산을 쥐여 주었다. 그러고는 걸치고 있던 슈트 재킷을 벗어 리원의 어깨에 덮어 주었다. 그가 하는 모든 행동을 말 한마디 없이 그저 바라보고 있던 리원의 어깨가 흠칫 떨려 왔다.

'감촉이······.'

진짜 같아서 조금 놀랐다. 덮어 준 재킷이 몸에 닿자마자 추위에 떨던 몸에 따스한 온기가 전해져 왔다. 그녀의 반응이 조금 이상하다는 것을 느낀 태건이 미간을 찌푸린 채 잠시 빤히 마주 보았다. 연신 굴려 대는 서로의 새카만 눈동자가, 각자 상대의 얼굴 전체를 훑어 내렸다. 토끼처럼 굴러가는 그녀의 눈동자가 귀여워 보여서 태건의 입가에 엷은 미소가 지어졌다. 그가 손을 뻗어 그녀의 창백하게 식은 뺨을 감쌌다.

"얼마나 비를 맞은 겁니까? 피부가 너무 차가워요."

"···좋아해요."

리원의 볼을 쓰다듬던 그의 동작이 멈추었다. 잠시 주춤한 그의 눈동자에서 시선을 떼지 않은 채, 마치 없어질 환영에게 내뱉듯 했던 말을 하고 또 하길 반복했다.

"좋아해요. 좋아한다고요. 진심이에요. 내가······. 이렇게 많이 좋아해요."

"···리원 씨."

"좋아해요. 미안해요. 지금껏 몰랐어요. 염치없지만 좋아하게 됐어요."

"······."

그가 입술을 꾹 깨물었다. 이내 자신의 품 안으로 그녀를 잡아당겼다. 휘청거리던 여자의 작은 몸이 우산 아래 버티고 있던 남자의 단단한 품에 쓰러졌다. 그는 그대로 리원을 품 안에 꽉 껴안아 버렸다. 온통 빗물에 젖은 여자의 몸이 안겨 오자 그의 단정했던 슈트 또한 차갑게 젖어 들기 시작했다. 그럼에도 전혀 개의치 않았다. 어차피 리원의 손에서 떨어져 나간 우산이 이미 뒤집어진 채 바닥에 나뒹굴고 있었으니까.

뒤통수를 쓸어내리는 남자의 커다란 손이, 귓가에 닿는 남자의 숨결이, 온몸을 감싸는 남자의 넓은 품속이, 뜨겁게 그녀를 감싸 안아온다. 리원의 동공이 세차게 흔들렸다.

"…설마 진짜예요? 정말 진짜예요?"

"뭐가요?"

"진짜 태건 씨예요? 환영이 아니고요?"

눈을 감은 채 그녀를 품에 더욱 꽉 껴안은 태건이 피식, 가벼운 웃음을 지었다. 저를 보던 그녀의 반응이 평소와 달리 이상했던 이유를 그제야 알았다.

"진짜예요. 환영이 아니고."

"……"

"내 체온……. 느껴질 텐데."

"네……. 느껴져요. 뜨거워요."

그의 옷깃을 잡은 리원의 손에 힘이 들어갔다. 어딘가로 사라져 버릴 무언가를 놓치지 않으려는 것처럼, 양 주먹 가득 아무지게도 옷을 그러쥐었다. 간질거릴 만큼 짙은 숨을 내쉬며 귓불 근처에 머물던 남자의 입술에서 착 가라앉은 목소리가 흘러나왔다.

"사랑해요."

귓가에 들리는 고백이 감미로운 음악 소리인지 듣기 좋은 남자의 낮은 목소리인지 구분이 되질 않았다. 너무나도 달콤하게 들려서, 그의 따뜻한 숨이 녹아 있는 목소리가 들려올 때마다 귀가 사르르 녹아 버릴 것 같았다.

"…사랑해요."

얼마나 오랫동안 참고 또 참으며 묵혀 왔던 말인 건지……. 과연 상상조차 못 할 것이다. 매번 목구멍을 타고 올라올 때마다 돌멩이를 삼키듯 억지로 삼켜 버렸던 말이었다. 그 말을 이렇게 입 밖으로 내뱉을 수 있다는 사실이 여전히 믿기지 않는다.

가슴속에서 울컥하는 무언가가 격하게 차올랐다. 차가운 장대비 속에서 두 사람의 몸은 차갑게 식어 갔지만, 충만한 감정이 넘쳐흐르는 가슴속만큼은 그 어떤 때보다 따뜻했다.

■ ◇ ■

은은한 노란빛 조명이 넓은 방 안의 두 사람을 비추었다. 리원은 푹신해 보일 만큼 두꺼운 샤워 가운을 입은 채 침대 모서리에 앉아 있었고, 태건은 침대 아래에 무릎 꿇고 앉아 바쁜 손놀림으로 구급상자를 열었다. 면봉에 연고를 듬뿍 묻힌 그가 상처가 잘 보이도록 리원의 턱을 손끝으로 살짝 들어 올렸다.

"아야……. 윽."

리원의 입가에 연고를 바르던 그의 눈썹 끄트머리가 움찔거렸다. 그녀가 아파할수록 태건의 표정이 점점 굳어 갔다. 그는 최대한 감정을 죽인 채 리원의 입가에 난 상처를 훑어보았다. 둔탁한 무언가가 미끄러져 지나가며 긁어 놓은 상처. 얼굴에 난 상처라 걱정이 이만저만이 아니었는데, 정말 다행히도 긁히기만 한 정도라 흉이 질 것 같지는 않았다. 그래도 확실히 낫게 해야 하니까. 내일 중으로 의사에게 진료를 받게 할 생각이었다.

"어떻게 된 건지 말해 주지 않을 겁니까?"

리원은 일부러 시선을 돌려 엉뚱한 벽면을 쳐다보았다. 하지만 가만히 둘 태건이 아니었다. 그가 그녀의 턱을 손으로 그러쥐며 억지로 자신을 돌아보게 만들었다. 태건의 날카로운 시선과 정면으로 부딪치자 결국 리원은 입을 열 수밖에 없었다.

"…걱정하시는 그런 일 아니에요."

"내가 뭘 걱정하는지 알고?"

"나쁜 일을 당한 걸로 생각하시는 것 같아서……. 그건 아니에요. 사실은……."

누군가에게 쉽게 꺼내 놓을 수 없는 이야기임에는 틀림이 없었다.

게다가 그와의 사이는 이제 예전과 사뭇 달라져 있었다. 그저 서로가 필요해서 맺은 계약 관계 그 이상이 되어 버렸으니, 이런 껄끄러운 이야기를 털어놓는 것도 더욱 조심스러워질 수밖에 없었다.

언젠가는 해야 할 이야기라는 것을 잘 알지만 차마 입이 떨어지지 않는다. 그런 리원의 마음을 그도 잘 알았다. 아마도 그래서 먼저 자신의 이야기를 하기 시작한 건지도 모른다. 시선을 아래로 약간 떨어트린 태건이 조심스럽게 입을 열어 리원이 전혀 상상조차 하지 못했던 자신의 과거를 하나씩 꺼내 놓기 시작했다.

"…나는 어릴 적에 낳아 주신 어머니가 돌아가셨어요. 내 눈앞에서."

깜짝 놀란 리원이 눈을 크게 뜬 채 그를 바라보았다. 퍼뜩 이해가 되지 않았다. 어머니가 돌아가셨다는 게 도대체 무슨 말인 건지…….

"네? 태건 씨 어머님은……. 제가 알기로는……."

"그분은 나를 낳아 주신 어머니가 아니세요. 친자식처럼 거둬 키워 주신 분입니다."

대한민국의 모든 사람들이 알고 있는 사실과는 무척이나 다른 이야기였다. 놀라움을 금치 못하는 그녀의 표정을 본 그가 당연하다는 듯이 엷은 미소를 지었다.

"이 사실을 아는 사람은 거의 없을 겁니다. 그럴 수밖에 없어요. 철저히 숨겨 온 집안 내의 비밀이라 누구도 발설해서는 안 되니까요."

"…네에?"

"내 원래 이름은 최태건이 아닙니다."

"그렇다면……. 혹시 입양되셨다는 말씀이세요?"

"아니요. 난 영광 기업 일가의 사생아예요."

뭔가 들어서는 안 될 이야기를 들어 버린 기분이었다. 다른 무엇도 아닌 재벌가에 얽힌 출생의 비밀이라니. 이 이야기가 퍼져 나간다면 세상에 얼마나 큰 파장을 미칠지, 그녀는 감히 상상조차 할 수 없었다. 충격받은 리원이 말 한마디 꺼내지 못한 채 얼떨떨한 표정을 짓고 있음에도 그는 이 폭탄 고백을 멈출 생각이 전혀 없어 보였다.

"그런 이유로……. 난 할아버님께 인정받지 못하고 있어요. 어쩌면 후계자 자리에서 밀려날지도 모릅니다. 그분은 날 증오하니까."

"어째서요? 그저 사생아라는 그 이유 때문에요?"

리원의 질문에 어쩐지 그의 표정이 아프게 일그러지는 느낌이 드는 것은 착각일까?

"아버지의 죽음이 나 때문이라 여기시니까."

그것은 착각이 아니었다. 기억해 내고 싶지 않은 아픈 무언가를 끄집어내는 태건의 모습이 처음으로 애처롭게 느껴져 가슴을 묵직하게 짓눌렀다.

15
진정한 연인

제법 긴 시간이었다. 그의 이야기를 듣고, 자신의 이야기를 털어놓은 시간은 예상보다 더 오래 걸렸다. 대화를 거의 끝마칠 때쯤엔 이미 깊은 밤을 지나 새벽이 오고 있었다. 잠이 내려앉은 리원의 두 눈이 조금씩 풀려 가고 있었다. 태건이 손을 뻗어 리원의 긴 머리카락을 쓰다듬어 내렸다.

"피곤해요?"

"네……. 아침 일찍부터 무척 바빴었거든요……. 게다가 정말 여러 가지 일들이 있어서 좀 피곤했나 봐요."

"오늘은 여기서 자고 가요. 내일 집에 바래다줄게요."

"그래도 괜찮을까요?"

"당연한 이야길."

평소의 그녀 같았다면 기민하게 머리를 굴렸을 것이다. 서로의 마음을 확인한 지 얼마 되지도 않았는데, 벌써 자고 간다는 건 너무 성급한 결정 아닐까? 과연 오늘 그와 뜨거운 밤을 보내게 되는 걸까? 이런 여러 가지 고민들로 쉽게 결정을 내리지 못했겠지.

하지만 당장에 생각을 고쳐먹었다. 불과 몇 시간 전, 사랑을 재는 행동 같은 건 하지 않기로 결심했으니까. 어쨌든 지금은 잠이 쏟아져서 어딘가에 머리를 붙이고 눕기만 하면 금방 곯아떨어질 것 같았다. 리원이 침대에 눕기 위해 엉덩이를 뒤로 밀어 내던 그때였다.

"잠깐."

급작스럽게 팔을 부여잡은 그가 그녀를 움직이지 못하도록 제지했다. 영문을 몰라 어리둥절해하며 태건을 올려다보는데, 그의 시선이 제 허벅지 부분에 꽂혀 있다는 것을 깨달았다. 심각하게 바라보는 눈빛을 따라간 곳에는 허벅지 안쪽의 쓸린 상처들이 드러나 있었다.

"아……. 이것도 역시 오늘 낮에……."

"왜 말을 안 했습니까? 많이 긁힌 것 같은데."

"잠시 잊고 있었어요."

"하……. 제발 리원 씨."

그가 미간을 잔뜩 찌푸리며 다시 침대 아래에 앉아 구급상자를 열었다.

"내가 말했지 않습니까? 제발 자신을 좀 아끼라고."

그가 언제 그런 말을 했던가? 리원이 고개를 갸우뚱거렸다. 생각해 보니 언뜻 들었던 것 같기도 하고……. 어쨌든 잔소리에 가깝긴 하지만 다 저 잘되라고 하는 소리니 그냥 조용히 고개를 끄덕였다. 그러다 문득 부끄러워졌다. 허벅지 안쪽은 아주 예민한 부분이기도 하고 또……. 잠시 후에 일어날 상황을 머릿속으로 그려 보던 리원이 돌연 눈을 휘둥그레 떴다. 잠이 확 깨는 기분이었다. 리원은 재빠르게 그의 팔을 부여잡으며 작게 소리쳤다.

"저, 저 괜찮아요! 이제 구급상자 주세요! 여기는 제가 약 바를게요!"

그녀의 급작스러운 반응에 그가 무슨 말도 안 되는 소리냐는 듯 고개를 슬쩍 내저었다.

"아까까지 잘 치료해 놓고 갑자기 무슨 말입니까? 잠시만 가만히 있어 봐요. 금방 끝낼 테니까."

"아니, 저기 그게 아니라……. 으앗!"

태건은 상처가 잘 보이도록 그녀의 허벅지를 잡아 벌렸다. 리원은 차마 그 광경을 볼 용기가 없어서 두 손으로 얼굴을 완전히 가려 버렸다. 꿀꺽. 목구멍으로 마른침이 절로 넘어간다. 참기 힘든 긴장감에 허벅지가 미세하게 떨려 왔다. 이어 간질간질. 면봉으로 살살 약을 펴 바르는 느낌이 무척이나 선명하게 느껴졌다.

'미쳤어……. 어쩌면 좋아.'

상처 부위를 간지럽게 긁어서 그런지 온몸의 털이 쭈뼛 섰다. 등줄기를 타고 올라가는 찌르르한 느낌이 목덜미를 지나 뒤통수까지 관통

했다. 손으로 얼굴 전체를 가렸음에도 창피함에 열이 오르는 것을 느꼈다. 귀까지 빨개지는 기분이었다.

그는 정말 이 상황이 아무렇지도 않은 걸까? 물론 상처 치료가 목적이긴 하지만, 제가 눈앞에서 허벅지를 벌린 채 앉아 있는데…….보기에 민망하다거나 야하다거나 그런 생각은 전혀 들지 않는 걸까? 저는 이렇게나 창피해 죽을 것 같은데.

결국 리원은 손가락 틈새를 살짝 벌려 그를 몰래 내려다보았다. 그녀가 훔쳐보고 있다는 것을 아는지 모르는지, 그는 대단히 진지한 얼굴로 오로지 상처 치료에만 정신을 집중하고 있었다. 그것을 보니 다소 민망해졌다.

'나도 참……. 저 남자는 저렇게 진지하기만 한데. 혼자 무슨 변태 같은 생각을 한 거지?'

그래, 맞아. 그래 봤자 단순히 상처 난 허벅지일 뿐인데. 이 분위기에서 그게 섹시해 보인다는 게 더 말이 안 되지. 리원은 마음을 놓고 얼굴을 가렸던 손을 내렸다. 상체를 조금 뒤로 물려 안쪽의 상처가 더 잘 보이도록 해 주었다.

"좋아요. 이제 치료는 다 끝났으니까, 약을 바른 부위가 최대한 이불에 닦이지 않도록……."

희미하게 웃으며 말하던 그가 점차 말끝을 줄였다. 눈을 동그랗게 뜬 그녀가 멀뚱히 태건의 기분을 살폈다. 이번에는 사뭇 다른 곳에 그의 시선이 꽂혀 있다는 것을 알았다. 설마 착각인가? 태건의 시선이 어쩐지 제 허벅지 안쪽의 가장 깊숙한 곳을 보고 있는 것 같다. 리원이 빤히 그를 바라보자, 눈동자를 옮긴 그와 정확하게 눈이 마주쳤다. 잠깐이었지만 남자의 눈동자 속에서 새카만 정염이 일렁이는 것을 본 기분이 들었다.

"…태건 씨?"

리원이 이름을 부른 순간, 태건은 그 묘한 시선을 거둔 채 묵묵히 구급상자를 정리했다. 갑자기 쌀쌀맞다는 느낌이 드는 건 그저 기분 탓인 걸까. 상자를 들어 올린 그가 방을 나서기 위해 뒤돌아섰다. 거대한 남자의 등이 마치, 자신과의 사이에 어떤 벽을 쌓는 것 같아서 조금 마음이 복잡해졌다.

"난 거실에서 잘 테니까. 침대에서 편하게 자요. 약 발라 놓은 거 조심하고."

싫다. 그렇게나 보고 싶었고 어렵게 만났는데……. 서로 마음도 통했고 많은 이야기들을 나누며 시간을 보냈는데……. 이유도 모른 채 이대로 그가 나가 버린다면 후회할 것 같았다. 리원은 울상이 되어 아랫입술을 깨물었다.

"잘 자요."

굿나잇 인사를 하고 나가려는 그를 어떻게든 막아야겠다는 결심이 섰다. 얼른 손을 뻗어 잡히는 대로 그의 새끼손가락을 부여잡았다. 졸지에 리원에게 새끼손가락을 잡혀 버린 그가 상체를 살짝 뒤로 돌려 그녀를 내려다보았다. 약간의 당황스러움이 섞인 표정.

"가지 마세요……."

태건의 두 눈이 커다래졌다. 리원은 차마 그를 똑바로 마주 보지 못한 채 새빨개진 얼굴로 없는 용기마저 최대한 긁어모아 말했다.

"여기 같이……. 있어요."

"……."

"같이 자고 싶어요."

너무 직설적이었나? 조금 더 돌려서 말할걸. 들이대는 여자로 보여서 매력 없게 느끼면 어떻게 하지? 이미 내뱉어 버린 말들은 주워 담을 수가 없다는 걸 알면서도 벌써부터 끝없는 후회가 밀려온다. 대답을 기다리는 그 몇 초간의 짧은 시간이 어찌나 초조하게 느껴지는지.

"하아……."

그리고 그의 입술을 가르고 깊은 한숨이 새어 나왔을 때, 리원은 심장이 쿵 바닥으로 내려앉는 기분을 느꼈다. 극심한 후회의 순간에 다다르기 직전 뒤로 돌아 상체를 숙인 태건이 침대 위를 손으로 짚었다. 갑자기 그가 눈높이를 맞추며 훅 치고 들어오자 깜짝 놀란 리원이 눈을 크게 떴다. 그녀의 몸이 반사적으로 뒤로 물러났다.

마주 본 얼굴이……. 너무 가깝다. 금방이라도 입술이 닿을 정도로.

"리원 씨."

"네?"

"…내가 일부러 이러는 거 모르겠습니까?"

"왜요? 왜 일부러……."

"당신은 오늘 여러 가지 일을 겪어서 무척 피곤하고."

"…그렇죠."

"몸 여기저기에 상처까지 생겨 아픈 상태고."

"아픈 건 많이 괜찮아졌는데……."

"그런데 난 몸이 달아올라 미칠 것 같고."

"아……."

몸이 달아올랐다는 그의 말에 리원은 비로소 마음을 푹 놓아 버릴 수 있었다. 예전이면 상상도 못 할 일인데, 오늘 자신의 새로운 면을 발견했다.

"보통 매너 있는 남자라면 이런 상황에서는 자리를 피하는 게 상책이죠."

리원은 가까이에서 마주치는 그의 시선을 견딜 수가 없었다. 아래로 눈동자를 살짝 내린 채 마치 혼잣말처럼 그에게 들릴 만한 목소리로 속삭였다.

"같이 자도 괜찮은데……."

"…너무 오래 참아서, 다정하게 해 줄 자신이 없어요."

"거칠게 하는 거도 좋은데……."

"…한 번에 끝나지 않을 수도 있어요."

"충분히 다 받아 줄 수 있는데……."

잠시 침실 안에 묘한 정적이 흘렀다. 일렁이는 노란 조명등 아래 두 남녀의 그림자가 벽으로 길게 늘어졌다. 정적이 길어질수록 입 안쪽이 긴장감으로 타들어 가는 느낌이었다. 여전히 고개를 들지 못하는 리원의 눈매가 파르르 떨려 왔다. 이윽고 조용히 몸을 좀 더 아래로 숙인 태건이 고개를 약간 비틀어 그녀의 입술에 키스했다. 쪽, 하고 입술이 닿았다 떨어지는 소리가 들렸다.

"하아……"

리원이 몸을 부르르 떨며 눈을 꼭 감았다. 그가 각도를 바꿔 다시 입을 맞춰 왔다. 윗입술과 아랫입술을 차례로 살짝 깨물더니 입술 전체를 덮었다. 문을 두드리듯 조심스럽게 가운데를 가르고 들어온 혀가 앞니를 위아래로 천천히 쓰다듬었다.

리원이 입을 좀 더 벌렸다. 그 틈으로 깊숙이 찔러 들어온 혀와 혀가 만나 서로 부드럽게 엉켜들었다. 비비고 쓰다듬어 주는 입맞춤이 이전과는 비교도 되지 않을 만큼 자극적이고 관능적이었다. 서로를 얼마나 원하는지 뜨겁게 얽혀 드는 키스만으로 여실히 드러났다. 겨우 입맞춤 하나로 온몸의 세포들이 살아나고, 말초 신경이 곤두서기 시작하는 느낌이 들었다. 전기가 통하는 것처럼 발끝이 저릿해 온다.

"…후회할 거예요."

욕정을 삼키던 입술로 태건이 마지막 경고를 내뱉었다. 그녀가 눈을 동그랗게 휘며 조용히 웃었다. 경고에도 불구하고 오히려 양팔을 활짝 벌려 그의 목에 감아 당겼다. 털썩. 묵직한 소리를 내며 겹쳐진 두 사람의 몸이 순식간에 침대 위로 쓰러졌다. 리원의 위에 올라탄 그가 거친 숨을 내쉬며 상체를 일으켰다. 피부를 감싸고 있던 셔츠를 단숨에 벗어 던지자, 가려져 있던 촘촘한 근육들이 어둑한 불빛 아래 가감 없이 드러났다.

처음이 아니었음에도 긴장되는 것은 어쩔 수 없었다. 잘게 부서지는 그의 근육들을 조심스럽게 훑어 내리던 리원의 목구멍으로 마른침이 삼켜졌다. 자꾸만 갈증이 일어나 입 안이 바짝 마른다. 어디에서 온 갈증인지 출처를 알 수는 없지만 그것을 해결하기 위해 어떻게 해야 할지는 누구보다 잘 알았다.

지금 리원에게는 그가 필요했다. 리원은 팔을 뻗어 그에게 매달렸다. 어떤 방법으로도 채워지지 않는 목마름을 해소하기 위해, 스스로가 먼저 태건의 입술을 찾아내 깊게 키스했다. 입술이 잠시 떨어지는 매 순간마다 애원하는 그녀의 목소리가 작게 속삭이듯 들려왔다.

"더, 조금만 더……."

물을 흡수하듯 서로의 타액을 듬뿍 나눠 마시고, 어루만지듯 입 속의 점막들을 촘촘히 자극했다. 남자의 뜨거운 숨이 훅 내쉬어질 때마다 말랑한 입술이 그녀의 입술을 짓눌렀다. 키스 하나로 온전히 지배당하는 것 같은 기분. 이런 감각은 난생처음이었다. 촉촉한 겉을 부드럽게 빨아들이는 느낌도. 급작스럽게 안으로 깊숙이 침범하는 혀 놀림도. 머리가 찔해질 정도로 기분 좋아서 견딜 수가 없었다. 아랫배가 저릿해져 오는 감각에 리원의 골반이 살짝 비틀리며 움직였다.

"…아직 시작도 안 했는데."

허리 아래가 비틀어지는 것을 본 걸까. 리원의 얼굴이 붉어졌다.

마치 가장 숨기고 싶었던 치부를 들키기라도 한 것처럼 왠지 창피했다. 싱긋 특유의 웃음을 지은 태건이 제 커다란 손으로 허벅지를 쓰다듬으며 미끄러져 내려왔다. 거칠고 투박해 보이던 손은 의외로 부드러웠다. 그게 뭐라고 증폭되는 긴장감에 흥분한 리원의 몸이 부르르 떨려 온다. 태건은 그녀의 모든 것을 하나도 빠짐없이 기억하기 위해 새카만 눈동자를 천천히 굴렸다.

샤워 가운이 이렇게나 자극적인 옷이었나?

움직임이 많다 보니 허리에 두른 끈이 약간 풀려, 몸을 가리기 위한 기능을 제대로 하지 못하고 있었다. 벌어진 가운의 틈 사이로 풍만한 가슴이 반쯤 드러나 있고, 아래쪽은 아예 활짝 열려 살색 속옷을 가감 없이 드러내고 있었다.

"하……. 진짜 돌아 버리겠네."

평소 그녀가 알던 그라면 절대 쓰지 않을 것 같은 단어 선택에 깜짝 놀란 리원이 눈을 휘둥그레 떴다. 그가 미간을 접은 채 매우 곤란한 표정으로 자신의 몸을 내려다보고 있었다. 리원이 상체를 조금 들어 고개를 갸웃거렸다. 돌아 버리겠다는 말의 이유를 파악할 수 없어 멍하니 풀린 눈으로 바라보는데, 그게 또 그를 난처하게 만든 것 같다.

"그렇게 보는 건 반칙이에요."

"네? 제가 뭘 어쨌다고……."

"상처. 정말 괜찮겠습니까? 통증이 있거나 한 건……."

"지금은 딱히 아프거나 쓰라리지 않아요. 그렇게 깊지도 않아서 걱정할 필요 없어요."

"…혹시 발라 놓은 약이 닦여 버리면 다시 해 줄게요. 조심하려 해도 그게 잘 안 돼서."

"사실 벌써 반 이상은 다른 곳에 묻은 것 같아요. 이렇게 된 거 그냥 신경 쓰지 말아요."

"아……. 어쩔 수 없이 전부 닦여 나가 버리려나?"

그가 혼잣말을 내뱉으며 고개를 살짝 한쪽으로 기울였다. 혹시나 관계 중에 리원의 상처가 쓸려 아프기라도 할까 봐 그게 그렇게나 신경 쓰이나 보다. 정작 저는 조금 아프다 한들 그를 받아 낼 수 있다면 전혀 상관없는데 말이다. 뜨거운 그의 입술이 사슴처럼 기다란 리원의 목덜미에 닿았다. 입을 맞춘 채 점점 아래로 내려가 쇄골의 움푹 팬 곳을 엷게 핥아 내리더니, 그 진한 눈매를 다시 그녀의 하얀 허벅지로 옮겨 갔다.

'상처를 보는 게 목적인지……. 아니면 다른 데를 보는 게 목적인지.'

샤워 가운 아래 드러난 매끈한 다리가 유독 그의 시선을 사로잡아 참을 수 없게 만들었다. 태건은 그녀의 허리에 겨우 걸쳐져 있던 샤워 가운을 바닥에 떨어트렸다. 공기 중에 온전히 드러난 피부를 더듬으며 미끄러지던 남자의 손이 아래쪽 어딘가에 깊숙이 파고든다.

"조금만 더 벌려 봐요."

"허억……."

예민한 곳을 배회하는 손길에 다음 행위를 지레짐작한 리원이 눈을 크게 뜬 채 고개를 내저었다. 겁에 질린 듯한 새카만 눈동자가 아른거리는 불빛에 애처롭게 빛난다. 그는 마치 한입에 그녀를 집어삼키려 준비하는 짐승처럼 거대한 몸집을 움직였다.

"아, 아직 준비가 안 된……."

"쉬잇. 아직 아픈 걸 하는 게 아니니까 겁먹지 말고."

조금 전까지 그렇게나 다정하고 조심스럽게, 천천히 그녀에게 맞춰 주던 남자와 같은 사람이 맞는 걸까? 상처가 괜찮다는 말을 들은 뒤로부터는 마치 다른 사람으로 돌변한 것 같았다. 손길은 거침없이 빠르고 부드러운 살을 주무르는 아귀힘이 조금 더 강해졌다. 그녀의 모든 것을 잠식해 가는 과정이 꼭 육식에 굶주린 짐승이 작은 초식동물을 잡아먹는 것과 닮았다.

흐릿하게 풀린 눈. 빨개진 얼굴. 뜨겁게 내뱉는 가녀린 숨결.

파르르 떨리는 리원의 기다란 속눈썹을 본 그가 옅은 탄식을 내뱉었다. 복숭아처럼 예쁘게 붉어진 그녀의 하얀 피부가 더없이 관능적으로 빛났다.

"으음! 하으……."

여자의 여린 분홍빛 입술 사이로 끊임없이 새어 나오는 신음. 그 소리는 그가 완전히 그녀의 품속으로 파고들어 자리 잡았을 때 비로소 작은 비명으로 완성되어 내질러졌다. 하지만 그 비명은 그리 오래가지 못했다. 벌어진 입을 태건의 입술이 완전히 눌러 덮어 버린 탓이었다.

정신이 혼미해졌다. 그는 너무 강하고, 버겁고, 빨랐다. 마치 완벽하게 튜닝을 끝내고 최고 속도로 거칠게 내달리는 경주용 자동차 같았다. 아득하게 멀어지는 정신을 어떻게든 붙잡고 목젖 끝에서 터져 나오는 말을 쉴 새 없이 토해 냈다.

"사랑해요……. 사, 아……."

폭발해 버릴 것 같은 욕정을 애써 천천히 풀어 내던 그가 눈물이 맺힌 여자의 눈꼬리에 살짝 입 맞추었다.

"내가 더, 사랑해요……. 아주 많이."

달콤한 속삭임이 오히려 흥분제가 되어 감당할 수 없을 만큼 벅찬 소용돌이를 내면까지 끌어올렸다. 절정까지 치닫는 몸놀림은 예상보다 더 격렬하고 뜨거웠다. 이 순간에 느껴지는 모든 감각과 감정들을 공유라도 하는 걸까. 손끝으로 전해져 오는 감각과 세밀한 숨결까지 모든 것이 마치 맞추기라도 한 것처럼 함께 움직였다.

이제야 두 사람은, 몸과 마음 모두 완벽하게 하나가 되었다.

■ ◇ ■

볼에 닿는 매끄러운 감촉이 무척이나 기분 좋다. 언뜻 좋은 향기도 나는 것 같아 매끄러운 그곳에 코를 박고 듬뿍 들이마셨다.

'어디서 많이 맡아 본 향기…….'

흐리게 눈을 뜨고 깜빡이는데 눈앞이 온통 살색의 향연이다. 예쁘게 자리 잡힌 두툼하고 단단한 근육질의 가슴이 규칙적으로 움직이는 것이 느껴졌다.

'가슴? 남자의 가슴?'

그제야 기억이 난다. 어젯밤부터 해가 뜨는 이른 아침 시간까지 태건과 뜨겁게 사랑을 나누던 모든 순간들이.

리원은 슬며시 고개를 들어 저를 품에 꼭 안은 남자를 올려다보았다. 고르게 내쉬는 숨이 그가 깊게 잠들었다는 것을 증명했다. 잠든 태건의 모습을 보는 게 횟수로는 이번이 두 번째였다. 참 희한하기도 하지. 어떻게 보면 정말 별것 아닐 수도 있는데 이전과 달리 꽤 헝클어진 모습에 왠지 설레었다.

'좋아……. 이 사람이 너무 좋아.'

그가 어떤 모습을 하고 있든 중요하지 않았다. 그저 함께 있다는 사실이 못 견딜 만큼 좋아서, 한참이나 질리지도 않은 채 그의 얼굴만 뜯어보았다. 누더기를 입혀 놓아도 미모는 숨길 수 없다고 했던가. 평소의 완벽한 모습이 아닌 잔뜩 흐트러진 모습임에도, 눈을 감은 채 잠을 자고 있는데도, 그 잘난 얼굴은 여전히 빛이 났다.

리원은 작고 하얀 손을 올려 태건의 얼굴을 서서히 더듬으며 올라갔다. 하트 모양의 도톰하고 예쁜 입술을 문지르다가, 남자답게 우뚝 선 코를 스쳐 지나고, 여자보다 더 길고 숱이 풍부한 속눈썹 끝을 검지로 살살 쓸어내렸다. 이마를 덮은 조금 헝클어진 머리카락을 만지작거리는데, 꾹 닫혀 있던 태건의 눈꺼풀이 서서히 위로 올라간다. 아직 잠에서 덜 깬 멍하니 풀린 눈을 깜빡이며 리원과 시선을 똑바로 마주했다. 떠오르는 햇살보다 더 환한 미소를 지으며, 그녀가 짧은 아침 인사를 건넸다.

"좋은 꿈 꿨어요?"

그녀의 물음에 그가 편안한 숨소리를 크게 내쉬었다. 입술 끝에 걸려 있는 잔잔한 미소가 사라지기도 전에 아침이라 깊게 잠겨 버린 걸걸한 음성으로 대답했다.

"오랜만에 깊은 잠을 잤어요. 당신은?"

"저도 푹 잤어요. 잠자리가 너무 폭신해서."

리원은 침실 벽 한편에 걸려 있는 벽시계를 확인했다. AM 09시 10분. 시계가 고장 난 게 아니라면 분명 아직 일요일의 아침 시간이었다. 해가 뜨는 걸 보고서야 잠이 들었는데, 겨우 몇 시간 수면을 취한 것치고는 컨디션이 매우 좋은 편이었다. 연신 눈동자를 굴리며 시간을 계산 중이던 리원에게 그가 농담 반 진담 반이 섞인 일침을 가했다.

"오늘은 도망치지 않았군."

제주에서의 일을 말하는 것 같았다. 리원의 입가에 피식, 엷은 헛웃음이 지어진다. 그때 민망한 마음에 두 번이나 아침 일찍 도망을 쳤었지.

"…늦잠을 자 버려서요."

"혹시 오늘도 눈떴을 때 당신이 없다면 혼을 내 주려고 했는데."

"아쉽네요. 어떻게 혼을 내 줄지 되게 궁금한데…… 지금이라도 도망쳐 봐야 할까요?"

"날 만만하게 보는군. 농담 아닙니다. 이래 보여도 작정하고 벌을 줄 때는 누구보다 냉정하고 무서운 사람이란 거 미리 알아 뒀으면 좋겠군요."

"그런 얼굴로 협박해도 소용없어요. 협박이 전혀 먹히지 않는 얼굴이잖아요."

"내 얼굴이 어때서?"

"악역을 맡기엔 너무 잘생겼잖아요."

"……."

리원의 진지한 조크에 그가 잠시 할 말을 잃었다. 햇살이 드는 포근한 침실에서는 최대한 소리 죽여 장난을 거는 여자의 웃음소리가 한참이나 들렸다. 리원은 푹신한 베개 위에서 턱을 괸 채 저를 물끄러미 바라보는 남자에게 물었다.

"혹시 본인이 엄청 잘났다는 거 모르고 살았어요?"

사실은 이전부터 가끔 궁금했던 질문이었다. 이렇게 흔치 않은 잘생김에다 능력도 있고 겉으로 보이는 성격이나 말투까지 전부 매력적이다. 이 정도의 완벽한 조건이라면 콧대가 하늘을 찌를 법도 한데, 태건은 그렇지 않아서 단순히 그의 생각이 궁금했다. 흔히들 하는 말처럼 얼굴값 할 만한데도 말이다. 그녀의 질문에 그가 작게 헛웃음을 터트렸다.

"그럴 리가. 누구보다 잘 압니다."

"아아……. 역시 자기가 잘생겼다는 걸 아는구나."

"인물 좋다는 말이야 평생을 듣고 살아서 모를 수가 없죠. 지금도 잘난 얼굴 이용해서 당신을 쟁취해 냈잖습니까."

"와아……. 방금 좀 재수 없었던 거 알아요?"

리원은 진담으로 한 말인데 그는 뭐가 그리 재미있는지 해맑은 소년처럼 웃었다. 그 가식 없는 웃음이 너무 보기 좋아서 가슴 한쪽이 간질간질해 오는 느낌이 들었다. 그가 자신의 팔을 베고는 리원의 머리카락 끝을 만지작거리며 말했다.

"오해하는 것 같아서 하는 말인데……. 당신을 제외한 다른 모든 이들한텐 내가 딱히 친절하고 다정한 사람이 아니에요."

"흐음……."

그 부분은 함께 일을 하는 동안 몇 차례 느낀 바가 있다. 좋은 상사이긴 하지만, 다정하거나 친절한 상사는 아니었다. 함께 일을 할 때만큼은 리원에게조차 철저하게 업무적으로 대했다. 무뚝뚝하거나, 냉철하거나. 아마도 사적인 인간관계에 있어서도 그와 비슷할 것이다.

"그런데 왜 나한테만 그렇게 조심스러웠어요? 스스로가 잘났다는 걸 그렇게 잘 아는 사람이."

"…당신은 너무 대단한 여자니까."

가끔 상상하지도 못할 말이나 행동들을 해서 놀랍게 만드는 재주가 있다. 누가 봐도 훨씬 대단한 사람은 태건 쪽일 텐데. 뭐 하나 가진 것 없는 저를 이만큼 높게 평가해 준다는 사실에 스스로를 인정받아 기분 좋은 것 같으면서도 약간은 부담스러웠다. 그는 한 치의 거짓도 없는 진심을 담아 제가 생각한 그녀의 가치를 하나하나 순서대로 읊었다.

"누구의 앞에서든 당당하고 능력 있는 멋있는 여자. 어떠한 상황에서도 자신을 절제하고 능력을 발휘할 수 있는 사람. 자기 일에 몰두하는 여자가 멋지다고 생각한 건 처음이었습니다. 감히 다가갈 수 없는 여자라고 느껴졌어요."

"전……. 그렇게까지 대단한 사람이 아니에요. 알고 보면 정에 약해서 여기저기 끌려다니기나 하고……."

"난 당신의 그런 부분도 좋았어요. 훨씬 인간적으로 느껴져서."

"단점이 그것뿐만이 아니에요……. 이기적이라 내 입장만 생각해서 배려심도 부족해요……. 누군가를 사랑하기엔 아직 너무 서툴러서 태건 씨가 힘들어질지도 몰라요."

"…그 정도야 감수해야죠. 당신은 내 모든 것을 걸 만큼 가치 있는 사람이니까. 쉽게 가질 수 없는 여자니까."

그가 말하는 최고의 가치라는 게 그녀의 외모나 조건이 아니라는 사실에 조금 위로를 받았다. 저 자신이 이룬 노력과 일을 할 때 펼치는 능력에 대해 매력을 느꼈다는 사실도 무척이나 마음에 들었다. 저라는 사람 자체를 가장 제대로 봐 주는 상대임에는 틀림이 없었다.

"얼굴. 한 번만 더 만져 봐도 돼요?"

문득 사랑스러운 남자의 얼굴을 제대로 만져 보고 싶다는 기분이 든다. 그녀의 물음에 뭘 당연한 걸 물어보냐는 듯 그가 가볍게 수락했다.

"언제든지. 마음대로."

천천히 뻗은 기다란 손가락이 남자의 눈썹에 닿았다. 아래로 더디게 내려와 속 쌍꺼풀이 진 기다란 눈 근처로 다가간다. 태건은 그녀가 만질 수 있게 눈을 살짝 감아 주었다.

"눈……. 태건 씨의 깊은 눈이 참 좋아요. 남자다운 콧대도, 갈라진 턱선도 좋지만 난 그중에서도…….."

차례대로 눈과 코, 턱 선을 간질거리게 따라 그리던 리원의 손가락이 태건의 아랫입술을 꾹 누른다. 도톰하고 부드러운 입술은 푹신한 마시멜로처럼 촉감이 좋았다.

"입술이요. 제일 매력적이라고 생각하곤 했어요."

감았던 눈을 슬며시 뜬 그의 눈동자가 날카롭게 빛난다. 자신의 얼굴을 만지던 여자의 새하얀 손을 잡아 그 작고 귀여운 손바닥 안에 입을 맞추었다. 보드라운 입술이 손바닥 안에 닿았다 떨어지는 감촉에 리원의 어깨가 흠칫 떨려 왔다.

"나와 하는 키스가 좋아서?"

"네에? 아니, 그런 뜻이 아니라……."

"그럼 싫습니까?"

"설마요. 당신이랑 하는 키스는 정말 좋아요."

"다행이군. 나 혼자만 좋은 게 아니라서."

부드러운 여자의 손을 주무르던 그가 앙증맞기 그지없는 엄지를 고개 숙여 꽉 깨물었다. 깜짝 놀란 리원의 어깨가 위아래로 흠칫 떨렸다. 그가 뭘 하려는 건지 의도를 알 수가 없어 그저 멍하니 바라보는데, 혀끝을 내밀어 손가락을 핥기 시작했다.

"……."

리원은 흰자위가 보일 정도로 눈을 크게 떴다. 마치 몸이 동상처럼 굳어 꼼짝도 할 수 없는 가운데 태건은 눈을 감고 키스하듯 손가락을 핥고 빨아들였다. 잠깐씩 눈을 뜨는 순간마다 요염하게, 혹은 아주 강렬하게, 그녀와 눈을 마주치며 입술을 움직였다. 이윽고 붉은 혀가 엄지를 세로로 길게 핥아 올렸을 때, 결국 리원의 얼굴이 부끄러움에 뜨겁게 달아올랐다. 그 반응이 꽤 마음에 들었는지 그가 리원의 손목을 부여잡았다.

"하고 싶어요."

"…뭐가요?"

"모르지 않을 텐데."

쪽쪽, 가볍게 닿았다 떨어지는 입맞춤은 리원의 손등, 손목, 팔을 타고 올라가 목덜미까지 다다랐다. 일순 장난기 어린 웃음이 짧게 그의 입가를 스쳐 지나갔다.

"당신 입술이 좀 맛있게 생겨 놔서. 아까부터 입술을 빨고 싶었거든."

"……."

훨씬 더 야한 것을 떠올렸던 머릿속이 민망해졌다. 그의 장난에 놀아났다는 생각이 달아나기도 전에 쇄골이 물려 얕은 신음이 내뱉어졌다.

"허락해 줘요."

리원이 거친 숨을 몰아쉬었다. 이미 그녀도 한계치다. 스르륵, 남자의 커다란 손이 리원의 어깨를 스쳐 지나가 뒷목을 살며시 부여잡았다. 상체를 조금 들어 다가온 태건이 그녀의 입술에 짧게 키스하며 속삭였다.

"사실 나는……. 키스보다 더 대담한 걸 하고 싶어요."

그가 몸을 더욱 밀착시켰다. 리원은 허벅지에 무언가 단단하고 뜨거운 것이 닿는 것을 느꼈다.

"사실 눈뜨고 나서부터 계속 이런 상태라."

"아……. 이건 혹시."

말을 하지 않아도 그게 무엇인지는 두 사람 모두가 잘 알고 있었다. 날카롭게 타오르는 눈동자를 마주한 것도 잠시, 태건이 조급하게 입술을 겹쳐 온다. 유난히도 넓은 남자의 벌거벗은 어깨가 시야를 가리고 커다란 그의 몸에 포옥 묻혀 버렸다.

그를 받아 내는 것이 벌써 여러 번인데도 아직 벅차다는 느낌이 든다. 그럼에도 싫지 않은 것은 아마도 사랑하는 사람과 살을 맞대는 행위 자체가 충만한 행복감을 전해 주기 때문일지도 모른다. 아래에 느껴지는 묵직한 감각이 낯설지 않게 될 때까지, 두 사람의 시간은 온통 뜨거운 행위들로 채워졌다.

■ ◇ ■

태건과 만나게 된 뒤로 더는 놀랄 일이 없을 거라 여겼는데 새삼 그렇지 않다는 것을 깨달았다. 상류층의 세계는 상상했던 것보다 훨씬 더 대단했다. 그런 생각을 하게 된 계기는 입고 있는 샤워 가운이 너무 불편했던 것에서부터 시작되었다. 느지막한 시간이 되어서야 침대를 벗어난 태건이 씻기 위해 욕실로 들어간 뒤, 리원은 그의 드레스 룸을 향하여 유유히 걸음을 옮겼다. 옷은 입어야겠는데, 제 옷들은 모조리 입을 수 없는 상태가 되어 버려 편안한 복장을 찾아보기 위해서 였다.

"설마. 티셔츠랑 면바지 정도는 있겠지? 그게 아니라도 트레이닝 세트 정도는……."

물론 저와 그의 덩치 차이가 엄청나긴 했지만 집에 갈 때까지 샤워 가운을 입고 있을 수는 없지 않은가. 뭐라도 골라 입을 심산으로 하얀 슬라이딩 도어를 열자마자 놀라운 세계가 펼쳐졌다. 마치 백화점에 입점한 브랜드 매장 하나를 집 안으로 옮겨 놓은 것 같은 착각이 든다. 잘 정리된 선반의 칸막이들과 옷걸이에는 사계절의 옷들과 액세서리들이 빠짐없이 빼곡하게 자리를 차지하고 있었다.

"우와……. 세상에."

당연하게도 전부 남자의 물건이었지만, 워낙 화려하고 진귀한 것들이 많아서 나름대로 구경하는 재미가 있었다. 유명한 명품 브랜드부터 각종 수제품, 생전 처음 보는 고가의 브랜드들까지. 넓디넓은 드레스 룸을 이리저리 훑어보며 눈으로 대리만족을 하던 그때.

"응?"

정중앙의 가장 주목받는 자리에서 어디서 많이 본 구두가 화려한 조명을 받아 반짝반짝 빛나고 있는 것을 발견했다. 유난히도 시선을 잡아끄는 것이 분명 보통 물건은 아닌 듯한데……. 리원은 그것을 보자마자 단번에 어디서 온 물건인지 알아차렸다. 과연 그럴 수밖에 없었다.

"이건 설마 내……."

마놀로 블라닉 구두?

뜬금없이 이 드레스 룸의 가장 명당을 차지하고 있는 여자의 구두는 그녀가 제주도의 호텔에 두고 온 그것이 분명했다. 태건이 망가진 구두를 신경조차 쓰지 않았을 거라 여기고 어느 순간부터 잊고 살았었는데……. 버젓이 그의 집에 전시되어 있다니 믿을 수 없었다. 리원이 그 구두를 꺼내 손에 쥐던 찰나,

"이런. 결국 들켜 버렸군."

뒤에서 들려온 남자의 묵직한 음성에 리원이 소리가 나는 쪽을 돌아보았다. 뚝뚝. 아직 마르지 않은 머리카락에서 떨어지는 물방울. 방금 샤워를 끝낸 피부에서 풍기는 샤워코롱 향기가 유난히 강해서 조금 떨어진 그녀에게까지 은은하게 퍼져 왔다. 가운을 몸에 걸친 태건이 드레스 룸 입구의 벽에 기대어 팔짱을 낀 채 그녀를 조용히 관찰하

고 있었다. 리원은 손에 쥔 구두와 드레스 룸 입구에 기댄 채 서 있는 그를 번갈아 보았다.

"이거 보관하고 있다는 거 왜 말 안 했어요?"

"매번 돌려준다는 게……. 그걸 잊고 있었어요. 어쩔 수 없이 본래의 주인에게 돌아가는군."

어쨌든 그와의 추억이 담긴 물건이다. 많은 사연이 담긴 것이기도 했고. 잃어버린 줄로만 알았던 것을 새삼스럽게 손에 쥐게 되니 왠지 모르게 감동이 밀려온다. 리원은 시시각각 변하는 묘한 표정을 한 채 잠시 구두를 뚫어져라 바라만 보았다.

"한낱 구두일 뿐이라고 생각할 수도 있지만……. 저에겐 정말 많은 의미가 있어요. 처음으로 오로지 저 자신만을 위해 부렸던 작은 사치였거든요."

"그 구두는 나한테도 많은 의미가 있는 물건입니다. 잊을 만하면 내 드레스 룸에서 눈에 띄는 바람에 자꾸만 당신을 생각나게 만들었거든."

"존재감이 대단하긴 하죠. 태건 씨가 손수 부러트린 구두니까."

지난 일들을 떠올리며 장난스럽게 웃는 리원의 모습을 그가 따스한 눈빛으로 조용히 바라본다.

"좋은 신발은 좋은 장소에 데려가 준다는군."

"아쉽네요. 이걸 신고 좋은 장소에 가고 싶지만, 굽이 부러져서."

어느새 곁으로 다가온 태건이 자연스럽게 리원을 유도해 의자에 앉게 했다. 무얼 하려는 건지 영문을 몰라 눈만 크게 뜬 채 그를 바라보는데, 나머지 구두 한 짝을 선반에서 꺼낸 뒤 바닥에 한쪽 무릎을 접어 앉는다. 조심스레 리원의 발목을 잡아 구두를 한 짝씩 그녀의 발에 신겨 주었다. 리원의 눈이 휘둥그레졌다.

"이걸 고친 거예요?"

분명 굽이 부러져 있어야 할 구두는 완벽하게 수리된 상태로 발을 감쌌다. 처음 신었던 촉감 그대로 리원의 발에 맞춤처럼 꼭 맞는 구두는, 원래의 주인을 만나자 평소보다 몇 배는 더 예쁘게 빛났다. 작은 발을 더욱 돋보이게 하는 구두를 희미한 미소를 지은 채 지켜보던 태건이 그녀의 물음에 대답했다.

"똑같은 걸 새로 구해다 놓을까 생각도 했지만 그러지 않았습니다. 이 구두 자체가 우리 두 사람에게 매우 의미 깊은 물건이라서."

태건이 바닥에서 몸을 일으켰다. 그는 리원의 양손을 잡고 마주 선 채 그녀를 의자에서 일으켜 주며 완벽하게 에스코트했다.

"걸어 봐요. 잘 고쳐졌는지 확인해야 하니까."

그가 한 걸음, 두 걸음, 뒤로 천천히 물러날 때마다, 손을 맞잡은 리원은 아기가 걸음마를 떼듯 한 걸음씩 그를 따라갔다. 걷는 것에 문제가 없는 것으로 보아 수리는 충분히 잘된 것 같았다.

"편해요. 잘 고쳐진 것 같아요."

"좋습니다. 그렇다면 이 구두를 신고 나와 갈 곳이 있어요."

"어디를요? 참, 그것보다 혹시 면 티셔츠나 반바지 같은 거 없나요? 어제 입었던 옷은 버려야 할 것 같아서요."

리원의 물음에 그가 약간 눈썹을 휘며 혼잣말을 중얼거렸다.

"올 때가 됐는데……."

"예? 뭐가요? 누가 오기로 했어요?"

히죽, 태건이 한쪽 입꼬리를 올려 웃음 짓던 그때. 거짓말처럼 인터폰의 벨소리가 울렸다. 드디어 올 게 왔다는 듯 그가 현관으로 걸음을 옮기자, 아직 대답을 듣지 못해 궁금증이 풀리지 않은 리원이 쪼르르 뒤를 쫓아갔다. 그리고 다음 순간.

"허얼? 이게 다 무슨……."

단정한 유니폼을 입은 두 명의 여성이 그야말로 들이닥치다시피 안으로 들어온다. 각각 철제 행거 하나씩을 밀고 오는데, 그 행거에는 여러 종류의 여성복들이 빼곡하게 걸려 있었다.

'설마…….'

설마가 사람 잡는다고. 저걸 다 입어 보는 건 아니겠지라며 현실을 부정하던 리원에게 두 명의 여성이 환하게 웃으며 꾸벅 인사했다.

"그럼, 바로 시작하겠습니다."

■ ◇ ■

태건과 뜨거운 밤을 지새울 때도 피로감에 시달리지 않던 리원이었다. 그랬던 그녀가 지금 축 처진 헝겊인형처럼 조수석에 반쯤 기대

누워 있었다.

"너무 과했습니까?"

그의 물음에 리원이 헛웃음을 터트렸다. 무슨 그런 당연한 걸 물어 보냐는 듯.

"네에……. 자그마치 30벌이나 갈아입었다고요……."

그 많은 옷을 어디다 쓰라고. 정신없이 패션쇼를 한 것도 모자라, 옷을 둘 공간도 없는 그녀의 입장을 생각하지도 않고 모조리 결제를 해 버리다니.

"어차피 다 살 거면서 왜 갈아입혔나 모르겠네요."

"처음부터 다 살 생각은 없었어요. 단지……. 입는 것마다 당신에게 어울리는 바람에."

그의 눈에 뭔가 단단히 씐 게 분명했다. 분명 누가 봐도 지독하게 안 어울리는 옷이 몇 벌 있었음에도 불구하고 썩 괜찮군, 잘 어울리는군, 그런 말들을 연달아 하더니 결국 모조리 결제하기에 이르렀다. 이제는 저 많은 옷을 어떻게 처리해야 할지 리원의 고민이 깊어졌다. 그런 그녀의 속내도 모른 채, 차는 어느새 목적했던 곳에 도달했다. 어디서 많이 본 장소 같은데.

"여긴 혹시 우리가 첫 데이트를 했던……."

"맞습니다. 그때 언젠가 여유가 되면 아쿠아리움 보여 준다고 약속했었죠."

"그걸 여태 안 잊고 있었어요?"

"그럼요. 누구와 한 약속인데."

자동차에서 내린 그가 조수석 문을 열어 주며 리원에게 손을 내밀었다. 그 남자답고 큰 손을 가만히 바라보던 그녀는 첫 데이트 때의 설레었던 기억들을 떠올렸다. 그와 처음 손을 잡고 걸었던 곳도 바로 여기 바닷가였지. 참으로 우습게도 첫 만남부터 몸을 섞은 관계면서 손잡는 게 뭐라고 그렇게나 떨렸었던 걸까. 리원은 입가에 잔잔한 미소를 띠며 그의 손을 꼭 붙잡았다. 차에서 내리기 위해 먼저 뻗은 오른발에는, 환한 대낮의 뜨거운 햇빛을 받아 눈부시게 빛나는 검은색 마놀로 블라닉 구두가 신겨져 있었다.

■ ◇ ■

일요일이라 그런지 아쿠아리움은 수많은 사람들로 붐볐다. 입구에서부터 줄을 서서 들어가는 바람에 입장이 생각보다 많이 늦겨졌지만 나쁘지 않았다. 그와 하는 특별한 데이트도 한산하고 편해서 좋긴 하지만, 수많은 사람들에 둘러싸인 이런 평범한 데이트도 또 다른 즐거움이 있었다.

"불편하지 않아요? 급하게 오는 바람에 이럴 거라 생각하지 못했어요."

평소 사람에 치여 가며 무언가를 해 본 적이 없었던 태건은, 지금의 상황이 무척이나 당황스러운 것 같았다. 쇼핑을 할 때나, 여행을 할 때나, 심지어는 병원이나 영화관까지 대기한다거나 줄을 서 본 적이 단 한 번도 없는 그였다. 줄뿐만이 아니라 아쿠아리움 내의 모든 장소에는 그야말로 사람이 넘쳐 나 정신이 없을 정도였다.

"이 수많은 사람들은 도대체 어디서 온 거지?"

그는 진심으로 궁금해하는 것 같았다. 그 반응이 꽤나 신선하고 재미있어서 그를 관찰하는 것만으로도 즐거운 시간을 보낼 수 있을 것 같았다. 작게 웃음을 지은 리원이 밝은 음성으로 그에게 말했다.

"원래 주말엔 어딜 가나 이런 게 정상이에요. 저는 딱히 불편한 건 잘 모르겠어요. 사람들에 둘러싸여 있는 것도 꽤 좋아하는 편이라서."

"긍정적인 건 좋지만, 사람에 치이는 게 정말 좋습니까?"

"지금 제 표정 안 보이세요? 사람 많고 볼거리 많으면 엄청 들뜨거든요. 완전 재미있을 것 같아서."

이해할 수 없다는 듯 태건이 미간을 살짝 찌푸리며 리원의 상태를 살폈다. 그저 저를 배려해 하는 말인 줄로만 알았는데 그의 눈에 비친 리원은 그 어느 때보다 환하게 웃고 있었다. 초롱초롱 눈동자를 빛내며 두꺼운 유리벽 너머의 수많은 열대어들을 보기도 하고, 관람객들을 위해 준비해 놓은 닥터피쉬 체험이라든지, 거북이에게 먹이를 주는 것까지, 무엇 하나 즐거워하지 않는 것이 없었다. 마치 처음으로 소풍을 나온 어린아이 같았다.

"당신이 즐거워하니 다행이긴 한데……."

"응? 진짜로 재미있어요."

조금은 곤란한 듯한 표정을 짓는 태건에게 고개를 한쪽으로 살짝 기울인 리원이 눈을 깜빡이며 물었다.

"태건 씨는 별로예요?"

"그럴 리가."

당신이 즐거워한다면야 난 무엇이든 좋습니다. 말을 더 하지 않아도 그의 대답을 알 것 같았다. 리원은 끊임없이 그의 손을 잡아끌었다. 기념품도 사고, 함께 커플 사진도 찍고, 제대로 된 식사 대신 그를 졸라 뉴욕핫도그로 배를 채웠다. 동물 얼굴 모양의 커다란 솜사탕까지 손에 쥔 그녀는 마치 세상의 모든 행복을 가진 사람 같았다. 물끄러미 그런 리원의 모습을 지켜보던 그가 피식, 엷은 웃음을 지었다.

"지금껏 본 중 가장 기운이 넘치는군요."

"네. 어릴 적에 한 번 와 보고, 그 이후로 아쿠아리움에 온 게 처음이거든요. 신날 수밖에 없죠."

그와 나란히 손을 잡고 걷는 걸음이 유난히도 가볍다고 느끼던 그 순간. 넓은 공간에서 무언가를 발견한 리원의 두 눈이 커다랗게 뜨였다. 입까지 살짝 벌린 채 미동도 하지 않는 모습에 태건 역시 그녀의 시선이 닿은 쪽으로 고개를 돌렸다. 그리고 아쿠아리움이 처음인 태건 또한 눈을 크게 뜬 채 한곳에 시선을 집중했다.

사람 키의 여섯 배는 되어 보이는 아주 거대한 수족관. 온통 파란 바닷물 색깔로 뒤덮인 그곳에서 서서히 드러나는 경이로운 형체. 두 사람뿐만이 아니라 근처의 모든 사람들이 입을 살짝 벌린 채 저마다의 감탄사를 절로 내뱉었다.

"우와……!"

"와아. 엄청 크고 멋있다."

"고래상어다."

리원은 말 한마디조차 내뱉을 수 없었다. 그저 크게 눈을 깜빡이며 태건과 맞잡은 손에 힘을 주었다. 그 모습이 너무나도 사랑스러워서, 태건은 자연스럽게 그녀의 볼에 살짝 입 맞추었다. 볼에 닿는 입술의 감촉에 깜짝 놀란 리원이 주위를 돌아보며 태건의 팔뚝을 주먹으로 쳐 댔다.

"미쳤어! 누가 보면 어쩌려고요?"

"우리가 제일 뒤에 있어서 아무도 안 봅니다. 다들 고래상어에 시선을 빼앗겨서."

그의 말처럼 모든 사람들의 시선이 오로지 느리게 움직이는 고래상어에 집중되어 있었다. 두 사람은 그나마 가장 뒤에서 있어서 볼 키스를 들키지 않은 것 같았다.

한 번의 키스에 용기가 생긴 걸까. 그가 이번에는 상체를 천천히 숙여 리원의 입술로 다가왔다. 그게 싫지 않아서 리원은 들고 있던 커다란 솜사탕으로 정면을 가렸다. 솜사탕을 가림막 삼아 나누는 짧은 키스에 행복감을 느끼던 것도 잠시.

"엄마! 뒤에 아줌마 아저씨 뽀뽀한다!"

"으응? 뭐라고?"

"저어기! 뽀뽀해! 나 다 봤어!"

아랫줄에 서 있던 키 작은 꼬마가 아주 큰 목소리로 외치며 두 사람을 가리켰다. 몇몇 사람들이 뒤로 홱 고개를 돌렸다. 빛의 속도로 서로에게서 떨어진 리원과 태건은 한동안 멀찍이 떨어진 채 사람들 틈에 숨어야 했다.

'아이는 조금 늦게 가져야겠군.'

벌써 리원과의 미래를 설계하고 있던 태건은, 2세에 관한 계획을 대폭 수정했다.

■ ◇ ■

듣기 좋은 음악이 잔잔하게 귓가를 간질인다. 톡, 톡. 느린 음악에 맞춰 갈색 테이블 위를 두드리던 리원이 뜨거운 차를 입가에 머금었다. 추위가 엄습한 바깥과 달리, 따뜻한 카페 안의 훈훈한 공기가 마음을 평온하게 한다.

가을을 지나 이제 막 겨울이 시작되는 시기. 평일 퇴근한 이후 사랑하는 사람을 기다리며 보내는 시간 동안엔, 그저 잠시 후에 만날 연인을 떠올리기만 해도 충만한 행복감을 가져다주었다. 야경이 멋진 카페에 앉아 흘러나오는 노래를 따라 부르던 리원이 턱을 괸 채 창밖을 내다보았다. 카페 안에 준비되어 있던 책을 읽기 위해 펼쳤지만 그녀에게는 당장에 해야 할 일이 있었다. 데이트 약속 장소에 지금 막 도착한 연인을 반갑게 맞아 주는 일이었다.

주차한 차에서 지금 막 내린 태건이 카페 2층 창가에 앉은 리원을 발견하고는 싱긋, 온화한 웃음을 지었다. 리원은 활짝 웃으며 그를 향해 연신 손을 흔들어 보인다. 이렇게 창을 사이에 두고 시선을 마주치기만 해도 너무 좋아서, 평온하던 그녀의 심장이 두근두근 빠르게 뛰어 댔다.

"많이 기다렸습니까?"

최근 태건의 표정이 많이 온화해졌다. 처음 만날 때만 해도 마네킹처럼 표정이 없는 때가 많았던 그였는데. 마주치는 눈빛만으로도 따스함을 느낄 수 있었다. 무엇이 그리 좋은지 꽃받침을 한 채 연신 싱글벙글, 저를 위해 서둘러 약속 장소로 달려온 태건을 보며 리원은 햇살처럼 환하게 웃어 보였다.

"아니에요. 저도 온 지 얼마 안 됐어요."

그냥 스쳐 지나가지 않는다. 그 큼지막한 손으로 리원의 머리를 살짝 쓰다듬은 태건은 맞은편의 자리에 앉아 입고 있던 코트를 벗었다. 바깥 날씨가 굉장히 추워서 그 잠깐 새 차게 식은 남자의 손을, 리원이 따뜻하게 덮어 녹여 주었다.

이제 그런 스킨십 정도는 자연스럽게 할 만큼 두 사람의 관계가 깊어져 있었다. 분명 계약서상으로는 일주일에 단 두 번의 데이트가 예정되어 있었지만, 요즘 두 사람은 거의 매일 만나다시피 하는 중이었다. 서로의 집을 오가기도 하고, 특별하거나 평범하거나 그런 것에 연연하지 않은 채 하루가 멀다 하고 수많은 데이트를 경험하고 있었다.

"서류 가지고 왔어요?"

"그럼요. 여기."

리원의 물음에 그가 가방에서 한 장의 서류를 꺼내 내밀었다. 두 사람은 마치 약속이라도 한 듯 나란히 각자가 가지고 온 서류를 테이블에 펼쳐 놓았다.

새삼 감회가 새로웠다. 두 사람의 관계를 엮어 주기도, 두꺼운 벽을 만들어 다가가지 못하게도 만들었던 연애 계약서. 수기로 작성해 한 장씩 나눠 가졌던 계약서는 마치 그들이 보내온 시간을 그대로 보여 주는 것 같았다. 진작 이 계약서를 처리해야 했었지만, 서로 사랑을 나눌 시간조차도 부족했던 탓에 미루고 미루다 오늘에 이른 것이다. 물끄러미 계약서 두 장을 쳐다보던 리원이 힐끗, 눈을 위로 치켜뜨며 그에게 물었다.

"이제 이건 필요 없겠죠?"

"당연한 말입니다. 우린 이제 이런 게 필요한 사이가 아니니까."

"그래도 막상 꺼내 보니 아쉬워요. 이 계약서에도 나름대로 우리 두 사람의 추억이 묻어 있는데. 우리가 계속해서 만날 계기를 만들어 주기도 했잖아요."

처음 만났을 때부터 서로에 대한 사랑을 확인하기까지. 그 계약서 한 장으로 두 사람의 관계를 정의했었다는 사실이 믿기지 않는다. 한 줄 한 줄 계약된 내용을 읽어 내려갈 때마다 그 부분에 얽힌 여러 가지 기억들이 새록새록 솟아나 저절로 웃음 짓게 만들었다. 이 계약서를 없애 버리는 것은 태건 또한 아쉽지만, 어쩐지 아직도 두 사람의 관계를 명확하지 않게 만드는 것만 같은 기분이 들어서 그게 마음에 들지 않았다.

"찢어 버립시다. 추억은 기억에 남으니까요."

"그래요……. 누가 보기라도 하면 좋지 않은 것도 사실이니까요."

리원이 그의 말에 동의하며 고개를 끄덕이자, 두 사람은 동시에 계약서를 한 장씩 손에 쥐었다. 찌이익— 종이가 길게 찢겨 나가는 소리가 들리며 이로써 그들을 엮고 있던 계약은 완전하게 파기되었다. 대신 그들의 관계를 새롭게 엮고 있는 것은 그 어떤 계약보다도 더 끈끈한 사랑이라는 단어였다. 비로소 두 사람은 오늘로써 진정한 연인이 된 것이다.

■ ◇ ■

위이잉—

저음의 기계 소리를 내며 흰색 블라인드가 천천히 위로 올라간다. 깨끗하게 닦인 유리창 너머 구름 하나 없는 새파란 하늘이 예쁜 액자처럼 시선을 사로잡았다.

리원은 방금 뽑은 진한 아메리카노 향을 맡으며 후루룩, 한 모금을 삼켰다. 넓은 사무실 안에는 그녀 혼자였지만 아무도 없는 사무실에서 저만의 시간을 보내는 것도 나쁘지 않았다. 그 나름의 매력적인 분위기가 있기 때문이었다.

그 누구보다 이른 시간에 출근하여 사무실의 아침을 여는 사람. 1년 내내 평일 동안 누가 시키지 않았음에도 리원이 자처해서 하는 일 중 하나였다. 요즘의 그녀는 지금까지의 인생을 통틀어서 가장 만족스러운 일상을 보내고 있었다. 일은 일대로 승승장구해서 곧 승진을 앞두고 있었고, 연인인 태건과의 애정전선 또한 큰 사건 없이 무난하게 흘러가고 있었다. 오히려 너무 평온하고 매일 느끼는 행복감에 익숙해지기까지 해서, 이 평온함이 언젠가 깨어지는 날이 오지 않을까 겁이 날 정도였다.

"후아아암."

리원은 입이 찢어져라 연속으로 하품을 해 댔다. 커피를 마시다 말고 찢어질 듯 입을 벌리며 하품 하는 모습이 꼭 만성피로에 시달리는 사람 같았다. 가장 상쾌해야 할 월요일 아침에, 벌써부터 피로에 시달리는 것이 분명 정상은 아니었다.

'미치겠네. 그래도 오늘 새벽에는 좀 봐주지……. 일도 해야 하는데.'

밤새 태건에게 시달려 잠이 부족한 리원은 오늘 하루가 걱정이었다. 잠만 좀 설친 상태면 차라리 나았을 텐데 주말 내내 과도한 체력 소모까지 했더니 몸에 무리가 왔다. 처음에는 그의 넘치는 욕구가 매우 만족스러웠는데 날이 갈수록 힘들어졌다. 저는 시간이 갈수록 몸이 지쳐 가는데 어째 그는 점점 더 혈기왕성해지는 것 같은 느낌이 들었다.

"오늘은 무조건 칼퇴해야 살아남겠군."

평소 자처해서 야근하는 타입이긴 했지만 오늘 같은 날까지 일에 묻혀 살았다간 스스로의 건강을 해칠까 봐 걱정이 되었다. 최소한의 건강 관리를 위해 머릿속으로나마 계획을 짰다.

'평일엔 데이트까진 괜찮지만, 그 사람의 유혹에는 절대 넘어가지 말아야겠다. 붙어 있기만 하면 잠을 재워 주질 않으니.'

그녀도 그의 모든 것을 받아 주고 싶지만 달리 방법이 없었다. 저도 살아남아야 할 것 아닌가. 특히 평일에는 일도 많고 체력 소모를 할 일이 많다 보니 관계를 조절해야 하는 것은 당연한 일이었다. 주 5일 동안만큼은 절대 그와 잠자리를 가지지 않으리라 나름대로 결심하던 그 때였다. 두 번째로 사무실에 발을 들이던 미영이 사무실 저 멀리서 리원을 발견하곤 부리나케 이쪽으로 달려온다. 영문을 몰라 눈이 휘둥그 레진 리원이 그녀가 하는 행동을 유심히 관찰했다.

무슨 일 때문에 저러는 걸까? 혹시 연인인 김 비서님과의 사건이 라도 있는 건가?

"강리원! 오늘 아침 인터넷 뉴스 봤어?"

하지만 틀렸다. 뜬금없이 뉴스 이야길 꺼내는 표정이 영 심각해 보였다. 평소 땐 아침마다 뉴스거리를 찾아보는 게 하루 일과의 시작이었지만 오늘은 너무 피곤한 나머지 오랜만에 건너뛴 참이었다.

"아니. 왜? 큰 사건이라도 터졌어?"

"그럼 당연히 터졌지."

도대체 어떤 소식이길래 저리 호들갑인 걸까. 리원은 대수롭지 않게 여기며 머그컵 안에 가득 찬 커피를 후루룩, 후루룩, 부지런히도 마셔 댔다.

혹시 북한이 또 도발을 하기라도 했나? 아니면 미국과의 외교 문제?

그것도 아니면 엄청난 유명인의 스캔들이 터지기라도 한 걸까?

여러 가지 가능성을 머릿속에 떠올리던 찰나. 뜬금없이 눈앞에 들이밀어진 미영의 스마트폰 화면에는, 어디서 많이 본 익숙한 남자의 사진과 이름 세 글자가 대문짝만하게 나와 있었다. 아니, 정확하게 말하면 태건의 옆에 얼굴이 모자이크 처리 된 제 모습도 나란히 찍혀 있었다.

영광 기업 최태건 부사장, 일반인 여성과 열애 화제.

현실판 신데렐라 스토리

푸읍──!!

입에 머금고 있던 커피를 그대로 미영의 폰 화면에 분수처럼 쏟아 버렸다. 언젠가 기사가 날 거라고 생각은 했지만 막상 아침부터 그것을 직접 눈으로 보고 나니 평정심을 유지하기가 힘들었다. 약간의 혼란에 빠져 있던 그때, 태건에게 전화가 걸려 왔다.

— 음……. 혹시 뉴스 기사 봤습니까?

"네. 월요일 아침부터 아주 신선하네요."

— 걱정되어서요. 아마 지금쯤 모든 사람들의 귀에 들어갔을 겁니다.

그가 말하는 모든 사람들이 누구를 의미하는지 잘 알았다. 영광 기업 일가의 모든 사람들. 그의 조부, 어머니, 형제, 심지어는 그 형제의 약혼녀까지. 이미 각오했었던 일이었지만 막상 현실로 닥쳐오니 긴장이 되지 않을 수가 없었다. 리원은 입가에 희미한 웃음을 지으며 그에게 말했다.

"걱정 마세요. 태건 씨를 만나고부터 각오해 왔던 일이니까."

누군가에겐 진정한 사랑을 찾은 시점이 이야기의 끝일지 모른다. 하지만 아무래도 그녀에게는 아직 남아 있는 이야기가 더 있는 것 같다. 단 한 가지 리원이 확신할 수 있는 것은 두 사람에게 어떤 시련이 닥쳐오든 슬기롭게 잘 헤쳐 나가리란 믿음이었다.

서로를 끈끈하게 이어 주는 진정한 사랑이 있으니까.

두 사람의 마지막 이야기는 이제부터 시작이었다.

16
흔한 커플의 일상

"안녕하세요?"

화장실에서 손을 씻고 있는 리원에게 누군가 반갑게 말을 걸었다. 흠칫 돌아본 곳에는 부담스러울 정도로 얼굴을 가까이 들이민 웬 젊은 여자가 하나 서 있었다. 뒤로 질끈 묶은 머리에 동그란 안경을 쓴, 키가 크고 꽤 미인형의 얼굴이라 눈에 띄는 타입이었다.

'언제 본 적이 있었던 사람인가?'

리원은 최대한 기억을 더듬어 상대를 떠올려 보려 노력했지만 처음 보는 낯선 사람에 대한 기억이 있을 리 없었다. 일단은 상대가 먼저 반갑게 인사를 했으니 답은 해 주는 게 예의겠지.

"네……. 안녕하세요? 그런데……. 누구신지……."

"아아. 처음 뵙겠습니다. 저는 이런 사람입니다."

침착하게 조용히 웃던 여자가 품속에서 자신의 명함을 꺼내 내밀었다. 리원은 씻던 손의 물기를 탈탈 털어 내고는 명함을 받아 들었다.

MBS 여성시대
도연정
연예부 / 사회부 / 기자

'아……. 기자였구나. 어쩐지…….'

도대체 어떻게 사내 화장실까지 잠입했는지 알 길이 없었다. 리원과 태건의 특종이 보도되고 난 후. 그야말로 주위 모든 사람들이 혼돈의 도가니를 겪었다. 분명 보도에 나간 사진이 모자이크 처리 되어 있었음에도 어떻게 알았는지 기자들과 잡지사의 전화가 북새통을 이루었다. 찾아오는 사람들까지 있어 건물 자체에 비상이 걸렸다.

건물 1층 로비에서는 평소보다 몇 배나 보안을 철저히 했다. 신분증 검사를 확실히 하고, 관계없는 외부인들은 철저히 출입을 금지시키기까지 했는데……. 어떤 방법을 쓴 건지 그 철통같은 감시망을 뚫고 잠입한 기자가 눈앞에 떡하니 버티고 있었다.

리원은 최대한 표정을 갈무리한 뒤 예의 영업용 스마일을 띠었다. 혹시나 조금이라도 나쁜 기사가 나면 태건에게 해가 될 수도 있으니까. 작은 행동 하나 사소한 말 한마디조차 극도로 조심하며 신경 써야 했다.

"기자님이신 줄은 몰랐어요."

"제가 갑자기 말 걸어서 조금 놀라셨죠? 죄송해요. 마음이 급해서. 저는 도 기자라고 합니다."

호탕하게 자신을 도 기자라고 밝힌 그녀가 웃으며 악수를 청했다. 리원은 잠시 물끄러미 그녀를 응시했다. 다른 걸 다 떠나서 분위기 자체가 매우 쾌활하고 긍정적으로 보였다. 아무리 봐도 나쁜 사람 같지는 않았다. 리원은 손을 내밀어 그녀와 악수했다.

"와. 성격 정말 좋으시다. 이렇게 들이대다 보면 최악의 경우엔 쫓겨나기도 했었거든요."

"…기자님이야말로 인상이 좋은 분 같으셔서요."

"이것 참……. 기자 생활 하고 난 이후로 칭찬은 처음 들어 봐서 쑥스럽네요. 하핫. 그런 의미로 저랑 인터뷰 어떠세요? 시간 많이 빼앗지 않을게요."

예상했던 상황이었지만 직접 귀로 들으니 씁쓸함이 밀려온다. 리원은 난처하게 웃어 보이며 조심스럽게 거절 의사를 내비쳤다.

"죄송해요, 기자님. 저는 아무래도 일반인이고 그저 평범한 사람일 뿐이라서……. 아직은 언론 노출이 부담스럽고, 마찬가지의 이유로 인터뷰를 할 생각이 없습니다."

"하아……. 그렇죠? 물론 이해합니다. 제가 무리한 부탁을 드렸네요."

어차피 안 될 줄 알았다는 듯이, 도 기자는 쉽게 리원의 말을 수긍했다. 그러고는 자신의 명함을 쥔 리원의 손을 덥석 잡으며 진지한 눈빛으로 말했다.

"강리원 씨. 제 명함을 보셨다면 아시겠지만……. 저희는 여성 잡지라 주로 여성들의 이야기를 다룹니다."

"아아……. 네. 그러실 것 같았어요."

"다른 신문사들과는 결이 달라요. 누군가는 당신을 현대판 신데렐라라고 지칭하지만, 제 생각은 조금 다릅니다. 일도 사랑도 모두 손에 쥔 능력 있고 당당한 여성으로 강리원 씨를 소개하고 싶어요."

"아아……. 네에……. 저를 그렇게 봐 주셔서 무척 감사드려요."

리원은 애써 웃음 지으며 도 기자에게 잡힌 손을 은근슬쩍 빼냈다.

"말씀 중에 정말 죄송하지만, 아직 업무 시간이라……. 이만 들어가 봐야 할 것 같아요. 잠깐이었지만 반가웠습니다. 안녕히 가세요."

리원이 최대한 정중히 묵례하고 돌아서는 순간, 도 기자가 던진 말이 귓전을 때렸다.

"혹시나 도움 필요한 일이 있으면 연락 주세요. 제 인맥을 총동원해서라도 꼭 도와드리도록 하겠습니다."

"네? 그럴 일이 있을까요?"

리원이 다시 뒤돌아서며 고개를 갸웃거렸다. 팔짱을 낀 채 리원을 바라보는 여자의 시선. 조금 전과는 눈빛이 완전히 달라진 도 기자가 입가에 묘한 웃음을 지었다.

"있으실 거예요. 언젠가는 반드시. 기다릴게요."

무슨 생각을 하는지 알 수 없는 사람이다. 분명 나쁜 사람 같지는 않다고 생각했는데. 그것과는 별개로, 성격 밝아 보이는 겉모습과는 달리 의외로 진지할 때는 반전이 있는 모습이었다. 왠지 뒤통수가 서늘해짐을 느끼며 리원은 서둘러 화장실을 벗어났다. 그러면서도 손에 쥔 명함은 놓지 않았다.

■ ◇ ■

리원에게는 요즘 들어 조금 달라진 점이 있었다. 옛날의 그녀였다면 정말 상상하지도 못했을 반전이었다. 아마 저 자신조차도 스스로가 이렇게 변했다는 것을 깨닫게 되면 굉장히 놀랄 일임에 틀림이 없었다. 때는 날씨가 유난히도 좋은 어느 토요일의 이른 오후.

"…그래서 데이트를 취소해야 한다고요? 조금 속상하네요. 오늘만큼은 진짜로 얼굴 보고 싶었는데…….

전화 통화 중인 리원의 입이 오리처럼 삐죽 앞으로 튀어나왔다. 이전의 그녀를 아는 누가 듣는다면 깜짝 놀랄 일이겠지만 실제로 지금 그녀는 연인에게 투정을 부리는 중이었다.

"요즘 들어 부쩍 태건 씨 얼굴 보기가 힘드네요. 그럼 언제 만날 수 있을까요?"

── 일단은 식사 자리가 언제 끝날지를 알 수가 없어서.

"흐응……."

오늘 거래처와의 점심 식사를 마치고 두 사람의 데이트가 예정되어 있었는데. 말이 점심 식사지 중요한 이야기가 자꾸만 길어져서 만나지 못할 것 같다는 전화였다. 곤란해하는 듯한 태건의 목소리가 들려오자, 묘한 콧소리를 내는 리원의 얼굴 표정이 딱딱하게 굳어 갔다.

벌써 세 번째. 물론 자신도 일에 열중하는 것을 좋아하고, 일을 척척 잘해 내는 남친의 모습이 멋있긴 하지만……. 세 번이나 연속으로 데이트 약속을 취소하는 것은 도저히 참아 줄 수가 없었다. 리원은 깊은 한숨을 내쉬며 마치 혼잣말처럼 중얼거렸다.

"이런 거였구나……."

— 그게 무슨…….

"아뇨, 그냥……. 항상 제 쪽에서 바쁘다며 만나 주지 않고 그랬었던 거. 반성하고 있어요. 이게 당해 보니까 정말 사람 힘 빠지게 하는 거네요."

— 하……. 속상하게 할 생각 없었는데 자꾸 일이 이렇게 되네요.

물론 정식으로 사귀기 전에 계약 연애 때의 이야기이긴 하지만. 어쨌든 일을 해야 한다는 이유로 좋아하는 사람에게 여러 번 거절당하는 기분은 상상했던 것 이상으로 속상했다. 하지만 리원은 그의 입장 또한 누구보다 더 잘 알기에 속상한 기분을 최대한 숨길 수밖에 없었다. 그래도 일보다는 나와의 약속을 더 중요하게 생각해 줬으면 좋겠다고, 그런 철없는 말들을 내뱉고 싶었지만 애써 꾹 참아 냈다.

─ 나도 마음 같아서는 당장 리원 씨한테 달려가고 싶지만…….
조금만 참아 줄래요?

"그럼 식사 자리 끝나고 나면 바로 연락 줘야 해요. 알았죠?"

─ 당연히 그럴게요. 정말로 미안합니다. 기다리게 해서.

"네. 연락 기다리고 있을게요."

그와의 통화를 종료하고 난 뒤에도 리원은 한참이나 애꿎은 휴대
폰만 바라보았다. 언제나 철저히 갑의 입장이었던 그녀는 시간이 갈
수록 자신이 을이 되어 가는 것을 느꼈다. 물론 사랑하는 사이에 그게
큰 문제가 되지는 않았다. 단지 을의 입장이 되어 갈수록 예전에 무작
정 사랑하는 이를 기다리기만 했던 태건의 심정이 어땠을지, 저도 고
스란히 느끼고 있다는 게 문제였다.

'참 우습단 말이지……. 마치 일부러 그러기라도 한 것처럼. 어떻
게 이렇게까지 입장이 완전 뒤바뀔 수 있지?'

최근 한음 리조트 공사가 마무리 단계에 들어가면서 태건은 부쩍
바빠졌다. 리원이 할 일은 줄어들었고, 그가 할 일은 배로 늘어난 것
이다. 그리되면서 자연스럽게 연락이 늦어지거나, 데이트가 취소되거
나, 만나지 못하는 날까지 생겼다. 이해는 하지만, 속상한 것은 사실
이었다. 그를 좋아하는 마음이 커져 갈수록 더 그랬다.

"취미 생활이라도 해야겠어. 주말에는 정말 시간이 남아돌아
서……."

일하는 평일이야 저도 시간적 여유가 없는 편이지만 주말을 혼자

보내는 것은 지독히도 외로워서 뭔가 방법을 찾아야겠다고 생각했다. 그리 스스로를 달래던 그때, 조용하던 휴대폰이 울렸다. 모르는 발신 번호에 잠시 고개를 갸웃거렸지만 혹시 중요한 연락일 수도 있으니 어쨌든 전화를 받았다.

"여보세요?"

— 혹시 강리원 씨 전화 맞습니까?

"네. 제가 강리원입니다. 혹시 누구시죠?"

통화 상대가 그녀임을 확인한 상대방은 잠시 말이 없었다. 분명 나이가 좀 있는 듯한 여자의 목소리였는데……. 리원이 왠지 뒤통수를 타고 내려오는 묘한 서늘함을 느끼고 있을 때, 전화를 건 쪽에서 드디어 자신의 정체를 밝혔다.

— 나, 태건이 엄마예요. 우리 오늘 좀 만날 수 있을까요?

드디어 올 것이 오고야 말았다.

■ ◇ ■

리원은 일부러 올 블랙으로 옷을 갖춰 입었다. 게다가 큰 숄더백에 여유분의 옷과 작은 타월까지 챙겼다. 다 제 나름대로의 이유가 있었다.

'이 정도면 물 싸대기와 커피 싸대기를 맞아도 대처할 수 있겠어.'

전화 통화로 들었던 그의 어머님의 목소리가 너무나도 강력해서 사실은 약간 긴장했다. 워낙 어릴 때부터 빚쟁이들을 만나고 다니다 보니, 어른을 만나는 데에 큰 부담감은 없었는데. 이번만큼은 달랐다. 무려 남친의 어머니가 아닌가. 전투태세보다는 방어태세로 나가는 방법밖에 없었다. 그렇게 한참을 긴장한 상태로 약속 장소인 카페에 자리하고 있던 그때.

또각또각.

희한하게도 특별할 것 없는 구두 소리일 뿐인데 그 소리만큼은 유별나게 리원의 귀에 콱 박혔다. 리원은 힐끔 곁눈질로 뒤를 돌아보았다. 조금 떨어진 곳에서 이곳으로 걸어오는 호리호리한 중년 여성에게서 눈부신 후광이 비쳤다. 눈을 제대로 뜰 수 없을 만큼.

본능적으로 알았다. 아아, 역시 저분이 그의 어머니시구나.

■ ◇ ■

테이블 위에 놓인 머그잔에서 하얀 연기가 피어올랐다. 리원은 차마 제 앞에 놓인 차를 입에 대 보지도 못한 채 나름대로의 지옥을 경험하고 있었다. 겉으로는 아무렇지 않은 척 가면을 쓰고 있었지만 속은 그야말로 죽을 맛이었다.

'왜 저렇게 사람 얼굴을 빤히 쳐다보고만 계신 거지?'

뒤통수에서 식은땀이 주르르 흘러내린다. 차라리 무슨 말이라도 걸어 주시면 좋으련만. 마주 보고 앉은 지 한참이나 지났음에도 차 여사는 말 한마디 하지 않았다.

그러던 차 여사의 손이 스르르 움직이기 시작하자, 리원의 시선이 절로 그녀의 손길을 좇았다. 이윽고 차 여사의 손이 찻잔을 쥐었을 때, 리원의 눈이 튀어나올 듯 커다래지고 목구멍으론 마른침이 꿀꺽 넘어갔다. 혹시 모를 상황에 대비해 미리 마음의 준비를 하고 있던 그때. 후루룩— 다행히 차 여사는 교양 있게 잔을 입에 대고 차를 한 모금 마셨다.

'하아……. 괜히 자꾸 긴장되잖아.'

그나마 현실에서는 드라마의 한 장면 같은 일이 쉽게 일어나지 않았다. 그 사실에 내심 떨리는 가슴을 쓸어내리던 그녀를 향하여 건조한 중년 여성의 음성이 들려왔다.

"그렇게 긴장하고 있을 필요 없어요. 차 식겠네. 편히 마셔요."

손에 쥐었던 찻잔을 내려놓은 차 여사에게서 희미한 미소가 비쳤다. 웃음기 없는 메마른 표정일 때는 그렇게나 세 보이던 얼굴이, 그 순간만큼은 거짓말처럼 화사하게 빛났다. 리원이 멍하니 자신을 바라보는 것을 알면서도, 나름의 여유를 가진 차 여사는 드디어 하려던 이야기를 꺼내었다.

"사실 내가 마음만 먹으면, 강리원 씨에 대해서 많은 것을 알아낼 수 있지만……. 일부러 그러지 않았어요. 직접 만나 보기 전부터 편견을 가질까 봐서."

"아아……. 네에……. 그러셨군요."

이걸 감사하다고 말해야 할지 고민이 될 정도다. 리원의 얼굴에 약간의 씁쓸함이 비쳤다. 차 여사의 말처럼 모든 것을 다 가진 사람에게는 누군가의 신상 정보를 캐내는 일 따위 손바닥 뒤집듯 쉬울 것이다. 그런 걸 감안한다면 천만다행이라고 해야 하는 걸까. 제 집안 사정을 조사한다면 어떤 결과가 나올지는 누가 봐도 뻔한 일이었다. 과연 이 자리에서 태건의 모친을 마주 보고 앉아 있을 수나 있었을까.

"태건이에 대해서는 얼마나 알고 있죠? 그 애가 어디까지 이야길 해 주던가요?"

리원은 곧바로 대답하지 못한 채 잠시 망설였다. 태건의 말에 의하면 그의 출생에 관한 건 집안 내에서도 비밀에 부쳐져 모두가 쉬쉬할 정도라 했다. 그런 비밀을 저에게 누설하게 된 셈인데……. 과연 이 자리에서 말을 꺼내도 괜찮은 걸까. 리원이 다소 난감한 표정으로 고개를 약간 숙였다.

"제가……. 어디까지 이야기를 해야 할지 몰라서 조금 난감합니다."

"그렇게 말하는 걸 보니 내 생각보다 더 많은 걸 알고 있는 것 같군요. 괜찮으니까, 숨김없이 아는 그대로만 말해 주겠어요?"

망설임에 꾹 다물렸던 리원의 입이 그제야 서서히 열렸다. 어차피 그의 어머님은 해당 내용의 당사자이니까 괜찮지 않을까 하는 근거 없는 믿음이 생긴 탓이었다.

"낳아 주신 어머님은 돌아가셨고……. 지금의 어머님은 자신을 키워 주신 고마운 분이라고……."

"…그래요. 거기까지 이야길 했군요."

그녀의 입가에 머금어진 웃음이 왠지 쓰게 보이는 것은 착각일까. 잠시 테이블 위에 시선을 둔 채 말을 잃은 두 사람 사이에 묘한 정적이 흘렀다. 카페 안에서 울리는 음악 소리가 더욱 크게 귓가에 울린다.

"들었다시피 태건이한테는 남다른 사연이 많아요. 대부분의 사람들은 그 애에 대해서 잘 모르기 때문에, 그저 부유한 집안에서 태어나 부족한 것 없는 삶을 살았을 거라 생각하죠. 그래서 내 나름대로의 확인이 필요했어요."

"확인이라니 어떤 부분을 말씀하시는 건가요?"

"그런 그 애의 겉면만 보고 있는 사람은 아닌지, 우리 태건이의 아픔을 잘 이해하고 보듬어 줄 수 있는 사람인지……. 내 눈으로 직접 확인하고 싶었어요. 그 애 스스로 선택한 상대가, 마음을 쉴 수 있게 해 줄 수 있는 사람인지가 중요하니까요."

마음이 쉴 수 있는 곳. 어쩐지 그 말이 뭉클하게 리원의 가슴에 콱박혀 들었다. 다른 건 몰라도……. 이분은 정말 진심으로 그를 걱정하며 아끼고 계시구나. 리원은 짧은 대화 속에서도 가식 없는 진심을 가슴 깊이 느꼈다.

"물론 이렇게 한 번 같이 자리한 걸로 내가 리원 씨를 전부 알 수 있는 건 아니지만요."

리원을 향하여 살짝, 짓는 미소에서 인자한 어머니의 모습이 비쳤다. 그 미소를 보는 순간 리원은 왠지 가슴속에서 무언가 따스한 것이 피어나는 듯한 기분이었다. 그가 사생아라는 얘기를 처음 들었을 때 가장 걱정했던 부분이었다. 대한민국 모두가 태건의 친모로 알고 있는 사람이 사실은 친모가 아닌 키워 주신 어머니라는 거.

혹시나 그가 사생아라는 이유로 천대받으며 자라지는 않았을까, 그게 내심 자꾸만 마음에 걸렸었는데……. 막상 그의 어머니라는 분을 만나고 보니 그런 걱정 따위 모조리 사그라졌다. 마음이 놓이는 동시에 알 수 없는 감정이 가슴 깊은 곳에서부터 차올랐다. 리원은 손을 꼼지락거리며 제 진심을 털어놓기 시작했다.

"저는……. 사실 제가……."

하지만 누군가에게 마음을 털어놓는 게 생각처럼 쉬운 일은 아니었다. 그것도 사랑하는 남자의 어머니란 사람에게는 더더욱. 목이 메어 와 차마 말을 잇지 못하는데도 불구하고, 차 여사는 차분히 그녀가 다시 입을 열 때까지 기다려 주었다. 마른침을 몇 번이나 삼키고 나서야 겨우 하려던 말을 끄집어낼 수 있었다.

"제가 태건 씨의 모든 것을 포용하고 이끌어 줄 수 있을 만큼 훌륭한 사람인지는 잘 모르겠어요. 하지만……. 하나만큼은 확신합니다. 그 사람에 대한 제 마음만큼은 누구에게도 지지 않을 자신이 있어요."

"그건 우리 태건이를 사랑한단 말인 건가요?"

차 여사의 질문에 가슴속에서 뭔가 울컥, 작은 덩어리 같은 것이 올라오는 느낌이 들었다. 사랑이라는 그 흔한 단어가, 왜 오늘따라 눈물이 날 만큼 애달프게 다가오는지 모르겠다. 그의 어머니가 생각보다 훨씬 다정하고 좋은 사람이라는 사실에 안도해서 그런 걸까. 아니면 카페 안에 잔잔하게 울려 퍼지는 음악이 너무 구슬프게 들려서 그런 걸까. 리원은 이유 없이 눈물이 나려는 것을 최대한 참아 내며 꾸역꾸역 대답했다.

"네……. 그 사람 없이는 하루도 살 수 없을 만큼요. 어느 순간……. 저도 모르는 사이 그 사람이 제 전부가 되어 있었어요."

"…내 아들이 처음으로 스스로의 의지로 만나는 여성이니까. 사실은 막연한 믿음이 있었어요. 그 애가 선택했다면 당연히 좋은 사람일 거라는 그런 믿음……. 다행이네요. 강리원 씨를 잘 알지는 못하지만 예상대로 좋은 사람인 것 같아서. 우리 태건이, 잘 부탁해요."

엷게 웃으며 말하는 차 여사를 보고 있던 리원의 두 눈이 점점 커다래졌다. 혹시 이건 태건과 저, 두 사람 사이의 관계를 허락하겠다는 말인 걸까? 정말 두 사람 사이를 인정하겠다고? 분명 대단한 각오를 하고 나온 자리였는데……. 분위기는 리원이 상상조차 못 했던 방향으로 흐르고 있었다. 눈을 크게 뜬 리원이 믿을 수 없다는 듯 말을 조금 더듬으며 물었다.

"서, 설마……. 저희 두 사람, 반대 안 하시는 거세요?"

"반대?"

놀라움을 금치 못하는 리원을 조용히 바라보는 차 여사의 눈동자가 어쩐지 약간 젖어 있는 듯하다. 눈을 아프게 찌푸린 채 입꼬리는 위로 올려 살짝 웃는 얼굴. 그녀는 슬픈 미소를 띤 채 시선을 약간 아래로 떨어트리며 말했다.

"난…… 그럴 만한 자격이 없어요. 그 애 인생에 참견할 자격 따위……."

울컥. 아까부터 속에서 자꾸만 올라오려던 무언가가 결국 입술 사이로 조금씩 터져 나왔다. 리원의 두 눈에서 눈물이 주르르 소리 없이 흘러내렸다. 그녀에게서 흐르는 눈물을 본 차 여사는 매우 당황한 듯 어쩔 줄 몰라 했다.

"리원 씨? 혹시 내가 무슨 실수라도?"

"아니요, 그게 아니에요……. 그냥 이상하게 눈물이……."

리원이 겨우 울음소리를 참으며 눈물을 닦아 내는데 그 모습을 맞은편에서 지켜보는 차 여사의 표정이 온화하게 풀어졌다. 차 여사는 자신의 토트백에서 손수건을 꺼내어 내밀었다. 은은한 들꽃 향기가 나는 손수건을 감사하게 받아 들고 눈가를 닦아 내던 리원이 울어서 잠긴 음성으로 말을 이었다.

"누군가에게 인정받았다는 사실이 너무 위로가 되어서요……. 그 사람을 마음껏 사랑해도 된다고……. 내 마음 가는 대로 해도 된다는 허락에 너무나도…… 가슴이 벅차올라서요."

차 여사가 무어라 말하기 위해 입을 열려던 순간, 어디선가 보폭이 큰 구둣발 소리가 쿵쿵, 크게 울려 퍼졌다. 그 소리는 이쪽으로 점점 다가오고 있었다. 유난히도 거대해진 차 여사의 눈동자가 소리가 난 곳에 고정되었다. 그녀는 믿을 수가 없다는 듯한 표정으로 입을 살짝 벌렸다.

반면, 현재의 상황을 인지하지 못한 리원은 쉴 새 없이 흘러내리는 눈물을 닦아 내며 연신 콧물을 훌쩍거리느라 여념이 없었다. 그녀가 이 장소에 새롭게 나타난 사람의 존재를 알아챈 것은 누군가가 제 팔을 덥석 잡고 난 뒤였다. 급작스럽게 남자의 커다란 손아귀에 잡혀 버린 리원은 빨개진 눈을 부릅뜬 채 위를 올려다보았다. 딱딱하게 굳은 조각상 같은 얼굴. 차갑게 식어 버린 얼음장 같은 눈빛을 한 태건이 그녀와 눈을 마주쳤다.

"태, 태건 씨?"

미처 흐르지 못한 눈물이 툭, 얼굴선을 타고 흘러내렸다. 그 눈물을 본 남자의 눈썹 앞머리가 불편하게 살짝 휘어졌다.

"여기서 왜 울고 있습니까?"

분명 일적으로 만난 사람들과의 점심 식사가 끝날 기미가 보이지 않는다고 했었는데……. 갑자기 어디선가 나타난 태건의 얼굴에는 약간의 노기가 서려 있었다.

"도대체 무슨 소리를 들었기에 눈물 쏟고 있느냔 말입니다."

"…네?"

"앉아 있을 필요 없어요. 당장 나와요."

"네에?"

그녀가 뭐라고 설명하기도 전에, 태건이 손아귀에 잡힌 팔을 강한 힘으로 끌어당겼다. 별수 없이 앉은 자리에서 일어난 리원이 난처해하며 그를 만류했다.

"아……. 저기, 태건 씨. 잠깐만 이것 좀 놓고 이야기를……."

하지만 이미 태건의 시선은 맞은편에 앉은 그의 어머니에게로 향해 있었다. 그는 평소보다 몇 배는 가라앉은 음성으로 제 어머니에게 차갑게 말했다.

"앞으로는 이 사람, 허락 없이 건드리지 마세요. 더는 만나실 필요도 없습니다."

…아니 뭔가 굉장한 오해를 하고 있는 것 같은데?

리원의 뒤통수에서 절로 식은땀이 흘러내렸다. 상황이 이렇게 되어 버리면 그의 어머니에게 너무 미안해져 버리는데……. 미안함을 넘어서 민망함까지 차올랐지만 그는 도통 그녀에게 말할 기회를 주지 않는다.

"아니, 태건 씨! 잠시만……."

리원이 그를 여러 번 불렀지만 이미 머리끝까지 화가 난 태건의 귀에 들어올 리 없었다. 가까스로 제 숄더백을 손아귀에 쥐고서 보폭이 큰 걸음으로 성큼성큼 걸어가는 태건에게 끌려 나간다. 그 와중에도 뒤를 돌아보며 차 여사에게 꾸벅 고개 숙여 묵례했다. 그녀를 바라보는 차 여사의 표정에는 놀란 기색이 역력했다.

"……."

차 여사는 두 사람이 시야에서 사라진 지 한참이 됐는데도 자리를 떠날 수 없었다. 그저 멍하니 테이블 위의 식어 가는 찻잔만을 응시하고 있을 뿐이었다. 직접 눈으로 보고도 믿을 수가 없었다. 아들에 대해 모르는 것이 없다고 나름대로 자부했었는데……. 오늘 본 태건의 모습은 그녀가 예전부터 알아 온 아들의 모습이 아니었다.

'그렇구나……. 사랑에 빠지면 저런 모습이 되는구나.'

아들에게 저런 면이 있었다는 사실을 처음 알았다. 사랑에 빠지면 그 냉철하던 모습은 온데간데없이 사라지고, 그야말로 눈이 뒤집혀 버린다는 것을. 세월이 이만큼이나 지난 오늘에 와서야 새삼스럽게 깨닫게 되었다.

가슴 깊은 곳에서 무언가 복잡한 감정이 울렁거렸다. 태건을 응원해 주고 축복해 주고 싶은 마음이 듦과 동시에, 살며시 밀려드는 섭섭한 감정. 그 모든 감정이 같이 공존한다는 것이 선뜻 이해가 가지 않았지만 달리 설명할 방법이 없었다. 그 뒤로도 차 여사는 여러 가지 생각에 잠긴 채 한참이나 그 자리를 떠나지 못했다.

■ ◇ ■

경황이 없어 어떻게 카페를 빠져나왔는지조차 기억나지 않는다. 잔뜩 화가 난 태건은 자신의 차에 리원을 태우고 한참이나 말없이 도로를 내달렸다. 어디로 가는지조차 물을 수가 없었다. 조용히 앞만 보고 운전 중인 그가 상념에 잠긴 것처럼 보여서 감히 건드릴 생각조차 하지 못했다. 다른 건 다 제쳐 두더라도 그가 이렇게까지 화가 난 모습을 처음 봐서 그런지 리원은 약간 주눅이 든 상태였다. 꽤 오랜 시간 태건의 화가 조금 가라앉길 기다렸다가, 겨우 눈치를 보며 조심스럽게 말을 걸었다.

"저기……. 태건 씨. 조금 오해가 있는 것 같아서……."

"오해? 확실히 오해가 맞습니까?"

"네. 태건 씨가 걱정하는 그런 일은 일어나지 않았어요."

그제야 태건은 천천히 핸들을 꺾었다. 비상등을 켜고 인적이 드문 도로 한편에 차를 정차시킨 그가 이마를 감싼 채 낮은 한숨을 내쉬었다. 그러곤 힐끗, 리원을 돌아보았다. 그녀는 활짝 웃으며 그를 안심시켰다.

"저 물 싸대기 안 맞았어요. 그러니까 걱정 마세요."

"……."

탁, 안전벨트를 푸는 소리가 들렸다. 상체를 옆으로 돌려 손을 뻗은 태건이 그녀의 얼굴을 감쌌다. 진지한 눈빛으로 물끄러미, 리원의 얼굴 전체를 찬찬히 훑어 내린다. 그녀의 몸 곳곳에 정말로 아무 이상이 없는지 눈동자를 바쁘게 굴리며 살폈다. 겉보기에 전혀 문제없다는 것을 확인하고 나서야 그녀와 눈을 제대로 마주친다.

"울어서 눈까지 빨개져서는."

"아……. 그건 사정이……."

그의 얼굴이 가까이 다가온다 싶더니 아직도 약간 젖어 있는 눈꺼풀과 속눈썹에 차례대로 입을 맞추었다. 남자의 입술이 닿는 순간마다 리원의 눈이 바르르 떨리며 저절로 감겼다. 결국 눈에서부터 시작된 키스는 콧등을 스쳐 입술까지 천천히 내려왔다. 쪽, 하는 소리와 함께 짧은 입맞춤을 선사한 그의 눈을 바라보며 리원은 하려던 말을 이어 나갔다.

"왠지 모르게 감동을 받아서 눈물이 났어요."

"감동?"

예상외의 단어 출현에 그의 눈썹이 미세하게 꿈틀거렸다. 조금 더 키스하려던 그가 행동을 멈추더니 리원의 말을 조용히 경청했다. 오르내리는 뜨거운 시선을 리원의 분홍색 입술에 고정한 채.

"어머님은 그저 제가 궁금했을 뿐이라고 하셨어요. 태건 씨의 상처를 이해하고 보듬어 줄 수 있는 사람이길 바랐다고……. 여러 가지 말씀을 많이 해 주셨지만 결론은 우리 두 사람 사이를 인정해 주셨다는 거예요."

"인정?"

"저한테 태건 씨를 잘 부탁한다는 말씀까지 하셨는걸요?"

의외의 결과에 그의 험악했던 표정이 부드럽게 풀렸다. 태건은 여전히 그녀의 새하얀 볼을 만지작거리며 엄지로 통통한 아랫입술을 슬쩍 문질렀다. 아직 욕구를 다 채우지 못해 아쉬워하는 것처럼 보였다.

"…그렇군. 어머니께서……."

"어떻게 자기 어머니를 그렇게 몰라요?"

"기혼인 주위 사람들에게 항상 듣던 말이 있었습니다. 내 앞에서 천사인 어머니일지라도 다른 사람에겐 그렇지 않을 수 있다고. 솔직히 오해할 수밖에 없는 상황이었어요."

…그런 말을 전해 준 이가 누구인지는 몰라도, 조기교육을 잘 시켜 놓았군. 리원의 머릿속에 절로 그런 생각이 들었다. 그래도 오해는 오해니 풀어 줘야겠지.

"나중에 어머니께 전화드려요. 오해했다고."

"…그래요. 그건 내가 알아서 할게요. 지금은 당신과 나 둘이 중요하니까."

"그런데 제가 거기 있는 줄은 어떻게 알았어요?"

"당신을 찾아내는 일쯤이야 나에겐 아무것도 아니지."

하긴, 희한하게도 그는 리원이 어디에 있든 결국 찾아내곤 했다. 과거에도 그랬고 지금도 마찬가지고. 마치 슈퍼맨처럼 무슨 일이 생기기만 하면 불쑥 나타나 해결해 주었던 적이 한두 번이 아니었다. 그게 무척이나 신기해서 직접적인 질문을 해 보았는데, 태건이 입술 끝을 유하게 위로 올리며 살짝 미소 지었다.

"식사 자리가 끝나자마자 전화를 걸었는데, 아무리 연락해도 깜깜무소식이니."

"아……. 전화했었어요? 진동을 약하게 해 놔서 몰랐어요."

"하아……. 언제 애인한테서 전화가 올지 모르는데 진동으로, 그것도 약하게 해 놨단 말입니까?"

"어머님과 처음 만나는 중요한 순간인데 방해받기 싫은 마음에……."

"방해라니. 내가 방해가 될 리가 없잖습니까."

"아무튼 태건 씨의 어머님이시잖아요. 저에겐 무엇보다 중요한 자리여서 조금의 실수도 하고 싶지 않았거든요."

그렇지 않아도 자신 또한 지레짐작하여 차 여사를 오해한 나머지 완벽하게 무장을 하고 나갔으니 말이다. 당연하게 좋지 않은 이야기를 잔뜩 들을 거라 생각했고 그런 상황에서 조금이라도 책잡히는 게 싫었던 것이다. 다행히 그의 어머니는 생각했던 것과는 정반대의 타입이었지만 말이다.

"조금 더 자세히 설명하자면……. 리원 씨와 연락이 되지 않아 초조하던 그 순간, 때마침 녀석에게서 전화가 걸려 온 겁니다."

"녀석? 그게 누군데요?"

"김동호."

"아. 김 비서님이요?"

"묘한 목소리로 말을 흘리더군. 어머니의 전속 기사에게 듣기로는 당신 집 근처의 카페에 와 있다고. 그때 눈치를 챘습니다."

아아……. 그래서 곧장 카페로 달려온 거구나. 그제야 모든 상황이 납득이 갔다. 역시 여우 같은 김 비서. 확실한 정보는 주지 않으면서 은근히 말을 흘리는 것이 꽤나 고단수로 느껴졌다. 아마 리원보다 더 태건을 잘 다룰 줄 아는 사람임에 틀림이 없었다. 태건은 이제야 모든 것이 정리가 됐다는 듯 표정을 갈무리했다.

"…일단 집에 데려다줄게요."

그녀의 집이 근처니까. 그래서 데려다주겠다는 뜻인 것 같긴 한데……. 그의 말을 듣는 순간 리원의 입이 또 오리처럼 삐죽 튀어나왔다. 데이트 약속을 연속 세 번이나 취소하고, 오랜만에 만났는데 집에 데려다준다니. 밤새 같이 있자는 말이 나오길 기대했던 리원은 섭섭함이 물밀듯이 밀려왔다.

물론 만날 때마다 매번 같이 자는 것은 아니었다. 다음 날 스케줄이 있거나 하면 각자의 집으로 돌아가는 경우도 부지기수였다. 하지만 오늘만큼은 그의 말이 무척이나 서운하게 들렸다. 리원의 애타는 마음도 모른 채 자동차는 유유히 그녀의 집 앞에 도착했다.

"조심해서 들어가요. 집에 들어가면 연락할게요."

무덤덤하게 작별 인사를 건네는 모습에, 결국 리원의 불만이 폭발해 버렸다. 초조하게 아랫입술을 잘근잘근 깨물던 그녀가 약간 격앙된 음성으로 섭섭함을 토로했다.

"…벌써 헤어진다고요? 만난 지 한 시간도 안 된 것 같은데……. 우리 며칠 동안 데이트도 못 했는데……. 진짜 너무해!"

"나도 같이 있고 싶은 마음이야 굴뚝같지만, 오늘은 들어가요. 나는 내일 중요한 일이 있고, 당신도 굉장히 피곤해 보이니까."

"그럴 리가요. 전혀 안 피곤해요. 태건 씨랑 같이 있으면 있던 피곤함도 없어진다고요. 사랑하는 연인끼리는 당연한 현상 아닌가? 나만 좋아하나 봐."

…혹시 앙탈을 부리는 건가?

이런 모습을 평생 그녀에게서 볼 수 없을 거라 여겼었는데, 제대로 사귄 뒤부터는 스스로의 감정에 굉장히 솔직하다. 너무나도 정직한 그녀의 스타일에 아직 적응이 되지 않아서 그런지 태건의 두 눈이 조금 커다래졌다. 팔짱을 낀 채 삐친 티를 내고 있던 그녀는 결국 제가 져 주기로 했다. 지금 상황을 보아하니 같이 있고 싶어 하는 쪽은 저 같았으니까. 새침하게 조금은 못마땅한 표정으로, 최대한 제 자존심이 망가지지 않을 정도의 말을 찾아내 그에게 던졌다.

"짜파구리 먹고 갈래요?"

다소 무리수를 두는 리원의 말에 그에게서 엷은 헛웃음이 터져 나왔다.

■　◇　■

리원이 사는 원룸은 13평짜리 월세방으로 아주 작고 아담했다. 매우 으리으리한 집에서 혼자 사는 태건에게는 다소 귀여운 크기라고 할 수 있었다. 좁디좁은 집이 초라해 보일 법도 하건만 이상하게도 태건은 그녀의 방을 좋아하는 눈치였다. 데이트를 할 때는 대부분 태건의 집에서 함께 시간을 보냈지만, 가끔 들르는 그녀의 집이 포근하고 아늑했으며 무엇보다 그녀의 냄새가 나서 마음을 편안하게 해 준다나.

"침대. 새걸로 주문하라고 했을 텐데."

태건은 집에 들어가자마자 가장 먼저 그녀의 침대를 확인했다. 가전제품은 그가 무작정 구입해 보내는 바람에 별수 없이 죄다 선물로 받긴 했지만 미처 가구까지는 신경 쓰지 못했던 것이다. 작고 볼품없는 싸구려 옷장도 마음에 안 들었고 성인 둘이 눕기엔 좁은 슈퍼 싱글 사이즈 침대도 불편했다. 그래서 필요한 게 있으면 마음껏 사라며 신용카드를 쥐여 주었지만 리원은 그것을 단 한 번도 쓴 적이 없었다. 그녀의 성정을 잘 알아서 그럴 거라 예상은 했지만 침대만큼은 그 카드로 바꿔 주길 바랐는데…….

"침대 아직 멀쩡해요. 쓸 만해서 안 바꾼 건데……."

"좁아요. 우리 둘이 자기엔 너무 좁지 않습니까? 그래서 바꾸라고 한 겁니다."

"여기에 매주 와서 자고 가는 것도 아닌데요, 뭘."

어차피 집이 작아서 그가 원하는 대로 전부 갖추기가 힘들었다. 물론, 침대 크기도 포함이었다. 리원은 적당히 태건과 말동무를 해 주며 쌓아 놓은 설거지를 먼저 해결하기로 했다. 리원이 앞치마를 입고 바쁘게 설거지에 집중하는 동안 태건은 약간 불만이 쌓인 표정으로 침대 주위를 서성였다.

그리고 그 순간. 그의 눈에 묘하게 거슬리는 것이 있었다. 침대 아래의 틈새에서 삐죽 빠져나와 있는 상자. 평소라면 대수롭지 않게 넘겼을 것인데 이상하게 이런 중요한 순간에는 촉이 발달되곤 한다. 꼭 저 물건을 꺼내 봐야 한다고 눈으로 직접 확인해야 한다고…… 그의 어딘가에서 무언가를 직감한 듯 아우성을 쳤다. 그는 조심스럽게 상자를 당겨 와 뚜껑을 열었다.

"……"

언뜻 봤을 때는 별다른 것 없는 평범한 물건들 같아 보였다. 그 사진을 보기 전까지는. 태건은 눈을 나른하게 뜬 채 상자 안에 담겨 있는 사진을 손에 쥐었다.

"너구리랑 짜파게티 각각 하나씩 끓이면 되겠죠?"

설거지를 모두 끝마친 리원이 찬장에서 라면을 꺼내며 물었다. 하지만 들려와야 할 대답은 없고 묘한 정적이 허공을 가르자 왠지 등골이 서늘해지는 감각을 느꼈다. 천천히 뒤를 돌아본 리원의 두 눈이 커다랗게 뜨였다.

'헉.'

소리 없는 비명을 속으로 내지른 그녀는 하던 일을 멈추고 그에게로 달려갔다. 뚜껑이 열린 채 바닥에 새침하게 놓여 있는 상자. 그 상자 안에 담겨 있는 요주의 물건들. 그중에서도 가장 관건인 것은…… 태건의 손에 들려 있는 옛날 사진들이었다.

"태, 태건 씨! 그건 또 어디서 찾았어요?"

재빠르게 그의 옆에 앉은 리원의 뒤통수에서 절로 식은땀이 흘렀다. 리원은 마치 죄라도 지은 사람처럼 다소곳하게 무릎 꿇고 정자세로 앉은 채 그의 눈치를 살폈다. 태건의 얼굴은 이미 딱딱하게 굳어 있었다. 잠시 입을 꾹 다문 채 살벌한 표정으로 사진을 노려보던 그가 천천히 입을 열었다.

"이 물건들 뭡니까? 게다가 이 사진들은 왜 아직까지 가지고 있습니까?"

…솔직히 그가 화를 낼 만했다. 상자 안에는 미처 처리하지 못한 전 남친의 흔적이 담긴 물건들이 들어 있었다. 게다가 그가 손에 쥐고 있는 건 전 남친과 다정하게 함께 찍은 사진들이었으니 눈이 돌아가지 않는 게 이상한 상황이었다. 방 안에 퍼지는 공기가 묘하게 차갑다. 마치 살얼음판처럼.

"전부 태워 버리려고 놔둔 건데 바빠서 자꾸 미루다 보니 그만……."

리원은 입술을 바르르 떨며 변명했다. 그의 눈을 똑바로 볼 수 없어서 격하게 굴러가는 눈동자로 괜스레 바닥만 뚫어져라 쳐다본다. 또다시 입을 꾹 다문 채 리원을 응시하고 있던 그가, 낮게 깔린 묵직한 음성으로 경고했다.

"들키기 전에 먼저 전부 털어놔야 할 겁니다. 하나도 숨기는 것 없이."

"……."

찔리는 게 있으면 지금 이 자리에서 이실직고하라는 소리였다. 분명, 분명, 저 물건의 정체를 알게 된다면 화낼 텐데. 진실을 말해야 한다는 것을 알면서도 쉬이 입이 떨어지지 않는다. 리원이 한참을 머뭇거리며 식은땀만 삐질삐질 흘리자 그의 눈매가 점점 가늘어지더니 인상이 험악하게 구겨졌다.

"반응을 보니 확실히 뭔가 있군. 기회를 줄 때 전부 이야기해요. 이건 믿음의 문제예요."

"…사, 사실은……."

아랫입술을 잠시 꽉 깨문 리원은 눈을 질끈 감으며 숨겨 왔던 비밀 아닌 비밀을 터트렸다.

"구 남친한테 돌려받은 물건들이에요!"

어느 정도 예상은 했겠지만 막상 그녀의 입에서 나오는 소릴 듣자 그의 눈썹이 미세하게 꿈틀대며 움직였다.

"…돌려받았다라……. 옛 연인과 만났단 말입니까?"

"네에……."

리원은 기어들어 가는 목소리로 소심하게 대답했다. 뚫어져라 노려보는 태건의 시선이 느껴져서 도저히 고개를 들 수가 없다. 리원은 앞치마 자락을 양손에 꽉 쥐었다. 제가 털어놓은 말이 사실이긴 했지만 그래도 그가 이대로 오해하게 둘 순 없으니 최소한의 변명은 해야 했다.

"오, 오해하실까 봐 말해 두는 건데, 우리가 서로의 마음을 확인하기 전의 일이에요! 계약 연애 할 때요! 그때 당시 태건 씨가 해외 출장 갔던 기간에 만났던 건데⋯⋯. 아무런 의도도 없었어요! 물건을 돌려 줘야겠다며 만나자길래 그냥⋯⋯."

"이제 와서 굳이 왜?"

"제 물건을 그 사람이 가지고 있는 것도 찜찜했고⋯⋯. 그저 욕이나 실컷 퍼부어 주고 싶었어요⋯⋯."

"쓸데없는 짓을 했군."

사진을 휙, 상자 안으로 무심하게 던진 그가 턱을 괸 채 생각에 빠졌다. 참을 수 없는 긴 침묵이 이어졌다. 연신 손가락을 꼼지락대며 눈치를 살피던 리원이 조금 더 엉덩이를 들이밀어 그의 옆에 가까이 앉았다. 툭, 하고 두 사람의 몸이 살짝 부딪쳤지만 그는 결코 그녀를 돌아보지 않는다.

"화⋯⋯났어요?"

상체를 약간 기울인 채 최대한 고개를 길게 내밀어 그의 얼굴을 바라보며 물었다. 리원이 무척 거슬릴 정도로 눈앞에서 기웃거리는데도 태건은 대답이 없었다. 아무래도 그의 화가 쉽게 풀릴 것 같지 않았다. 혹시 그는 화가 나면 이렇게 말이 없어지는 스타일인 걸까. 그건 좀 싫은데 말이다.

"설마 지금 질투하는 건 아니죠?"

"⋯⋯."

리원은 제 실언이 어떤 결과를 가져올지 알지 못한 채 새카맣고 순진한 눈동자로 그리 물었다. '질투'라는 단어를 끄집어내고 나서야 그가 그녀를 똑바로 마주 보았다. 조금 전까지 그의 턱을 받치고 있던 손이 리원의 뒷덜미를 살짝 움켜잡았다. 나른하게 내리뜬 눈과 살짝 찌푸려진 험악한 표정이 지금 그의 심기가 얼마나 불편한 상태인지를 대변해 주었다. 금방이라도 큰 사고를 칠 것 같은 매서운 눈빛이 날카롭게 번뜩였다.

"맞습니다. 나 지금 화나서 돌아 버릴 것 같으니까, 잠시만 그 입 좀 다물어요."

"미안해요. 이런 일 다시는 없을 거예요."

"솔직히 당장이라도 그놈을 찾아내서 반쯤 죽여 놓고 싶은데…….
있는 힘을 다해 참고 있는 중입니다."

그는 정말로 심각한데, 웬일인지 리원의 표정이 심상치 않다. 의도한 건 아니었는데, 질투에 어쩔 줄 몰라 하는 태건의 모습을 보니 묘한 만족감이 치솟았다. 누군가를 괴롭히는 걸 즐기는 타입은 아닌데 말이다. 그녀는 엷게 반짝이는 눈망울로 태건의 얼굴을 무척이나 사랑스럽게 쳐다보았다.

"…귀여워요."

이 남자가 이렇게나 질투하는 모습을 실제로 보게 되다니. 나쁜 생각이지만 상상했던 것보다 훨씬 더 짜릿했다. 귀엽다는 그녀의 뜬금없는 말에 남자로서의 자존심이 상한 그의 인상이 더욱 엄하게 일그러졌다. 태건이 기가 찬다는 듯 작게 코웃음 치며 되물었다.

"귀여워? 내가?"

"태건 씨한테도 귀여운 면이 있었네요. 신선해요."

"다 큰 남자에게 할 소리는 아닌 것 같군."

그녀가 더 질문을 하기도 전에 뒷덜미를 주무르던 그의 손이 확, 그녀를 잡아당겼다. 그의 입술이 거칠게 맞닿았다. 끼워 맞추기라도 한 것처럼 순식간에 입술끼리 겹치는 바람에 하고 싶은 말이 있어도 할 수가 없었다.

쪽, 쪽, 젖은 살점과 살점이 서로 엉겨 붙었다 떨어져 나가는 소리가 방 안에 울렸다. 그의 입술이 그녀의 입술을 짧지만 강하게 빨아들였다 놓아 주길 수도 없이 반복했다.

"이래도 귀여운가?"

입맞춤을 멈추나 싶던 것도 잠시 그가 이내 고개의 각도를 비틀어 안으로 깊게 침범해 들어온다. 말랑한 입술 사이를 가르고 들어온 혀가 거칠게 리원의 혀를 휘감았다. 촉촉한 입 속의 점막을 두드리고 누구의 것인지 구분이 가지 않을 정도로 타액과 타액이 진하게 섞여 들었다. 격렬한 키스를 하느라 붙어 있던 입술이 잠시 떨어진 틈을 타, 그가 그 어느 때보다도 낮게 깔린 목소리로 물었다. 노려보는 눈동자는 리원의 얼굴을 당장에라도 뚫어 버릴 기세였다.

"아직도 귀엽습니까?"

"하윽. 아, 안 귀여워요……."

약간의 말실수가 그의 안에 있는 어떤 스위치 같은 것을 눌러 버린 것 같다. 빨개진 얼굴로 거친 숨을 몰아쉬는 리원을 그가 잠시 물끄러미 내려다본다.

"충분히 알려 줬다고 생각했는데. 내가 이렇게나 크고 무서운 사람이라는 걸."

무심하게 던진 말이 끝나기가 무섭게 그가 재킷을 벗어 던지고 한 손으로 넥타이를 비틀어 풀어 헤친다.

"잘못을 했으니 그에 응당한 벌을 줘야겠군요. 죄질이 워낙 무거워서 오늘 밤 안에 끝낼 수 있을지……."

이윽고 그가 드레스셔츠의 단추를 풀어 헤쳤을 때 리원의 머릿속이 절로 새하얗게 비어 버렸다.

"기대해요. 전혀 귀엽지 않게 놀아 줄 테니까."

…큰일이었다.

■ ◇ ■

후루룩. 후루룩.

방금 요리한 따끈한 짜파구리를 먹는 소리가 쉴 새 없이 들려온다. 일단은 저녁 식사 시간을 한참이나 건너뛰었고, 두 시간에 걸쳐 남녀 간의 은밀한 운동을 격렬하게 했으니 배가 고플 법도 했다. 두 사람은 너 나 할 것 없이 커다란 대접에 담긴 짜파구리를 빠른 속도로 흡입했다. 대접을 쿵 소리 나게 식탁에 놓고 물까지 한 컵 가득 마신 뒤에야

심신의 안정을 되찾았다. 허기진 배를 채우고 무척이나 만족스러운 웃음을 짓는 리원에게, 그가 가까이 오라며 손짓했다. 리원은 영문을 모른 채 식탁 맞은편에 앉은 태건 쪽으로 상체를 가까이 들이밀었다.

"어린애도 아니고."

그리 말하며 피식, 가볍게 웃음 짓는 남자의 모습이 퍽 매력적이다. 물티슈를 한 장 뽑아 리원의 입가에 묻은 까만 양념 자국들을 지워 주는 손길이 사뭇 다정했다. 예전 같으면 이런 사소한 일에도 얼굴을 붉혔을 리원이었는데, 이제는 제법 익숙해졌는지 그저 배시시 웃어 주기만 했다. 그런 그녀의 꾸밈없는 웃음을 보는 그에게서도 한껏 다정한 기운이 퍼져 나왔다.

"후식으로 차라도 한잔할까요?"

"좋죠."

리원이 차를 끓이기 위해 머그컵을 준비하고 물을 끓이는 동안 태건은 자연스럽게 싱크대 앞에서 설거지를 시작했다. 마치 짜기라도 한 것처럼 죽이 척척 맞았다. 커다란 덩치를 하고서는, 제 키보다 훨씬 높이가 낮은 싱크대에서 꼼꼼히 설거지를 하는 모습이 꽤 예뻐 보였는지 리원이 그의 엉덩이를 툭툭 두드리며 칭찬했다.

"어이구, 이제 설거지도 알아서 척척 잘해요. 참 예뻐요."

"……."

마치 어린아이에게 칭찬을 해 주는 것 같은 행동에 그의 미간이 깊게 찌푸려졌다. 하지만 그게 또 싫지는 않았는지 잠시 표정이 일그러졌을 뿐, 그는 별다른 말 없이 설거지를 무사히 끝마쳤다. 뽀득뽀득하게 잘 씻긴 그릇들에서 어찌나 광이 나는지 설거지 하나는 그녀보다 훨씬 더 잘했다.

"이제 설거지도 해결했으니까, 차 마시면서 오랜만에 시간 좀 죽여볼까요?"

그의 손을 이끌고 바닥에 앉은 리원은 침대에 등을 기댔다. 그녀가 챙겨 온 쟁반 위에는 뜨거운 차 두 잔과 간단히 먹을 수 있는 여러 가지 주전부리들이 담긴 접시가 놓여 있었다. TV를 틀자 마침 최근 인기리에 방영 중인 주말 드라마가 전파를 타고 있었다. 드라마의 내용을 전혀 모르는데도 왠지 흥미가 돋아서 채널을 돌릴 생각조차 하지 못한 채 빠져들었다. 한참이나 드라마에 푹 빠져서 집중하다가 문득 그에 대해 궁금증이 생긴 그녀가 물었다.

"요즘은 주말에 혼자 집에 있으면 뭐 해요? 저는 드라마 몰아 보기 하는 중인데."

"…일?"

황금 같은 주말 시간마저 일을 한다고? 예전에 한번 들은 적이 있기는 하지만 저와 함께 있을 때는 일을 한 적이 없었던 터라 그의 대답에 깜짝 놀란 리원이 작게 소리쳤다.

"헐……. 아직까지 그 버릇 못 고쳤구나!"

"일은 가끔 합니다. 대부분의 주말은 당신과 붙어 있으니까."

"그럼 결론은 내가 있어야 주말에 겨우 쉰다는 말이잖아요?"

"옆에 애인을 놔두고 일할 만큼 냉정한 사람은 아니라서."

"도대체 일을 왜 집에까지 갖고 와서 해요? 일이 많을 수밖에 없는 입장인 건 알지만 그렇게나 넘쳐요?"

"그런 것보단……. 재미있어서?"

"네에? 아니……. 일이 재미있는 거야 저도 이해하지만 굳이 주말까지……."

그의 말을 해석해 보면 일이 재미있어서 주말에는 취미 생활처럼 한다는 뜻이 되는 건데……. 아무리 일의 결과가 성취감이나 보람을 안겨 준다 해도 몸을 쉬어 줘야 하는 주말 시간까지 할애한다는 것은 리원에게도 이해할 수 없는 부분이었다.

"안 되겠다. 같이 살든지 해야지."

농담처럼 툭, 던진 그녀의 말에 그가 크게 반응했다. 눈을 크게 뜬 채 조용히 그녀를 내려다보는 남자의 시선. 큰 생각 없이 그런 말을 던졌던 리원은 저를 보는 그의 눈빛이 너무나도 따가워서 고개를 갸웃거렸다.

"왜 그렇게 봐요?"

"…그냥 당신에게서 농담으로라도 그런 말이 나올 줄은 전혀 생각도 못 했으니까."

"반농담이긴 한데……. 반은 진심이기도 해요."

반은 진심이라는 말에 또 한 번 그의 동공이 격하게 흔들렸다. 리원은 지긋이 그의 반응을 살피며 씁쓸한 웃음을 지었다. 태건에게 그녀는 그동안 도대체 어떤 존재로 비쳐졌던 걸까. 그와의 관계에서 제가 을이 되었다고 생각했는데 이제 와서 보니 오히려 반대였다. 태건에게 그녀는 여전히 놓칠까 봐 불안한 상대였고, 가장 깊게 다가가기 위해서 조심스럽게 시간을 두고 기다려야 하는 존재였던 것이다. 사랑한다는 말을 여러 번 들었고 끊임없이 몸을 섞으면서 사랑을 확인하는 사이임에도 불구하고 말이다.

"…같이 산다는 말이 그저 단순한 동거를 뜻하는 거였습니까? 아니면……."

그가 약간 망설이며 말끝을 흐렸지만 리원은 그 뒤에 이어질 말이 무엇이었는지 잘 알았다. 저도 많이 고민했었고 아마도 그 또한 많이 고민했었던 문제리라. 서로가 말은 하지 않아도 언젠가는 직면해야 할 문제, 결혼이 그것이었다.

두 사람의 나이도 있고, 다른 것보다 애인이 있다는 이유로 들어오는 선 자리마다 내팽개쳐 버리니, 태건의 입장에서는 마냥 그녀의 대답을 기다려 줄 수만은 없는 상황이었다. 어떤 식으로든 결론이 나야 끝날 문제였다. 리원은 세워 안은 다리 위에 얼굴을 기댄 채 그를 지그시 바라보았다.

"보는 눈이 너무 많아서. 동거는 좀 그렇지 않아요?"

"우리가 남들의 시선에서 자유롭지 못하긴 하죠."

"어때요? 태건 씨는……. 결혼하고 싶은 생각이 있어요?"

그와 만난 뒤 처음으로 한 결혼에 대한 직접적인 질문이었다.

"난 원래 결혼에 대해 상당히 비관적이었지만…… 리원 씨와 만나고 나서부터는 생각이 좀 바뀌었어요. 다른 사람은 몰라도 당신과는 행복할 수 있을 것 같아서."

진지한 눈빛으로 그녀를 똑바로 쳐다보며 말하는 모양새가 무척 듬직하고 진실되어 보였다. 태건은 그녀의 얼굴을 반쯤 가리고 있던 머리카락을 조심스럽게 귀 뒤로 쓸어 넘겨 주었다.

"당신과 하지 않을 거면, 결혼이란 건 나에게 필요 없는 제도예요. 그건 당연한 겁니다."

어쩜 이 남자는 이렇게나 저밖에 보지 않을까. 저 따위 뭐가 그리 대단하다고. 하지만 그게 퍽 사랑스러워서 자꾸만 심장이 간질거리는 느낌이 난다. 리원은 솔직한 자신의 심정을 그에게 꺼내 보였다.

"사실……. 제가 태건 씨와의 결혼을 선뜻 생각하지 못하는 이유가 있어요. 알고 있겠지만 제 사정이 그렇게 여의치 않아요. 여러 가지로."

"설마 부모님이나 금전적인 문제 때문에 망설이는 겁니까?"

그는 아주 정확하게 이유를 알고 있었다. 아마도 한두 번쯤은 그도 그 문제에 대해 생각해 봤다는 뜻일 것이다. 리원이 대답 없이 그저 약하게 웃어 보이자 긍정의 대답을 얻은 그가 눈썹을 얄팍하게 일그러트렸다. 진심으로 기분 나쁘다는 듯한 얼굴이었다.

"대한민국에서 제일 돈 많은 남자를 유혹해 놓고……. 그런 걸로 고민하는 건 내 자존심이 용납하지 않는군."

"알량한 자존심이라고 해 둘게요. 그냥 태건 씨에게 조금이라도 해를 끼치는 존재가 되고 싶지 않아요. 내 자신이 태건 씨에게 모든 면에서 떳떳하고 싶어서 그래요."

"때론 편히 받아들일 줄 아는 자세도 필요해요. 우리 어머니께서 허락하셨다면, 그런 부분은 전혀 신경 쓰시지 않을 거예요."

"그래도 전……."

"거기까지. 난 당신이 결혼을 원치 않을까 봐 망설였던 거지, 그 외의 다른 이유들은 무엇 하나 날 막지 못해요. 그러니까 더는 말하지 말아요."

리원과의 결혼을 원하는 그는 아마도 이대로 밀어붙일 작정인 것 같았다. 어머니의 허락도 떨어졌겠다, 그녀의 의지 이외에 더는 그의 앞을 가로막을 것이 없었다.

"…전부 내가 알아서 할 테니까. 당신은 아무것도 신경 쓰지 말아요."

그녀의 새하얀 뺨을 쓰다듬는 남자의 손길이 무척이나 따뜻했다.

■ ◇ ■

"사모님 들어오셨어요?"

넓은 복도에 울려 퍼지는 구둣발 소리. 귀가 밝은 도우미 아주머니가 어디선가 나타나 차 여사의 뒤를 조용히 쫓았다. 차 여사는 두꺼운 코트를 벗어 도우미 아주머니에게 건네며 딱딱하게 굳은 얼굴로 물었다.

"아버님은요?"

"예. 방금 식사 끝내시고 서재로 드셨어요."

차 여사는 곧바로 서재로 걸음을 옮겼다. 문을 두드리고 들어간 곳에는 높고 넓은 벽마다 빼곡히 들어차 있는 책장들이 마치 도서관처럼 정갈하게 정리되어 있었다. 돋보기를 쓴 채 독서에 집중하던 최 회장이 힐끗, 위로 눈을 치켜들어 그녀를 쳐다본다.

"잘 다녀왔느냐?"

"네. 아버님."

시아버지를 대하는 말투가 금세 애교스럽게 변했다. 눈이 살짝 휘어진 눈웃음을 짓는 모습에 희미한 미소를 지은 최 회장이 다시 책으로 시선을 옮겼다. 차 여사는 그런 최 회장의 맞은편 소파에 앉았다.

"그래. 어떻더냐?"

"뭘 말씀이세요?"

"날 속일 생각일랑 하지 마라. 네가 어딜 다녀왔는지에 대한 것쯤은 쉽게 알 수 있지."

능청스럽게 모른 척하던 차 여사의 시선이 문득 테이블 위의 파일에 가닿았다. 그녀의 얼굴에서 웃음기가 사라졌다. 투명한 파일 안에 아무렇게나 쑤셔 넣어져 있는 것은 아들과 만난다는 강리원이란 그 아가씨에 관한 자료들이었다. 검지에 침을 묻혀 책장을 넘긴 최 회장이 대수롭지 않게 며느리에게 툭 던지듯 말했다.

"적당히 쥐여 주고 헤어지게 만들어라."

그 말을 들은 차 여사의 두 눈이 크게 뜨였다. 마치 듣지 말아야 할 말을 듣기라도 한 것처럼 번뜩이는 그녀의 눈동자가 미세하게 떨렸다.

"아버님. 그건……."

"어디서 이런 수준 떨어지는 물건을 만난 겐지. 내 이럴 거라 예상은 했다만……. 어찌 그놈은 여자 보는 눈이 없는 것까지 지 아비를 똑 닮은 건지."

한심하다는 듯 혀를 끌끌 차는 최 회장을 가만히 바라보던 차 여사의 표정이 점점 더 어둡게 흐려졌다. 무서울 정도로 얼굴이 험악하게 굳은 그녀에게서 음산한 목소리가 흘러나왔다.

"우리에겐 그 애의 인생에 참견할 자격이 없어요, 아버님."

무엇보다 날카롭게 허를 찌르는 말에 절로 최 회장의 눈동자에 노기가 서렸다. 그는 들고 있던 책을 신경질적으로 던졌다. 당장에라도 쓰러질 것 같은 노인네가 던진 물건이라 하더라도, 저를 향해 날아오면 반사적으로 피할 법도 하건만. 차 여사는 눈 하나 깜짝하지 않은 채 자신의 볼을 살짝 스치고 날아간 책을 없는 것처럼 무시했다. 혹여 제대로 그녀의 얼굴에 맞았다 한들 반응은 똑같았을 것이다.

"이, 이런 고얀……!!"

평소엔 그렇게나 비위 맞춰 주며 살랑거리던 며느리는, 항상 태건의 이야기만 나오면 이다지도 날카롭게 반응했다. 제 배 아파 낳은 둘째 태준에 대한 것보다, 죽은 남편이 밖에서 다른 여자의 몸을 통해 낳아 온 첫째 아들의 일에 오히려 몇 배는 더 눈을 부라리며 대들었다. 최 회장은 그게 미치도록 마음에 들지 않았다. 며느리의 입장에서는 다른 여자의 아들인 태건이 당연히 미울 텐데. 오히려 그 반대로구니 알다가도 모를 노릇이었다.

"어째서 너는 그놈의 일에는 그리도 눈을 부라리며 대드는 게야! 놈은 제 아비의 목숨을 앗아 간 파렴치한 자식이야!!"

찌를 듯 손가락질하며 호통을 치는데도, 그녀의 차갑게 가라앉은 눈동자는 오히려 숨기고 있던 분노를 터뜨릴 듯 표출하며 타오르고 있었다.

"아버님께서는 정말 본인의 잘못은 하나도 없다고 생각하세요?"

낮게 가라앉은 음성이 호통 치는 것보다 더욱 무섭게 들릴 수도 있다는 것을 최 회장은 처음으로 깨달았다.

"25년 전 그때……. 아니, 그때뿐만 아니라……. 죽은 애들 아빠에게 정말로 떳떳하다고 자신할 수 있으시냐고요."

눈을 크게 뜬 최 회장을 바라보는 차 여사의 기억 너머, 25년 전의 잊지 못할 기억들이 하나둘씩 떠오르기 시작했다.

17
가슴으로 낳은 아이

재벌가의 사생아. 흔히들 증권가 지라시나 몰래 도는 뒷소문으로 접하곤 하는 얘기였다. 진희는 그런 일이 있을 수도 있다는 것을 인정하면서도, 정작 저 자신에게 일어날 줄은 꿈에도 몰랐다. 바로 지금처럼.

"이 아이의 이름은 오늘부터 태건이오. 본명이 따로 있지만……. 우리 태건이의 신분으로 살아갈 수 있도록 조치를 취해 놨소."

쾅! 하는 소리와 함께 세상을 반으로 갈라내는 듯한 천둥이 울렸다. 진희는 눈을 크게 뜬 채 남편이 데리고 온 남자아이를 뚫어져라 쳐다보았다.

겁에 질린 새카만 눈동자. 어딘가 익숙한 듯한 얼굴.

놀랍게도 그 남자아이는 진희의 첫째 아들인 태건을 꼭 닮아 있었다. 덩치가 조금 더 크고 나이도 한두 살쯤 많아 보이긴 했지만, 언뜻 봐서는 엄마인 저조차도 구분이 가지 않을 정도였다.

"누구예요? 이 아이는……."

흔들리는 눈동자. 감당할 수 없이 차오르는 분노에 진희의 꽉 쥔 주먹이 부들부들 떨려 왔다. 그녀는 금방이라도 찢어 죽일 듯 작은 아이를 노려보며 소리쳤다.

"혹시 그 여자 아이예요? 네? 당신과 그 여자의 아이!!"

"…미안하오. 정말 미안해요. 내가 남은 평생……. 당신에게 속죄하며 살아가리다."

"그 여자가 죽었다는 소식을 듣고 일말의 측은함을 가졌던 내가 바보였어!! 어떻게……. 어떻게 내 아들이 죽자마자 기다렸다는 듯이 그 여자의 애를 데리고 들어오냔 말이야!!"

"아니오. 그건 정말 오해요. 우리 태건이의 죽음은 나도 정말 가슴 아파요. 내 아들인데 어찌……."

짜악! 남편 정국은 더 이상 말을 잇지 못했다. 매섭게 날아온 진희의 손이 그의 얼굴을 강하게 한 대 때리고 지나갔다. 그는 아내를 이해했다. 두 사람의 첫째 아들인 태건이 고작 여덟 살의 나이에 지병으로 세상을 떠난 지 아직 만 하루가 채 지나지 않은 시점이었다. 그런 상황에서 태건의 자리를 대신해 살아갈 새로운 아이를 데려왔으니, 눈이 뒤집히고도 남을 일이었다.

스스로의 잘못은 누구보다도 잘 안다. 하지만……. 지금 데려온 아이 또한 다른 여자에게서 나긴 했으나 그의 아들인 건 마찬가지였고, 그 나름대로 애정도 있었다. 이 아이가 살아갈 적당한 자리를 만들어 주기에는 이 방법이 최선이라 생각했다. 누구에게도 손가락질받지 않도록. 사생아라는 것을 철저히 숨기고 자신의 본래 이름도 숨겨 가며 최태건으로 살아가는 것. 그것 말고는 지금 당장 떠오르는 방법이 없었다.

"둘 다 나가!! 나가라고!"

악에 받쳐 울며 소리 지르는 여자의 목소리는 고막을 찢을 듯 반복적으로 울려 퍼지는 천둥소리에 묻혀 갔다.

■ ◇ ■

남편인 정국이 아이를 데려온 지 몇 주가 지났다. 아이는 그 누구에게도 환영받지 못했지만 사교계에 이름을 알리며 제 나름대로의 역할을 충실히 해 나갔다.

평소와 다름없이 고요한 평일의 늦은 밤. 아이의 침실은 불이 켜지지 않아 어두웠다. 시간이 많이 늦었음에도 잠을 잘 생각은 하지 않고 두려움에 덜덜 떠는 아이를 가만히 쳐다보는 여자가 있었다. 그녀는 흔들의자에 앉은 채 삐걱, 삐걱, 소리가 나는 대로 고개를 이리저리 갸우뚱거리며 아이를 면밀히 살폈다. 그렇게 서로를 마주 보며 기 싸움을 한 지 한참이 지났을 때.

"네 엄마는 어떤 사람이었니?"

진희는 베개를 끌어안은 채 침대 머리맡에 가만히 쭈그려 앉아 있는 아이에게 물었다. 처음에는 오로지 두려움에 가득 찬 눈동자로 그녀를 보던 아이가, 조금은 호기심 어린 표정을 지었다. 아이는 조용히 그녀에게 물었다.

"우리 엄마는 왜요……?"

"그냥…… 아줌마가 좀 궁금해서. 예뻤니? 하긴…… 네 엄마니까 네 눈엔 세상 누구보다 예뻤겠구나."

"제 눈에도 당연히 예쁜 엄마였지만, 동네 할머니 할아버지들이 항상 그랬어요. 울 엄마 엄청 미인이라고요."

"그래……. 그랬겠지."

그 정도였으니 내 남편을 과거에 사로잡았었겠지.

진희의 입술 사이로 낮은 조소가 흘렀다. 아이는 한번 말을 트기 시작하니 쉴 새 없이 진희를 향해 재잘거렸다. 저 자신이 처한 입장도 모른 채 말이다.

"그리고 울 엄마는 조금 아팠어요."

"아파? 몸이 약했단 말이니?"

"먹는 약도 많았어요. 매일 울었어요. 엄마 따라서 병원에 갔을 때, 의사 선생님이 하는 말이 엄마는 마음이 병든 거니까 제가 옆에서 잘 챙겨 줘야 한다고 그랬어요."

마음이 병들었다라……. 매일 울었다고. 진희는 왠지 그 병이 어떤 종류인지 알 것 같았다. 그게 그녀의 죽음과 어떤 연관이 있는지도 자연스럽게 연결되었다. 그녀가 미간을 살짝 찌푸린 채 상황을 유추하고 있을 때, 급작스럽게 표정이 어두워진 아이가 고개를 약간 아래로 숙이며 작아진 목소리로 말했다.

"그래서 그랬나 봐요……. 울 엄마."

"뭐가 말이니?"

"제가 엄마를 제대로 챙겨 주지 못해서요……. 그래서 울 엄마가……."

진희는 눈앞의 아이에 대한 배려심이 없었다. 딱히 다정하게 대해 주고 싶지 않았다. 그래서 정제되지 못한 있는 그대로의 적나라한 단어들을 써 가며 아이를 대했다. 그것은 지금도 마찬가지였다.

"그래서 너희 엄마가 자살했다고?"

아이는 자살이라는 단어를 알아듣지 못했다. 그럼에도 진희의 표정을 살피고는 대충 어떤 의미인지 어림짐작하는 듯 보였다. 금방이라도 울음을 터트릴 것처럼 눈에 띄게 표정이 어두워졌으니까.

"딱하구나. 이미 들어서 잘 알고 있어. 유람선 객실에 유서 한 장 남기고 그 차가운 바닷물에 뛰어들었다지. 운 나쁘게도 넌 눈앞에서 그 장면을 목격한 거고."

아이의 동공에 지진이 일었다. 아홉 살짜리 아이가 이해하기에는 다소 어려운 단어들도 섞여 있었지만 살아온 환경 때문인지 아이는 눈치가 매우 빨랐다. 아이는 잘 알았다. 지금 저에게 다정한 음성과 부드러운 표정으로 말하는 이 여자가, 사실은 누구보다도 강한 적대심을 내뿜고 있다는 것을.

"엄마는……. 아팠어요. 아파서……."

"아니. 그렇게 부정하면 안 된단다. 그래 봤자 사실은 달라지지 않아."

덜덜 떨리는 아이의 입술이 눈에 띄게 일그러진다. 증오스러운 저아이의 표정이 조금 더 잔뜩 찡그려졌으면 좋으련만.

"네 엄마는 널 버렸단다."

아래로 축 처진 입꼬리가 꽤 볼만해서 싱긋, 입가에 약한 미소를 지으며 말을 이었다.

"가엾게도. 넌 혼자가 되었구나."

"아, 아니에요……. 아, 아버지가……."

"어리석구나. 이 집에 들어오면서 넌 네 이름을 버려야 했잖니. 그게 무얼 의미하는 것 같아? 넌 네 이름으로 살아갈 수 없어. 마치 살아 있는 인형처럼 누군가의 대신이 될 뿐이지."

화가 났다. 가끔 이렇게 아이에게 말로 상처를 줬지만 아이는 나이답지 않게 울음을 꾹 참아 냈다. 펑펑 울며 누군가의 대신이 되는 건 싫다고 떼쓰는 것을 보고 싶었는데. 질투와 증오가 섞인 오묘한 감정을 가졌던 여자의 아들이고, 가슴에 묻은 세상에서 가장 귀한 아들 태건의 자리를 빼앗은 아이였으니……. 죽도록 미워할 수밖에 없었다. 결코 좋은 감정을 가질 수 없는 상대였다. 그 대상이 아무 잘못도 없는 순수한 어린아이일지라도, 그 순수함조차, 아니 그 존재조차 죄가 되었다. 적어도 진희에게 그 아이는 그런 존재였다.

"아줌마. 그이는 어딜 갔죠? 오늘 안 들어온다고 연락이라도 왔었나요?"

"아……. 사모님, 모르셨어요? 오늘부터 사흘간 부산으로 출장 가셨잖아요."

"출장이라."

남편의 출장 소식을 듣고 팔짱을 낀 채 턱을 쓰다듬는 진희의 모습은 흡사 악마에게 영혼을 판 사람처럼 음습한 기운을 내뿜었다. 비죽, 한쪽 입꼬리가 비릿하게 위로 올라간다.

"그 사람은 나의 뭘 믿고 저 아이를 방치하는 걸까?"

금방 그 아이의 방에서 나왔는데 진희는 걸음을 돌려 조금 전까지 있던 곳으로 되돌아갔다. 거칠게 여닫이문을 열어젖히자 방금 잠에 빠져들었던 아이가 눈을 비비며 일어나 앉았다.

'너는 결코 우리 태건이의 자리를 대신해선 안 돼.'

내 아이는 제대로 장례식조차 치르지 못했는데. 다른 누군가가 내 아이의 자리를 꿰차고 최태건이란 이름으로 살아가게 손 놓고 두고만 볼 수는 없어. 이미 아이가 최태건이라는 이름으로 사교계에 데뷔했고 각종 매스컴에 얼굴을 드러냈지만, 분노에 눈이 멀어 버린 진희에게는 그런 것 따위 생각할 겨를이 없었다.

"이리 나와!"

단단히 큰마음을 먹은 진희는 잠옷 바람의 아이를 거칠게 끌어당기며 방을 벗어났다.

■ ◇ ■

끼이익!

얼어붙은 도로를 내달리던 외제 차가 거칠게 방향을 틀었다. 한 치 앞을 내다볼 수 없는 짙은 어둠 속을 오래도록 달리고 또 달려 도착한 곳은, 집 한 채 인적 하나 없는 깊고 음산한 숲길 한가운데였다. 거칠게 브레이크를 밟아 도로 한편에 정차한 차는 한동안 눈이 펑펑 쏟아지는 길에서 비상등을 켠 채 조용히 머물렀다.

조수석에 앉은 아이는 최대한 목을 쭉 빼고 주위를 두리번대느라 정신이 없었다. 생전 처음 보는 을씨년스러운 분위기인 듯 조금은 놀란 눈치였다. 두 손으로 핸들을 꽉 쥔 채 말이 없던 진희의 붉은 입술에서 속삭이듯 작은 목소리가 흘러나왔다.

"…려."

나지막한 음성을 잘 알아듣지 못한 아이가 멀뚱히 그녀를 쳐다보는 게 느껴졌다. 아이의 얼굴을 볼 자신이 없었다. 고라니처럼 새카만 눈동자를 마주하게 된다면 그만 마음이 약해질 것만 같았다. 진희는 핸들을 쥔 손에 더욱 힘을 주며 더 큰 목소리로 짧은 한마디를 던졌다.

"내려."

"……."

"내리란 말 못 들었어?"

딸각, 딸각. 비상등 소리가 정적이 맴도는 차 안에 거슬릴 정도로 크게 울렸다. 이어 덜컥, 조수석의 문이 열리는 소리가 들렸다. 차에서 내린 아이가 문을 닫고 가만히 서 있는 게 느껴졌지만 결코 단 한 번도 그쪽을 돌아보지 않았다. 오로지 자신의 미세하게 떨리는 손만 쳐다보고 있던 진희가 시선을 옆으로 옮긴 것은 한참이나 시간이 흐른 뒤였다.

아이가 없었다.

'어디? 어디로 간 거지?'

흔들리는 눈동자를 연신 굴려 백미러를 본 순간. 새하얀 잠옷 바람으로 저 멀리 걸어가고 있는 아이의 형체가 비쳤다. 숨이 턱 막혀 오는 기분을 느꼈다. 진희는 손으로 입을 막은 채 절로 새어 나오는 탄식을 집어삼켰다.

'괜찮아……. 잘된 일이야. 어차피…….'

어차피 저 아이를 버리기 위해 이 먼 곳까지 달려온 거잖아.

속에서부터 구역질이 올라왔다. 애써 그것을 참아 내는 진희의 양어깨가 사시나무 떨듯 떨려 왔다. 심장이 미친 듯이 뛰어 댔다. 숨은 가빠지고 두통이 밀려와 머리가 지끈거렸다. 미간을 있는 대로 잔뜩 일그러트린 채 다시 백미러를 응시했다. 점점 멀리 사라져 가는 하얀 형체.

아이는……. 아는 것 같았다. 제가 버림받았다는 사실을.

정처 없이 오직 진희가 있는 곳의 반대로만 걸어가는 작은 걸음걸이는 매우 느렸지만 일말의 망설임조차 없어 보였다. 단 한 번을 매달리는 말조차 내뱉지 않고 무덤덤히 반대쪽을 선택한 아이의 의지에 전신의 살갗이 오그라드는 것 같은 떨림이 밀려왔다. 아이가 제 속을 꿰뚫어 본 것만 같은 나쁜 기분이 들었다. 처음부터……. 그녀를 믿지 않았던 것이다.

나이답지 않게 사람을 쉽게 믿지 않는 아이.

저 아이는 얼마나 많은 사람들로부터 비슷한 경험을 했던 것일까.

얼마나 수많은 배신을 당했기에, 사람에 대한 작은 기대조차 없는 걸까.

결국엔……. 저도 그 잔인한 어른들 중 한 사람이 되어 버렸다. 그 사실이 죽도록 소름 끼쳤다.

"허억. 흑……."

머릿속에 갖가지 생각들이 스쳐 지나갔다. 바깥에는 눈이 오는데. 아이가 입은 거라곤 잠옷 한 벌뿐인데……. 거친 숨을 겨우 진정시킨 진희는 아랫입술을 피가 나도록 꽉 깨물었다. 어차피 내 인생에 들어와서는 안 되는 아이였어. 남편이 옛 여자와의 사이에서 낳은 아이 따위 내 알 바 아니라고.

고개를 세차게 흔든 그녀는 기어를 변속하자마자 거칠게 액셀러레

이터를 밟았다. 끼익, 소리를 내며 출발한 차는 굉음을 울리며 빠른 속도로 아이에게서 멀어져 갔다.

"괜찮아. 괜찮을 거야."

스스로를 달래는 말을 쉴 새 없이 내뱉는 그녀의 가슴속에 벌써부터 죄책감이 물밀듯이 밀려온다. 아이의 걸음으로 쳐도 20분쯤……. 그쯤 더 걸어가면 작은 교회에 딸린 고아원이 하나 있다. 영광 기업이 운영하는 재단에서 매년 기부하는 고아원이었다. 아이는 아마도 그곳에 도착하여 둥지를 틀 것이다. 이 정도라면 제 나름 최선의 배려를 해 준 거라며 끊임없이 그렇게 자신을 세뇌했다. 이 빌어먹을 죄책감이 조금이나마 가벼워지길 바라며.

터벅, 터벅.

기다란 복도를 걷는 느린 걸음이 맥없다. 어깨에 대충 걸쳤던 숄더백이 힘없이 스르르 팔을 타고 내려와 바닥에 툭, 떨어졌다. 잠시 걸음을 멈춰 선 채 바닥에 아무렇게나 흐트러진 백을 멍하니 쳐다보고만 있다.

"사모님?"

어둠 속에서 조용히 나타난 도우미 아주머니가 눈을 크게 뜨며 진희를 불렀다. 그녀는 총총걸음으로 다가와 바닥에 떨어진 가방을 주워 들었다. 미동도 없이 그것을 지켜보고만 있는 진희의 눈동자에는 초점이 없었다.

"사모님. 이 늦은 시간까지 어디서……. 아. 그런데 도련님은 어디……?"

아주머니는 연신 주위를 두리번대며 아이의 흔적을 찾았지만 그 어디에도 없었다. 분명, 아까 아이를 거칠게 끌고 나가는 것을 두 눈으로 똑똑히 봤는데. 어찌하여 돌아온 것은 차 여사 혼자뿐인 건지 알 수 없는 노릇이었다. 이상하다며 고개를 갸웃거리며 차 여사를 돌아보는데 어느새 그녀는 제 방으로 들어가 문을 굳게 닫아 버렸다.

"사모님이 조금 이상하시네? 왜 저러시지?"

그런데 도대체 도련님은 어디다 두고 오신 걸까.

홀로 뒷말을 중얼거리던 아주머니가 집 안 어딘가로 사라진 뒤. 굳게 닫힌 방문에 등을 기댄 채 멍하니 창밖을 보고 있는 진희의 시선에 굵직한 눈덩이들이 자꾸만 밟힌다. 하염없이 쏟아지는 그 눈덩이들을 맞으며 조용한 갓길을 느릿하게 걸어가던 아이의 뒷모습이 자꾸만 머릿속을 어지럽혔다. 가슴에 커다란 응어리가 진 것처럼 불편하고 답답하다. 미칠 것만 같은 이물감에 몸서리치면서도 어쩐지 심장이 찢어질 듯 아파 와 절로 눈물이 뺨을 타고 도로록 흘러내렸다.

"으흑……. 어허억. 흐윽……."

결국 손으로 얼굴을 감싼 채 바닥으로 무너져 내렸다. 낮게 울부짖는 울음소리가 어둡고 고요한 집 안에 오래도록 울려 퍼졌다.

■ ◇ ■

아이가 없어졌다는 소식에 스케줄을 끝내지 못하고 달려온 정국은 곧장 부부 침실로 들어섰다. 이제야 새벽의 기운이 오기 시작한 늦은 밤 시간. 조용히 침대 머리맡에 앉아 있는 진희를 발견하자마자 그녀에게 성큼 다가가 어깨를 부여잡는다.

"어디에 숨겼어? 말해요! 도대체 애를 어디다……."

가녀린 여자의 몸을 거칠게 흔드는 우악스러운 남자의 손길. 고작 이틀 새 눈에 띄게 살이 빠져 홀쭉해진 모습의 진희는 마치 실성한 사람 같았다. 그저 멍하니 풀려 버린 눈으로 남자의 하악을 쳐다보고 있을 뿐이었다. 이제껏 그녀에게 큰소리 한번 낸 적 없던 남편은 머리끝까지 차오른 분노를 숨기지 못했다. 사납게 고함을 치는 남편의 벌어진 입을 가만히 보던 그녀의 입가에 비릿한 조소가 흘렀다.

"우리 태건이 일에도 이렇게까지 화낸 적이 없던 사람이……. 놀랍네요. 그 아이의 일에는 이토록 이성을 잃어버리니."

그녀의 말에 잠시 행동을 우뚝 멈추었던 정국이 다시 한번 그녀의 양어깨를 세게 부여잡았다.

"아이……. 우리 정우, 아니 태건이 어디 있소?"

"…버렸어요."

아이를 버렸다는 짧은 한마디에 정국이 얼어붙었다. 표독스럽게 눈을 위로 치켜뜬 채 남편을 노려보는 진희는 다시 한번 쐐기를 박듯 같은 말을 되풀이했다.

"차가운 길바닥에 내다 버렸어."

상처 주고 싶었다.

아내인 저를 사랑하지 않은 것도 모자라, 이렇게까지 수치심을 안겨 준 이 남자의 심장을 날카롭게 할퀴고, 피가 나도록 잘게 도려내고 싶었다.

자그마치 9년이었다. 결혼하고도 9년이 넘도록 곁을 내주지 않은 남자였다. 그런 주제에 이제 와서 다른 여자와의 사이에서 낳아 온 아이를 키워 내라니. 그것도 이름 없는 묘비에 남몰래 묻을 수밖에 없었던 내 새끼의 이름을 빼앗아서.

당장에라도 피를 토하는 심정으로 그를 부숴 버리고 싶었다. 이 세상에서 사라지도록 산산조각 내고 싶었다. 짐승도 이보다는 더 나을 거라고, 그렇게 끝없이 그를 원망했다. 지금 이 남자를 향해 널뛰는 감정을 애증이라 표현하면 과연 맞는 걸까. 죽이고 싶도록 미웠고, 그러면서도 한편으론 그의 사랑을 갈구하고 있었다. 그가 미쳐 버린 만큼 저 또한 미쳐 가고 있었다.

'내가 느꼈던 만큼, 당신도 고통받아 봐. 당장에라도 죽어 버릴 것 같은 지옥을 맛보라고.'

짜악! 남자의 거친 손이 날아와 진희의 뺨을 갈겼다. 얼얼한 통증이 얼굴에 느껴졌지만 그럴수록 오히려 가슴에 품은 독기는 더 강해졌다. 그녀는 빨갛게 부어오르는 뺨을 한 손으로 감싸며 경멸 어린 눈빛으로 정국을 쏘아보았다.

"하…… 그 여자의 아이라서 확실히 다르긴 다른가 보네."

"무슨 소리야, 그게!! 어린아이를 상대로 당신이 무슨 짓을 한 건지 알기나 해?"

"평생 동안 유일하게 사랑했던 여자와의 사이에서 낳은 아들이니까. 그래서 당신이 이렇게나 미쳐 버리는 건가요? 우리 태건이를 등한시하면서까지? 그 아이가……. 그 아이가 얼마나 고통스럽게 떠났는데……."

벌벌 떨리는 눈가에 눈물이 고였지만 독하게 참아 냈다. 눈물 따위, 약한 모습 따위 절대 내보이고 싶지 않았다. 오히려 지금 이 순간 당장에라도 눈물을 터트릴 것 같은 것은 정국 쪽이었다. 평생을 신사적으로만 살았던 남자. 그랬던 정국이 밑바닥까지 내보이며 망가져 가고 있었다. 그걸 알면서도 진희는 멈추지 못했다. 제 안에 숨어 있는 독기를 모두 내뿜기엔 아직 역부족이었으니까.

"도대체 내가 그 여자보다 못한 게 뭐야? 그렇게까지 그 여자를 잊지 못할 거면서 나랑은 왜 결혼했는데!! 왜? 아버님의 반대 따위 알게 뭐야!"

"제발……. 여보. 제발."

"이 모든 상황은 당신이 자초한 거야. 이리저리 휘둘리는 당신의 우유부단한 행동이 모든 사람들을 불행에 빠트린 거라고. 그 여자의 자살부터, 우리 태건이의 죽음, 그 아이의 실종까지. 모든 비극은 당신으로부터 시작된 거야. 알아요?"

정국이 무너져 내렸다. 차가운 마룻바닥에 엎드린 채 괴이한 소리를 내는 남자의 등이 가늘게 떨려 오고 있었다. 진희는 잔인할 정도로 차가운 눈빛을 한 채 무너져 내린 남자에게 독설을 쏟아 냈다.

"죽어 버려. 내 눈앞에서 당장 사라져요. 아무도 모르는 곳에서 죽어 버리라고."

그리고 다음 순간.

따르르릉— 따르르릉—

늦은 시간에 울리는 유선전화의 소리가 조용한 가운데 유난히도 크게 들려왔다.

이상한 일이었다. 평소와 다름없는 소리일 뿐이었는데. 마치 폭풍 전야를 알리는 음침한 소리로 들렸다. 본능적으로 기묘한 느낌을 받은 사람들 중 누구 하나 쉽게 수화기를 들지 못했다. 소름 끼치는 것을 보기라도 하는 듯 가만히 울리는 전화기를 쳐다보고만 있을 뿐. 한참이나 울리던 전화벨이 잠시 뚝 끊기나 싶더니, 다시 요란하게 울리기 시작했다. 앞으로 벌어질 어떤 일에 대한 신호탄이었다.

정국은 떨리는 손을 뻗어 침대 테이블 위의 수화기를 귀에 가져다 댔다. 흔들리는 눈빛의 진희는 침대 모서리에 걸터앉은 채 그런 정국을 조용히 지켜보았다. 정국은 본능적으로 차오르는 불안감을 어떻게든 가라앉히려 노력하며 침착하게 입을 열었다.

"여보세요."

— 최정국 부사장님?

"…누구십니까. 이 시간에."

— 아아. 전화하기엔 너무 늦은 시간인가요? 하지만 그런 걸 따질 때가 아닐 텐데.

웃음기가 가득 밴 남자의 목소리. 본능적으로 알 수 있었다. 그것은 결코 호의적인 소리가 아니었다. 낮은 웃음소리를 듣는 순간 등줄기를 타고 오소소 소름이 돋았다. 잠시 큭큭대며 숨죽여 웃어 대던 남자가 할 말을 잃은 채 조용히 듣고만 있는 정국에게 말을 이었다.

— 부사장님. 잃어버린 아드님은 찾으셨습니까?

"다, 당신이 그걸 어떻게……. 알고 있는 거요?"

— 사실 제가 조금 전에 좀 이상한 걸 봐 버렸지 뭡니까. 사모님이 도대체 왜 그러셨을까요?

튀어나올 듯 거대해진 두 눈. 설마 했던 우려가 현실이 되어 가고 있는 듯한 묘한 느낌이 들었지만 끝까지 아닐 거라며 애써 부정했다.

그럴 리가. 그런 일은 있을 수 없다.

이 일을 겪는 지금 이 순간조차도 현실감이 없어, 꿈인지 실제인지조차 구분이 가지 않는다. 모든 세포가 얼어붙어 감정이 메말라 버린 느낌이었다. 저에게 전화로 말을 걸고 있는 남자의 목소리가 실제로 존재하는 것인지도 헷갈렸다.

— 왜 친아들을 내다 버리셨을까.

"누구야……. 당신 누구야!!"

— 그건 알 필요 없고. 애는 잘 보살피고 있으니 찾으러 오셔야지요. 애가 어찌나 아버지를 찾는지.

허나, 현실은 그의 편을 들어 주지 않았다. 생각보다 훨씬 더 잔인하고 야박했다. 충격을 받아 커다래진 두 눈은 깜빡이는 것조차 잊어버렸고, 수화기를 쥔 손이 미치도록 떨려 오고 있었다. 곁에서 조용히 지켜보고 있던 진희는 참담하게 일그러지는 정국의 얼굴을 본 순간 생각지도 못했던 큰일이 터져 버렸음을 직감했다. 그에게 다가가 불안하게 흔들리는 시선과 떨리는 음성으로 조용히 물었다.

"무슨……. 무슨 전화예요? 네? 도대체 무슨 전화길래 당신이 이렇게……."

하지만 정국은 그런 그녀의 물음에 신경 쓸 여력이 없었다. 지금 그의 머릿속은 제 아들의 안부와 안전하게 아이를 찾아오기 위한 여러 가지 계획들로 복잡하게 얽혀 있었다. 그는 아프게 잔뜩 일그러진 얼굴로 이마를 짚었다. 잠시 눈을 꾹 감아 침착함을 되찾은 뒤 한결 낮아진 음성을 내뱉는다.

"가겠소. 당장 갈 테니 위치를 알려 주시오. 거기가 어딥니까?"

— 그런데 참……. 맨입으로는 그렇고.

역시나 납치범은 원하는 게 확고했다. 한 치의 예상도 벗어나지 않는 패턴이었다. 하긴 이런 이유가 아니라면 굳이 아이를 볼모로 협박할 이유가 없겠지. 비아냥거리며 입맛을 쩝 다시는 소리가 절로 소름이 끼칠 만큼 끔찍하게 들려온다. 정국은 짙은 숨을 뱉어 내며 조용히 상대에게 물었다.

"…원하는 게 뭡니까?"

— 10억. 대한민국에서 제일 돈이 많으시니까 그 정도는 할 수 있겠지요? 내가 다시 전화드릴 때까지 검은색 여행 가방에 준비해 놓으시고. 아……. 그리고 혹시나 노파심에 하는 이야기지만 경찰에 신고할 생각일랑 꿈도 꾸지 마시고요. 신고하게 되면 애가 어떻게 될지는 잘 알고 있겠지?

"이보시오. 끊지 말고 잠시만 기다려 줘요!! 애 목소리 한 번만……."

— 10억. 난 분명히 말했습니다.

"잠시, 잠시만!!"

마지막 비명처럼 그렇게 애꿎은 전화기를 부서져라 붙잡고 소리 질러 보아도 소용없었다. 묘하게 소름 돋는 그 특유의 웃음소리를 마지막으로 전화는 툭 끊겨 버렸다. 정국은 힘없이 팔을 늘어트렸다. 그의 손에 쥐여져 있던 수화기가 둔탁한 소리를 내며 마룻바닥으로 떨어졌다. 뚜— 끊어진 전화의 기계음만이 고요한 침실에 울려 퍼졌다.

■ ◇ ■

지독하게 추운 날씨였다. 성탄절을 며칠 앞둔 한 겨울밤, 불을 밝힌 장례식장 안은 수많은 조문객들로 북적였다. 검은 상복 차림으로 말 한마디 없이 조문객을 맞이하는 진희는 내내 혼이 빠져나간 듯한 얼굴이었다.

사람들은 저마다 그녀를 딱하게 여겼다. 아직 젊고 아름다운 30대의 나이에 벌써 미망인이 되어 버린 탓이었다. 또한 정국이 영광 기업 부사장이란 직책에 있던 사람이다 보니, 공식적으로 얼어붙은 눈길에 미끄러진 사고사라는 발표가 있었음에도 불구하고 그의 죽음에 대한 수많은 소문들과 추측이 난무했다. 듣고 싶지 않아도 자꾸만 귓가에 꽂혀 들어오는 수군거림들은 역시나 장례식장 안에서까지 유가족들을 힘들게 했다.

"글쎄. 애랑 아빠랑 같이 발견됐는데 아빠는 이미 죽어 있는 상태였다지 뭐야."

"그럼 애는? 애는 살아 있대?"

"다행히 아빠가 감싼 덕분에 애는 살아 있긴 하다는데 중환자실에서 오늘내일하나 보더라고……."

"그것도 좀 이상하다던데? 들어 보니 전문의의 진단으론 애가 사고 전부터 이미 상태가 말이 아니었다더라고."

"나도 들었어. 꼭 누가 애를 작정하고 학대라도 한 것처럼……."

"어허. 말들 가려서 해. 학대라니. 그러다 무슨 경을 치려고 그래?"

주위 눈치를 보며 헛가침을 하던 사람들이 급작스럽게 서로에게서 멀어졌다. 화제를 바꿔 일상적인 이야기들로 돌아간 그들은 아무 일도 없었다는 듯 조용히 담소를 나누며 음식을 들었다. 조문실의 바닥에 앉아 벽에 등을 기댄 진희는 멍하니 넋을 놓은 채 시간을 보내고 있었다. 그녀는 너무나도 큰 충격에 제대로 정신을 차릴 수가 없는 상태였다. 짧은 기간 동안 두 번이나 고인을 보내게 되었으니 멀쩡할 리가 없었다.

먼저 지병으로 첫째 아들을 보내고, 납치 사건으로 인해 남편마저 잃었다. 참으로 우스운 게 세상엔 비밀이 그리 많지 않다는 사실이었다. 그 말을 진희는 몸소 실감하고 있었다. 아마 기자들이나 경찰들에 의해서 퍼져 나간 뒷이야기겠지만, 사람들이 루머랍시고 꽤 사실적인 이야기들을 나누고 있지 않은가. 다행히 아이의 신상에 관한 자세한 이야기는 입막음을 단단히 해서 그런지 새어 나가지 않은 것 같았다.

태건이 죽기 직전 원래 일하던 간병인과 도우미 아주머니를 모두 잘랐다. 그리고 새로운 아이가 들어오고 난 뒤부터는 새로운 사용인들로 채웠다. 기민하게 일을 처리한 결과 아이에 대한 비밀을 아는 이는 거의 없었다. 정국이 그리도 원하던 대로 아이는 앞으로 완벽하게 최태건이란 이름으로 살아갈 것이다.

'성공했네요. 최정국 씨. 결국 아들을 지켜 냈어.'

설핏 헛웃음을 가볍게 터트린 진희의 시선은 정국의 영정 사진 앞에 앉아 하염없이 눈물 흘리고 있는 한 노안에게로 가닿았다. 자식을 먼저 보낸 심정을 익히 잘 아는 그녀였지만 이 순간만큼은 노인을 이해하고 싶지도, 위로하고 싶지도 않았다. 증오가 담긴 날카로운 눈을 빛내던 그녀의 기억 속에 지나간 기억이 선명히 스쳤다. 아직도 믿을 수가 없는 최 회장의 비정한 말들이 마치 지금의 일처럼 재생되었다.

'단 한 푼도 줄 수 없소이다. 그러니 아이를 볼모 삼아 돈을 뜯어낼 궁리를 더는 하지 않는 게 좋을 게야. 아이는 마음대로 하시오. 손자는 한 명 더 있으니까.'

납치범에게서 두 번째 전화가 왔을 때, 전전긍긍하며 통화 중인 정국의 전화를 빼앗아 들고 최 회장이 했던 말이었다. 최 회장은 그리 선언하고는 전화를 먼저 끊어 버렸다. 당연하게도 그 행동은 상대를 자극했다. 아이가 납치범에게 무슨 일을 당했을지 아무도 모르는 일이었다. 아이의 출생의 비밀이 밝혀질까 봐 경찰의 도움을 받을 수 없도록 반대한 것도, 범인의 세 번째 전화를 받고 정국이 홀로 뛰쳐나가도록 만든 것도 전부 최 회장이었다.

'…전 평생 잊지 않을 거예요, 아버님.'

저 자신도 아이에게 못 할 짓을 했지만 결국 정국을 죽음으로까지 내몬 최 회장을 용서할 수 없었다. 걷잡을 수 없이 커지는 원망과 가슴 안에서 들끓는 분노는 갈 곳을 잃은 채 새카맣게 속을 태우고 검은 재가 되어 가라앉았다.

사실 이 모든 일들은 누구 하나 옳게 행동한 사람이 없었다. 각자의 욕심과 비뚤어진 분노에 의해 터진, 일어나지 말았어야 할 비극이나 다름없었다. 아이는 그 가운데의 가엾은 희생자일 뿐이었다. 진희도 그 사실을 누구보다 잘 알았다. 아마도 그녀는 누군가 잘못을 떠넘길 상대가 필요했던 걸지도 몰랐다. 그것을 부정하지는 않는다. 하지만 분명, 이렇게까지 비극적인 결말로 끝나 버릴 사건은 아니었다. 노인네의 그 매정한 말들로 인해 사건이 커져 버렸다는 것은 두말할 필요도 없었다.

죽지 않아도 됐어야 할 사람 하나가 이렇게 싸늘하게 식은 채 발견됐다. 모두가 잘못된 분풀이에 의한 대가를 지독히도 충실히 받아 내고 있는 중이었다. 눈을 찔끔 감은 채 괴로움과 고통을 온몸으로 감내 중인 진희의 팔을 작은 손이 느리게 흔들어 댔다. 이제 겨우 여섯 살 먹은 둘째 아들 태준이었다. 아이는 때 묻지 않은 새카만 눈동자로 그녀를 올려다보며 물었다.

"엄마. 할아버지가 왜 저렇게 울어요? 엄마는 왜 슬퍼요?"

아직 누군가의 죽음에 대해 배우지 못한 아이. 얼마 전 형의 침대가 비워져 있는 것을 보고 오래도록 형을 찾아다녔었던 아이였다. 태준은 이제 형뿐만 아니라 아버지의 빈자리를 의아해하며 하염없이 기다리겠지. 그런 생각을 하는 진희의 가슴 한쪽이 칼로 난도질당한 것처럼 강하게 아파 왔다.

"아빠는 어디 갔어요? 아빠 사진은 왜 저기 있어요?"

재차 묻는 아이에게 어떤 말을 해 줘야 할까. 어른인 저조차도 정신 없이 갈피를 잡지 못하고 있는데. 어떻게든 눈물을 참아 내고 있던 그녀의 볼을 타고 굵은 눈물 줄기가 주르륵주르륵 흘러내리기 시작했다.

■ ◇ ■

영원히 흐르지 않을 듯했던 지옥 같은 시간이 흘렀다. 새카만 밤을 지나 어스름한 새벽이 되니 조문객이 줄어, 장례식장엔 사람이 거의 드나들지 않았다. 일부러 밤새 자리를 지키는 동문회 사람들 이외에는 넓은 홀 전체가 휑할 정도로 사람이 없었다. 진희는 벽에 등을 기대앉아 몇 시간이나 멍하니 시선을 허공에 두었다. 마치 실성한 사람처럼 움직임이 없었다. 그러면서도 손은 토닥, 토닥, 자신의 다리에 기대어 잠이 든 둘째 아들의 몸을 두드리느라 여념이 없었다.

아이가 납치되어 있던 3일. 그 짧은 72시간 동안 너무나도 많은 일이 있었지만, 그녀가 쉽게 현실을 받아들이기엔 너무나도 가혹하고 벅찼다. 아직 안개 속을 정처 없이 걷는 사람처럼 온 정신이 허공에 붕 뜬 기분이었다. 며칠째 잠을 제대로 자지 못해서 그런 걸까. 어째서 눈 뜨고 정신이 멀쩡히 깨어 있는데도 잠을 자고 있는 것 같은 건지 알 수 없었다.

"사모님. 도련님은 방에서 재울까요?"

검은 옷을 갖춰 입은 도우미 아주머니가 다가와 묻자 그러라는 듯 진희의 고개가 끄덕여졌다. 조문실에 딸린 방에 아이를 재우기 위해 도우미 아주머니가 사라지자, 진희는 단상 위의 검은색 액자를 가만히 바라보았다.

단정하게 미소 짓고 있는 온화한 남자의 영정 사진. 이틀 전까지 살아 있었던 남자의 얼굴을 이제는 영원히 볼 수 없다는 사실이 여전히 믿기지 않는다. 팔에 닿았던 그의 체온, 귓가에 울리던 낮은 음성이 아직까지도 생생한데……. 돌아올 수 없는 곳으로 떠난 남자는 그저 사진 속에서만 온화하게 웃고 있을 뿐이었다.

'죽어 버려. 내 눈앞에서 당장 사라져요. 아무도 모르는 곳에서 죽어 버리라고.'

제가 내뱉었던 과거의 독설이 선명한 기억 속에서 비수로 되돌아와 스스로의 가슴에 내리꽂혔다. 고요한 침묵 속에서 영정 사진을 향한 여자의 작은 속삭임이 들려왔다.

"끝까지 매정한 사람. 어떻게……."

어떻게 죽어 버리라 했다고 정말로 죽어서 돌아올 수가 있어. 아직 당신에게 받을 게 많이 남았는데.

평생을 속죄하는 심정으로 살 거라 약속해 놓고 이렇게나 일찍 먼저 떠나 버렸다는 게 너무나도 괘씸했다. 그는 마지막까지도 진희를 죽도록 아프게 만들었다. 납치범의 농간으로 아이를 홀로 데리러 가야겠다며 길을 나설 때에도 오로지 아이에 대한 생각으로만 꽉 차 있었다. 결국 유서나 다름없어져 버린 그의 마지막 메모에는 단 두 줄만이 적혀 있었다.

[부탁이오. 아이는 잘못이 없으니 힘을 합쳐 잘 키워 냅시다.]

일생에서 가장 중요한 결정의 순간이었을 것이다. 적어도 정국에게는 사활을 건 일분일초였을 거라고, 진희는 생각했다. 평소 정국의 성격은 좋은 말로 하자면 마음이 착하고 정이 많았고, 나쁘게 말하면 마음이 약해 무척이나 우유부단했다. 그랬던 그가 처음으로 단 한 번의 망설임 없이 본능적으로 행한 일이었다.

남아 있는 가족들에 대한 걱정 따위 조금도 하지 않았던 정국에게 원망스러운 마음이 들면서도, 한편으로는 조금이나마 그를 이해하는 저 자신이 있었다. 붉게 충혈된 눈동자로 한참이나 조용히 정국의 사진을 올려다보던 그녀가 피식, 엷은 웃음을 띠며 고개를 떨어트렸다.

"그래요……. 마지막 부탁인데 뭔들 들어주지 못할까."

비록 당신은 떠나고 없지만 우리 둘이 함께하는 것처럼……. 누구에게도 부끄럽지 않게 그렇게 예쁘게 키워 내겠어요. 당신이 목숨을 바쳐 지켜 낸 생명이니까. 마지막까지 놓지 못했던 애달픈 사랑이니까.

■ ◇ ■

삐— 삐—

일정하게 울리는 기계음이 병실 안을 가득 메웠다. 남편의 장례식을 모두 마치고 난 뒤 굳은 각오로 병원을 찾아온 진희는, 한참이나 조용히 병상 앞에 서서 눈 뜨지 못하는 아이를 쳐다보았다. 아이는 벌써 며칠째 산소호흡기에 의지한 채 정신을 차리지 못했다. 온몸에 새파랗게 멍이 들고 크고 작은 상처가 가득한 아이는 차마 바라보지 못할 정도로 처참한 모습이었다.

아이를 바라보는 진희의 가슴이 방망이로 내려치는 것처럼 격하게 아파 왔다. 마치 제가 이렇게 만든 것 같아서 이루 말할 수 없을 정도로 커다란 죄책감이 그녀의 마음 안에 자리 잡았다. 진희는 마른침을 삼키며 벌벌 떨리는 손을 아이에게로 뻗었다. 손이 닿기 직전 잠시간의 망설임은 있었지만, 용기 내어 힘없이 늘어진 아이의 작은 손을 잡아 올리는데 그만 눈물이 왈칵 솟아오른다.

이렇게…… . 이렇게 작고 여린 힘없는 아이일 뿐인데. 어째서 이전엔 그렇게나 미워 보였던 걸까.

남편에 대한 원망과 분노를 이 아이에게 풀어 버렸던 것은 아니었을까. 평생을 속죄해도 씻을 수 없는 죄를 지었다는 자책이 들어 도저히 견딜 수가 없었다. 조용히 눈물을 손등으로 훔치고 있는데, 가습기에 물을 채워 병실로 들어오던 간병인이 그녀에게 인사했다.

"안녕하세요, 사모님. 언제 오셨어요?"

애써 눈물을 감추기 위해 고개를 반대로 돌린 진희는, 검지로 눈물을 훔쳐 내고 코를 훌쩍이며 대답했다.

"방금요. 애 상태는 어떤가요?"

"아침에 의사 선생님이 회진 다녀가셨는데, 다행히 큰 고비는 무사히 넘겼대요. 차차 경과를 보면서 일단 의식이 돌아오길 기다려 보자고 하시던데, 아직은 깨어날 기미가 보이지 않네요."

"그래요……. 일단 고비는 넘겼다니 다행이네요."

"예. 작은 도련님이 그래도 기특하게 잘 버텨 주셨어요."

부지런히 손을 움직이며 가습기를 켜고 어질러진 물건들을 정리하는 간병인은 바쁜 와중에도 입을 쉬지 않으며 진희에게 말을 걸었다. 사람들 사이에서 평가가 좋은 간병인이라더니 그 말이 딱 맞았다. 환자를 대하는 데 진심이 묻어 있고 끊임없이 말을 걸어 주니, 의식이 돌아오지 않은 아이에게도 좋은 영향을 끼치는 사람일 것이란 확신이 들었다. 진희는 천천히 아이의 손을 조몰락거리며 간병인에게 오후의 자유를 허락했다.

"아주머니. 댁에 좀 다녀오세요. 식사도 하시고, 옷이나 물건들도 필요한 게 있으시면 좀 챙겨 오시구요. 저녁때까지는 제가 있을게요."

"예? 정말 그래도 괜찮으시겠어요?"

"그럼요. 오랜만에 아들이랑 둘만 있고 싶어서 그래요. 다녀오세요."

시선은 오로지 아이에게 집중한 채 다정하게 그리 말했다. 아이와 함께 조용히 시간을 보내고 싶다는 그녀의 생각에는 한 치의 거짓도 섞여 있지 않았다.

■ ◇ ■

누군가가 몸을 흔드는 느낌에 진희는 눈을 스르르 떴다. 언제 잠이 들었던가. 눈을 뜨고 나서야 제가 엎드린 채 잠에 빠져 있었다는 것을 깨달았다. 삐— 하는 기계의 경고음이 거슬릴 정도로 귓가에 파고든다.

"보호자분!"

상체를 일으키자 눈을 크게 뜬 채 저를 내려다보고 있는 간호사와 시선이 마주쳤다. 아직 잠에서 덜 깬 모습으로 진희는 주위를 둘러보았다. 아주 소란스러운 분위기에 분명 무슨 일이 일어났다는 직감이 들어서였다.

"보호자분. 환자가 사라졌는데 혹시⋯⋯."

간호사의 말이 채 끝나기도 전에 진희는 앉은 자리에서 벌떡 일어섰다. 그녀의 말처럼 분명 아까까지도 침상 위에 멀쩡히 누워 있던 아이가 사라지고 없었다. 그저 조금 전까지 이 자리에 있었다는 것을 증명이라도 하듯, 아직 식지 않은 체온이 시트에 미미하게 남아 있을 뿐이었다.

"아까까지 분명 여기 있었는데⋯⋯. 혹시 화장실이나 복도에도 없어요?"

진희의 물음에 조금 곤란한 표정을 지은 간호사가 고개를 끄덕였다. 진희는 혼란에 빠져 약간 비틀거리며 이마를 짚었다. 잠깐 잠든 그사이에 도대체 아이가 어디로 사라진 걸까.

"보호자분. 일단 침착하시고 저희는 보안실에 연락해서 CCTV를 확인해 볼게요. 보호자분도 한번 찾아봐 주시겠어요?"

"네. 혹시 찾게 되면 제 휴대폰으로 연락 주세요."

대답을 마치자마자 진희는 손에 휴대폰을 쥔 채 급히 병실을 벗어났다. 떨리는 눈동자는 다급하게 주위를 샅샅이 훑고, 빠르게 걷던 걸음은 어느 순간부터 거의 뛰다시피 하고 있었다. 워낙 큰 병원이라 어디서부터 아이를 찾아야 할지 감이 오지 않았다. 그저 혼란스럽게 닥치는 대로 여기저기 뛰어다니며 아이의 흔적을 찾아다닐 뿐이었다.

"헉……. 헉……."

힘든 것도 모른 채 미친 듯이 아이를 찾아다녔지만 어디에도 보이지 않는다. 정신없이 병원을 뒤지며 돌아다니는 와중에도, 머릿속에는 끊임없이 나쁜 생각이 떠올라 몇 번이나 고개를 세차게 저어 가며 이성을 찾으려 노력했는지 모른다.

'설마. 설마 정말로……. 또 그런 일이 일어나는 건…….'

말도 안 되는 이야기였지만 극한까지 밀려난 정신력으론 도저히 밀려드는 불안감을 이겨 낼 수 없었다. 사건의 자세한 내막은 세간에 알려지지 않은 상태였고, 그 탓에 아이를 납치했던 범인들은 종적을 감추었다. 뒤늦게 비공개로 수사를 진행 중이었지만 범인이 아직 잡히지 않았다는 사실에 그녀의 불안감은 더욱 커져만 갔다.

점점 커져 가는 초조함이 극에 달하던 그때. 진희는 어느새 제가 야외로 통하는 1층의 후문 근처에 있다는 것을 깨달았다. 바쁘게 움직이던 그녀의 걸음이 거짓말처럼 멈추었다. 새하얀 타일이 넓게 깔린 로비 한편에 후원을 비추는 키 큰 유리문 너머를 바라보던 진희는 동상처럼 우뚝 멈추어 선 채 한 걸음도 움직이지 못했다.

며칠 동안 그쳤던 눈이 다시 내리고 있다는 것을 투명한 유리문을 통해 밖을 내다본 순간 깨달았다. 소리 없이 천천히 떨어져 내리는 눈송이를 멍하니 바라보던 진희의 시선에, 하얀 환자복을 입고 서 있는 작은 아이의 뒷모습이 들어왔다.

마치 펑펑 내리는 눈 속으로 금방 사라져 버릴 작은 요정 같았다. 계단의 난간을 붙잡고 서 있는 아이는 미동도 없이 하염없이 내리는 눈을 바라보고 있었다. 주머니의 휴대폰이 울리자, 진희는 시선을 그대로 바깥에 둔 채 전화를 받았다. 카랑한 간호사의 음성이 귓가에 울렸다.

— 보호자분. CCTV 확인 결과 1층 후문으로 나가는 모습이 찍혔다고 연락이 와서요. 혹시 환자 찾으셨나요?

"네……. 저도 지금 막 찾았어요. 감사합니다."

차분하게 통화를 종료한 뒤 진희는 섣불리 아이에게 다가가지 못하고 잠시 망설였다. 과연 저 아이에게 큰 죄를 지은 제가 곁에 가도 괜찮을지……. 아이가 거부하지는 않을지. 여러 가지 걱정이 앞서는 바람에 그녀답지 않게 애꿎은 아랫입술만 잘근잘근 깨물었다. 주위를 의식하지 못하고 아이에게만 모든 신경이 곤두서 있던 그때, 진희는 근처를 지나는 한 노부부의 소곤거리는 대화 소리에 퍼뜩 정신을 차렸다.

"아이구…… 웬 어린애가 혼자 저렇게 바깥에. 부모가 없나? 어떻게 애를 저렇게 내버려 둬?"

"세상에…… 겉옷도 안 입고 춥겠구먼. 저러다 감기 걸릴라."

다른 게 아니었다. '부모가 없나'라는 말에 격하게 어깨가 흔들린다. 어째서 그 말에 자신의 몸이 반사적으로 떨린 건지, 어째서 그 말이 지독하게 듣기 싫었는지 이유는 잘 모른다. 하지만 그녀 스스로도 의식하지 못한 사이 입고 있던 두꺼운 코트를 벗으며 이미 보폭이 큰 걸음으로 아이를 향해 걸어가고 있었다.

투명한 유리문을 몸으로 밀어젖히고 나가 하늘에서 내리는 솜덩이 같은 눈처럼 포옥, 아이의 작은 어깨에 제 코트를 소리 없이 얹었다. 그리고 홀로 외롭게 서 있는 아이의 뒷모습이 더는 쓸쓸해 보이지 않도록 나란히 곁에 섰다. 가만히 저를 올려다보는 아이의 시선이 느껴졌지만 하염없이 쏟아지는 눈송이만 쳐다보았다.

…감히 마주 볼 자신이 없었다.

잠시 그녀에게로 옮겨졌던 시선이 거두어지고 이제는 서로 같은 방향을 바라보며 말없이 선 채 시간이 흘렀다.

"아줌마. 왜 사람들은 어느 날 갑자기 떠날까요?"

아이의 입에서 나온 떠난다는 말이 죽음을 의미한다는 것을 단번에 알아들었다. 하지만 어떤 대답을 들려줘야 할지 섣불리 판단하기 어려워, 그저 입을 꾹 다문 채 아이의 말을 경청하기만 했다.

"인사라도 했으면 좋았을 텐데."

"…그러게. 마지막 인사……. 그러기라도 했다면 마음이 덜 아팠을 텐데."

아이의 말에 동조한 진희의 입에서도 아쉬움이 가득 담긴 작은 음성이 새어 나온다. 새파랗게 질린 얼굴로, 처음 스스로 큰 결정을 내리고 아이를 찾아야 한다며 길을 나서던 정국의 마지막 모습이 떠올랐다. 그때 꼭 조심해서 안전하게 돌아오라고, 기다리고 있겠다고, 다정한 말이라도 한마디 건넸다면……. 지옥 불에 뛰어든 것 같은 이 마음이 조금이나마 나았을까.

아니, 그게 아니다. 마지막일 거라는 걸 알았다면 분명, 적어도 그렇게 원망하는 말들만 내뱉으며 보내지는 않았을 것이다. 다른 무엇보다 그게 가장 후회가 되었다.

죽은 남편과의 마지막 기억이 떠올라 저절로 울컥, 목에 커다란 덩어리가 걸린 것처럼 막혀 왔다. 괜스레 빨개진 코를 훌쩍인 진희는 아이를 다정하게 내려다보며 말했다.

"떠나간 사람들도 아마 그렇게 될지 몰라서 그랬을 거야. 마찬가지로 보내는 사람 입장에서도……. 그렇게 떠날 줄은 꿈에도 몰랐으니까 마지막 인사를 하지 못했던 거잖니. 혹시 마지막 인사를 할 시간이 너에게 주어졌다면, 그들을 편히 보내 줄 수 있었을 것 같니?"

아이는 그럴 수 없다는 듯 천천히 고개를 내저었다. 작은 머리로 도리질해 대는 게 퍽 귀여워 보여서 진희는 저도 모르게 아이의 뒤통수를 쓰다듬었다.

"그런 거야. 어떻든지 간에 보내 줄 수 없으니까. 보내 주지 않을 걸 아니까 그리 갑자기 말도 없이 떠나나 보다."

"지금까지 전부 갑자기 떠났어요. 나만 남겨 두고. 난 아직도 무서운 게 많은데…… 밤에 귀신이 나올까 봐 무서워요. 나쁜 아저씨한테 잡혀갈까 봐 무서워요. 누가 아프게 때릴까 봐 무서워요. 추운데 혼자 있는 것도……. 배고픈 것도 무섭고 나를 싫어하는 할아버지도 무서워요……."

아이가 약간 침울해진 표정으로 고개를 푹 숙였다. 진희는 낮게 한숨을 내쉬며 고개를 들었다. 하얀 입김이 새어 나와 공중으로 투명하게 흩어져 사라진다. 무서운 게 당연할 나이다. 아이가 하는 말을 가만히 들어 보면 전부 저 자신이 겪었던 무서운 일들을 차례로 나열하고 있음을 잘 알 수 있었다.

"걱정하지 마. 이제는 아줌마가 지켜 줄게. 그리고 너와 나는 그러지 말자. 세상일이 마음대로 잘되진 않겠지만, 그래도 남은 사람들을 위해서 갑자기 떠나지는 말자."

"아줌마는……. 그러지 않을 거예요?"

주변의 나무와 길, 하얀 털옷을 입은 것처럼 눈이 소복이 쌓인 풍경들을 바라보던 진희는, 아이의 질문에 천천히 고개를 내려 눈을 마주쳤다. 깊이를 알 수 없는 새카만 눈동자를 빛내며 아이는 다시 한번 그녀를 향해 물었다. 그 반짝이는 순진한 눈동자에는 어떤 작은 기대감 같은 것이 담겨 있었다.

'다행이다……'

그렇게나 잔인하게 버렸는데. 그런데도 아직 저라는 사람을 믿어 줘서. 사람에 대한 믿음을 완전히 버린 것이 아니라서 정말 다행이라고, 진희는 그렇게 생각했다. 싱긋, 온화한 미소를 짓는 그녀를 향하여 아이는 지푸라기라도 잡는 심정으로 대답을 재촉했다.

"갑자기……. 떠나지 않을 거예요?"

"네가 허락하지 않으면 떠나지 않을게."

"…나 버리지 않을 거예요?"

"후……. 네가 믿을 수 있을지는 모르겠지만."

진희는 조심스레 다리를 굽혀 쭈그려 앉았다. 아이와 눈높이를 맞추고 작고 여린 어깨를 살짝 부여잡으며 눈을 똑바로 마주 보았다. 자신의 진심을 최대한 전하기 위해서.

"두 번 다시는 널 버리거나 떠나는 일 없을 거야. 언제나 함께한다고 약속할게."

"언제까지요?"

"영원히."

영원이라는 말을 바로 알아듣지 못한 아이의 고개가 한쪽으로 살짝 기울어진다. 그 모습을 보니 피식, 절로 작은 웃음이 터졌다. 진희는 아이가 알아들을 수 있도록 조금 더 쉬운 단어로 바꿔 말해 주었다.

"평생."

"평생이요? 할머니 될 때까지?"

"응. 할머니 되어서도."

"…약속."

아이가 엄지와 새끼손가락을 세워 내밀었다. 그녀는 망설임 없이 새끼손가락을 걸고 엄지로 도장까지 꾹 찍었다.

"그래. 약속."

배시시 웃는 아이의 얼굴이 무척이나 화사하다. 그 얼굴을 본 진희의 눈이 점점 커다래져 갔다. 이 아이가 웃는 얼굴을 처음 본다는 것을 깨달았다. 그녀를 만난 뒤로 단 한 번도 웃는 얼굴을 보여 준 적 없던 우울한 아이는, 그런 모진 일들을 겪고도 새끼손가락을 건 단 하나의 약속으로 이렇게나 해맑게 웃었다.

항상 가슴을 짓누르며 답답하게 하던 죄책감과는 다른 생기 있는 무언가가 마음속에 꽃을 피우듯 화하게 피어난다. 바깥의 온도는 그 어느 때보다 차갑고 시린데, 그녀의 가슴속에는 무엇보다 뜨겁고 상냥한 기운이 넘쳐흘렀다.

"아줌마. 안 추워요?"

"추워. 엄청."

춥다는 대답에 아이는 자신의 몸에 덮여 있는 코트의 한쪽 옷깃을 펼쳐 작은 공간을 만들어 주었다. 제 품으로 들어와 몸을 녹이라는 뜻이었다. 결국 진희는 제대로 큰 웃음을 터트릴 수밖에 없었다. 어디서 본 건 있었는지 보통 드라마에 나오는 다정한 남자들이 하는 행동에 그만 웃음이 터져 버린 것이다.

"다정한 남자네."

그녀는 앉은 채로 걸음을 옮겨 아이의 품으로 들어갔다. 둘이서 코트 하나를 덮은 채 한겨울의 야외에 나와 있었지만 결코 춥지 않았다. 이 조그만 아이가 어찌나 따뜻한지 함께 체온을 나누는 것만으로도 마치 서로의 마음이 연결된 것 같은 기분이었다. 많은 사람을 떠나보낸 뒤 누구보다 힘든 시간을 보냈지만 지금 이 순간만큼은 결코 아프지 않았다. 아직은 작고 여리지만 삶의 새로운 목표와 희망을 얻었기 때문이었다.

■ ◇ ■

탁. 최 회장의 서재를 벗어나 복도로 나온 진희는 문을 닫고도 한참이나 그 앞을 지켰다. 시간이 조금 흐른 뒤에야 숨죽여 흐느끼는 노인의 울음소리가 들려왔다. 조금 전 그녀가 쏟아 내는 독한 말을 들으면서도 최 회장은 눈 하나 깜짝하지 않았었다. 허나 그도 이제는 힘없는 늙은 노인네일 뿐인가 보다. 며느리의 앞에서는 그리 위협적으로 덩치를 키우며 고집을 꺾지 않던 사람이, 그녀가 사라진 뒷방에서 홀로 쓸쓸히 눈물을 훔치고 있는 것을 보니.

'어째서……. 지난날을 저렇게 절절히 후회하시면서.'

사람은 변하지 않는다는 말이 사실인가 보다. 이렇게 심장을 파고 드는 울음소리를 내면서, 왜 남들 앞에서는 피도 눈물도 없는 사람처럼 구는 건지 알 수 없는 노릇이었다. 오랫동안 최 회장을 겪으면서, 그의 그런 성정을 잘 알기에 상황에 따라 구분해서 행동하는 저 스스로도 참 우습다는 생각이 들었다.

쓴웃음을 짓던 그때, 어깨에 멘 작은 숄더백에서 휴대폰의 진동이 느껴졌다. 태건의 전화였다. 눈을 반짝 빛낸 진희는 빠르게 전화를 받았다. 아들의 전화를 기다리고 있었던 것이다.

"응. 태건아."

— 잘 들어가셨어요?

복도에 서 있던 그녀는 자신만의 안락한 공간으로 걸음을 옮겼다. 휴대폰을 쥔 손에 힘이 들어갔다.

"응. 들어왔어. 넌?"

— 저도요. 같이 있어요. 그 사람이랑.

"그래……. 엄마는 마음에 들더라. 네 여자친구. 좋은 사람 같았어."

태건의 연인을 떠올리며 이야기하는 그녀의 얼굴에 절로 온화한 미소가 지어졌다. 당연했다. 자신의 아들이 선택한 여자라면 절대 나쁠 리가 없었다. 누구보다도 아들의 사람 보는 눈을 믿으니까.

— 오해해서 죄송해요, 어머니. 제가 성급했어요.

사과하는 아들의 말에 어쩐지 울컥, 목이 메어 와 잠시 말을 잇지 못했다. 눈가에 살짝 고인 눈물을 검지로 닦은 진희는 애써 미소 지었다.

"괜찮아. 너라면 뭐든지 괜찮다."

언젠가부터 버릇처럼 그녀의 입에서 나오는 따뜻한 말이었다.

18
세상에서 가장 아름다운 결혼식

리원은 속으로 깊은 한숨을 내쉬었다. 얼굴엔 살짝 미소를 띠고 있었지만 말 그대로 웃는 게 웃는 게 아니었다. 요즘 들어 어찌나 저를 찾는 사람이 많은 건지, 황금 같은 시간에 어찌하여 이런 일을 또 겪고 있는 건지, 잘난 남친을 둔 덕에 그녀의 일상은 누구도 상상하지 못하는 사건들로 채워지고 있었다.

리원은 제 앞에 앉은 곱상한 여자의 얼굴을 바라보았다. 주먹만 한 얼굴에 새하얀 피부. 단정하고 깔끔한 검은색 단발머리가 작은 얼굴을 더욱 돋보이게 만들어 무척이나 잘 어울린다. 어른들이 좋아할 법하게 생긴 참한 외모에 누가 봐도 값비싸 보이는 것들로 온몸을 치장한 여자. 그녀는 요즘 세대의 젊은이라면 모를 수 없는 유명인이었다.

'인플루언서 경윤지라는 건 잘 알겠는데……'

그런 유명한 사람이 무슨 이유로 뜬금없이 나타난 것인지, 리원으로서는 도저히 알 길이 없었다. 경윤지와 제가 과연 접점이 있던 사이였나? 아무리 생각해 봐도 저런 유명 인사와는 연결고리자체가 없었다. 리원은 제 앞에 놓인 차를 한 모금 마시며 목을 축인 뒤 조심스럽게 입을 열어 물었다.

"음……. 요즘 SNS에서 유명한 경윤지 씨 맞나요? 죄송한데, 저를 왜 찾아오신 건지……."

화려한 보석파츠가 박힌 예쁜 손톱을 무심하게 이리저리 관찰하던 윤지가 그녀의 질문에 퍼뜩 고개를 들었다. 손끝은 여전히 통통, 튕기면서 까맣고 동그란 눈을 반짝이며 생기발랄하게 리원에게 웃어 보인다.

"아. 제가 말씀 안 드렸나요? 저 태준 씨랑 약혼한 사이예요."

"네? 약혼이요?"

태준? 그게 누구더라.

그 사람과 약혼한 사이인 게 저와 무슨 연관이 있는지 잠시 생각하던 리원은 번개를 맞은 것처럼 무언가를 깨달았다. 직접 본 적은 없지만 영광 기업의 차남, 즉 태건의 배다른 형제의 이름이었다는 것과 언젠가 기사로 그와 경윤지의 약혼 소식을 본 기억이 났다. 어떤 관계인지는 잘 알겠는데 그렇다고 해서 딱히 그녀가 저를 찾아올 이유는 없어 보였다.

"흐음."

윤지는 턱을 쓰다듬으며 민망할 정도로 빤히 리원을 쳐다보았다. 그게 예의가 없는 행동이란 걸 모르는지 리원을 위아래로 스캔하듯 죽 훑어 내리는 눈매가 딱히 호의적으로 보이지는 않았다. 그녀가 한쪽 입꼬리를 위로 비죽 올리며 묘한 표정을 지었다.

"그냥 한번 뵙고 싶었어요. 요즘 워낙 매스컴에서 떠들썩하기에 어떤 분인지 좀 궁금해져서."

"아아. 그러셨구나."

깊은 빡침이 올라왔지만 리원은 실수하지 않기 위해 최대한 침착하려 애썼다. 저를 보는 눈매하며, 하는 행동하며, 여러 가지 정황으로 볼 때 절대 좋은 의도로 찾아온 것은 아닌 듯했다.

'요 어린것이 지금 나를 만만하게 보고 있단 말이지?'

리원은 부러 환하게 웃으며 저 또한 윤지의 전신을 위에서부터 아래로 찬찬히 훑어 내렸다. SNS상으로는 재벌가의 자녀치고는 제법 순수하고 착해 보이는 이미지였는데, 실제로 만나 보니 겉으로만 꾸며진 콘셉트였나 하는 생각마저 들었다. 만만치 않아 보이는 리원의 분위기를 파악했는지 윤지의 얼굴에 일순 웃음기가 싹 가셨다. 물론 리원은 그 작은 표정 변화까지도 놓치지 않았다.

'이런 부류는 내가 잘 알지.'

성격이 누구와 굉장히 닮은 것 같은데……. 리원의 머릿속에 저도 모르게 고신혜의 얼굴이 스쳐 지나간다. 약간 여우같이 약삭빠르고 꾀가 많은 타입이랄까. 원하는 것을 어떻게든 쟁취하고야 마는 성격도 비슷할까? 문득 궁금증이 인 리원은 저와 눈이 마주치자 급작스럽게 활짝 웃어 버리는 상대를 그저 조용히 바라보았다. 윤지는 가볍게 손바닥을 마주치며 감탄사를 내뱉었다.

"듣던 대로 굉장히 미인이시다. 걸치고 계신 게 죄다 동대문표 저 렴이인 것 같은데도, 미모가 워낙 받쳐 주셔서 잘 어울리시네요. 대단하세요."

리원의 한쪽 눈썹이 꿈틀거렸다. 방금 공격이 들어온 건가? 틀림없는 고도의 까기 기술이었다. 언뜻 들으면 외모에 대한 칭찬 같지만 자세히 들어 보면 시장표 싸구려 옷이 잘 어울릴 만큼 없어 보인다는 뜻이었다.

"경윤지 씨야말로 미인이세요. 실물보다는 사진이 훨씬 예뻐 보이는 것 같네요. 배우 하셔도 되겠어요. 화면발이 잘 받으시니까."

상대의 도발엔 응해 주는 게 예의지.

리원은 오히려 더욱 환한 표정을 지으며 너는 그래 봤자 사진발이라는 말을 간접적으로 돌려서 말했다. 윤지의 눈썹이 약간 꿈틀거렸지만 그녀는 굴하지 않고 다음 공격을 이어 갔다.

"그러고 보니 눈이 정말 크고 예쁘세요. 진짜 부럽다. 수술하신 거 맞죠? 어디에서 하신 건지 다음에 소개 좀 해 주세요. 나도 상담 좀 받아 보게."

"아시겠지만 난 성형에 투자할 만한 여유가 없어서요. 윤지 씨처럼 타고난 금수저가 아니라서…… 안타깝게도 자연산이네요."

"저런……. 그 정도로 생활 수준 차이가 나면 반대도 심해서 마음고생 중이시겠다. 우리 태준 씨 집안이 워낙 알아주는 명문가잖아요. 제가 어머님께 언니 이야기 좋은 쪽으로 잘 전해 드릴게요. 만나 봤더니 생각보다 좋은 사람 같다고. 힘내세요. 파이팅."

윤지는 얄밉게도 안타까운 표정을 지으며 주먹을 꽉 쥐고는 파이팅까지 외쳤다. 그놈의 기선 제압이 뭐라고 이런 유치한 싸움까지 받아 줘야 하는 건지……. 리원은 잠시 자괴감에 빠져들었지만 곧 정신을 차리고는 가벼운 어조로 사실을 이야기했다.

"그럴 필요 없어요. 말씀은 감사하지만 이미 허락을 받은 상태라서."

"정말요? 너무 다행이다! 하긴 어머님께서 워낙 마음이 넓으셔서요. 하지만…… 허락하셨다고 해도 문제겠네요. 수준 맞춰서 결혼하려면 혼수다 뭐다 해서 엄청날 텐데 다 어쩌시려고……."

"그런 것까지 걱정해 주고 고마워요. 어머님께서 아무것도 필요 없으니 몸만 오라고 하시는데……. 안 그래도 너무 죄송해서 어찌해야 할지 고민이에요."

"그래도 그건 예의가 아니죠. 그렇다고 정말로 숟가락 하나만 얹는 건 염치가 없잖아요."

"조건만 보고 결혼하는 사람들이야 그렇겠죠. 하지만 태건 씨랑 나는 서로 사랑하는 마음만 있으면 된다고, 아무것도 필요 없다고 말씀드렸어요. 남들한테 보여 주기 식의 애정 없는 결혼이 아니라, 우리 두 사람이 정말 좋아서 하는 결혼이니까요."

결국 사랑 이야기까지 꺼내자 더 이상은 내놓을 패가 없었던 건지 윤지의 입이 꾹 다물어졌다. 빠드득, 하는 소리와 함께 디저트로 놓여 있던 작은 쿠키가 윤지의 손아귀에서 박살났다. 회심의 미소를 지은 리원은 머리카락을 귀 뒤로 여유롭게 넘기며 자리에서 일어섰다.

"잠깐 화장실 좀."

유난히 가벼운 발걸음으로 사라지는 리원의 뒷모습을 죽어라 노려 보던 윤지는 조용히 혼잣말을 내뱉었다.

"뭐야. 돈 때문에 접근한 여자인 줄 알았더니……. 제법 강적이 네."

그리고는 휴대폰을 들어 카메라를 켰다. 찰칵, 찰칵. 연신 사진을 찍어 대는 소리가 주변에 울렸다. 그녀는 카페의 예쁜 소품과 배경을 찍은 뒤 조명이 가장 잘 받는 위치에서 셀카까지 여러 장 찍어 댔다. 인플루언서답게 일상의 모든 순간을 사진에 담는 게 버릇이 되어 있 었다. 하지만 방금 찍은 사진들을 둘러보던 그녀의 미간이 삽시간에 일그러졌다.

"하아……. 조명이 거지 같은 건가? 여기 왜 이렇게 사진발이 안 받아."

신경질적으로 사진을 넘겨 보는 데 집중하던 윤지의 뒤에 스르르, 누군가의 그림자가 드리워졌다. 자신의 뒤에 누군가가 서 있다는 것 을 꿈에도 모르는 그녀는 사진들을 하나씩 삭제하기 시작했다.

"사진 왜 이래? 죄다 별로네."

"…인플루언서라더니 아직 셀카 찍는 건 초급이네요?"

화장실에 다녀온 리원이 뒤에서 윤지를 지켜보다 말을 걸자 그녀가 소스라치게 놀라며 뒤를 홱 돌아본다.

"엄마야! 깜짝이야! 뭐라고요?"

"휴대폰 카메라로 예쁘게 찍으려면 요령이 있어야죠. 잠깐 줘 봐요."

"네? 왜, 왜요? 내 핸드폰을 왜?"

"다리 엄청 길어 보이게 찍어 준다니까? 속는 셈 치고 한번 믿어 봐요. 진짜로."

"하. 내가 아무한테나 사진 찍히고 그런 사람이 아닌데 뭐……. 그렇다면야."

그래도 사진을 잘 찍어 준다고 호언장담하니 은근슬쩍 휴대폰을 내민다. 리원은 싱긋, 엷은 웃음을 지으며 카메라 모드를 작동시켰다.

"포즈 잡아 봐요."

한두 번 사진을 찍어 본 게 아니라서 그런지 윤지는 포즈를 잡는 데 선수였다. 어떤 각도와 자세를 잡으면 사진이 잘 나오는지 누구보다 잘 알았다.

"응, 응. 지금 그 그거 굿! 아주 좋아요."

그렇게 수십 장의 사진을 찍은 리원은 그녀에게 휴대폰을 돌려주었다. 못 미더운 표정으로 사진 폴더를 들여다보던 윤지의 눈이 결과

물을 확인할수록 점점 커다래져 갔다.

"어? 어머, 어머."

"휴대폰 위아래를 뒤집어서 사진을 찍으면 다리가 조금 길어 보이게 나와요. 몸도 더 날씬해 보이고요."

"뭐라고요? 그렇게 간단한 방법이 있었어요?"

놀라움을 금치 못하며 당황하는 윤지의 반응을 지켜보던 리원은 은근슬쩍 자신의 짐을 챙기기 시작했다. 태건과의 데이트 약속이 있기도 했지만, 불편한 상대와 더는 같은 자리에 앉아 있고 싶지 않았다. 윤지가 휴대폰 사진첩에서 눈을 떼지 못하는 사이, 코트까지 제대로 갖춰 입은 리원은 서둘러 계산서를 쥐었다.

"음……. 미안하지만 선약이 있어서 이만 가 봐야겠어요. 더 대화하고 싶은데 아쉽네요. 다음에 제대로 약속 잡고 만나는 게 좋겠어요."

"네? 간다고요?"

"계산은 내가 할게요. 언젠가 기회 되면 꼭 얼굴 봐요!"

"아니, 저기 잠깐……. 와! 사진 잘 나왔다. 그게 아니고 저기…….."

윤지는 그야말로 정신이 없었다. 급히 걸어 나가는 리원을 잡고 싶었지만 마땅한 핑계가 없어서 차마 그러지 못했다. 쿨해 보이는 뒷모습과는 달리 걸음이 어찌나 빠른지. 리원은 순식간에 계산까지 마치고는 시야에서 사라져 갔다. 사진을 확인하랴, 번개처럼 사라져 가는 리원을 쳐다보랴, 이래저래 정신이 없는 윤지는 결국 자리에 혼자 덩 그러니 남겨졌다.

"…뭐지? 왠지 내가 말린 것 같은 이 기분은……. 이게 아닌데."

분명 처음 찾아온 목적은 이게 아니었는데……. 윤지는 자신의 머리를 잔뜩 헝클어트리며 한참이나 리원에게 말려 버린 이유를 찾으려 노력했지만 결코 답은 알 수 없었다.

완벽한 그녀의 패배였다.

■ ◇ ■

리원은 누군가가 몸을 흔드는 느낌에 살짝 눈을 떴다. 잠시 기억에 혼란이 왔다. 자신이 언제 잠이 든 건지 떠오르지 않아서였다. 분명 경윤지와 있던 카페에서 나와 태건의 집으로 향했고, 그와 함께 저녁 식사를 만들어 먹고, 사랑을 나누고, 조금 늦은 밤에 잠이 들었었다. 그리고……. 아직 아침이 오려면 한참 멀었는데도 그가 깨우는 바람에 옷을 대충 걸쳐 입은 채 끌려 나왔지. 이유도 모른 채 말이다.

"리원 씨. 도착했습니다. 눈떠 봐요."

"으음……. 못 일어나요……."

도저히 한 번에 정신이 차려지지 않아서 리원은 흐린 눈으로 운전석에 앉은 태건을 바라보았다. 조각 같은 얼굴의 남자가 그녀의 볼을 검지로 쿡 찌르며 싱긋 웃는데, 새삼 그 멋진 미소에 정신을 잠깐 빼앗겼다.

"피곤한 건 알겠지만 중요한 일이니까 어서 일어나요."

"…어디예요? 여기?"

"몇 번 와 봤던 곳이라 보면 바로 알 텐데."

그의 말에 고개를 돌려 주변을 바라보았다. 새벽이라 주변이 온통 새까매 차창 밖을 내다보아도 바깥의 풍경이 쉽게 눈에 들어오지 않는다. 하지만 곧 두 사람이 타고 있는 자동차가 정차한 곳이 태건의 말처럼 조금 익숙한 장소라는 것을 눈치챘다. 다른 건 몰라도 물 위에 비쳐 은은하게 반짝이는 달빛만큼은 알아볼 수 있었기 때문이었다.

"여긴……. 우리 첫 데이트 했었던 바닷가 맞아요?"

"맞습니다. 우리의 가장 큰 추억이 담긴 장소."

"이 시간에 여긴 왜……."

"보여 줄 게 있어서. 얼른 내려 봐요."

리원은 군말 없이 그가 시키는 대로 차에서 내렸다. 그가 내민 손에 깍지를 끼어 잡고 걸어가는데 오늘따라 유난히도 까만 밤하늘에 별이 선명하게 총총 떠 있어 절로 하늘을 쳐다보게 만들었다. 아주 가느다란 그믐달이 뜬 탓에 달빛이 약해서 그런지 큐빅처럼 촘촘하게 박힌 별이 놀랄 정도로 반짝반짝 빛났다. 그것을 보며 속으로 연신 감탄사를 내뱉고 있던 그때, 가장 선명하게 반짝이던 빛이 꼬리를 길게 그리며 미끄러지듯 아래로 떨어져 내렸다.

'잘못 봤나? 방금 하늘에서 뭐가 떨어진 것 같은데…….'

리원의 눈이 일순 커다랗게 뜨였다. 분명 꼬리를 태우고 사라지는 형태를 본 것 같아서 그와 걸어가는 와중에도 틈틈이 하늘을 쳐다보게 되었다. 걸음은 그를 따라가느라 바쁘고, 눈은 자꾸만 하늘로 향하고. 정신없이 길을 걸으며 무심코 올려다본 하늘에서 또다시 같은 현상이 일어났다. 이번에는 정확하게 별똥별을 본 리원의 얼굴에 화색이 돌았다.

"태건 씨! 태건 씨. 방금 봤어요? 하늘에서……."

"유성 말입니까?"

태건은 그녀가 설명하기도 전에 피식 웃으며 무엇을 말하려 했는지 정확히 집어냈다. 그는 이미 알고 있었던 것 같다.

"혹시 보여 주려던 게 별똥별이었어요?"

"맞습니다. 벌써 들켜 버려서 아쉽군요."

겉보기에는 워낙 상남자 스타일이라 누군가를 세심하게 챙겨 주지 못할 것처럼 보이는데……. 매번 느끼는 거지만 태건은 크든 작든 생각지도 못한 이벤트로 그녀를 놀라게 만드는 재주가 있었다. 타고난 다정함에서 나오는 걸까. 새삼 감동받은 리원이 꿀이 뚝뚝 떨어지는 눈으로 그를 바라보며 걷는 사이 두 사람은 어느새 요트 선착장에 도착해 있었다. 어디서 많이 본 외국인이 미리 출항 준비를 마친 요트 위에서 손을 흔들었다.

"오랜만이에요, 마티 씨. 한국엔 언제 들어왔어요?"

"반가워, 리원. 나야 건의 호출을 받자마자 달려왔지. 비행기에서 내리자마자 곧장 여기로 왔어."

"어쩜 좋아. 진짜 피곤하겠어요. 좀 쉬어야 되는 거 아니에요?"

"아무리 피곤해도 오늘 같은 날은 잠을 잘 수 없지."

오랜만에 한국에 들어왔다는 마티와 인사를 나누고 드디어 요트가 출발했다. 지난여름처럼 수영을 하거나 불꽃놀이를 즐기는 건 아니었지만 또 한 번의 기억에 남을 데이트라는 점에서 무척 가슴이 설레었다. 리원이 별을 보는 동안 잠시 조타실로 들어온 태건은 바쁘게 주변을 뒤적이며 무언가를 찾아냈다. 미리 준비해서 숨겨 놓은 작고 네모난 상자. 힐끗거리며 그것을 보던 마티가 작게 감탄사를 내뱉으며 태건에게 말했다.

"건. 왜 내가 떨리지?"

"네가 왜?"

"글쎄 나도 이유를 모르겠어. 심장이 튀어나올 것만 같아."

"나도 마찬가지야, 마티. 이제껏 살면서 이렇게 긴장해 본 적이 없었는데."

태건은 네모난 상자를 살며시 열었다. 밤하늘의 빛나는 별만큼이나 아름답게 반짝이는 다이아몬드 반지. 그는 잠시 후 가장 사랑하는 사람에게 이 반지를 끼워 주며 청혼할 것이다. 무수히 쏟아지는 별똥별 아래에서 말이다. 태건은 다소 긴장한 모습으로 코트 안주머니에 반지를 집어넣었다.

"도와줄까? 뭘 어떻게 해 줘야 하지?"

"마티……. 넌 그냥 가만히 있는 게 도와주는 거야. 어쨌든 고마워. 내 부탁 들어줘서."

"뭘 이런 걸로. 당연히 도와줘야지. 건, 파이팅."

놀리듯 호탕하게 웃어 대는 마티를 뒤로한 채, 태건은 따뜻한 차 두 잔을 챙겨 들고 요트의 후미로 걸음을 옮겼다. 후미의 잘 정돈된 자리에서는 무릎 담요를 덮고 앉은 리원이 시간 가는 줄 모르고 하늘을 바라보고 있었다. 태건은 그녀에게 가까이 다가가 새하얀 볼에 따뜻한 머그컵을 갖다 댔다. 차가워진 뺨에 온기가 와 닿자 깜짝 놀란 리원이 어깨를 움찔거렸다.

"따뜻한 거 좀 마셔요."

"아……. 고마워요."

하얀 김이 모락모락 피어나는 컵을 받아 든 리원은 차를 한 모금 후루룩 마시며 어린아이처럼 환하게 웃었다.

"와 따뜻하다. 이런 분위기 좋아요. 별똥별도 점점 더 많아지고……. 정말 너무너무 멋져요. 두 번 다시는 못 해 볼 경험이에요."

"…새벽에 잠자는 것보다 중요한 게 뭐가 있느냐고 칭얼대던 사람이 누구더라?"

"아이참, 심술……. 그거야 이런 걸 보여 줄 거라곤 생각도 못 했으니까 그랬던 거죠."

귀엽게 눈을 흘기는 그녀를 제 넓은 품으로 와락 당긴 그가, 뒤에서 리원을 끌어안은 채 말을 이었다.

"운이 좋았습니다. 그믐달이 떠서 별이 더 환하게 잘 보이기도 하고. 날씨도 평소보다 덜 춥고. 파도는 잔잔하고."

"확실히……. 주변에 도심의 빛이 많이 없어서 그런지 별빛이 선명하네요. 보석 같아요."

마티가 은은하게 틀어 놓은 팝송이 감미롭게 귓가에 감겨든다. 서로에게 닿아 있는 체온이 무척이나 따뜻했고, 벌써 바다로 나와 적당한 위치에서 멈춘 요트 주변은 매우 조용했다. 그저 저 멀리 작은 바닷가 마을의 꺼지지 않는 불빛들이 약하게 비칠 뿐이었다. 두 사람은 잠시 조용히 떨어지는 별똥별을 바라보았다. 착각인 걸까? 듬성듬성 떨어지던 별똥별의 개수가 조금 전부터 급작스럽게 많아진 것 같은 느낌이 들었다.

"…짧게는 50년. 길게는 100년 주기로 볼 수 있는 유성우라더군요."

"우와……. 100년이요? 그렇게 귀한 걸 보고 있는 거구나……."

영문도 모른 채 새벽에 끌려 나왔을 때는 조금 귀찮기도 했었는데. 막상 이 환상적인 곳에서 놀라운 경험을 하고 있다 보니 이걸 보지 못했다면 후회했을 것 같았다. 리원은 동그랗게 뜬 눈을 반짝이며 하나도 놓치지 않겠다는 듯 하늘의 별똥별을 보는 것에 집중했다. 그런 리원의 작은 몸을 품에 더욱 꼭 껴안은 태건이 그녀의 귓가에 대고 나지막하게 속삭였다.

"우린 결국 평생 단 한 번 볼 수 있는 특별한 유성우를 함께 보고 있는 겁니다."

그의 말에 리원은 묘한 기분이 들었다. 매년 볼 수 있는 3대 유성 우를 포함해서, 가끔 특별한 유성우가 쏟아지는 날은 미리 뉴스에 보 도되기도 했다. 하지만 매번 스케줄이 바빠서 누군가와 함께 여유롭 게 앉아 볼 생각조차 할 수 없었는데……. 운 좋게도 평생 동안 단 한 번 볼 수 있는 유성우를 가장 사랑하는 남자와 나란히 앉아 원 없이 관람하고 있는 것이다.

"새벽 3시 1분 전. 절정을 이루는 시간이군요. 시간당 150개가 떨 어진다는 말이 있었어요."

손목에 채워진 은색 시계를 확인한 그에게서 절정이란 말이 떨어 지자마자 그녀에게서 큰 목소리가 터져 나왔다.

"와……. 와!! 우와!"

마치 정확하게 시간을 지키는 것처럼, 훨씬 더 많은 유성우가 꼬리 를 그리며 끊임없이 쏟아져 내리기 시작한 것이다. 흡사 소리 없는 불 꽃놀이를 보는 것 같았다.

"장관이군요."

"정말요. 너무너무 예뻐요."

"소원 빌었습니까?"

"아뇨. 하늘 보느라 소원 비는 것도 잊었지 뭐예요."

"그럼 각자 소원 비는 시간을 가지는 걸로."

태건은 마음속으로 평소 염원하던 소원 몇 가지를 빌고는 조심스럽게 눈을 떴다. 금방 눈을 뜬 그와 달리 빌고 싶은 소원이 무척 많은 건지 리원은 한참 후에야 감았던 눈을 살포시 뜬다. 그 모습을 흥미롭게 지켜보고 있던 그가 그녀의 팔을 어루만지며 물었다.

"무슨 소원 빌었습니까?"

"제가 아는 사람들 다 건강하게 해 달라고요. 태건 씨랑 나랑 싸우지 말고 지금처럼만 사이좋게 지내도록 해 달라고도 빌었어요. 그것 말고도 많지만 대부분은 건강이나 행복을 빌었어요. 태건 씨는 뭘 빌었어요?"

리원의 물음에 자리에서 일어난 그가, 그녀의 앞에 한쪽 무릎을 꿇어앉으며 온화하게 미소 지었다. 영문을 몰라 눈이 동그래진 그녀는 그저 멍하니 그를 마주 보기만 했다.

"조금 유치해도 이해해 줘요. 평생 단 한 번이니까."

태건은 그녀의 왼손을 조심스레 당겨 와 자신의 두 손으로 감쌌다.

"내가 빈 소원은……. 당신과 당신 가족이 건강하고 행복하기를."

그의 첫 번째 소원이 끝나자 커다란 별똥별이 하나 떨어졌고,

"또한 나와 내 가족이 건강하고 행복하기를."

두 번째 소원이 끝나자 커다란 별똥별이 또 하나 떨어졌다. 신기하게도 마치 그의 소원에 대답을 해 주기라도 하듯 말끝마다 예쁘게 빛나는 별똥별이 따라붙었다.

"그리고……. 당신이 내 청혼을 기쁘게 받아 주기를 빌었습니다."

그리고 그가 품 안의 반지를 꺼내 그녀의 손가락에 끼워 주며 마지

막 소원을 말하는 순간. 가장 크고도 환하게 빛나는 별똥별이 기다란 꼬리를 늘어트리며 아래로 살포시 떨어졌다. 영롱하게 빛나는 아이아몬드 반지를 낀 손이 예뻐 보여, 그가 가볍게 그녀의 손등에 입을 쪽 맞추며 말했다.

"나와 결혼해 주시겠습니까?"

100년 만에 돌아온 유성우로 가득한 아름다운 하늘 아래서 드디어 그가 그녀에게 청혼했다. 리원은 마치 꿈을 꾸는 것 같은 기분이었다. 까만 새벽의 하늘에는 유성우가 쉴 틈 없이 쏟아지는 우주 쇼가 펼쳐졌고, 세상 누구보다 멋진 남자가 제 앞에서 무릎 꿇은 채 청혼을 하고 있다. 잠깐 현실 감각이 없어져 그저 눈만 크게 뜬 채 끔뻑이자 태건이 입가에 잔잔한 미소를 띠었다.

"리원 씨는 이젠 나에 대해서 누구보다 잘 아는 사람 중 하나예요. 그러니 당신은 내가 왜 그동안 결혼하는 데 부정적이었는지 잘 알고 있을 거라 생각합니다."

그래. 그의 말이 맞았다. 그의 사정을 몰랐을 때는 단순히 비혼 주의자인가 보다고 생각했지만, 과거사를 알게 된 뒤로는 결혼 이야기를 하는 게 조심스러워졌으니까.

"결혼이란 제도로 인해 나와 내 부모님은 불행해졌어요. 집안끼리의 거래를 위해 당사자들의 의사와는 상관없이 두 사람을 결혼시켰으니까요. 내가 속해 있는 세상에선……. 마치 당연하다는 듯이 결혼을 그렇게 이용하곤 합니다. 그래서 그런 결혼은 하지 않으리라 다짐했었습니다."

"네……. 이제는 충분히 이해해요. 태건 씨가 왜 그랬었는지."

"…애초에 난 내가 누군가를 진정으로 사랑하는 것조차도 불가능할 거라 여겼어요. 여태껏 누군가에게 그런 감정을 느껴 본 적이 단한 번도 없었으니까. 당신이 나타나기 전까지는."

그랬던 그의 부정적인 결혼관을 바꿔 버린 유일한 사람이 바로 그녀였다고. 그의 따뜻한 눈동자와 입술이 그렇게 말하고 있었다.

"평생을 그렇게 살았던 내가, 처음으로 누군가와 함께 행복해지고 싶다는 소망을 가졌어요. 당신이란 여자와 함께한다면 결혼이란 것도 나쁘진 않을 것 같다는 생각이 들었습니다."

울컥, 마음 깊은 곳에서 올라온 큰 덩어리 같은 것이 그만 목구멍에 걸려 버린 듯한 느낌이 들었다. 리원은 눈물을 참기 위해 애써 마른침을 삼켰지만 어느새 그녀의 눈동자는 촉촉하게 젖어 들어가고 있었다.

"그리고 지금은 오히려 당신을 내 곁에 잡아 두기 위해서 그 제도를 이용해야겠다는 결심이 섰어요. 내가 이토록 독점욕이 강한 사람인지 몰랐는데……. 당신과 함께한 이후로 나조차도 몰랐던 나의 새로운 모습을 많이 발견하게 돼 신기할 정돕니다. 리원 씨는 나에게 그런 사람이에요."

그가 깍지 끼어 맞잡은 손에 조금 더 힘을 주었다. 마치 자신의 굳은 결심과 애타는 진심을 알아 달라 전하려는 것 같은 느낌이 들었다.

끈끈하게 얽힌 두 사람의 마음을 상징이라도 하듯, 리원 역시 그와 맞잡은 손에 꽉 힘을 주었다. 그녀의 손에 끼워진 다이아몬드 반지가 은은한 조명을 받아 밤하늘의 별똥별처럼 유난히도 예쁘게 반짝반짝 빛이 났다.

"리원 씨가 내 사람이라는 걸 세상 모두에게 알리고 싶어요. 당신과 꼭 닮은 딸도 갖고 싶고, 다정하게 손잡고 걸으며 함께 늙어 가고 싶어요. 마지막 순간까지 당신의 얼굴을 마주 보며 눈감을 수 있다면 난 충분히 행복한 인생을 살았다고 자신할 수 있을 것 같습니다."

"태건 씨……."

"결혼해 줘요. 평생 내 옆에 함께 있어 줘요. 당신만이 유일하게 그걸 할 수 있는 사람입니다."

코끝이 찡한 감각이 느껴지고, 결국 그녀에게서 눈물이 터져 나왔다. 구슬처럼 투명하고 커다란 눈물방울이 쉴 새 없이 후드득 떨어져 청혼하던 태건마저도 깜짝 놀랄 정도였다. 그가 무척 당황스러워하며 품에 리원을 포옥 안고 등을 두드려 주던 그때,

"건! 청혼한다며 나가 놓고는 왜 여자를 울려?"

조타실에서 숨죽이고 있던 마티가 뛰쳐나오며 크게 소리쳤다. 마티는 당장에라도 태건의 멱살을 쥐고 흔들 것처럼 가까이 다가오더니, 주머니 속에 숨기고 있던 생일용 폭죽을 꺼내서 팡 터트렸다.

"축하해! 두 사람 모두! 청혼 받아 준 거 맞지? 맞아?"

그럴 일은 없겠지만 혹시 거절이라도 당한다면 어쩌려고 저 난리

를 치는 건지. 마티는 딱 그의 성격만큼이나 정신없이 야유와 폭죽을 쏟아 냈다. 평소라면 정색하는 얼굴로 마티에게 한마디 쏘아붙였겠지만 태건은 지금 그럴 정신이 없었다. 훌쩍이다 못해 거의 폭풍 눈물 수준으로 엉엉 울어 버리는 제 여자를 달래느라 진땀을 빼고 있었다. 연달아 작은 폭죽이 터지고 종이로 만든 장식에 파묻힐 때쯤, 태건의 품에 안긴 그녀에게서 모기만 한 작은 목소리가 새어 나온다.

"…아요."

하지만 울어서 목이 잠긴 상태인 데다 목소리까지 작아서 잘 들리지 않았다. 태건이 그녀에게로 조금 더 가까이 귀를 갖다 대며 미간을 살짝 찌푸렸다.

"뭐라고요? 다시 한번 말해 봐요."

"…구요."

"잘 안 들리는데."

결국 리원이 고개를 들었다. 온통 눈물로 범벅이 된 얼굴이 완벽하게 메이크업을 했을 때보다 몇 배는 더 예뻐 보이는 건 무슨 이유에서일까. 촉촉하게 젖어서 그런지 흑요석처럼 새카맣게 반짝이는 눈동자를 굴려 그의 얼굴을 찬찬히 훑어 내린다. 작고 도톰한 젤리 같은 입술을 열어 얼굴만큼이나 예쁜 말로 태건에게 청혼에 대한 대답을 들려주었다.

"좋다고요……. 나도 하고 싶어요, 결혼……."

"……."

잠시 말없이 그녀를 내려다보던 그가 싱긋 웃었다. 태건은 눈물에 젖은 채 헝클어진 그녀의 머리카락을 손끝으로 스치듯 만지며 살며시 귀 뒤로 넘겨 주었다.

"안 들려요."

"좋……다고요. 흑. 결혼해요……."

"뭐라고요? 좀 더 크게."

여전히 훌쩍이며 손등으로 눈물을 닦던 리원이 고개를 번쩍 들었다. 정말 안 들리는 게 맞냐는 듯 눈을 동그랗게 뜨고 그를 쳐다본다. 못마땅하게 바라보는 눈빛에 조그맣게 웃음이 터진 태건이 장난스럽게 말했다.

"정말로 안 들린다니까."

"아, 진짜 못 쓰겠어!"

그의 표정에 장난기가 가득 담긴 걸 보고는, 금세 짓궂은 장난이라는 것을 알아챈 리원이 앓는 소리를 내뱉었다.

"이 상황에서도 장난을 치고 싶어요? 왜 이렇게 장난기가 많냐구우!!"

주먹 쥔 손으로 약하게 탁탁 태건의 어깻죽지를 쳐 대는데, 숨어 있던 복병이 나타났다. 마티가 떨어지는 유성을 향해 두 팔 벌려 크게 소리 질렀다.

"와우! 최태건 드디어 장가간다!"

경악하는 표정으로 입을 떡 벌린 리원과는 달리 조용히 마티를 지켜보던 태건이 갑자기 벌떡 일어섰다. 장난기가 넘치다 못해 하늘을 찌르는 순간이었다. 무슨 바람이 분 건지 그는 마티의 옆에 나란히 서서 별똥별을 향해 소리쳤다.

"회장님 허락도 받게 해 주십시오!"

"허니문 베이비 주세요!!"

"이왕이면 딸로 주십시오!"

"최태건이 딸 바보 된 거 보게 해 주세요!"

"적당히 예쁜 딸로 주십시오!"

태건의 소원에 의아해진 마티가 연달아 소리치던 것을 멈추고는 그를 돌아보며 물었다.

"왜? 예쁘려면 엄청 예뻐야지 적당히는 뭐야?"

"리원 씨와 나를 닮으면 틀림없이 대단한 미모일 텐데……. 늑대 같은 남자 놈들이 침 흘리며 집적대는 꼴 못 봐."

"오 마이 갓……. 미친. 벌써부터 딸 바보의 기질이 보여, 건."

이루어질지도 알 수 없는 소원 빌기에 너무나도 진지해진 태건을 뒤로한 채, 마티는 다시 하늘을 보며 소리 지르기 시작했다.

"딸 바보 소원은 취소입니다! 이미 딸 바보 꿈나무예요! 와이프한테 바가지 긁혀서 기도 못 펴고 사는 거 보게 해 주세요!! 그게 제일 큰 소원입니다!"

가만히 앉아 마티의 소원을 듣고 있던 리원이 갑자기 벌떡 일어서서 주위를 둘러보았다. 그럴 일은 없겠지만 혹시나 다른 요트가 주위에 있다거나 누군가가 듣고 있기라도 할까 봐 불안했다. 다행히 주위에 아무것도 없다는 걸 확인하고 나서야 마음이 그나마 편해졌다. 얼굴이 터질 것처럼 빨개진 그녀는 발을 동동 구르며 두 남자를 만류했다. 당황스러운 상황에 눈물은 이미 말라 버린 지 오래였고, 진심으로 창피해 죽을 것 같았다.

"누가 친구 아니랄까 봐 똑같아, 진짜!! 창피해 죽겠어! 마티도 그만해요!"

하지만 타고난 개구쟁이의 본성이 어디 갈 리가 없었다. 그녀가 말리면 말릴수록 두 사람은 더 크게 소리 지르며 장난을 쳤다.

"나도 결혼하고 싶다! 여자 좀 보내 줘라!"

"둘째는 아들로 주십시오!"

그냥 편하게 포기하고 내버려 두는 게 상책이었다. 원래 개구쟁이들은 말리면 말릴수록 더 심하게 장난을 치는 청개구리 심보가 있기 마련이니까.

■ ◇ ■

리원은 비장한 각오로 제 앞의 거대한 대문을 바라보았다. 꿀꺽, 목구멍으로 넘어가는 마른침이 그녀가 얼마나 잔뜩 긴장한 상태인지를 말해 주는 듯했다.

그녀의 차림새는 평소와 사뭇 달랐다. 태건과 데이트를 할 때조차 이렇게까지 꾸민 적이 없었는데. 오늘은 아침 일찍부터 메이크업 숍에 방문해 헤어와 메이크업을 받았고, 입고 있는 옷조차 태건과 쇼핑하며 고심 끝에 고른 고급 브랜드의 원피스였다. 딱딱하게 몸이 굳은 리원이 안쓰러웠는지 곁에서 지켜보던 태건이 그녀의 어깨에 조심스레 손을 얹었다.

"긴장할 필요 없어요. 어머니도 계시고 하니까."

그의 말이 맞았다. 무척 깐깐하고 무섭다고 소문이 난 그의 할아버지를 만나는 자리였지만 두 사람의 든든한 편이 되어 줄 어머님이 함께 자리하실 테니까. 벌써부터 겁먹고 주눅들 필요는 없었다. 리원은 옆에 선 그를 올려다보며 살짝 미소 지었다.

"네. 노력할게요."

"편하게 해요. 그래도 처음 보는 사람 민망하게 하는 그런 분은 아니니까."

침착하게 고개를 끄덕여 보인 리원이 걸음을 옮기려던 순간, 어디서 많이 들어 본 발랄한 목소리가 두 사람을 붙잡았다.

"어머낫! 이게 누구야? 오랜만이에요!"

…어디서 많이 들어 본 목소리인데 설마…….

어쩐지 뒤통수가 짜르르 울리는 느낌에 리원이 정색하며 굳은 얼굴로 뒤를 돌아보았다. 역시나 예상대로 요주의 인물인 경윤지가 묘하게 웃으며 서 있었다. 그녀의 약혼자인 영광 기업의 차남 최태준과 함께였다. 오늘 저녁 식사가 예상보다 두 배로 피곤해질 것 같은 예감이 들었다.

■ ◇ ■

항상 썰렁하게 비어 있던 식탁 의자들이 오랜만에 사람의 온기로 데워졌다. 넓게만 느껴졌던 주방과 식탁이 꽉 채워진 모습을 바라보는 차 여사의 얼굴에는 연신 웃음기가 가득했다.

'이렇게 빨리 아들들의 신붓감을 보게 될 줄이야. 그것도 호박이 넝쿨째 굴러 들어오듯 며느릿감을 한 번에 둘이나!'

커다란 대리석 식탁 위에는 각종 진귀한 음식들이 자태를 뽐내고 있었지만 음식을 먹지 않아도 배가 부른 기분이었다.

"자, 우리 여사님들이 오늘 하루 동안 고생해서 준비한 음식들이니, 일단 식사를 시작하자꾸나."

최 회장의 한마디에 모두가 기다렸다는 듯 수저를 들고 여유롭게 식사를 시작했다. 그 가운데 어디로 젓가락질을 해야 할지 몰라 머뭇거리는 이가 있었으니. 고개를 돌려 보지 않고도 항상 곁눈질로 리원을 살피고 있던 태건이, 양념소고기구이를 젓가락으로 듬뿍 들어 올려 그녀의 밥 위에 얹어 주었다.

참으로 희한한 광경이었다. 표정은 웃음기 하나 없이 딱딱하게 굳은 주제에 제 여자를 챙기는 마음이 어찌나 큰지, 리원의 밥그릇 위에 쌓인 고기가 넘쳐흐를 지경이었다. 자신의 밥그릇 상태를 보고 눈이 휘둥그레진 리원이 마른침을 꿀꺽 삼킨다. 따가운 시선이 느껴져 고개를 들어 보니 주방 안에 있는 모든 사람들의 시선이 저에게로 쏠려 있었다.

"아······. 아이참, 태, 태건 씨······."

민망해진 리원이 어색한 억지웃음을 지으며 팔꿈치로 쿡 태건의 옆구리를 쳤다. 태건은 무슨 문제냐는 듯 미간을 살짝 찌푸린 채 그녀를 내려다볼 뿐이었다. 이렇게까지 남들의 시선 따위 의식하지 않고 챙겨 주다 보니 가끔 민망한 상황이 발생하곤 했다. 바로 지금처럼 말이다. 두 사람의 모습에 작게 웃음을 터트린 차 여사가 리원이 민망해하지 않도록 신경 써 주었다.

"부담스러워할 게 뭐가 있어요? 보기에 좋기만 한데. 우리 태건이가 무뚝뚝해 보여도 자기 여자한테는 참 다정한 남자 같다. 그렇죠?"

"아아······. 네, 어머니. 보신 대로 이 사람이 무척······ 다정해요."

맞은편에서 그 광경을 지켜보던 윤지의 한쪽 입꼬리가 심술궂게 위로 올라간다. 그녀는 힐끗, 제 옆에서 혼자 식사하느라 정신없는 태준을 곁눈질하더니 작게 한숨을 내쉬었다.

'어휴. 이 눈치 없는 남자. 이럴 때 응? 자기도 나 좀 챙겨 줘서 기좀 세워 주면 어디 덧나나? 하여간 내가 외모랑 집안만 보고 홀려서는······.'

속이 새카맣게 타들어 가는 윤지가 속으로 한탄하며 괜스레 밥만 퍼먹고 있을 때. 과거 젊은 시절을 떠올린 차 여사가 소녀처럼 말을 이었다.

"부럽다. 아직 젊어서 그런지 참 예쁘게도 사랑하네. 저런 사소한 것도 너무 사이좋아 보이고, 외모도 참 잘 어울리고 천생연분이 따로 없는 것 같아요. 그렇죠, 아버님?"

"음......."

자연스럽게 대화를 유도하며 최 회장의 동의를 이끌어 낸다. 모두가 모인 자리에서는 무시할 수 없었던 건지 최 회장은 의미를 알 수 없는 비음을 내며 고개를 끄덕이는 것으로 대답을 대신했다. 짧은 대화가 오고 간 뒤 본격적으로 식사가 시작됐다. 식사하는 내내 무심한 척하면서도 리원을 챙겨 주는 태건의 모습은 식탁에 앉은 사람들에게 조금은 생경하게 다가왔다. 의외의 모습에 시선을 뗄 수 없는 것은 최 회장 역시 마찬가지였다.

작고 사소한 부분에서도 제 남자의 사랑을 듬뿍 받은 티가 나는 리원은 은은하게 미소 지을 때조차 세상 그 무엇보다도 사랑스럽게 빛났다. 가장 가까운 이에게 귀한 대접을 받으면, 남들도 똑같이 그 사람을 귀하게 여긴다고 했던가. 옛말 틀린 거 하나 없다는 걸 증명이라도 하듯 식탁에 둘러앉은 사람들은 리원을 대할 때 무척이나 조심스러웠다.

식탁 위에 차려진 진수성찬을 반도 비우지 못했지만 어쨌든 하나같이 배가 부른 상태라 자연스레 저녁 식사가 끝났다. 리원은 아직 분위기 파악을 다 끝내지 못해서 그녀답지 않게 말수도 적어진 데다 미어캣처럼 이리저리 상황을 살피느라 바빴다. 식사가 끝나자마자 모든 이들이 천천히 자리에서 일어났다. 어디로 가는지는 모르지만 일단 리원도 눈치껏 그들을 따라 일어섰다. 각자 소곤소곤 이야기를 나누며 주방을 나가는 분위기였다. 가족들이 다 나갈 때까지 기다린 태건이 리원의 손을 잡으며 귓속말로 설명을 해 주었다.

"이리로. 가족 식사 이후에 특별한 일 없으면 응접실로 가요."

"아아. 그렇군요."

그가 이끄는 대로 기다란 복도를 걸었다. 집이 어찌나 넓은지 몇 개의 방문을 지나고 나서야 응접실에 도착했다. 워낙 남는 공간이 많아서 거실 이외에도 손님 접대용 방을 따로 만들어 둔 것이었다. 푹신한 가죽 소파에 각자 자리를 잡고, 각종 과일들이 가득 담긴 커다란 접시가 후식으로 테이블 위에 오르자, 그제야 제대로 된 대화의 장이 열렸다.

"참, 어머님. 그리고 회장님. 저희 부모님께서 중요한 일로 한번 뵙자고 하세요."

"응? 사돈께서? 어쩐 일로?"

잘 다듬어진 과일을 포크로 푹 찍어 입에 넣는데 과연 최상급이라 크기나 당도가 남달랐다. 리원이 커다란 딸기의 단맛에 감동하고 있는 사이, 생각지도 못했던 단어가 윤지의 입에서 튀어나왔다.

"태준 씨와 저, 결혼을 조금 서둘렀으면 하시더라고요. 상견례 해야 되지 않겠냐고 그러셨어요."

"상견례? 하긴……. 약혼식 올린 뒤에 결혼은 조금 서둘렀으면 좋겠다고 이전에도 한번 말씀하긴 하셨지."

"네. 내년 봄이나 여름쯤으로 생각하고 계시더라고요. 저도 빨리 태준 씨랑 알콩달콩 같이 살고 싶기도 해서요."

"커헉. 쿨럭!"

못 들을 말을 들어 버리기라도 한 사람처럼 사례가 들린 태준이 연달아 기침을 해 댄다. 입술을 꽉 깨문 윤지가 최대한 티 나지 않도록 태준의 옆구리를 쿡 찌르는 것을 목격했지만 리원은 예의상 모른 척해 주었다.

어쨌든 상황이 이러하니, 리원은 고민에 빠질 수밖에 없었다. 내년 봄이나 여름에 윤지와 태준이 결혼한다면, 저와 태건은 최소 1년 이상을 기다려야 한다는 소리였다. 한집안에서 같은 년도에 두 번이나 결혼해 버리는 건 축의금을 내 주는 하객들에게 예의가 아니었다. 그걸 잘 알기에 윤지가 먼저 선수를 친 게 틀림없었다. 돌아가는 상황을 말없이 지켜보던 태건이 자신의 의견을 내비친 것도 그 순간이었다.

"조금 기다리시죠. 늦추셔도 되고요."

태건의 단호한 말투에 인상을 약간 찌푸린 윤지가 고개를 한쪽으로 살짝 기울이며 물었다.

"네? 아주버님. 어째서요?"

"우리도 결혼해야 하지 않겠습니까? 이 사람과 나, 벌써 계획도 다

잡아 놨고요."

"에이, 그래도 저희가 먼저죠. 약혼한 지가 언젠데. 원래 이맘때쯤 상견례 해서 돌아오는 봄이나 여름에 결혼하려고 저희도 다 계획을 잡아 놨었어요."

당당하게 쏘아붙인 윤지의 말에 곁에 있던 태준이 눈을 크게 뜨며 눈치 없이 끼어들었다.

"어? 우리가 언제 그런 대화……? 컥."

하지만 윤지의 팔꿈치에 또 한 번 아랫배를 콱 찔리고는 급작스럽게 조용해진다. 역시나 전혀 이야기가 되지 않은 상황이었던 것이다. 어쨌든 윤지 또한 순서를 빼앗겨 버리면 결혼이 늦어지니 어떻게든 수를 쓰려는 게 보였다. 이 집에 들어온 이후로 지금까지 얌전히 있었으니, 이제는 제 의견을 피력할 때도 됐다고 생각한 리원이 환하게 웃으며 태건을 거들었다.

"그래도 남들 보기에 윗사람이 먼저 식을 올리는 게 낫지 않겠어요? 한국 정서가 그런데……. 결혼은 형이 먼저 하는 게 이치에 맞는 거죠."

"요즘 세상이 어떤 세상인데 그런 걸 따져요? 우린 먼저 약혼했고, 아까 말했지만 결혼 계획도 이미……."

하지만 윤지는 말을 끝맺지 못했다. 덤덤하고 묵직한 음성으로 태건이 폭탄을 투하했기 때문이었다. 그것은 리원조차 전혀 상상하지 못했던 초강수였다.

"아이가 생겼습니다."

그의 폭탄 발언에 리원마저 눈이 튀어나올 듯 크게 뜨고는 그를 돌아보았다.

'미, 미친. 이 사람 오늘따라 왜 이러지?

도대체 무슨 생각인 거지?

아무리 그래도 말은 가려서 해야지, 거짓말까지 동원해 버리면 어쩌자는 건지 알 수 없는 노릇이었다. 장난기가 많긴 하지만, 진지하고 생각이 깊은 게 최태건의 캐릭터 아니었던가. 오늘 그의 모습은 리원이 알던 그 사람이 아니었다.

■ ◇ ■

"태건 씨. 잠깐만요."

리원은 바쁘게 앞서가는 태건의 뒤를 졸졸 쫓았다. 저녁 식사와 후식 타임 내내 자신을 탐탁지 않아 하던 최 회장도 신경 쓰였지만, 마지막이 너무나도 찜찜해서 견딜 수가 없었다. 아까부터 물어보고 싶은 게 많아서 입이 근질거렸는데 그는 본가의 현관문을 나오자마자 무척이나 빠른 속도로 걸었다.

"태건 씨!"

리원이 꽥 소리를 지르고 나서야 걸음을 멈춘 그가 바지 주머니에 손을 넣은 채 조용히 뒤를 돌아본다. 정원의 무지갯빛 분수대 앞에 마주 보고 선 두 사람. 얼굴을 험악하게 일그러트리며 씩씩대는 리원과 달리 그는 너무나도 평온한 얼굴이었다.

"왜요. 무슨 문제 있습니까?"

"아니, 그걸 정말 몰라서 물어요?"

"아이 문제 때문에?"

리원은 이마를 짚으며 눈을 찔끔 감았다. 이제 들키는 건 시간문제일 텐데, 어떻게 해야 할지 방법이 없었다.

"의도는 알겠는데, 도대체 어쩌려고 그런 거짓말을 해요? 뒷수습을 어떻게 하려고."

"어려울 게 뭐 있나?"

"네?"

다소 당황스럽기 그지없는 태건의 반응에 리원의 목소리가 점점 커져 갔다. 그는 무심한 표정으로 아무렇지 않게 리원에게 두 번째 폭탄 발언을 내뱉었다.

"아이야 당장 만들면 되지 뭐가 문젭니까."

"네에에?"

"발등에 불 떨어졌으니까 이러고 있을 시간 없습니다. 서둘러요."

어이없음에 그저 입을 떡 벌리고 서 있는데, 태건이 그녀의 손을 잡아 이끌며 바삐 움직였다. 정말로 급한 일이 있기라도 한 듯.

"일단 애를 만들러 갑시다."

■ ◇ ■

태건의 집으로 돌아가는 자동차 안. 눈으로는 멍하니 차창 밖의 야경을 쳐다보지만, 리원은 사실 여러 가지 상념에 잠겨 있었다. 지나간 일을 떠올리지 않으려 했지만 그럴 수가 없었다. 누가 봐도 저를 딱히 환영하지 않던 최 회장이 단 한 순간이나마 저에게로 관심을 쏟았던 상황이 있었기 때문이었다. 다름 아닌 아이가 생겼다는 태건의 폭탄 발언 직후, 무엇에도 흥미를 보이지 않던 최 회장의 흐린 눈동자가 그 순간만큼은 반짝 빛나는 것을 리원은 분명히 목격했었다.

'아이가? 정말이냐?'

'예, 할아버지.'

태건의 대답에 최 회장이 잠시나마 엷은 웃음을 싱긋, 지었다. 아기가 생겼다는 사실을 좋아하는 눈치였다. 상황이 이렇게 되어 버리니 아니라고 말할 수도 없게 되었다. 잠시 턱을 어루만지며 묘한 표정으로 리원과 태건을 바라보던 최 회장이 이 상황에서 누가 들어도 깜짝 놀랄 만한 말을 조심스레 내뱉었다.

'그래…… 아이가 생겨 버렸다면 어쩔 수 없지. 되도록 빠르게 결혼을 추진해야겠구나.'

결혼이란 단어가 최 회장의 입에서 나오는 순간, 응접실에 있던 모든 이들의 눈이 휘둥그레졌다. 의외로 너무나도 쉽게 허락이 떨어져 버린 것이다. 아이의 위력이란 과연 이런 것인가 하는 의문마저 들었다. 살짝 충격받은 리원이 얼떨떨한 모습으로 혼이 나가 있는데, 은근히 분위기를 살피던 차 여사가 때마침 손뼉을 마주치며 발랄하게 말했다.

'세상에! 벌써 애가 생겼어? 너희 두 사람 처음부터 작정을 했었던 거지? 이만한 혼수가 없네, 정말! 이미 아이가 생겨 버렸다면 배불러 오기 전에 식부터 빨리 올려야겠지?'

그렇게나 좋으신지, 연신 입가에 웃음을 띠고 있는 차 여사를 보고 있자니 죄책감이 물밀듯이 밀려왔다.

"하아⋯⋯."

그녀의 시름이 깊어졌다. 어른들이 잔뜩 기대를 하고 있는데 사실 임신하지 않았다는 것을 알게 된다면 얼마나 상심이 클지 상상만 해도 뒤통수가 당겨 왔다. 운전에 집중하던 태건이 힐끗, 깊게 한숨 쉬는 그녀를 곁눈질하며 물었다.

"무슨 한숨을 그렇게 쉽니까?"

"그러게요⋯⋯. 내 남친이 사고 치지만 않았어도 이렇게 한숨 쉴 일도 없었을 텐데."

"이미 엎질러진 물, 그런 걸로 고민 해봤자 시간 낭비예요. 그럴 시간에 차라리 생산적인 무언가를 하는 게 나을지도."

일은 그가 저질렀는데 고민은 그녀 혼자 하고 있으니 참으로 아이러니했다. 자동차는 유유히 도로를 달려 어느새 그의 집에 도착했다. 이제 꽤 서로에 대해 잘 알아서 따로 말을 꺼내지 않아도, 마치 정해진 수순처럼 그의 집에서 자고 가는 분위기가 형성됐다. 둘 중 하나였다. 그의 집이든 그녀의 집이든 주말에는 자연스럽게 부부처럼 딱 붙어 지내곤 했다. 리원은 현관에 발을 들여놓자마자 곧장 그의 드레스 룸으로 걸음을 옮겼다.

"오늘은 저 먼저 씻을게요."

옷을 샤워 가운으로 갈아입고 화장대에서 바쁘게 화장을 지우는 동안 태건은 팔짱을 낀 채 조용히 그녀를 바라보기만 했다. 오늘따라 그는 유난히도 얌전하게 굴었다. 평소라면 벌써 가까이 다가와 리원의 몸 여기저기에 키스를 해 대거나 끼를 부리며 유혹하기 바빴을 텐데. 이유야 어쨌든 그녀에겐 잘된 일이었다. 아침 일찍부터 외출을 감행했더니 너무나도 피곤한 나머지 누우면 바로 잠이 들것 같았다. 애써 그의 시선을 외면하며 욕실로 들어가 문을 닫으려던 그때.

"응?"

욕실 문 틈새로 커다란 손이 불쑥 들어와 턱, 문을 닫지 못하도록 잡았다. 리원은 눈을 동그랗게 뜬 채 다시 활짝 열리는 문을 응시했다. 어느새 슈트 재킷과 넥타이를 벗어 버린 태건이 욕실 안으로 들이닥쳤다.

"왜요?"

리원은 진심으로 영문을 몰라 고개를 한쪽으로 기울이며 물었다. 미간을 살짝 찌푸린 그가 그녀를 뚫어져라 쳐다보며 느릿하게 와이셔츠 단추를 하나둘 풀기 시작했다. 점점 드러나는 남자의 단단한 속살에 리원의 눈동자는 저도 모르게 자꾸만 그쪽으로 향했다. 결국 상의를 모두 벗은 태건이 셔츠를 뒤로 집어 던지며 피식 웃었다.

"왜긴. 같이 샤워하려고 들어왔죠."

"네?"

"씻겨 줄게요."

일순 리원이 당황한 건 어떻게 보면 당연한 것일지도 몰랐다. 수십 번도 더 몸을 섞은 연인 관계였지만 우습게도 두 사람은 이제껏 단 한 번도 같이 목욕을 한 적이 없었던 것이다. 씻겨 준다는 그 말이 대단히 자극적으로 들렸던 건지 리원의 얼굴이 빨개지다 못해 귀까지 뜨겁게 달아올랐다. 그녀는 손사래를 치며 뒤로 한 걸음 물러났다.

"아, 아니요. 괜찮아요. 씻는 거야 혼자 알아서 잘할 수 있……."

그녀는 도망치듯 그에게서 한 걸음씩 뒤로 물러났지만 소용없는 짓이었다. 멀어지는 만큼 그가 한 걸음씩 성큼 다가왔으니까. 결국 두 사람 간의 거리는 전혀 벌어지지 않았다. 자꾸만 뒤로 물러나던 그녀의 등이 결국엔 욕실 벽에 부딪쳤다.

묘한 웃음을 가득 머금은 채 기어이 코앞까지 다가온 태건은 그녀가 등을 기댄 벽을 한 손으로 턱, 하고 짚었다. 서로의 숨이 닿을 것 같은 거리에서 한층 거칠어진 날숨을 뱉은 그가 낮은 음성으로 속삭였다.

"씻겨 준다니까?"

그러곤 상체를 조금 숙여 쪽, 리원의 하얀 목덜미에 입을 맞추었다.

"여기저기, 구석구석 전부."

그가 말을 할 때마다 목덜미에 뜨거운 숨이 닿아서 어쩐지 몸이 짜릿해지는 기분이었다. 새카만 눈동자를 이리저리 굴리던 리원이 어떻게든 상황을 모면하기 위해서 그를 살짝 밀어 냈다.

"아니……. 씻겨 줄 필요까진 없고. 방에서 잠시만 기다릴래요? 나 금방 씻고 나갈 테니까……."

"못 기다리겠는데. 내가 워낙 참을성이 없어서."

하지만 절대 물러설 그가 아니었다. 홀렁홀렁 벗겨진 천 조각들이 욕실 바닥에 쌓여 가기 시작했다. 아이를 만들러 가자며 일찍부터 재촉하던 그는 그날 밤, 축구단이라도 만들어 낼 기세로 무섭게 달려들었다.

■ ◇ ■

"왜 애가 안 생길까?"

나름대로 심각하게 고민에 빠진 태건이 조용한 세단 안에서 혼잣말 같지 않은 혼잣말을 내뱉었다. 선명하게 들릴 정도의 목소리라 마치 김 비서에게 상담을 요청하는 느낌이었다. 운전에 집중한 김 비서는 나름대로 정중하지만 뼈가 있는 말로 그를 다그쳤다.

"그러게 왜 거짓말을 해서 일을 더 어렵게 만듭니까? 하여간 가끔 충동적일 때가 있어서 뒷감당이 안 될 수준입니다."

"그렇다고 그대로 손 놓고 있다간 언제 결혼식을 올릴지 알 수 없는 상황이었으니까. 다른 선택지가 없었어."

"강리원 씨가 도망이라도 갈까 봐 마음이 급했던 건 아니고요?"

"크흠. 중요한 건 그게 아니라고."

직설적인 질문에 태건이 목을 가다듬으며 괜스레 시선을 딴 곳으로 돌렸다. 정곡을 찌른 듯했다. 잠시 말을 쉬었던 태건은 제 고민을 계속해서 김 비서에게 털어놓았다.

"거의 한 달 돼 가나? 매일 노력하는데 아이가 안 생기니까 어느 순간부터 두려워졌어. 다른 건 몰라도 애는 한 방에 만들 자신이 있었는데……. 혹시 나에게 문제가 있는 건가?"

이마에 손을 올려 지그시 누르며 인상을 쓰는 태건의 모습은 그가 정말로 이 문제를 심각하게 받아들이고 있다는 것을 말해 주었다. 가만히 그의 이야기를 듣고 있던 김 비서가 더 이상 참지 못하겠다는 듯, 돌변해 버린 말투로 쏘아붙였다.

"…바보냐. 매일 하니까 그렇지."

"매일 하면 안 되는 건가?"

"당연하지. 산부인과에서도 합방 스케줄을 만들어 주는 세상인데. 매일 강박증을 가진 채 노력하면 스트레스받아서 오히려 생길 애도 안 생겨."

"스트레스라······. 그렇군."

어찌나 다방면에 박식한지. 속으로 내심 감탄사를 내뱉으며 고개를 끄덕이던 태건은 문득 한 가지 의문이 들었다. 보통 미혼의 남자들이 숙지하고 있는 정보는 아닌 것 같은데. 어째서 아직 총각인 자신의 절친이 이런 것까지 알고 있는 걸까.

"그런데 넌 결혼해 본 적도 없으면서 그런 걸 어떻게 알지?"

"궁금해하지 마. 다쳐."

"가끔 정체가 궁금하단 말이지. 어떻게 모르는 게 없을까."

"최태건 비서 하려면 모르는 게 없어야 하는 게 당연하더라고. 넌 양심이 있으면 당장 내 연봉 올려 줘야 돼. 나 같은 비서가 어디 흔한 줄 알아?"

그 부분만큼은 태건 역시 무척이나 공감하는 바였다. 자신이 매우 까다로운 타입인 걸 스스로도 잘 알고 있었다. 또한 절친이라 편해서 그런지 업무 외적인 일도 자주 부탁하곤 했는데, 내년 연봉 책정 때는 김 비서의 연봉 인상에 대하여 심각하게 고려해 볼 작정이었다. 한창 생각에 잠겨 있을 때쯤 그의 휴대폰이 요란한 소리를 내며 진동했다. 리원의 전화였다.

"네. 리원 씨."

— 통화 괜찮아요? 제가 이상한 이야길 좀 들어서요.

"무슨······?"

— 음······. 태건 씨가 저희 아버께 사업을 제안했다면서요? 그

게 무슨 이야기예요?

일순 태건의 눈썹 앞머리가 미세하게 꿈틀거린다. 뒤에서 몰래 진행하던 일인데 생각보다 너무 빨리 그녀의 귀에 들어간 것이다.

"아. 그건 이야길 하자면 조금 복잡한데⋯⋯."

— 뭔데요? 다른 것도 아니고 영광 기업에서 새로 확장 중인 카페 체인이요. 저희 아버지께 체인점 운영을 맡겼다고 해서. 깜짝 놀라서 전화한 거예요.

사실 뭘 믿고 벌이는 사업마다 망하기 일쑤인 아버지에게 사장직을 맡겼냐, 대충 들어도 그런 의미로 물어보는 것 같았다. 피식 약한 웃음을 터뜨린 그가 뒷좌석 깊숙이 몸을 기대며 그녀를 불렀다.

"리원 씨."

— 네?

"걱정 안 해도 괜찮습니다. 음⋯⋯. 쉽게 말하자면 바지 사장 같은 거예요."

— 바지 사장이요?

의외라는 듯 조금 놀란 그녀의 목소리가 수화기를 타고 전해져 왔다. 태건이 말한 바지 사장이란, 쉽게 설명하면 사장직의 이름만 빌려 주는 사람이었다. 말 그대로 매장의 실소유주는 따로 있고 직책만 사장을 달고 매장을 관리하며 월급을 받는 것이었다. 조금 다른 점이 있다면 태건은 장인에게 성과급을 지급하기로 계약했다는 것이었다. 열심히 일하면 일할수록 매출은 오를 것이고, 오른 매출만큼 적정 수준의 성과급이 지급되는 형태였다.

"각 매장마다 사장이 따로 있어서, 사람들이 대부분 프랜차이즈로 알고 있지만 아닙니다. 사실 그 카페는 전국에 있는 모든 매장이 직영이니까요."

— 아아⋯⋯. 그래서 전국 매장 개수가 생각보다 많지 않았던 거구나⋯⋯.

눈치 빠른 리원은 단번에 그의 말을 이해했다. 분야가 다르긴 하지만 그녀 또한 인테리어 업체에서 일을 하고 있다 보니 사업의 기본 형태를 잘 알고 있기 때문이었다.

— 그럼 겉보기로만 사장님인 거네요? 사실은 본사로부터 월급을 받는 직원인 거고요.

"그렇죠. 장인어른과는 운영하시면서 수익이 나는 만큼 추가로 성과급을 지급하기로 계약이 되어 있어요. 아마도 좋은 결과가 있을 거라 생각합니다."

그의 말은 틀리지 않았다. 실제로 사장직을 달고 난 뒤 리원의 아버지는 누구보다도 열심히 일을 했으니까. 태건은 주기적으로 업무 보고를 받고 있어서 각 직영 매장의 매출이나 현지 상황을 누구보다 잘 알았다. 물론 태건 나름대로 최선의 방법을 선택한 거였지만 리원은 오히려 생각이 더 많아졌는지 잠시 동안 말이 없었다. 수화기 너머로 목소리를 듣는 게 전부였지만 이젠 그녀를 잘 아는 그였기에 조심스럽게 물었다.

"뭔가 더 걱정되는 게 있나 보군요."

― …네. 태건 씨한테 이런 말 하기는 좀 그렇지만……. 사실 그래도 불안해요. 우리 아버지가 워낙…….

리원이 차마 말을 잇지 못하고 말끝을 흐리자 이 상황을 미리 예상이라도 했다는 듯 태건은 오히려 여유로운 웃음을 지었다.

"사람을 붙여 놨으니까 걱정 말아요."

― 네? 사람을요?

"이건 끝까지 비밀로 하려고 했는데……. 사실은 그 매장의 매니저, 내가 감시인으로 붙여 놓은 사람이에요."

― 아아……. 그것도 좋은 생각이긴 하지만 괜찮을까요?

"뭐든 해 봐야죠. 그러다 보면 가장 맞는 방법이 있을 겁니다. 날한번 믿어 봐요."

실제로 최근에 수상한 사람들이 장인에게 접근했었지만, 감시 중이던 매니저의 발 빠른 대응으로 어둠의 손아귀에서 벗어날 수 있었다. 장인은 사람을 잘 믿고 금전욕이 매우 많은 사람이라 종종 사기꾼들의 표적이 되곤 했다. 그것을 빠르게 파악한 태건의 대처는 누가 봐도 현명했다. 그 오랜 시간 동안 리원이 고생했던 것을 생각하면 그가얼마나 속 시원하게 문제를 단번에 해결했는지 알 수 있었다.

"당신은 결혼 준비에만 신경 써요. 나머지는 내가 다 알아서 할 테니까."

제 여자의 마음까지 다독이며 다정한 말을 해 주는 것이, 그가 얼마나 리원을 아끼고 있는지를 증명해 주는 듯했다. 다른 건 몰라도 하나는 확실했다. 그녀가 부모복은 없을지언정 남편 복 하나는 제대로 타고났다는 사실이었다.

■ ◇ ■

선명하게 새파란 하늘에는 구름 한 조각조차 없다. 저 멀리 보이는 수평선은 푸른 바다와 하늘이 구분되지 않을 정도로 맑고 청량했다. 실제로 어디서부터 어디까지가 바다이고 하늘인지 자세히 보아야만 구분을 할 수 있었다. 수영장이 딸린 호텔의 옥상에는 크고 작은 행사를 할 수 있는 하늘 정원이 따로 마련되어 있었다. 초록색의 푹신한 잔디가 깔린 넓은 공간에는 오늘의 결혼식을 위한 수많은 장식들과 소품들이 세팅되었다.

초록의 잔디, 푸른 바다와 어울리는 새하얀 테이블보가 덮인 식탁과 가지런히 놓인 의자. 버진 로드와 아치에는 크고 작은 새하얀 꽃들과 풍성한 초록 잎들이 장식되어 있어, 마치 실제 정원과도 같은 분위기를 내었다.

"와, 이게 다 뭐야? 진짜 예쁘고 대단하다."

"정말. 여자라면 누구나 한 번쯤은 꿈꾸는 결혼식 아닐까? 진짜 멋지다."

파란 하늘과 바다가 사방으로 내다보이는 최고급 호텔의 하늘 정원에서 결혼식이라니. 오늘의 결혼식에 참석한 하객들마저도 경이로울 만큼 아름다운 풍경에 혀를 내두를 정도였다.

리원과 태건의 결혼식이 진행되는 이 장소는 다름 아닌 킹스 호텔 1호점. 바로 두 사람이 첫 만남을 가졌던 그 호텔이었다. 두 사람의 추억이 담긴 장소에서 식을 올리고 싶은 마음에 여러 곳을 물색한 결과, 킹스 호텔 제주가 결혼식을 올리기에 가장 적합한 장소라는 데 의견이 일치해 최종적으로 결정되었다. 처음에는 소박하게 결혼할 예정이었지만, 그것만큼은 절대 양보할 수 없다며 차 여사가 나서 버린 결과 세상에서 가장 멋진 결혼식이 되어 버린 것이다. 하늘 정원의 끄트머리에 마련된 신부 대기실에는 세상 누구보다 행복한 미소를 띤 아름다운 신부가 앉아 있었다.

"팀장님! 축하드립니다!"

"와. 너무 예뻐요, 팀장님. 다른 사람인 줄."

"원래부터 미모가 남다르셨으니까요. 역시 꾸미니까 여배우가 따로 없으시네요."

회사 안에서 오래도록 리원과 동고동락했던 팀원들이 저마다 축하의 말을 내뱉었다. 리원은 그녀답지 않게 살짝 얼굴을 붉히고는 감사의 인사를 전했다.

"바쁠 텐데 다들 참석해 줘서 정말 고마워."

신부 대기실에서 돌아가며 기념사진을 찍고 짧게 담소를 나누던 그때, 호기심이 충만한 막내가 평소 궁금했지만 물어보지 못했던 질

370

문을 했다.

"그런데 결혼을 왜 이렇게 서두르신 거예요?"

"보나 마나 부사장님께서 밀어붙이셨겠지. 평소 스타일을 봐. 안 그런 것처럼 보여도 더 사랑하는 쪽은 분명 부사장님 같았거든."

"아아. 난 또 아기 혼수라도 준비하신 줄."

눈치 없게 엄청난 말을 아무렇지도 않게 내뱉고는 순진하게 웃는다. 미간을 살짝 찌푸린 팀원 하나가 그런 막내의 등짝을 가볍게 후려쳤다.

"말 좀 가려서 해라? 응? 하여간 못 하는 말이 없어. 요놈의 입이 문제다, 문제."

"그러게요. 얼마 전까지 같은 공간에서 일했는데도, 그런 낌새는 전혀 없었는데. 오해를 해도 참⋯⋯. 그렇죠, 팀장님?"

어색하게 웃으며 동의를 구하는데 분위기가 조금 묘하다.

"⋯⋯."

즉각 아니라고 대답해야 할 리원이 스르르, 시선을 다른 곳으로 옮기는 것이다. 그 반응을 본 모든 이들의 눈이 휘둥그레졌다. 그건 분명 부정의 의미가 담겨 있는 행동이 아니었다.

"엥⋯⋯?"

"설마 팀장님⋯⋯."

"헐. 설마?"

누군가가 결정적인 말을 내뱉기도 전에 시끄러운 사람들 틈 속에서 익숙한 목소리가 들려왔다. 특유의 발랄한 목소리로 말하며 빠르게 다가온 경윤지가 덥석, 리원의 손을 잡았다.

"형님!!"

"아……. 동서. 와 줘서 고마워."

얘는 또 왜 이렇게 과하게 손까지 잡는 걸까?

워낙 겉과 속이 다른 타입이라 의도야 뻔했지만 보는 눈이 많은지라 리원도 딱히 그녀를 거부하지 않았다. 윤지는 눈을 반짝반짝 빛내며 리원이 입은 웨딩드레스를 훑었다.

"드레스 어머님께서 골라 주신 거예요? 옷발을 잘 받으셔서 그런지 어쩜 너무 예뻐요!"

교묘하게 옷발 때문에 예뻐 보인다는 뉘앙스로 옷에 대해서만 칭찬을 하는 것이 참 그녀답다. 날이 날이니만큼 오늘은 참아 주기로 한 리원은 그녀를 향해 온화하게 웃었다.

"응. 칭찬 고마워, 동서."

"아, 참. 배 속의 아이는 잘 있어요?"

…하지만 어찌 됐든 끝까지 좋게 봐줄 수 없는 밉상임엔 틀림이 없었다. 공개적인 장소에서 걱정하는 척하며 굳이 임신 이야기까지 내뱉는 것이 참으로 얄미웠다.

"임신 초기에는 엄청 조심해야 한다던데 비행기 타고 여기까지……. 너무 고생 많으셨어요. 이제 결혼식 끝내고 푹 쉬셔야죠."

"으응. 동서가 걱정 안 해 줘도 어머님께서 신경 써 주고 계셔서 괜찮아. 식사 하나까지 남다르게 내오거든."

참다못해 은근한 빡침이 올라온 리원의 말투가 다소 거칠어졌다. 얼굴은 웃고 있지만 말에는 은근히 뼈가 있었다. 멀뚱히 근처를 서성이며 돌아가는 상황을 모른 척하던 팀원들은, 흡사 정글 속 맹수들의 기 싸움을 보는 것 같은 착각을 느꼈다.

"그럼 좀 이따 피로연에서 봬요."

"그래."

자신의 근본적인 목적을 이룬 경윤지는 작게 콧노래까지 흘리며 신부대기실에서 사라졌다. 아마 경윤지는 모를 것이다. 리원이 지금은 웃어넘겨 주고 있지만 그녀가 결혼하고 호적까지 모두 정리가 끝난 뒤엔 어떤 지옥이 펼쳐질지 말이다.

'손윗사람에게 건방지게 대하면 어떻게 되는지 제대로 보여 주지. 조금만 기다리렴.'

리원은 곧 현실로 다가올 그날만을 기다리며 회심의 미소를 지었다.

■ ◇ ■

작은 악단이 연주하는 결혼행진곡이 울려 퍼지며 결혼식의 시작을 알렸다. 시원한 바닷바람과 높은 하늘. 눈이 부실 정도로 예쁘게 장식된 야외의 정원에서 행복에 젖은 신랑과 신부가 서로를 사랑스럽게 마주 보며 결혼 서약을 하고 있었다.

"먼저 신랑에게 묻겠습니다. 신랑 최태건 군은 신부 강리원 양을 아내로 맞이하여, 평생토록 아껴 주고 사랑할 것을 맹세합니까?"

리원의 손등에 가볍게 입을 맞춘 태건이 담담한 목소리로 맹세했다.

"예. 맹세합니다."

"이번에는 신부에게 묻겠습니다. 신부 강리원 양은 신랑 최태건 군을 남편으로 맞이하여 평생토록 아껴 주고 사랑할 것을 맹세합니까?"

리원은 살짝 미소를 지었다. 시선은 오로지 사랑하는 제 남자를 바라보며 그 작고 예쁜 입술을 열어 수줍게 말했다.

"네. 맹세합니다."

"이로써 내빈 여러분이 지켜보는 가운데, 두 사람의 성혼이 이루어졌음을 선언합니다."

사람들의 함성과 우레와 같은 박소 소리가 섞여 들어 귀를 찢을 듯이 사방에 울렸다. 손을 꽉 맞잡고 그녀에게 최대한 가까이 다가간 태건이 귓가에 대고 조용히 물었다.

"배 속의 우리 아이는 잘 있어요?"

그의 질문에 걱정하지 말라는 듯 리원이 고개를 끄덕이며 속삭였다.

"네. 잘 있어요. 걱정 말아요."

목표했던 아이까지 결혼식 전에 무사히 만들어 낸 태건이 뿌듯하다는 듯 어깨를 장난스럽게 으쓱였다. 그 모습을 바라보는 리원의 얼굴에 환한 웃음이 가득 피어났다. 사람들이 공중에 뿌려 댄 꽃잎이 두 사람을 감쌌다. 어떤 누구보다도 행복감에 젖은 두 사람은, 앞으로 그려 나갈 미래에도 틀림없이 서로의 곁을 끝까지 지키리라 믿어 의심치 않았다.

진정 세상에서 가장 아름다운 결혼식이었다.

외전 1
마이애미비치의 남자

핑크빛 노을이 서서히 지고 차츰 어둠이 깔리고 있는 마이애미의 바닷가. 그곳의 드넓은 해변 한편에 한 남자가 서 있었다. 그는 한참이나 모래사장 끝에 서서 먼바다의 수평선을 바라보고 있었다. 마이애미비치는 파도가 거세서 수영하기 힘든 곳으로 유명하긴 했지만, 오늘따라 더욱 무서울 정도로 들이치는 강력한 파도는 그 어느 때보다 거세고 파괴적이었다.

「하……. 날씨 한번 더럽게 좋네.」

영어로 혼잣말을 중얼거린 남자가 손을 들어 옷소매로 얼굴을 닦아 낸다. 그의 얼굴은 언제부터 흘린 건지 알 수 없는 눈물로 온통 젖어 있었다. 모델이나 영화배우라 해도 믿을 만큼 잘생긴 얼굴과 적당한 근육으로 똘똘 뭉친 단단한 몸. 남성미가 풀풀 풍기며 무게감 있어 보이는 외모와는 달리 우는 모습이 굉장히 어린아이 같았다. 몰아치는 파도와 깊이조차 가늠이 되지 않는 바다를 잠시 바라보던 남자가 조용히 입을 열었다.

「아버지, 어머니……. 저는 더 이상 버틸 수 없어요. 그녀 없는 삶은 상상조차 하기 싫어요. 부디 나를 용서하세요…….」

묘한 말을 내뱉은 그는 모래사장에 신발을 벗고 휴대폰을 그 위에 올려 두었다. 그러고는 파도가 거세 출입이 금지된 바다로 유유히 걸어 들어갔다. 바닷물이 금세 허리까지 차고 걸음을 더 나아가 가슴 부근을 지나 목만 둥둥 뜬 상태가 되자 그는 눈을 감았다. 잠시 후에 몰아칠 거대한 파도를 기다리며.

이윽고 파도가 그를 집어삼켰을 때 그 충격으로 몸이 아무렇게나 나가떨어진다. 몸이 제멋대로 움직이고 귀가 먹먹해졌다. 물살이 거세게 출렁거리는 소리가 들리고 숨을 쉬지 못하는 괴로움에 머리를 이리저리 흔들던 어느 순간. 그의 허리를 단단하게 옥죄는 느낌과 함께 어디론가 강하게 끌려 올라가는 감각을 느꼈다.

「푸하악!!」

물 위로 끌어 올려지고 나서야 누군가에게 구조됐다는 사실을 깨달았다. 온몸에 힘이 빠져 그는 반항 한번 하지 못한 채 축 늘어진 상태로 모래사장까지 끌려갔다. 모래사장에 몸을 똑바로 뉘고 나서야 해가 거의 저물어 어두워진 하늘이 보였다. 아직 혼란에 빠진 정신이 제대로 돌아오지 않았고 여전히 귀가 먹먹해서 소리도 잘 들리지 않는다.

「대답해요! 이름! 이름이 뭐죠?」

그러한 가운데 누군가가 자신의 몸을 흔들어 대며 소리치고 있는 게 작게나마 들려와, 연신 기침을 하며 겨우 물음에 대답했다.

「쿨럭! 마티…… 마티 브라운…….」

「내가 보여요? 보입니까?」

멍하니 하늘을 향해 있던 눈동자를 조금 굴리자 눈을 크게 뜬 채 그를 내려다보고 있는 검은 눈동자의 동양인 남자가 시야에 들어온다. 어쩐지 발음이 조금 특이하더라니 외국인이었군. 마티는 거친 숨을 몰아쉬며 기어들어 가는 목소리를 쥐어짜 내 대답했다.

「예스…….」

「하…….」

거칠게 안도의 숨을 내쉰 남자가 머리카락을 손으로 빗어 올리며 물러나자, 이번에는 확실히 미국인처럼 보이는 남자가 물었다.

「당신의 가족에게 연락을 해야 합니다. 혹시 저쪽 해변에 버려져 있던 이 신발과 휴대폰이 당신의 물건입니까?」

하지만 그는 미국인 남자의 물음에 대답하지 않았다. 마티의 입에서는 오히려 저를 구해 주었던 동양인 남자를 원망하는 말투가 느리게 흘러나왔다.

「왜…… 도대체 왜…… 마음대로 날 구해 준 거야……. 왜…… 난 그냥…… 그녀를 따라 죽어 버리려고…… 그랬는데……. 날 그대로 죽게…… 내버려 뒀어야지……. 젠장.」

그의 말이 떨어지기가 무섭게 시야가 거칠게 흔들린다. 젖어서 늘어난 그의 티셔츠의 앞섶을 쥐고, 미친 듯이 흔드는 것은 다른 누구도 아닌 동양인 남자였다.

「어리석은 생각 하지 마! 당신처럼 젊은 사람이 뭐가 그리 힘들어서 그런 짓을 해.」

「당신이…… 뭘 알아……. 내 전부인 그녀가…… 떠났는데……. 이젠 나에겐…… 살아갈 이유가 없어…….」

「이런 빌어먹을! 정신 차려!!」

짜악! 하는 소리와 함께 거칠게 뺨을 맞자 눈앞에 번개가 번쩍이는 것 같은 기분이었다. 숨쉬기도 힘들었던 상황에서 얼굴을 얻어맞으니 일순 정신이 선명하게 돌아왔다. 어찌나 세게 맞았는지 얼굴 전체가 얼얼할 정도였다. 마티가 눈을 멍하니 끔뻑거리며 마주 보자 동양인 남자는 잔뜩 화가 난 얼굴로 묵직하게 쏘아붙였다.

「이제야 정신이 들어?」

「…….」

「정신이 들었다면 다시 한번 생각해. 남아 있는 사람들이 어떤 고통을 겪을지를 먼저 생각하라고. 당신은 멋대로 죽어 버리면 그만이지만…… 남아 있는 가족들에겐 평생 동안 헤어 나올 수 없는 지옥을 가져다주는 거야. 알겠어?」

멱살을 놓는 손짓마저도 거칠다. 무척이나 화가 난 듯 홱 뒤돌아서 멀리 걸어가 버리는 뒷모습. 그저 말없이 시아에서 멀어지는 남자의 모습을 쳐다보고만 있자, 곁에서 잠시 상황을 지켜보던 미국인 남자가 무척이나 곤란한 표정으로 말했다.

「으음……. 저 친구가 말은 험하게 해도 꽤 좋은 사람이에요.」

「뭐 하는 사람이죠……?」

「우린 해상 구조대입니다. 바다로 들어가는 당신을 순찰 중이던 저 친구가 발견해서 구조했어요.」

마티는 고개를 숙였다. 어쩐지 방금 전에 들었던 말이 머릿속을 떠나지 않는다.

남아 있는 사람들의 고통이라……. 어리석게도 저 자신의 슬픔에 잠겨 전혀 고려하지 않았던 부분이었다. 일순 스스로가 부끄러워졌다. 누구보다도 부모님을 사랑한다며 평소 마음껏 표현하던 저 자신이 창피해졌다. 어째서 자신으로 인해 가족들이 겪어야 할 슬픔을 뒷전으로 미뤄 뒀을까. 분명 그가 정말로 이렇게 죽어 버린다면 오히려 죽음보다 더 큰 고통을 겪어야 하는 것은 그의 가족들일 텐데. 마티는 멍하니 초점을 흐린 채 곁에 있는 미국인 남자에게 조용히 물었다.

「해상 구조대가 되려면 어떻게 해야 하죠?」

무척 당황하며 되묻는 상대에게 여러 차례 같은 질문을 반복하고는 결국 답을 얻어 낸다.

그리고 그 일이 있은 지 정확히 1년 후. 마티는 상당한 노력 끝에 해상 구조대의 일원이 되어 태건의 곁에 나란히 섰다. 게다가 같은 숙소를 쓰게 되어 두 사람은 단기간에 서로를 꽤 잘 아는 사이로 발전했다. 하지만 그에겐 한 가지 의문점이 있었다. 들리는 소문도 있었고 검색엔진으로 찾아보아도 기사가 수백 개 뜨는 한국의 상류층 자제이면서, 어찌하여 마이애미비치를 떠나지 못하는 건지 말이다. 다른 사람들은 그 이유를 모를지 몰라도 마티는 왠지 조금 알 것 같았다.

「건. 유학 생활이 끝났는데도 한국으로 돌아가지 않고 있다고 들었어.」

어스름하게 노을이 진 어느 저녁. 태건과 나란히 모래사장에 앉아 맥주를 마시던 마티가 먼저 그 이야기를 꺼내었다.

「대학 졸업 후에 마이애미로 건너와, E2비자로 계속 머물고 있다고.」

「입이 무거운 사람이 하나도 없군. 소문이 벌써 너한테까지 퍼졌어?」

「…여기서 계속 살아갈 생각이야?」

「그건 아니지만. 아직 난…… 한국으로 돌아갈 준비가 되지 않았어.」

「이해가 안 돼. 한국을 매일 그리워하잖아.」

마티는 병째 맥주를 들이켜며 태건이 바라보고 있는 먼바다 수평선으로 고개를 돌렸다. 함께 같은 바다의 노을을 바라보며 조용히 말을 이었다.

「이제 마음의 짐을 내려놓아도 돼, 건. 너의 어머니를 구하지 못했던 건 당연해. 그때의 넌 아주 작은 어린아이일 뿐이었잖아.」

오늘은 드물게도 마이애미비치의 파도가 잔잔하다. 듣기 좋게 귓가에 감겨드는 파도 소리와 함께 들려오는 누군가의 위로가 그 어느 때보다도 마음을 편안하게 해 주는 저녁이었다.

「넌 너의 어머니와 같은 사람들을 충분히 많이 구했어. 이젠 그만해도 괜찮아. 너의 인생을 살아가라고.」

마티는 잘 알고 있었다. 태건이 물에 빠진 누군가를 구하는 것은 사실, 반복적으로 자신의 어머니를 구해 내는 것과 같은 행위였다는 것을 말이다. 태건은 어린 시절 하지 못했던 일을 지금에 와서야 끊임없이 다른 누군가에게 행하고 있었다.

정말로 위로를 받았던 걸까. 우습게도 마티의 그 한마디에 태건은 그동안 차마 놓지 못했던 구조대 일을 몇 달 후 그만두고 한국으로 돌아갔다. 두 사람의 열정이 아직 식지 않은 마이애미비치와 마티를 남겨 두고서.

■ ◇ ■

"그렇게 건은 나의 조언으로 트라우마에서 벗어날 수 있었지. 아마 그때의 내가 없었더라면, 그래서 건이 그런 위로를 받지 못했더라면……. 리원, 당신은 그를 만나지 못했을지도 몰라. 당신은 나에게 감사해야 해."

눈을 반쯤 가린 부드러운 머리카락을 쓸어 넘긴 마티가 리원에게 찡긋 윙크를 해 보였다. 리원은 자신의 두 손을 모아 깍지 낀 채로 마티가 들려준 이야기에 눈을 반짝반짝 빛내었다.

"정말로 감사해야겠네요, 마티. 태건 씨는 마티와 별로 안 친하다고 그랬었는데……. 그것도 아닌가 봐요."

"뭐? 태건이 그런 말을 했다고? 하…… 부끄러워하긴. 아무튼 내가 구조대를 했었던 것도, 한국어를 배운 것도 전부 건을 만나기 위해서였어. 건은 내 인생의 전환점이자 가장 영향력 있는 인물이라 해도 과언이 아니지."

"마티는 가만히 보면 우리 태건 씨를 정말 좋아하는 것 같아요. 태건 씨가 마티에겐 굉장히 딱딱하게 행동하는데도 자꾸 쫓아다니는 걸 보면요."

"뭐? 내가 건을 쫓아다녀? 그렇게 보이는 거야? 아니야, 그건. 건도 겉으론 저렇게 무뚝뚝하게 해도 사실은 나를 좋아하거든."

"하긴……. 정말로 마티가 싫었다면 프러포즈할 때 부르지도 않았겠죠?"

"당연하지. 날 가장 의지하는 게 틀림없어."

그 사실이 자랑스럽다는 듯 마티가 어깨를 으쓱였다. 그 모습을 설핏 웃음 지으며 바라보던 리원이 자신의 양 볼을 두 손으로 감쌌다.

"어쨌든 우리 태건 씨가 구조대였다니. 요트에서 수영할 때 잠깐 듣긴 했었지만 제대로 상상하니까 너무 멋있어요……."

어쩐지 태건의 벗은 몸을 볼 때마다 그의 근육이 남다르다 생각했었는데. 확실히 인위적으로 만든 근육과는 달라 보였다.

'사실은 그게 오랜 수영 실력으로 다져진……. 자연스러운 몸이었구나. 게다가 위험에 빠진 사람들을 구하는 해상 구조대라니……. 역시 태건 씨가 제일 멋있어.'

음흉한 생각을 하며 어쩔 줄 몰라 몸을 배배 꼬는 리원의 모습이 영 우스꽝스럽다. 팔짱을 낀 채 그녀가 하는 모양새를 지켜보던 마티의 표정이 어이없다는 듯 묘하게 일그러졌다.

외전 2
초콜릿 키스

　이번 2월 14일 밸런타인데이는 미영에게 그 어느 때보다 중요한 날이었다. 딱히 계산하고 사귀기 시작한 것도 아닌데, 신기하게 축복이라도 받은 것처럼 그날이 연인과 사귄 지 1,000일째 되는 날이었던 것이다.

　이 우연찮은 기적에 놀란 미영은 평소 기념일을 신경 써서 챙기는 편이 아니었음에도 1,000일만큼은 연인과 제대로 보내기로 작정했다. 그를 위해서 직접 초콜릿도 만들고, 작은 선물까지 준비했다. 선물과 초콜릿을 담은 상자를 바라보는 미영의 얼굴은 뿌듯함으로 가득 찼다. 물론 직업 특성상 모든 기념일을 확실하게 체크하는 버릇이 있는 동호가 두 사람의 1,000일을 잊어버릴 리 없겠지만, 원래 서로 모른 척 이벤트를 준비하는 게 기념일의 묘미가 아니었던가. 미영은 아무엇도 모르는 척 동호에게 전화를 걸었다.

"동호 오빠. 어디야?"

— 응. 퇴근하고 지금 막 집에 들어왔어.

"피곤하겠다. 저녁 아직이겠네?"

— 대충 먹으려고. 넌?

"나도 대충 챙겨 먹었지. 저기, 내일 시간 어때? 괜찮아? 퇴근하고 만날까?"

— 내일? 내일은 좀 곤란한데…….

밸런타인데이에다 1,000일이니 당연히 스케줄을 비워 놨을 거라 생각했는데. 곤란하다는 그의 말에 순간 기분이 상한 미영의 음성이 착 가라앉았다.

"내일 왜? 무슨 약속이라도 있어?"

— 어. 내일 비서실 전체 회식이라서.

"회식? 밸런타인데이인데 회식을 해? 무슨…… 그렇게나 센스 없는 회사가 다 있어?"

— 아무래도 금요일이고 해서 그렇게 잡은 것 같아. 대신 간단하게 1차만 하고 헤어지기로 했으니까 내 집에서 기다릴래?

그나마 그의 집에서 기다려 달라는 말에 조금이나마 마음이 풀렸다. 이미 그가 사는 오피스텔의 비밀번호를 알고 있고 틈나면 수시로 드나들던 터라 제집처럼 익숙했다.

'차라리 잘됐네. 그럼 오빠 집을 조금 꾸며 볼까? 풍선도 달고.'

1,000일 기념이라면 그 정도 이벤트는 해 줘야겠지. 그의 제안을 기회로 삼은 미영은 너그럽게 이해해 주는 척 말했다.

"좋아. 그럼 내일 퇴근하고 오빠 집에서 기다리고 있을게. 대신 정말 회식 1차만 끝내고 일찍 귀가해야 해. 약속한 거야?"

— 그래. 그러자.

그의 대답에 싱긋, 웃음 지은 미영은 벌써부터 내일이 기대됐다.

■ ◇ ■

고대하던 다음 날, 동호의 집에서 홈 파티 준비를 모두 끝내고 그를 기다리던 미영에게서 낮은 한숨이 새어 나왔다.

"하아……."

답답함에 도대체 몇 번이나 한숨을 내쉬었는지 모른다. 미영은 불안한 모습으로 팔짱을 낀 채 반복적으로 창가를 서성였다. 30분 전에 했던 통화가 도대체 머릿속을 떠나지 않아서 말 그대로 딱 미칠 지경이었다. 그와의 통화 내용은 문제가 되지 않는다. 단지……. 옆에서 들렸던 여자의 목소리가 신경 쓰였다.

— 아잉. 무슨 통화예요? 얼른 나 흑기사 해 줘요!

주먹을 쥔 채 쾅, 소리 나도록 소파 등받이를 거세게 내리쳤다. 눈을 무섭도록 부릅뜬 미영에게서 음산한 목소리가 새어 나온다.

"도대체 어떤 년이야……. 어떤 계집애의 흑기사를 해 준 거냐고.

감히 내 남자에게 집적대? 걸려만 봐. 다 부숴 버리겠어."

질투로 타오르는 감정을 주체하지 못해 분노를 뿜어내던 그때. 느릿하게 비밀번호를 누르는 소리가 들리더니 현관문을 열어젖히고, 동호가 비틀거리며 집 안으로 들이닥쳤다. 미영은 어이없다는 듯 눈을 더욱 크게 뜨고는 우두커니 서서 그가 하는 행동을 가만히 지켜보았다.

동호는 들고 있던 서류 가방과 작은 상자가 가득 담긴 커다란 쇼핑백을 바닥에 냅다 던졌다. 비틀거리며 거실을 가로지르는 그의 뒤로 벗어 던진 옷가지들이 하나씩 쌓여 갔다. 머플러와 코트, 넥타이와 카디건. 그 이상은 벗을 수가 없었던 건지 드레스셔츠와 바지 차림으로 벌러덩 침대에 쓰러져 버린다. 미영은 입을 떡 벌린 채 혼잣말을 중얼거렸다.

"세상에……. 나보다 술이 센 사람이 만취가 될 때까지 마신 거야?"

한참을 그대로 서서 잠이 들어 버린 그를 바라만 보다가 걸음을 옮겨 바닥에 널브러진 옷가지를 정리했다. 서류 가방과 쇼핑백을 정리하며 작은 상자들을 만지작거리는데, 그것이 굉장히 불쾌한 물건이라는 것을 깨달았다. 쇼핑백 안에 담긴 상자들은 다른 무엇도 아닌 밸런타인 초콜릿들이었다.

[비서실장님! 올해도 수고 많으셨어요 제 마음이에요]

[우리 비서실의 자랑 꽃미남 실장님! 소녀의 마음 받아 주시옵소서]

[비서실장님 팬이에요. 정말 사랑합니다!]

상자에 적힌 글들을 읽어 내려가는데 왜 이렇게 기분이 나쁜 건지 모르겠다. 잘 읽어 보면 사심 없이 그저 밸런타인데이를 기념하여 돌린 초콜릿 같기도 한데…… 이상하게도 묘하게 마음이 상했다. 게다가 그를 기다리라고 해 놓고는 저렇게 만취가 되어 뻗어 버리다니. 창가에 서 있는 그녀를 발견조차 하지 못하고 말이다. 그와의 1,000일을 축하하기 위해 준비한 케이크와 와인이 쓸쓸해지는 순간이었다. 그가 술김에 깊은 잠을 이루는 동안, 미영은 단 한숨도 자지 못했다.

■ ◇ ■

동호는 이마를 찌푸리며 살며시 눈을 떴다. 눈을 찌르는 아침 햇살이 그의 잠을 방해하는 바람에 더 자고 싶어도 그럴 수가 없었다. 침대에서 일어나 음식 냄새가 솔솔 풍기는 주방으로 걸음을 옮기자 익숙한 여자의 목소리가 들려온다.

"씻고 와. 밥 먹게."

동호는 그녀가 시키는 대로 샤워를 마치고 식사를 하기 위해 식탁으로 가 앉았다. 착각인가? 어쩐지 그의 앞에 그릇과 수저를 놓는 미영의 손길이 거칠게 느껴진다. 탁! 탁! 소리가 어찌나 크게 울리는지 식탁의 유리가 깨지지 않을까 걱정이 될 정도였다.

"음……. 내가 어제 무슨 실수 했어?"

그의 질문에도 대꾸조차 하지 않은 채 맞은편에 앉은 미영은 혼자 밥을 먹는 데 여념이 없었다. 단 한 번도 그의 얼굴을 쳐다보지 않는 것으로 보아 확실히 화가 난 것이 틀림없었다.

"미안해. 집에 오자마자 잠이 든 것 같기는 한데……. 도대체 뭐 때문에 그렇게 화가 난 건데? 말을 해 줬으면 좋겠어."

그제야 혼자 열심히 밥만 먹던 미영이 그를 똑바로 마주 보았다. 그녀는 입술을 잘근잘근 깨물더니 조심스럽게 물었다.

"어제 왜 그렇게 술을 많이 마셨어?"

"아……. 그건."

그가 대답하기도 전에 미영은 마치 따지듯이 다음 질문을 이었다.

"혹시 전화 통화할 때 목소리 들렸던 여자. 그 여자 술을 대신 다 마셔 준 거야?"

"뭐? 누구를 이야기하는 거야?"

뜬금없는 미영의 말에 당황한 그가 미간을 잔뜩 찌푸린 채 되물었다. 그 반응이 더욱 기분 나쁘다는 듯 미영이 마구 쏘아붙였다.

"누구긴 누구야! 옆에서 코맹맹이 소리 내면서 이상한 애교 부리던 그 여자! 흑기사 어쩌고 하더니 정말 술을 다 마셔 준 거냐고!"

"아아……."

그제야 알겠다는 듯 낮은 감탄사를 내뱉은 동호가 물끄러미 그녀를 쳐다보았다. 흥분해서 씩씩거리는 그녀와는 달리 무표정으로 잠시 마주 보던 그가 갑자기 씨익, 하고 한쪽 입꼬리를 틀어 올려 엷은 미소를 짓는다. 그 여유로움 넘치는 웃음에 미영은 일순 당황했다.

"왜, 왜 웃는 건데?"

"…질투하는구나. 우리 미영이."

"뭐, 뭐라고? 웃지 마! 지금 웃음이 나와?"

"귀여워서 자꾸 웃음이 나오는 걸 어쩌냐."

기다란 팔을 뻗어 맞은편에 앉은 그녀의 머리를 쓰다듬어 주는데 얼굴이 붉어진 미영이 입을 떡 벌렸다. 잘 웃지 않는 그가 가끔 웃어 줄 때 너무 매력적이라, 동호의 미소 짓는 얼굴 자체가 미영의 약점이나 다름없었다. 이럴 때 미소 짓는 얼굴을 써먹는 그가 무척이나 얄미웠다. 그는 날카롭게 찢어진 눈을 나른하게 뜬 채 투명한 갈색 눈동자로 가만히 미영을 바라보며 말을 이었다.

"사실은 어제 2차까지 가는 분위기였거든."

"그럴 줄 알았어!! 그럼 그렇지!"

"끝까지 들어 봐. 그래서 내가 1차에서 빠져야겠다고 버텼더니, 모두의 흑기사를 한 번씩 해 줘야 보내 준다는 거야. 내가 어떻게 했겠어?"

…그의 성격상 시간 끄는 것을 싫어하니 그들이 제안한 대로 했을 것이다.

"시간 끄느니 빨리 다 마셔 버리고 집에 돌아가기로 결정했어. 그래서 아마……. 폭탄주만 셀 수 없이 엄청나게 마셨을 거야. 몇 잔 마셨는지는 중간부터 기억이 안 나서 잊어버렸어."

저와 함께 있기 위해서 그 많은 술을 단숨에 마셔 버리고는, 필름이 끊긴 채로 집에 돌아와 뻗어 버린 것이다. 전후 사정을 듣자 밤새 꽁했던 마음이 눈 녹듯 사르르 녹아 버렸다. 미영의 표정이 점점 풀어지는 것을 가만히 지켜보던 그가 거실 한편에 놓인 쇼핑백을 확인하고는 그것을 곁눈질하며 말했다.

"그리고 혹시 저 밸런타인 초콜릿이 기분 나빴다면 다 버리지, 뭐."

"…하아. 사정이 있었다는 건 잘 알겠어. 그래도 어제가 우리 1,000일이었는데 섭섭해."

섭섭함을 토로하는 그녀를 향하여 눈을 크게 뜬 동호가 고개를 갸웃거렸다.

"어제? 1,000일은 오늘 아닌가? 난 오늘인 줄 알고 그렇게 준비했는데."

"뭐라고? 어제였거든!"

"오늘 맞을 텐데? 내가 틀릴 리 없어. 2월 15일."

"아냐! 2월 14일이었다고!"

잠시 실랑이를 벌이던 두 사람이 함께 날짜를 확인해 본 결과 미영의 착각이었다는 사실이 밝혀졌다. 미영은 잔뜩 울상을 지으며 주방의 단단하게 동여맨 애꿎은 쓰레기봉투만 쳐다보았다.

"바보 같아. 착각하는 바람에 어제 고생해서 꾸며 놓은 풍선들 전부 터트려 버렸다고! 쓰레기봉투에 다 버렸는데 어쩜 좋아!"

"이미 버린 건 잊어. 같이 있는 게 중요하지."

그가 무척이나 사랑스럽다는 듯 미영을 마주 보며 자신의 마음을 전했다.

"1,000일 동안 옆에 있어 줘서 고맙다."

"으응……. 나도. 고마워. 그리고 1,000일 축하해."

그렇게 시간이 조금 더 흐른 후. 정말로 초콜릿을 쓰레기통에 그대로 처박아 버린 동호는 미영이 만들어 준 초콜릿을 오도독 씹어 먹고 있었다. 그의 옆에 앉아서 맛있게 초콜릿을 먹는 모습을 지켜보던 미영이 물었다.

"맛있어?"

"응. 잘 만들었네. 엄청 달아."

"다행이다. 실패했을까 봐 걱정했는데."

"…먹어 볼래?"

미영이 고개를 끄덕이자마자 초콜릿을 입에 더 넣은 그가 그녀의 턱을 들어 올렸다. 영문을 몰라 눈을 동그랗게 뜬 순간. 그의 입술이 그녀의 입술에 살포시 닿았다. 미영의 크게 떠졌던 눈이 감미로운 입맞춤에 사르르 감겼다. 입 안에 초콜릿을 잔뜩 머금은 채로 나누는 키스는 세상의 어떤 키스보다도 달콤했다.

외전 3
크리스마스의 밤

날씨가 무척 화창한 토요일이었지만 미영의 기분은 그 어느 때보다 저조했다. 평소라면 남친에게 먼저 전화해 공원에 소풍이라도 가자고 했을 텐데. 마치 무기력증이라도 온 사람처럼 바깥에 나가고 싶은 마음이 없었다. 소파에 드러누운 채 리모컨으로 TV 채널을 돌리는 딸을 보며 콩나물을 다듬고 있던 엄마가 혀를 끌끌 찼다.

"아이고……. 저 화상. 만나는 남자가 있으면 뭘 해? 실속도 없고 저렇게 나이만 들어가는데."

이 기회에 선 자리를 한번 알아봐야 하나? 미영의 엄마는 아무리 기다려도 딸에게서 결혼이나 프러포즈 소식이 들리지 않아 속이 새카맣게 타들어 가고 있었다. 딸의 남자친구를 본 적은 몇 번 있었다. 집에 와서 밥을 먹고 간 적도 있었고 귀갓길에 딸을 태워다 주며 여러 번 인사를 나누기도 했다. 외모가 무척 출중하고 듣기로는 직업도 대기업 실장이라 신랑감으로는 최고라고 생각했었다. 하지만 가장 큰 문제가 있었으니……. 결혼할 생각이 전혀 없는 건지 세월이 흘러도 아무런 소식이 없었다.

"아휴……. 이러지도, 저러지도 못하고 참……. 내 속만 타들어 가네."

엄마의 한숨 소리가 들리지 않을 리 없었다. 미영은 끝까지 모른 척했지만 속상하긴 저도 마찬가지였다. 그녀의 기분이 저조한 이유를 파고들자면 시작은 지난주 주말에 있었던 계모임 때문이었다.

'우리 나이 이제 30대 중반이야. 언제까지 연애만 할 건데? 결혼 생각이 전혀 없다면 모르겠지만, 넌 4년째 사귀고 있는 애인도 있잖아?'

같은 대학 졸업 동기 계모임에 나갔다가 그런 이야기를 들어 버린 이후로 이번 주 내내 기분이 좋지 않았다. 그 말을 꺼낸 친구와는 평소 묘하게 신경전을 벌이던 사이라 일부러 그랬다는 것을 알고 있음에도 어쩔 수가 없었다. 따지고 보면 그녀의 말에서 틀린 부분은 없었으니까.

햇수로 4년째. 몇 달 뒤면 동호와 사귄 지 5년 차에 접어든다. 아무리 요즘 결혼 적령기가 늦어졌다고는 하지만 결코 적은 나이가 아니었다. 그렇다고 미영이나 동호가 독신주의자도 아닌데 어째선지 두 사람 모두 결혼에 대한 이야기를 꺼내지 않고 있었다.

'그런 걸로 부담 주기 싫으니까. 그냥 서로가 좋아서 만나는 거지 결혼이 목적은 아니니까.'

그렇게 스스로를 달랬지만 시간이 갈수록 미래에 대한 불안감은 커져 갔다. 평소 인생에 결혼이 필수는 아니라고 생각했다. 그러나 나이 들어서 고독사하고 싶진 않았다. 또한 그런 것과는 별개로 최근 절친인 리원 부부를 보다 보면 유독 부럽다는 생각이 많이 들었다. 어디에서나 볼 수 있는 흔한 가족이었지만 두 사람의 사랑스럽고 화목한 분위기가 이상적으로 다가왔던 것이다. 눈으로는 멍하니 개그 프로를 보고 있었지만 딴생각으로 머릿속이 가득 차는 바람에 표정은 매우 심각했다. 상념이 많아 머리가 복잡하던 그때, 익숙한 휴대폰 번호로 전화가 걸려 왔다.

— 나와. 영화도 보고 밥도 먹고.

"……"

마치 정해진 수순처럼 언제나와 같이 데이트를 하자는 동호의 전화에 미영은 처음으로 시큰둥한 반응을 보였다.

"그냥 오늘은 집에서 쉬고 싶은데. 다음에 만나면 안 돼?"

— 어. 오늘만큼은 안 돼. 표랑 식당 이미 예약해 놨어.

이렇게 매사에 철저히 계획하고 실행하는 사람이 왜 결혼에 대한 계획은 없는 건지. 마음이 복잡해서 그런지 그의 최대 장점조차 단점으로 부각되어 보인다.

'아냐. 그래도 오빠가 무슨 잘못이야. 이렇게 내 입장만 내세우면서 화풀이하면 안 되지.'

평소 두 사람이 큰 싸움 없이 잘 지낼 수 있었던 것은 서로를 배려

396

하는 마음이 커서였다. 지금까지 잘해 왔는데 감정이 앞서 실수하고 싶진 않았다. 고개를 세차게 내저은 미영은 만나자는 그의 말에 긍정적인 대답을 한 뒤 외출 준비를 하기 시작했다.

■ ◇ ■

"죄송합니다만, 손님. 예약 시스템 오류로 인해서 이중으로 예약이 된 것 같습니다. 이런 경우가 한 번도 없었는데 정말 죄송합니다."

레스토랑 직원의 진심이 담긴 사과에 낮은 한숨을 내쉰 동호가 골치 아프다는 듯 이마를 짚었다. 그는 소매를 걷어 올려 손목시계를 확인했다. 시간은 정확히 오후 7시. 이미 저녁 식사를 하기엔 조금 늦은 시간이었지만 그나마 하나 남았던 룸을 예약한 거였는데 계획이 틀어져 버렸다.

"…다른 건 다 됐고, 룸은 언제 빕니까? 시간이 이래서 저희가 굉장히 배가 고프거든요."

"룸이 아닌 다른 테이블이라면 비는 대로 바로 착석하실 수 있게 해 드리겠습니다."

"제가 예약한 게 룸인데, 룸으로 해 주셔야죠."

"양해 부탁드리겠습니다, 손님. 네 곳의 룸에 착석하신 손님들께서 언제 식사를 마치실지 알 수가 없어서요. 너무 죄송합니다만 조금 많이 기다리셔야 될 수도 있으신데 괜찮으시겠습니까?"

산 넘어 산이었다. 오늘 하루 종일 일진이 나빴다. 눈길에 미끄러진 자동차들의 3중 추돌 사고로 인해 도로는 정체됐고 그 탓에 영화 시간의 40분을 날려 버렸다. 게다가 레스토랑 예약까지 꼬여 버린 상황이라 아무리 침착하려 노력해도 그게 잘되지 않았다.

"그냥 가자, 오빠."

이미 기분이 최악으로 치달은 미영은 티 나게 짜증을 냈다. 예약이고 뭐고 지금 같아서는 집으로 돌아가 대충 챙겨 먹고 쉬고 싶을 뿐이었다. 모든 게 귀찮았다. 그런 미영의 기분을 살피던 그가 딱딱하게 굳은 얼굴로 그녀를 설득했다.

"…기다려 보자. 여기 예약 힘든 곳이야."

"언제 나올 줄 알고 기다려? 식당이 여기밖에 없는 것도 아니고 그냥 가자. 왜 여기서 아까운 시간을 낭비해야 해? 짜증 나!"

미영은 그의 대답도 듣지 않고 레스토랑의 출입문을 밀어 바깥으로 나왔다. 분명 집에서 나올 때 그러지 말자고 다짐했음에도 짜증이 머리끝까지 솟구쳤다. 건물 바깥의 주차장에서 동호를 기다려야 했지만 그러지 않았다. 그에게 어떤 말도 하지 않은 채 무작정 눈이 하얗게 쌓여 가는 길을 걸었다. 이렇게 걷다가 빈 택시가 보이면 잡아탄 뒤 그대로 혼자 집으로 돌아갈 작정이었다. 그녀답지 않은 충동적인 행동이었다. 하지만 스스로도 감정을 주체할 수 없을 정도라 차라리 그와 떨어져 있는 게 나을 거라 생각했다.

인적이 없는 인도를 걸은 지 얼마 되지 않았을 무렵. 그녀는 뒤에서 나타난 남자에 의해 걸음을 멈출 수밖에 없었다. 멀리서부터 그녀를 따라온 동호는 놓칠세라 미영의 손목을 잡아 돌려세웠다. 커다란 눈송이 사이로 쉴 새 없이 뿜어져 나오는 그의 하얀 입김이 보였다.

"그렇게 혼자 가 버리면 안 되지. 지금 어디 가는 건데?"

"피곤해. 집에 갈래."

"저녁 못 먹었잖아. 같이 먹고 들어가."

"싫어. 귀찮아."

"기분 풀어. 다른 데 가자."

미간을 잔뜩 찌푸린 남자의 얼굴은 최대한 감정을 추스르고 있는 듯 보였다. 그걸 알면서도 제 안에 쌓인 그에 대한 섭섭함과 답답함이 너무 커서, 지금 이 순간만큼은 그를 배려해 주고 싶지 않았다. 미영은 그에게 잡힌 손목을 거칠게 빼내며 크게 소리쳤다.

"싫다고 했잖아! 오빠랑 같이 있기 싫다는데 왜 못 알아들어!!"

"…화난 건 알겠는데 말 좀 가려서 하자, 미영아."

그의 목소리가 낮게 가라앉았다. 화가 났을 때 이런 목소리가 나온 다는 것을 미영은 누구보다 잘 알았다. 하지만 이미 쏟아 내기 시작한 감정은 걷잡을 수 없이 봇물처럼 터져 나왔다. 이래서는 안 된다는 걸 머리로는 알면서도 도저히 멈출 수가 없었다.

"오빠 그러는 것도 몸서리쳐지게 짜증 나! 싫다고! 그냥 나 좀 내버 려 둬!!"

속에 담아 둔 말을 전부 쏟아 내고 나서야 실수했다는 걸 깨달았 다. 알량한 자존심 따위가 뭐라고. 미영은 아차 하는 기분이 들었지만 고개를 숙인 채 더 이상 아무런 말도 하지 않았다. 아직 기분이 풀리지 않았기 때문에 사과하고 싶은 마음은 없었다. 그저 입술을 꽉 깨문 채 찬 바람이 부는 날카로운 공기를 어떻게든 버텨 내고 있었다.

"…생각을 좀 해 봐야겠다."

그가 내뱉은 말에 미영이 흠칫 놀라 고개를 들었다. 피부를 찢을 듯 따갑게 불어 대는 겨울바람보다 더 건조하게 굳은 표정의 동호가 차가운 시선으로 자신을 바라보고 있었다.

"생각? 무슨 생각? 우리 사이를 다시 생각해 보기라도 하겠다는 거야? 뭐 하자는 거야? 지금 나 협박해?"

흥분을 자제하지 못한 미영이 다시 버럭 화를 내자 그가 강하게 그녀의 손목을 붙잡았다. 깜짝 놀란 미영이 그를 올려다보았다. 마주 본 동호의 얼굴은 그 역시 머리끝까지 화가 났음을 짐작게 해 주었다.

"내가 생각해 본다고."

묵직하게 가라앉은 저음이 무섭게 들릴 수도 있다는 사실을 처음으로 깨달았다. 이렇게까지 화가 나 있는 그를 마주하는 게 처음이라기에 눌러 버린 것이다. 미영은 화로 뜨겁게 타오르던 자신의 감정이 어땠었는지를 한순간 잊어버린 채 눈을 크게 떴다. 동호는 잠시 꾹 다물었던 입을 열어 말을 이었다.

"이런 너의 모습까지도 내가 앞으로 받아들일 수 있을지, 그걸 생각해 보겠다고."

마치 서로를 잘 알지 못했던 예전처럼 동호의 얼굴은 감정 하나 없이 냉정하게 굳어 있었다. 4년 만에 마주하는 그의 얼굴에 그만 미영의 심장이 덜컹 내려앉았다.

"그러니까 기다려."

짧게 마지막 한마디까지 빠짐없이 내뱉은 그가 마치 잘 알지 못하는 타인처럼 느껴졌다. 지금껏 사귀면서 이런 모습을 본 것은 처음이었다. 아마 그녀뿐만이 아니라 서로 그랬을 것이다. 그녀가 동호의 다른 모습에 놀란 것처럼, 그도 아마 오늘 그녀의 나쁜 모습에 생각이 많아졌을 테니까. 그녀에게서 뒤돌아선 동호는 도로를 지나가던 택시한 대를 잡았다.

"목적지까지 잘 부탁드리겠습니다."

그는 택시 기사에게 현금을 넉넉히 쥐여 주고는 미영을 택시에 태웠다. 차가 출발하자 미영은 믿을 수 없다는 듯 뒤쪽 차창 너머로 그의 모습을 돌아보았다. 출처를 알 수 없는 위기감이 두 사람의 사이를 맴돌기 시작했다.

■ ◇ ■

유독 힘들었던 한 주가 지났다. 곧 연말을 앞두고 있어서 그런지 회사에서는 마감 업무로 일이 넘쳐 났고 개인적으론 연애에도 문제가 있다 보니 몸과 마음이 모두 힘든 날의 연속이었다. 직원들이 모두 퇴근한 사무실에는 미영 홀로 남아 있었다. 우습게도 직급이 주임일 때는 일이 많지 않아 어떻게든 칼퇴근을 할 수 있었는데, 대리로 승진하고 난 뒤부터는 직급에 따른 권한이 많아져 일이 늘어나다 보니 자연스럽게 야근을 자처하게 되었다. 아무래도 육아 때문에 힘든 리원이 정시 퇴근할 수 있도록 배려하다 보니 그 일을 자신이 도맡아 하게 됐고 이젠 야근이 몸에 밴 것 같았다.

그것은 오늘도 역시 마찬가지였다. 내일이 크리스마스이브인데도 동호와는 일주일 동안 서로 연락을 하지 않았다. 이 냉전이 언제까지 갈지는 알 수 없었지만 미영은 한 주 내내 후회하고 있었다.

"하아……. 집중 안 되네. 내일 하자."

억지로 일을 붙잡고 있던 미영이 마우스를 반쯤 던지듯이 놓았다. 평소보다 일의 능률이 배로 떨어져 속도가 느리다 보니 차라리 내일 일찍 출근해서 하는 게 나을 것 같았다. 늘어지게 기지개를 펴며 어둑한 사무실 벽면에 걸린 시계를 확인했다.

"벌써 8시네……."

이브를 앞둔 금요일 밤. 예전 같았다면 리원과 둘이서 술이라도 한잔 했을 텐데. 미영이 아쉬운 듯 절친을 떠올렸으나 이제 책임져야 할 아이가 둘이나 생겨 버린 리원은 매일이 전쟁이라 그럴 시간조차 없었다.

'술은 무슨. 일찍 들어가서 밀린 잠이나 자자.'

아쉬움을 뒤로한 채 미영은 사무실을 정리했다. 마지막 점검을 마치고 보안 시스템까지 작동시키고 난 뒤 퇴근을 서둘렀다. 1층의 넓은 로비를 가로지르던 그녀는 뒤늦게 정면의 커다란 유리문 너머로 눈발이 흩날리고 있는 것을 확인했다.

"뭐야……. 이번 겨울은 눈이 왜 이렇게 자주 오지?"

작게 혼잣말을 내뱉으며 코트의 옷깃을 더 단단하게 여미고 바람 들어올 틈새 없이 머플러를 꽉 조였다. 주머니에 손을 넣은 채 총총걸음으로 건물을 벗어나던 그때. 덜컹하는 소리와 함께 회사 앞 도로에 정차되어 있던 차에서 누군가가 내려 걸어오는 소리가 들렸다. 미영의 눈이 절로 그쪽으로 향했다. 상대는 누구보다 잘 아는 얼굴이었다. 잠시 걸음을 멈춘 미영은 눈을 동그랗게 뜬 채 저를 향해 다가오는 남자를 바라보았다.

"…오빠."

"잘 지냈어?"

특유의 감정일랑 없어 보이는 얼굴을 한 채 미영 앞에 우뚝 선 동호는 어쩐지 볼이 핼쑥해 보이는 것이 살이 조금 빠진 것 같았다. 고작 그 일주일 새.

그녀에 대해 생각을 좀 해 봐야겠다더니 무슨 생각을 그리 많이 했기에 이렇게나 오래 걸렸을까. 미영의 표정이 어두워지는 것을 잠시 지켜보던 그가 눈이 쏟아지는 주변을 둘러본다.

"좀 걸을까?"

두 사람은 말없이 걸었다. 자동차까지 끌고 와 놓고 굳이 걷자는 이유야 뻔하겠지만 미영은 아무런 말도 하지 않았다. 평소 두 사람이 자주 가던 근처의 작은 공원으로 발길이 절로 향했다. 말없이 걷는 그 짧은 시간 동안 미영의 마음은 천국과 지옥을 오갔다.

과연 그는 무슨 말을 하기 위해 이 시간에 여기로 온 걸까. 상황을 보니 제가 퇴근하고 나오길 한참 전부터 기다리고 있었던 것 같은데. 혹시나 헤어지자는 이야길 꺼낸다면……. 미영은 머리가 새하얗게 비어 버리는 기분을 느끼며 격하게 도리질 쳤다.

'역시 안 돼. 오빠랑 헤어지는 건 상상도 할 수 없어.'

혹시나 동호가 두 사람의 관계를 정리하자고 말하기라도 한다면 매달려야 하나 고민하던 찰나.

"미영아."

그가 걷던 걸음을 멈추며 그녀를 불렀다. 마치 죄라도 지은 사람처럼 미영의 양어깨가 격하게 위아래로 들썩인다.

"며칠 동안 참 많은 생각을 했다. 깨달은 바도 많고."

무서운 말을 듣게 될까 봐 미영이 차마 올려다보지 못하는데 동호는 잠시 다물었던 입을 열어 말을 이었다.

"어떻게 겨우 일주일일 뿐인데……. 너 없이 지내는 날들이 그렇게나 지루하던지. 겨우 그 며칠도 버티지 못하는데 헤어지면 내가 과연 버틸 수 있을까 생각했어."

그녀가 숙이고 있던 고개를 번쩍 들었다. 싱긋, 씁쓸한 웃음을 입가에 머금은 채로 동호가 다정하게 그녀를 내려다보고 있었다.

"결론은 아니라는 거였다. 내가 너 없이는 안 되나 봐."

"오빠……."

"사실은 지난주 토요일. 그 레스토랑에서 너한테 청혼하려고 했었어. 일이 이리저리 꼬여 버리는 바람에 의도대로 잘 안 됐지만."

감히 상상조차 하지 못했던 그의 폭탄 고백에 그녀의 두 눈이 튀어나올 듯 거대해졌다. 참으로 우스운 일이었다. 그날 미영이 그렇게까지 짜증을 내고 화를 냈던 근본적인 이유가 사실은 결혼 때문이었는데, 막상 지나고 나서 사정을 들어 보니 오히려 그의 청혼을 스스로가 방해한 꼴이 되어 버린 것이다.

'어쩜 이렇게나 바보 같을까.'

괜히 미안한 마음이 들어 가슴 한쪽이 콱 막힌 듯 아파 온다. 그런 미영의 마음을 알 리 없는 동호는 자신의 코트 안주머니에서 무언가를 꺼내 미영의 작은 손바닥 위에 올려 준다. 그녀는 물기가 살짝 맺힌 눈동자로 제 손 위의 조그만 상자를 바라보았다.

"열어 봐."

상자 안에서는 은색의 다이아몬드 반지가 아름다운 자태를 뽐내고 있었다. 미영이 그것을 가만히 바라만 보며 차마 말을 잇지 못하자, 동호가 먼저 나서서 그녀의 손에 반지를 끼워 주었다. 그러곤 추워서 빨개진 손을 따스하게 어루만지며 다정한 음성으로 그녀에게 청혼의 말을 꺼내었다.

"우리 결혼하자."

"……."

그리도 원하던 청혼을 이끌어 냈음에도 불구하고 미영은 말없이 고개를 숙였다. 그녀의 반응을 본 동호의 미간이 살짝 찌푸려졌다. 설마 그가 걱정했던 대로 그녀는 결혼 생각이 없는 게 아닐까. 그의 기분이 다소 참담하게 바뀌어 가던 찰나. 난데없이 한 걸음 폴짝 뛰어오른 그녀가 양팔을 그의 목에 감으며 몸을 날렸다. 품 안으로 밀려들어 오는 그녀의 무게를 이기지 못한 동호의 몸이 그만 뒤로 풀썩, 쓰러져 버렸다.

"하아……."

넓은 공원의 눈밭 위에 대자로 뻗어 누워 버린 동호의 시선에 새카만 하늘에서 하염없이 쏟아지는 하얀 눈덩이들이 보였다. 자신과 몸을 겹친 여자의 무게감을 느끼던 그가 상체를 일으키려는데 훌쩍이는 소리가 귓전을 때렸다. 그의 품에 얼굴을 파묻은 미영이 몸을 작게 떨며 울고 있었다. 고개를 약간 들었던 동호는 다시 눈밭 위에 머리를 푹 뉘며 손을 뻗어 그녀의 머리를 쓰다듬어 주었다.

"왜 울어. 울긴."

"어흑. 얼마나 걱정했다고……. 헤어지자고 할까 봐. 엉엉……. 나야말로 오빠 없이는 못 살 것 같은데……. 우어엉."

"아직도 나를 그렇게나 몰라? 이렇게 애 같은 너를 두고 어떻게 떠나."

결국 상체를 들어 눈밭에 앉은 그가 품에 안긴 미영의 고개를 들게 했다. 얼굴이 눈물로 범벅돼 판다처럼 화장이 번진 미영의 얼굴을 보고는 그만 그의 웃음이 터져 버렸다. 낮은 소리로 한참을 웃어 댄 그 때문에 창피함에 얼굴이 온통 새빨개진 미영이 눈물을 뚝뚝 떨어트리며 울상을 지었다.

"와. 못생겨졌어."

"오빠 때문에 울어서 그렇잖아!"

"이상하네. 화장 다 번져서 못생겨졌는데도 왜 이렇게 사랑스러운지."

눈가에 가득 번진 까만 화장을 손등으로 지워 준 그가 미영의 양 볼을 자신의 손으로 감쌌다. 그러곤 새카맣게 빛나는 보석 같은 눈동 자를 잠시 바라보더니 자신의 마음을 단 한마디의 말로 표현했다.

"…사랑해."

"나도……. 아니, 내가 더 사랑해."

피식, 싱겁게 웃음 짓던 그의 도톰한 입술이 그녀의 입술에 닿았 다. 차가운 입술에 따뜻한 숨결이 닿자 이렇게나 추운 날씨임에도 마 음까지 따뜻해지는 기분이 들었다. 고개를 비틀어 가며 시간 가는 줄 모르고 나누는 입맞춤은, 두 사람의 머리와 어깨에 눈이 소복이 쌓일 때까지 끝나지 않고 계속되었다.

■ ◇ ■

아기의 기저귀를 벗기는 커다란 남자의 손길에 프로페셔널한 기운 이 넘쳤다. 찰칵. 그 장면을 카메라로 찍자, 몹시 불쾌한 표정을 지은 태건이 눈을 부라렸다.

"뭐야? 왜 자꾸 이런 사진을 찍어?"

사진을 찍은 동호에게서 약간의 장난스러운 기색이 비쳤다.

"기념해야지. 천하의 최태건이 이렇게나 익숙하게 아들의 기저귀를 갈고 있다니. 과거엔 상상도 못 할 일이지."

이 상황 자체가 무척이나 재미있다는 듯 능글맞게 웃고 있는 것은 그뿐만이 아니었다. 주방에서 음식을 하는 척, 힐끔거리며 보고 있던 미영과 리원 또한 재미있어서 어쩔 줄 몰라 했다. 저 커다란 덩치의 남자가 몸을 웅크린 채 손바닥만 한 기저귀를 갈고 있는 장면이 어찌나 우스운지. 직접 보지 못했다면 감히 상상조차 하지 못했을 것이다. 태건은 모두의 관심이 집중됐는데도 딱히 거부감 없이 능숙하게 아기의 몸을 닦고 새 기저귀를 펼쳤다. 그가 기저귀를 채우려던 그 순간.

"헐."

"어머낫!!"

늠름한 태건의 둘째 아기는 꺄르르 웃기까지 하며 시원하게 소변을 보았다. 아직 기저귀를 채우지도 못했는데 말이다.

"……."

아기가 소변을 지른 탓에 티셔츠의 앞면이 노랗게 젖어 버린 태건의 표정이 점점 험악하게 굳어 갔다.

"최, 최태건이……. 최태건이……. 아기 오줌을 맞았어!!"

동호는 미친 듯이 웃어 대느라 엎드린 채 숨조차 제대로 쉬지 못했다. 이런 일이 제법 익숙한 건지, 리원은 쪼르르 드레스 룸으로 달려가 새 옷을 꺼내 왔다.

"기저귀는 내가 마저 갈게요. 얼른 옷 갈아입고 와요. 성탄절 파티

해야지."

넓은 주방에는 보기만 해도 화려하고 먹음직스러운 각종 음식들이 세팅되어 있었다. 그중에서도 크리스마스 기념 케이크와 예전의 추억이 담긴 와인인 샤토 무통 로쉴드가 단연 눈길을 끌었다.

"이 와인은 무려 통나무집의 추억이 담긴 그거잖아?"

"이거 구하기 쉽지 않았을 텐데 하여간 대단하네요."

"오늘 같은 밤에는 예전의 추억을 회상하며 한잔하는 게 최고 아니겠어?"

세 사람이 떠들썩하게 한마디씩 하며 각자의 자리에 둘러앉자, 삼각대에 카메라를 고정하고 줌을 맞춘 리원이 후다닥 뛰어왔다.

"자, 단체 사진 먼저!"

자리에 착석한 리원이 손가락으로 하트를 만들며 활짝 웃자 나머지 세 사람이 그 동작을 따라 하며 카메라를 쳐다보았다. 찰칵. 찰칵. 오늘을 기념하는 사진이 오래도록 남을 수 있도록 여러 장의 사진을 찍고 나서야 크리스마스의 밤이 시작되었다. 비록 자꾸만 사고를 치고 울어 대는 리원과 태건의 두 아기들 때문에 정신이 없었지만, 그들은 내년의 크리스마스를 기약하며 오늘도 수없이 많은 추억들 중 하나를 만들어 갔다.

— *fin*

작
가

후
기

조금 특별한 아이가 있었습니다.

생각하는 것도 남들과 조금 달랐고 수업 시간에는 항상 창밖을 바라보며 상상 속의 세상 안에서 즐거움을 찾는 소심한 그런 아이요. 그 아이는 시골에 살아서 풀 냄새와 계절이 바뀌는 냄새를 좋아했습니다. 네잎클로버를 찾으며 시간을 보냈고 들꽃으로 화관을 만드는 것을 좋아했습니다.

특별히 천재적인 재능이 있었던 것은 아니었지만, 만화 그리기를 좋아했고 독후감이나 백일장에서 가끔 상을 타기도 했습니다. 단순히 그림을 그리거나 뭔가를 끼적이는 것을 좋아했을 뿐이었습니다. 가끔 이야기가 가득 담긴 그 노트를 친구들이 재미있다고 해 주면 신이 나서 더 열심히 써 대던 그런 아이가 바로 저란 사람이었습니다.

2002년 스무 살이 되던 해. 만화가의 부푼 꿈을 안고 그쪽으로 진로를 정했지만 당시 출판업계는 암흑기였습니다. 책대여점과 불법 스캔본들이 기승을 부리면서 잘나가던 만화 서적들은 적자로 인해 줄줄이 폐간됐고, 작가라는 직업은 생계를 걱정해야 하는 수준까지 힘들어졌습니다. 결국 대단한 인기를 누리던 작가들도 모두 생계를 위해 본업을 버리고, 다른 길을 찾아 떠나던 그런 시기였습니다.

그래서 절망했습니다. 꿈을 이룰 수 없다며 저마저도 그쪽 길을 포기했습니다. 자신의 꿈을 잊은 채 평범한 직장인으로 오랫동안 살았고 결혼을 해서 주부가 됐습니다. 하지만 시간이 많이 흐른 뒤에도 제 머릿속에 가득 차 있던 이야기들은 어떻게든 바깥으로 꺼내 달라고 아우성치고 있었습니다. 심지어 세상을 살아가면서 더 많은 스토리들이 머릿속에 쌓이게 되자 그것들은 감당할 수 없을 정도로 흘러넘쳤습니다. 과부하에 걸려 버린 것입니다.

더 이상 수많은 이야기들을 무시할 수 없는 지경에까지 이르자, 결국 종이와 연필을 꺼내 들어 15년 만에 무언가를 끼적이기 시작합니다. 그러나 슬프게도 공백이 너무 길었습니다. 그림을 15년이나 손에서 놓았더니 눈 뜨고 보지 못할 정도로 실력이 엉망이었고, 다른 방법을 생각하던 저는 머릿속에 있던 스토리들을 메모장에 글로 쏟아 내기 시작합니다.

그게 2017년 2월, 제가 처음 소설을 쓰게 된 계기였습니다. 그때는 웹소설이라는 것이 존재한다는 것도 몰랐을뿐더러, 소설을 연재하는 곳이 있는 줄도 몰랐습니다. 그저 메모장에 머릿속의 이야기들을 쉼 없이 쏟아 낼 뿐이었죠. 뒤늦게 아마추어 작가들의 모임에 가입을 하고 난 후에야 웹소설의 존재와 그것을 연재하는 플랫폼들이 있다는 것을 알게 되었습니다.

이 작품은 저의 여섯 번째 작품입니다. 4년 전에 집필을 시작했었던 첫 작품은 사실, 아직까지도 완결을 짓지 못하고 있습니다. 출간작으로 구분한다면 이 작품이 다섯 번째 출간작이자, 첫 종이책이 되겠네요. 그만큼 사연도 많았고 첫 작만큼이나 애정이 많이 가는 작품이기도 합니다.

슬럼프로 글이 써지지 않아 너무나도 고통스러웠던 지난날. 복잡하게 상업성이 있는 팔리는 글을 써야 한다는 족쇄를 벗어던지고, 그저 내가 편하게 어렵지 않게 쓸 수 있는 글을 쓰자. 그런 다짐으로 시놉시스도 없이 충동적으로 지른 글이 바로 이 작품이었습니다. 오랜만에 마음 편히 써서 그런지 작가가 직업이 되고 난 뒤로 잃어버렸던

'글 쓰는 재미'를 예전처럼 되찾을 수 있었던 소중한 작품입니다. 개인적으로 가장 힘든 사건이 있었던 기간에 집필을 해야 했던 작품이기도 하고요.

그동안 저를 이끌어 주신 분들이 없었다면 저는 아직도 완결작 하나 없이 헤매고 있었을지도 모릅니다. 지금까지 인도해 주신 많은 분들에게 엎드려 절이라도 하고 싶은 심정입니다. 저를 신기하고 대단하다며 기뻐해 주셨던 부모님, 말로는 하지 않아도 뒤에서 몰래 응원해 주었던 언니 동생 지내동 친구들, 지금은 각자의 길을 걷고 있지만 나에게 너무 소중한 우리 작가님들……. 그리고 나를 세상에서 제일 멋진 사람이라며 치켜세워 주고, 슬럼프와 자괴감에 빠져 한없이 땅 파고 들어갈 때 지상으로 끌어 올려 주는 우리 남편, 모두 정말 고맙고 사랑합니다.

그리고 가장 감사한 분들은 역시 독자님들입니다. 글 쓰는 것을 배운 적이 없어서 많이 미흡하고 부족한데도 좋아해 주신 분들이 있어서. 제가 이만큼이나 발전한 계기가 되었습니다.

가끔 두렵습니다. 내가 과연 언제까지 글을 쓸 수 있을까? 필력이 늘어야 하는데 오히려 퇴화하는 것은 아닌가. 과연 끝까지 '글 쓰는 재미'를 잃지 않을 수 있을까. 이 질문들에 대한 대답이라면 솔직히 자신 없습니다. 많이 두렵기도 합니다. 그런 이유로 이 작품을 외전으로 끌면서까지 미련을 남겼는지도 모르겠습니다. 하지만 어느 순간, 제 마음 어디선가 이제 그만 놓아주어야 할 때라고 소리치더군요. 그래서 이제 그만 보내 주려고 합니다. 이 작품을 쓰는 동안의 저는 정말 미친 듯이 행복했습니다.

작가란 만담꾼이라고 생각합니다. 머릿속의 수많은 이야기가 고갈되는 그 순간까지 저는 여러분에게 많은 이야기를 들려드리고 싶습니다. 저의 로맨스는 아직까지도 제 안에서 현재 진행형입니다. 나이가 들어도 그건 아마도 변하지 않을 것 같습니다. 다음 이야기를 세상에 꺼내 놓는 그날까지 건강하세요. 감사합니다.

P.S.
둘째 언니.
책이 인쇄로 넘어가기 직전에 소식을 듣게 되어서 내가 언니에게 하고 싶은 말을 여기에 쓸 수 있는 기회가 생겼어. 지금에 와서야 느낀 거지만 나는 내 주위 사람들은 변함이 없이 그 모습 그대로, 항상 그 자리에 있을 거라는 생각을 은연중에 하고 있었나 봐. 언니가 많이 아프다는 이야기를 듣고 처음에는 아무렇지 않은 척했지만, 조용히 혼자 생각할 시간을 보내고 나니 왜 이렇게 눈물이 나는지 모르겠다. 누군가에게, 심지어는 남편과 아이들 앞에서조차 눈물 보이는 게 창피해서 억지로 더 웃었던 것 같아. 내가 약한 모습을 보이기 싫어서 언니나 부모님 앞에서도 철부지처럼 행동했지만, 지금 생각해 보면 그게 오히려 누군가를 더 상처 줬던 것 같아. 철없이 아무 말이나 쏟아 내고, 철없이 내 마음대로 행동하고, 내 나이에 유일하게 앙탈을 부릴 수 있는 상대가 언니들이라서 더 그랬던 것 같아. 눈치 없이 내뱉었던 나의 말들로 인해 상처받았을 언니 너무 미안해. 지금도 홀로 방 안에 앉아 초췌해진 얼굴로 아이를 안고 힘들어하고 있을 언니 생각 하니까 가슴이 미어져서 죽을 것 같아. 하지만 언니야. 다른 건 몰라도 나는 우리가 10년 뒤, 20년 뒤에 내가 쓴 지금 이 글을 보면서 내가 이런 부끄러운 글도 써서 언니에게 선물로 줬다며 추억할 수 있을 거라 믿는다. 어떤 말로도 위로가 안 되겠지만, 내가 느끼는 슬픔 따위 언니의 슬픔에 비하면 10분의 1도 안 되겠지만 우리 함께 같이 견뎌 내자. 너무너무 사랑해 우리 언니.

1판 1쇄 찍음 2021년 1월 28일
1판 1쇄 펴냄 2021년 2월 5일

지은이 | 금 설
펴낸이 | 정 필
펴낸곳 | (주)뿔미디어

기획·편집 | 심은지, 이영은, 배지은
표지 디자인 | 우 물

출판등록 | 2002년 9월 11일 (제1081-1-132호)
주소 | 경기도 부천시 소향로17, 303(두성프라자)
전화 | 032)651-6513 팩스 | 032)651-6094
E-mail | dahyangs@naver.com
블로그 | http://blog.naver.com/dahyangs
비북스 | http://b-books.co.kr

값 9,000원

ISBN 979-11-6565-871-7 04810
ISBN 979-11-6565-869-4 04810 (세트)

www.b-books.co.kr

www.b-books.co.kr